Au nom du passé

*

La vérité en face

JULIE ANNE LINDSEY

Au nom du passé

Traduction française de
PASCALE DOMÉJEAN

BLACK ROSE

HARLEQUIN

Collection : BLACK ROSE

Titre original :
TO CATCH A KILLER

HARPERCOLLINS FRANCE
83-85, boulevard Vincent-Auriol, 75646 PARIS CEDEX 13
Service Lectrices — Tél. : 01 45 82 47 47 - www.harlequin.fr
ISBN 978-2-2804-9312-3 — ISSN 1950-2753

Composé et édité par HarperCollins France.
Imprimé en octobre 2023 par CPI Black Print (Barcelone)
en utilisant 100% d'électricité renouvelable.
Dépôt légal : novembre 2023.

FSC
www.fsc.org
MIXTE
Papier issu de sources responsables
FSC® C159065

Pour limiter l'empreinte environnementale de ses livres, HarperCollins France s'engage à n'utiliser que du papier fabriqué à partir de bois provenant de forêts gérées durablement et de manière responsable.

1

Lana Iona dénoua son tablier avec un soupir. Être cheffe et diriger la brigade du Carriage House, le plus célèbre restaurant de Great Falls, dans le Kentucky, était vraiment un métier épuisant... Surtout le samedi, lorsque l'endroit était ouvert tard dans la nuit, et qu'il fallait commencer les préparatifs pour le brunch du dimanche matin. Fort heureusement, elle avait donné le meilleur d'elle-même ce soir, tout comme son équipe, et elle allait pouvoir partir avant minuit, ce qui ne lui était pas arrivé depuis bien longtemps.

Elle prit ses affaires dans son casier, vérifia que tout était en ordre, puis éteignit les lumières de la cuisine et en ferma la porte à clé.

Le Carriage House était un haut lieu de la vie sociale de Great Falls. Il avait ouvert ses portes bien avant la naissance de Lana, qui avait eu trente ans le week-end dernier. Elle avait passé le samedi et le dimanche à travailler, au lieu de fêter l'événement : tous ses amis étaient mariés et avaient des enfants, et ses parents, nouvellement retraités, venaient de déménager dans le Montana. Mais surtout, elle adorait son métier, et l'établissement où elle l'exerçait.

Le propriétaire des lieux, Tim Williams, n'avait pas lésiné sur les moyens lors des récents travaux de rénovation, et le résultat était spectaculaire. Le Carriage House était devenu l'endroit à la mode pour les événements, les soirées, ou les rendez-vous d'affaires destinés à impressionner. Il alliait le prestige d'un grand établissement au charme du Kentucky, et la magie opérait à chaque fois. Mais Lana aimait penser que sa cuisine était aussi pour quelque chose dans le succès du restaurant.

Certes, elle travaillait quatorze heures par jour, mais elle vivait son rêve.

— Tim ? appela-t-elle en avançant dans le couloir menant aux bureaux.

Son patron lui avait semblé préoccupé aujourd'hui, et elle voulait s'assurer qu'il allait bien avant de partir. Si elle pouvait l'aider, elle était prête à le faire.

— Les portes sont fermées, et je vais rentrer chez moi… À moins que tu n'aies envie de discuter ?

Il était déjà souvent arrivé que Tim vienne passer un moment avec elle avant de partir, pour la réconforter. Ensemble, ils faisaient le bilan de la journée ou préparaient celle à venir, tout en buvant un verre ou en grignotant quelque chose. Lorsque la journée avait été dure, il la laissait parler jusqu'à ce qu'elle puisse prendre assez de recul et retrouver assez de paix pour rentrer se coucher. Tim et elle ne se fréquentaient pas en dehors du travail, mais ici, ils partageaient le même désir de voir le Carriage House prospérer.

Elle frappa légèrement à la porte, puis jeta un coup d'œil à l'intérieur du bureau de Tim.

Il leva la main, lui indiquant qu'elle devait attendre. Il était au téléphone, et l'expression de son visage habituellement souriant était sombre. Un long moment s'écoula avant qu'il ne semble prendre véritablement conscience de sa présence. Il lui adressa alors un petit sourire forcé, hocha la tête, et lui fit au revoir de la main.

— D'accord, murmura-t-elle. À demain !

Lana referma la porte derrière elle. Égoïstement, elle espérait que la cause des soucis de Tim n'avait rien à voir

avec le restaurant. Non qu'elle lui souhaite d'avoir des problèmes personnels ! Mais si le Carriage House devait fermer ses portes, elle n'imaginait pas trop ce qu'elle deviendrait.

Elle fit les cent pas dans le couloir, se demandant combien de temps elle pourrait attendre sans que cela paraisse suspect. Si elle se trouvait toujours ici lorsque Tim aurait terminé sa conversation, elle pourrait lui demander ce qui n'allait pas. Il l'avait si souvent aidée qu'elle ne pouvait pas faire moins !

Elle posa le regard sur l'escalier menant au toit-terrasse du restaurant, et elle sut exactement où elle pouvait attendre quelques minutes. L'automne dernier, Tim avait déposé une demande pour effectuer des travaux et aménager un bar et une piste de danse sur le toit du bâtiment. Le rapport de l'inspection de sécurité préalable avait conclu que l'accès au toit devait être interdit jusqu'à ce que les garde-corps soient surélevés, et qu'il était nécessaire de procéder à des investigations pour déterminer quel poids la structure pouvait supporter. Tim avait été déçu que le projet soit retardé, mais Lana s'était réjouie de l'opportunité qui lui était ainsi offerte.

Lorsque le printemps arriva, elle mit son plan à exécution... un plan qu'elle garda pour elle-même, afin que Tim ne puisse pas être accusé d'avoir enfreint les conclusions de la commission de sécurité. Et petit à petit, elle avait planté un petit jardin potager sur le toit.

D'habitude, elle arrivait au travail un peu plus tôt pour aller voir ses plantes et les arroser. Mais pourquoi ne pas le faire maintenant ?

Elle grimpa l'escalier et, dès qu'elle arriva sur le toit, elle fut aussitôt enveloppée par la douceur de cette nuit d'été. L'air chaud lui caressait la peau alors qu'une myriade d'étoiles scintillaient dans le ciel. Elle reconnut le parfum des fleurs qu'elle avait plantées parmi les légumes, s'étant

souvenue de cette astuce qui consistait à attirer les abeilles pour faciliter la pollinisation.

Elle se dirigea rapidement vers ses plantes. Elle avait disposé les pots dans un endroit qui n'était pas visible depuis la porte, derrière de larges structures abritant des conduits de ventilation, là où ses légumes pourraient profiter du soleil tout en étant à l'abri des regards.

Elle déposa son sac sur le sol, et dut en sortir son tablier, son badge, son téléphone et ses clés avant de trouver ce qu'elle cherchait.

— Ah, enfin ! s'écria-t-elle en attrapant la grosse bouteille d'eau qu'elle pensait boire dans la journée.

Un litre qu'elle n'avait pas entamé. Malgré sa résolution de s'hydrater correctement, sa routine demeurait la même : du café noir pendant la matinée, puis quelques gorgées d'eau glacée pour le reste de la journée. Pourtant, cela ne l'empêcherait pas de remplir à nouveau sa bouteille demain. Elle ne perdait jamais espoir.

— Vous avez soif ? demanda-t-elle à ses légumes, tout en ôtant le bouchon de la bouteille, et en se dirigeant vers le pot le plus éloigné.

Des tomates rouges, rondes, et comme gorgées de soleil étaient prêtes à être cueillies.

— Que vous êtes belles ! leur dit-elle en inclinant la bouteille avec précaution pour humidifier la terre du pot.

Elle entendit la portière d'une voiture se refermer, et se redressa pour aller regarder dans la rue. Si c'était Tim qui repartait chez lui, alors elle avait loupé l'occasion de l'écouter et de l'aider.

Elle ne vit pas la voiture de son patron, mais une berline de couleur foncée portant une plaque d'immatriculation de Pennsylvanie. Un homme en costume s'en éloignait, et se dirigeait vers la porte du Carriage House.

Elle jeta un coup d'œil à son portable. Minuit dix. L'homme

pensait-il vraiment que l'établissement pouvait être encore ouvert ? Le parking était vide, les lumières éteintes, et l'endroit silencieux. Elle se sentit un instant coupable : peut-être espérait-il pouvoir se restaurer après une longue journée de travail, et était-il déçu de trouver porte close...

— Au moins, il pourra manger ailleurs, murmura-elle en se retournant vers ses plantes.

Le samedi soir à Great Falls, il y avait encore une demi-douzaine de bars qui servaient à boire et à manger tard dans la nuit. Elle sourit tout en continuant à vider l'eau de sa bouteille dans les pots, alors que des accents de country music parvenaient jusqu'à elle.

— Waouh ! s'exclama Lana en admirant ses poivrons verts. Et dire que j'ai trente ans, que je vis seule, et que je parle à mes plantes après minuit... Je devrais peut-être me résigner à vivre ainsi le reste de mes jours, et adopter une demi-douzaine de chats !

Des éclats de voix rageurs s'élevèrent, et elle s'immobilisa. Tim et un autre homme, au timbre plus grave, étaient en train de se quereller violemment.

Lana reboucha la bouteille d'eau puis se dirigea vers la porte donnant sur l'escalier, tentant de comprendre ce qui se disait, ou du moins d'identifier l'interlocuteur de Tim. Quelqu'un était-il entré par l'arrière ? Ou s'agissait-il de l'homme en costume qu'elle venait de voir ? Elle jeta un coup d'œil dans la rue, et fut surprise de constater que la berline était toujours là.

Se pouvait-il que l'homme soit venu voir Tim ?

Le martèlement de pas sur les marches en bois résonna avant qu'elle ne soit parvenue à la porte.

Elle recula, craignant d'être surprise là où elle n'avait théoriquement pas le droit de se trouver, et embarrassée d'avoir entendu que les deux hommes se querellaient.

La porte s'ouvrit brusquement, comme si on avait donné un coup de pied dedans, et claqua contre le mur.

Lana recula dans l'ombre, et évalua du regard la distance qui la séparait de l'issue de secours située de l'autre côté du toit, près de ses plantes.

— Ce n'est pas ce que vous pensez ! s'exclamait Tim.

Sa voix habituellement joviale était étonnamment tendue, et la colère qu'elle y avait perçue quelques instants auparavant en était maintenant totalement absente.

— Vous vous trompez ! poursuivit-il. Je vais vous expliquer.

— Je vous l'ai déjà dit, répliqua l'autre homme.

Le calme de sa voix était presque surnaturel.

— Je ne suis pas venu pour une explication, poursuivit-il. Je sais déjà tout.

Lana se raidit. Était-ce une menace ? Cela pouvait-il expliquer pourquoi Tim avait semblé si sombre aujourd'hui ? Que pouvait avoir fait son patron si unanimement apprécié pour que l'on s'adresse ainsi à lui ?

Et si cet homme n'était pas venu pour une explication, pourquoi était-il ici ?

— Je suis désolé ! s'écria Tim d'une voix maintenant paniquée. Je ne pensais pas vous nuire. Nous voulions seulement nous amuser, je vous le jure !

— C'était une grave erreur, repartit l'homme. Et je ne peux ni l'oublier, ni la pardonner. C'est mauvais pour mes affaires. Et je me dois d'envoyer un message clair afin que cela ne se reproduise pas.

— Non, souffla Tim d'une voix atone.

Il semblait si désespéré que Lana en fut bouleversée. Son cœur tambourinait dans sa poitrine, et ses oreilles sifflaient. Elle devait faire quelque chose, mais quoi ? Sortir de sa cachette et manifester sa présence ? Cela ferait-il retomber la pression, ou aggraverait-il la situation ? Devait-elle prévenir la police ? Mais que dirait-elle ? Et si Tim était impliqué dans des affaires louches, serait-il arrêté à la suite de son appel ?

Elle réussit à se convaincre qu'elle devait agir, et se prépara à intervenir. Avec un peu de chance, sa présence suffirait à mettre un terme à la dispute... ou du moins à obliger les deux hommes à la différer.

Elle compta jusqu'à trois, puis sortit de sa cachette. L'homme lui tournait le dos, mais Tim, qui se trouvait à l'extrémité du toit, la remarqua immédiatement. Elle crut le voir secouer la tête comme pour la mettre en garde, et elle recula.

Le déclic caractéristique d'une arme à feu lui glaça le sang.

Elle posa la main sur sa bouche pour étouffer un cri, et s'avança pour voir ce qui se passait, veillant cette fois à rester discrète. Elle vit avec horreur l'homme pointer son arme sur le visage de Tim. Alors, prise de terreur, elle se mit à courir.

Elle se précipita vers le petit escalier métallique de la sortie de secours avant même d'avoir réfléchi. Par réflexe, elle attrapa son sac au passage, passa la bandoulière sur sa tête pour avoir les mains libres, et s'enfuit. Maintenant, elle ne pouvait plus rien faire d'autre qu'appeler les secours dès qu'elle serait sortie du bâtiment.

À l'autre extrémité du toit, un hurlement retentit, s'amplifiant avant de se terminer en un bruit sourd.

Lana poussa un cri étranglé alors que ses yeux s'emplissaient de larmes. Des crissements de pneus et des explosions de voix lui apprirent qu'il y avait eu des témoins de la chute de Tim, si ce qu'elle imaginait était vraiment arrivé.

Mais peut-être Tim avait-il réussi à retourner la situation, et était-ce l'autre homme qui avait basculé dans le vide... Dans ce cas, elle pourrait témoigner qu'il avait tenu des propos agressifs, et avait menacé Tim d'une arme.

Des pas lourds retentirent sur le toit : quelqu'un venait dans sa direction. Elle continua à descendre l'escalier métallique, espérant toujours qu'elle avait mal interprété la situation, et qu'il n'y avait eu aucune victime. Enfin, elle poussa la grille de l'issue de secours, et sauta à terre. L'escalier extérieur se terminait en hauteur.

Elle atterrit lourdement sur le sol et roula dans son élan, terminant sa course sur le dos. C'est alors qu'elle vit l'agresseur de Tim qui la considérait du haut du toit. Son visage était tordu par la colère, et il tenait à la main le tablier et le badge qu'elle avait abandonnés dans sa fuite.

2

Nash Winchester se frotta les yeux. Il commençait à avoir du mal à rester concentré sur le ruban noir de la route qui se déroulait devant lui, mais il avait encore quelques kilomètres à parcourir avant d'atteindre sa destination, Great Falls, dans le Kentucky. Cette petite ville était le berceau de sa grande famille. Il allait certainement y retrouver nombre d'amis d'enfance et, à en croire son meilleur informateur, un prisonnier fugitif appelé Mac Bane, qu'en tant que marshals, Nash et son équipe pourchassaient depuis plus d'un an. Si ce tuyau se révélait exact, ils auraient enfin une chance réelle de lui mettre la main dessus.

Il baissa la fenêtre, préférant laisser l'air revigorant de la nuit lui fouetter le visage. Il était déjà minuit passé, et plus vite il rejoindrait le bureau du shérif local, mieux cela serait. Il fallait qu'il mette son cousin Knox et les autres adjoints au courant de la présence de Bane et de ses acolytes, ainsi que de leur mode opératoire. Il était essentiel que la police locale comprenne vite à qui elle avait affaire pour pouvoir aider au mieux le marshal à appréhender le fugitif.

Nash s'arrêta au premier feu rouge aux abords de la ville, attendant impatiemment de pouvoir redémarrer. En esprit, il égrena la liste des crimes avérés et supposés de Bane. Elle était longue comme un jour sans pain. Nash ne faisait que son travail de marshal en poursuivant Bane, mais c'était presque devenu pour lui une quête personnelle. Il avait passé tant de temps à étudier les crimes commis par Bane qu'il était devenu expert en la matière... ce qui était la raison pour laquelle il avait pris la route dès que son informateur lui avait appris que Bane se trouvait à Great Falls. Si c'était vrai, Nash le saurait très vite. Les activités de Bane étaient centrées sur les paris illégaux et le blanchiment d'argent, et dans ce genre de petites villes, il était facile pour un homme de sa trempe de se faire de l'argent et de vite disparaître. Mais Bane était ici sur le territoire de Nash. Celui-ci y avait vécu quatre ans après avoir servi dans l'armée, et s'il y avait des choses qu'il ignorait sur la région, sa famille les saurait.

Mac Bane n'avait pas choisi le bon endroit pour y établir son trafic, et cela allait causer sa perte.

Le panneau marquant l'entrée de Great Falls apparut, et Nash eut un accès de nostalgie. Il n'était pas revenu ici depuis huit ans...

Alors qu'il arrivait dans le centre, il sentit monter en lui l'envie de revoir les rues qu'il parcourait enfant lorsqu'il rendait visite à sa famille, ou plus tard, lorsqu'il était en permission, avec la jeune fille qui hantait encore ses rêves. Nash portait Great Falls et ses habitants dans son cœur, et il était hors de question qu'il en reparte sans avoir mis la main sur Bane.

Il ralentit, découvrant une petite ville qui était plus animée que dans ses souvenirs. Des hommes et des femmes vêtus de jeans et de chemises à carreaux étaient venus danser au son de la country music, et bavardaient sur les trottoirs devant les bars. Des guirlandes lumineuses égayaient la rue, et des barrières de bois avaient été installées pour protéger les piétons. Certes, cela ne rivalisait pas avec la Louisiane, où la vie nocturne était particulièrement intense, mais les établissements que Nash contemplait étaient exactement le genre d'endroits où Bane aurait pu établir ses activités.

Il hésita un instant à se garer pour se mettre sur-le-champ à la recherche de Bane, mais il était tard, et le service de son cousin Knox allait bientôt se terminer.

À regret, il mit son clignotant, puis s'engagea sur la route menant au siège de la police locale. Il arriva juste à temps pour voir Knox et un autre adjoint du shérif se diriger vers des véhicules garés devant le bâtiment.

— Hé ! Tu rentres chez toi ? demanda Nash en s'arrêtant à la hauteur de son cousin.

— Non, répondit Knox en lui serrant la main. Je suis heureux de te voir, mais nous venons de recevoir un appel, et je ne peux pas te consacrer de temps pour le moment.

— Quel était l'objet de l'appel ? s'enquit Nash, instantanément sur le qui-vive.

— Quelqu'un est tombé du toit du Carriage House, expliqua Knox en se dirigeant vers son véhicule.

Il leva la main pour saluer l'adjoint en compagnie duquel il était sorti du bâtiment. Celui-ci monta dans un autre 4x4 et s'éloigna, gyrophare allumé.

— Le Carriage House ? répéta Nash.

Il ne connaissait pas cet endroit.

— Oui. Un restaurant réputé. C'était une pizzeria lorsque nous étions plus jeunes.

Nash hocha la tête, alors que son cœur se serrait. La femme de ses rêves adorait les gnocchis qu'on y mangeait, et il l'avait emmenée là-bas à chaque fois qu'il en avait eu l'occasion.

Avant que, par sa stupidité, il ne leur brise le cœur à tous les deux.

— Tu peux m'accompagner si tu veux, lui dit Knox en s'éloignant lentement. Mais je dois y aller.

— OK, répondit-il. Le Carriage House aurait-il par hasard fait l'objet de travaux de rénovation importants au cours de ces deux dernières années ?

Knox fronça les sourcils.

— Oui, comme beaucoup d'autres établissements du coin… Le conseil municipal a décidé d'accorder des subventions afin de revitaliser le centre-ville, comme tu t'en es certainement aperçu en arrivant.

Il posa son chapeau sur sa tête et se détourna.

— Rendez-vous là-bas.

Nash remonta dans son véhicule et suivit son cousin, laissant son esprit vagabonder tout en conduisant. Il évalua mentalement les chances que quelqu'un soit tombé du toit d'un restaurant récemment rénové dans une ville où Bane venait d'arriver, sans que ce dernier soit impliqué de près ou de loin dans cet accident. Très probablement, songea Nash, quelqu'un avait aidé la victime à passer par-dessus la rambarde.

Il se gara à quelques mètres du véhicule de Knox et de la foule, et prit quelques instants pour observer la scène.

Un périmètre de sécurité avait été établi autour du lieu de l'accident, et les badauds se pressaient contre la bande de plastique qui le délimitait. Une ambulance cachait l'infortunée victime à la vue de Nash.

Knox surgit de son véhicule et s'avança, l'air déterminé.

Nash le suivit du regard, tentant de voir s'il se trouvait dans la foule une personne au comportement suspect. Il lui fallut moins de trente secondes pour remarquer la silhouette d'une personne dont le visage était caché par une capuche, et qui se balançait d'un pied sur l'autre, trahissant une certaine nervosité.

Nash ouvrit sa portière, et descendit de voiture. Il tira sa casquette en avant et se voûta légèrement pour tenter de faire oublier sa haute taille. Pour le moment, il fallait qu'il se mêle à la foule et qu'il se rapproche de l'individu qu'il avait repéré. Peut-être pourrait-il en tirer quelques informations utiles. À en croire les regards nerveux que l'homme jetait autour de lui, il savait certainement quelque chose.

Knox leva la tête lorsque Nash se rapprocha, et le considéra, l'air intrigué.

Nash désigna l'individu à la capuche du regard, mais celui-ci pivota brusquement, comme s'il avait remarqué le manège du marshal, et se mit à courir.

— Bon sang ! s'exclama Nash.

Il n'avait pas envie de sprinter, mais celui qu'il voulait interroger allait lui filer entre les doigts.

— Arrêtez-vous ! cria-t-il, rassemblant toute l'autorité qu'il pouvait, sans pour autant clamer son titre.

Il fallait à tout prix éviter que Bane ou ses laquais puissent avoir vent de sa présence, s'il voulait avoir une quelconque chance de les appréhender.

La silhouette à la capuche passa dans un rai de lumière, et Nash comprit alors, à sa forme et à sa démarche, qu'il s'agissait d'une femme.

Mais pourquoi avait-il soudain ce sentiment douloureux qu'elle lui était familière ?

La femme se précipita vers l'arrière du bâtiment, et Nash accéléra, tournant au coin de la rue dans sa foulée.

Un coup violent porté à l'estomac l'arrêta net, lui coupant littéralement le souffle.

La femme laissa tomber à terre la latte de bois qu'elle tenait, et se remit à courir.

— Police de Great Falls ! hurla Knox.

Sa voix forte résonna dans la nuit avec de tels accents d'autorité qu'il était difficile de ne pas obtempérer.

Nash se força à se redresser et à prendre de petites inspirations, alors que la fugitive se dirigeait vers Knox sans cesser de courir.

Lorsqu'elle le rejoignit, elle se retourna et, désignant Nash du doigt, s'écria :

— Au secours ! Cet homme me poursuit !

La capuche tomba, révélant un visage angélique. Un visage qu'il avait si bien connu autrefois, et qu'il avait revu ces huit dernières années à chaque fois qu'il fermait les yeux.

Lana Iona.

3

Lana se tenait debout entre les deux hommes, le souffle court, le cœur tambourinant dans sa poitrine. Elle n'avait jamais été aussi soulagée que lorsqu'elle avait reconnu Knox, arrivant pour la sauver de celui qui était à ses trousses. Elle avait dû rassembler tout son courage pour s'arrêter de courir et asséner à ce dernier un coup avec une latte de bois ramassée au détour du bâtiment.

Au souvenir de l'impact de son arme de fortune contre l'estomac de son poursuivant, elle tressaillit.

Elle se rendait maintenant compte avec horreur que cet homme n'était pas un agresseur, mais Nash Winchester, qu'elle n'avait plus revu depuis huit ans... depuis le jour où il était parti, lui brisant le cœur.

— Je suis vraiment désolée, bafouilla-t-elle, complètement désorientée. Je t'ai fait mal ?

Knox eut un petit rire.

— Alors, Nash, elle t'a fait mal ?

Nash plissa les paupières. Il laissa tomber la main avec laquelle il se comprimait l'estomac, et la regarda.

— Je vais bien. Mais je ne comprends pas ce que tu fais ici, grommela-t-il en se tournant vers Lana. Je pensais être à la poursuite d'un tueur, ou du moins de quelqu'un qui en savait assez pour préférer s'enfuir plutôt que d'avoir à témoigner contre Mac Bane.

— Qui est Mac Bane ? demanda-t-elle.

Soudain, l'image de l'homme qui avait tué Tim surgit à son esprit.

— Il vient de Pennsylvanie ? poursuivit-elle, repensant au véhicule qu'elle avait vu.

Nash la dévisagea, et elle se sentit mal à l'aise sous son regard.

— Oui. Comment sais-tu cela ? Et pourquoi t'enfuyais-tu ?

Elle s'était mise à courir car il s'était lancé à sa poursuite, et elle n'avait aucune raison de penser qu'une personne ayant de bonnes intentions puisse agir ainsi. Elle venait d'échapper à un tueur quelques minutes plus tôt !

Une large silhouette était sortie d'un SUV de couleur sombre et s'était dirigée droit sur elle. Qu'était-elle censée faire ? Attendre que l'individu vienne à elle, et engager la conversation ?

— Je ne savais pas que c'était toi, répondit-elle simplement. Pourquoi m'as-tu poursuivie ?

— Parce que tu t'es mise à courir.

— Eh bien, je courais parce que tu me poursuivais, répliqua-t-elle.

Il eut un petit rire sans joie, et elle sentit sa gorge se serrer et les larmes monter à ses yeux.

À son grand désarroi, Nash n'avait pas beaucoup changé au cours de ces huit dernières années, même si, alors que cela défiait toutes les lois du possible, il était plus beau encore. Lorsqu'ils s'étaient rencontrés, il avait vingt-deux ans, et venait de quitter l'armée. Le jeune garçon au corps longiligne qu'elle avait aimé était maintenant un homme dans la maturité de l'âge, aux épaules larges et au torse puissant, qui portait sa haute stature avec l'assurance qui lui manquait alors. En un mot, il était splendide.

Et elle était comme une épave.

Lana se passa la main dans ses cheveux décoiffés. Elle

avait conscience que ses vêtements étaient imprégnés de l'odeur de sa cuisine, et que son maquillage avait été emporté par ses larmes. Et elle se détestait de se préoccuper de son apparence, ou de ce que d'autres pourraient penser d'elle, alors que son patron était étendu sur le sol, mort, de l'autre côté du bâtiment.

Nash se détourna et regarda autour d'eux.

— Comment sais-tu que Bane vient de Pennsylvanie ? lui demanda-t-il à nouveau.

— J'ai vu la plaque d'immatriculation de la voiture... répondit-elle machinalement.

Elle se frotta les tempes.

— Je ne comprends pas ce que tu fais ici...

Elle laissa retomber sa main et croisa ses yeux d'un bleu si profond. Deux heures plus tôt, tout était comme d'habitude !

— Que se passe-t-il ? interrogea-t-elle.

Knox vint se placer à ses côtés, et la fit sursauter. Elle était si absorbée par Nash qu'elle en avait presque oublié la présence de son cousin.

— Nash est en mission. Les marshals de Louisville sont à la poursuite d'un prisonnier fugitif nommé Mac Bane. Et tu viens peut-être de le voir.

Knox s'approcha pour donner une petite tape sur l'épaule de son cousin.

— Et dire que tu pensais qu'il faudrait peut-être plusieurs jours pour vérifier ton information ! poursuivit-il. J'ai l'impression que tu viens de trouver un témoin oculaire... et quelqu'un en qui tu peux avoir confiance.

Lana regarda les deux Winchester l'un après l'autre, tentant de comprendre ce qu'elle venait d'entendre.

— Tu cherches un fugitif ? demanda-t-elle à Nash. Et, étant donné l'heure à laquelle Tim est...

Elle secoua la tête, incapable de prononcer les mots qui

lui venaient à l'esprit : *tombé, mort, décédé*... Elle se ressaisit, et reprit :

— Tu penses que l'homme que j'ai vu, dont la voiture avait des plaques d'immatriculation de Pennsylvanie, pourrait être ton fugitif ?

Nash hocha la tête.

— Oui.

— Winchester ! entendit-on soudain.

Lana et les deux hommes se retournèrent en même temps pour voir qui était là.

Un adjoint du shérif secoua le bras, et elle supposa qu'il faisait signe à Knox, même s'il aurait aussi bien pu s'adresser à Nash.

Knox hocha la tête, puis se tourna vers Lana.

— Je vais avoir besoin de ta déposition écrite. Et je préférerais que tu la fasses dans les bureaux de la police. Je dois...

— Je vais l'y emmener, intervint Nash, sans attendre que son cousin termine sa phrase. Nous allons nous y rendre maintenant, et je resterai avec elle jusqu'à ton retour.

Knox fronça les sourcils.

— Ça te va ? demanda-t-il à Lana.

Elle hocha la tête avec raideur, alors que la réalité de la situation lui apparaissait soudain dans toute son horreur. Elle avait vu son ami se faire assassiner sous ses yeux ce soir, puis avait croisé le regard de son meurtrier. Et maintenant, il fallait qu'elle se remémore la scène, qu'elle la raconte et qu'elle consigne ensuite ses souvenirs par écrit... Tout cela afin qu'un fugitif puisse être arrêté avant qu'il ne s'en prenne à quelqu'un d'autre... et peut-être même à elle.

Knox hocha la tête.

— Je vais terminer ici, puis venir vous rejoindre. Nous allons essayer de te ramener chez toi dès que possible.

Lana se mit à frissonner, et elle s'enveloppa de ses bras.

— Il a vu mon visage, déclara-t-elle.

Les deux hommes s'immobilisèrent.

— Et il a mon tablier et mon badge. Je les avais laissés sur le toit.

Nash émit un grognement, et la regarda avec intensité.

— Donc, il est impossible que tu retournes chez toi pendant un moment. Nous allons discuter de tout cela en chemin.

Elle ne protesta pas. C'était inutile : Nash avait raison, elle ne pouvait plus rentrer chez elle pour l'instant. Pas avant que l'homme qui avait précipité Tim dans le vide n'ait été mis sous les verrous. Un homme qui était assez malin pour échapper aux marshals n'aurait aucun mal à trouver l'adresse de son logement, et elle n'allait certainement pas l'y attendre !

Elle remercia Knox, avant de repartir avec Nash. Il posa sa main au bas de son dos pour la guider, et ce simple geste éveilla en elle tant de souvenirs qu'elle se sentit submergée.

Lana et sa famille étaient arrivées à Great Falls pendant sa dernière année de lycée, et elle avait vite fait la connaissance de plusieurs des cousins Winchester, avec lesquels elle partageait un amour pour le sport. De nombreuses compétitions opposaient les équipes de différents établissements scolaires, et comme les Winchester, elle faisait partie du club de supporters de son école.

Elle venait de commencer ses études supérieures lorsqu'elle avait vu Nash pour la première fois. Il s'était engagé dans l'armée avant qu'elle n'arrive à Great Falls, et lorsque Knox, Derek et Cruz étaient entrés avec lui dans le pub où elle travaillait pour gagner un peu d'argent, elle l'avait immédiatement remarqué. Il avait quatre ans de plus qu'elle, et avait pour ambition de devenir marshal à Louisville. Elle était immédiatement tombée raide dingue de lui.

L'attirance qui existait entre elle et Nash était plus forte que ce qu'elle avait jamais connu. À l'époque, elle était persuadée que le destin avait mis sur son chemin l'homme de sa vie. Et les moments qu'ils avaient passés ensemble, jusqu'à ce qu'il réussisse les derniers tests et soit admis chez les marshals, avaient été les meilleurs de sa vie. Elle le retrouvait pour les vacances universitaires, et lorsqu'elle avait terminé ses études, ils avaient emménagé ensemble. Il était tout pour elle, et elle se voyait vivre avec lui jusqu'à la fin de ses jours.

La désillusion avait été cruelle.

Elle trébucha sur la latte de bois qu'elle avait utilisée comme une batte de base-ball pour le frapper, et saisit le prétexte pour rompre le silence embarrassé qui régnait entre eux.

— Je suis désolée de t'avoir fait mal tout à l'heure.

— Ce n'est pas le cas, répliqua-t-il, mais elle entendit qu'il avait encore le souffle un peu court.

Ils traversèrent la rue derrière l'attroupement des curieux qui étaient toujours présents sur les lieux de l'accident, et se dirigèrent vers un SUV noir avec des vitres teintées, et des plaques d'immatriculation indiquant qu'il s'agissait d'un véhicule officiel. Il la poussa à l'intérieur sans ménagement, et avait à peine refermé sa portière qu'il entrait de l'autre côté.

Nash avait la mâchoire serrée et le regard dur. Manifestement, il n'était pas heureux de la voir, et cette certitude n'était qu'un poids supplémentaire à porter au cours de cette nuit horrible.

La lueur tournoyante des gyrophares éclairait les badauds et les urgentistes d'une lueur sinistre, et elle se demanda combien de temps encore le corps déformé de Tim devrait rester là, exposé aux regards des passants.

— Que faisais-tu là à cette heure tardive ? lui demanda Nash d'un ton étonnamment dur, tout en démarrant. Pourquoi étais-tu avec la victime quand elle est tombée ? Comment le connais-tu ?

— Je n'étais pas avec lui. J'étais avec mes plantes, répliqua-t-elle sèchement, soudain heurtée par son manque de compassion. Je travaille là-bas, et Tim était mon patron. Je suis montée sur le toit pour arroser mes plantations. Il ignorait que je me trouvais là. J'ai vu arriver une voiture portant des plaques de Pennsylvanie. Puis j'ai entendu que Tim se querellait avec quelqu'un, et je me suis dit que j'allais attendre qu'ils aient terminé pour m'éclipser, mais ils sont montés sur le toit. Alors, je me suis cachée.

Le souvenir du regard épouvanté de Tim lorsqu'elle lui avait révélé sa présence lui revint soudain à l'esprit. L'avertissement qu'elle y avait lu lui avait sauvé la vie, et elle espérait qu'il en avait eu conscience. Ce qu'il avait pu faire pour encourir la colère de l'homme ne pouvait pas valoir grand-chose à côté de cet acte plein de générosité et de courage.

Le sanglot qui l'étouffa alors n'était que la réaction qu'elle avait réussi à contenir tant bien que mal jusque-là.

Nash regarda la femme qui pleurait sur le siège du passager. Il se sentait décontenancé, et légèrement agacé.

— Tiens, dit-il en se penchant pour attraper les mouchoirs en papier qui se trouvaient dans la boîte à gants.

Elle les lui arracha des mains comme si sa vie en dépendait.

Il avait parfois du mal à comprendre les femmes, mais il lui semblait qu'elle était fâchée contre lui, ce qui ne faisait qu'accroître sa perplexité. Elle aurait pu lui faire très mal avec ce bout de bois, et il avait de la chance de ne pas avoir de côtes cassées. Il avait du mal à respirer et à parler, alors qu'il aurait eu tant de questions à lui poser… à commencer par : pourquoi était-elle impliquée dans ce meurtre ? Et pourquoi, entre tous les habitants du Kentucky, avait-il fallu que ce soit Lana Iona qui se trouve sur ce fichu toit ?

Elle se redressa, comme si elle avait lu dans ses pensées, et roula son mouchoir en papier en boule.

— Ça va aller, maintenant, déclara-t-elle. Je veux aider, et je suis prête à parler quand tu le voudras.

Il lui jeta un regard prudent, ne sachant trop que dire pour la réconforter. « Je peux faire quelque chose pour toi ? » semblait bien dérisoire, si l'on considérait qu'elle venait tout juste d'assister à la mort d'un ami.

— Tu as vu celui qui a fait ça ? se contenta-t-il de demander.

— Oui.

Lana avait détourné les yeux, évitant le regard de Nash.

— Il était à peu près de la même taille que Tim, mais je ne sais pas combien il mesurait exactement. Plus que moi, mais moins que toi.

Elle écarta une mèche de cheveux noirs de sa joue, et la coinça derrière son oreille.

— Il a eu l'air furieux quand il m'a vue. Je ne sais pas de quelle couleur étaient ses yeux, mais je n'oublierai jamais leur expression ! Il ne semblait pas avoir le moindre remords... il enrageait seulement que je lui aie échappé !

Nash poussa un juron malgré lui. Il serra le volant un peu plus dans ses mains, et jeta un coup d'œil dans le rétroviseur, pour s'assurer que personne ne les suivait. Les deux véhicules derrière lui étaient à distance respectable et semblaient inoffensifs, alors il reporta son attention sur la route.

— Tu aurais pu être tuée, marmonna-t-il. J'aurais très bien pu accompagner Knox et te trouver sur le trottoir, à côté de l'autre victime !

— Tim, corrigea-t-elle. Il s'appelait Timothy Williams, et c'était un homme bien.

Nash grommela :

— Pour toi peut-être, mais si ton ami faisait affaire avec Mac Bane, il n'était certainement pas aussi honnête que tu le dis. Mac Bane est à la tête d'une organisation criminelle très puissante, qui a des ramifications dans tous les milieux. Il vaut mieux ne pas le contrarier si on tient à la vie. J'imagine que ton ami a dû faire quelque chose qui lui a déplu, et que Bane a voulu s'assurer que cela ne se reproduirait plus. Alors, il l'a utilisé pour envoyer un message clair à ceux qui pourraient envisager de le défier.

Lana posa une main tremblante sur ses lèvres, et Nash tenta de chasser de son esprit le souvenir de leur douceur.

— Je ne comprends pas pourquoi Tim aurait seulement rencontré un homme comme celui que tu viens de décrire.

— D'après ce que j'ai vu de son restaurant, expliqua Nash, il est possible que Bane ait avancé à ton patron l'argent nécessaire pour effectuer des travaux de rénovation, et qu'il ait ensuite trouvé un moyen de pression pour l'obliger à blanchir de l'argent.

Lana se mordit un ongle, mais ne protesta pas.

— Cela fait plus d'un an que mon équipe et moi suivons la piste de Bane, continua Nash. Partout où il va, cet homme sème le malheur. Il pousse les gens à s'endetter, puis, lorsqu'ils sont pris à la gorge par les taux d'intérêt exorbitants qu'il pratique, il les oblige à tremper dans ses affaires.

— Il a commis de nombreux meurtres ? demanda-t-elle.

La terreur qu'il entendit dans la voix de Lana lui serra le cœur, et il dut réprimer l'envie de la prendre dans ses bras. Mais il n'en avait plus le droit.

— Je ne vais pas le laisser s'approcher de toi, déclara-t-il. Je te le promets.

Lana hocha la tête, mais il n'était pas convaincu qu'elle le croyait. Et il ne pouvait lui en vouloir... Pas après la façon dont il s'était comporté. Elle espérait qu'ils finiraient leur vie ensemble, alors qu'il voulait sauver le monde.

La lueur bleutée des phares qu'il surveillait dans son

rétroviseur disparut lorsque le premier véhicule qui les suivait s'engagea sur une route adjacente, faisant place à un pick-up rouge d'un modèle quelque peu daté.

Et ce pick-up prenait de la vitesse.

4

Lorsqu'il comprit ce qui allait se passer, Nash poussa un juron : le pick-up prenait de la vitesse non pour les doubler, mais pour venir les percuter. Apparemment, Nash n'avait pas été le seul à observer les personnes qui se trouvaient autour de la scène de crime, et les plaques d'immatriculation très caractéristiques de sa voiture avaient définitivement compromis l'effet de surprise escompté.

— Qu'y a-t-il ? demanda Lana en le dévisageant, avant de se retourner pour regarder par-dessus son épaule.

Le conducteur du pick-up alluma ses feux de route, les aveuglant momentanément.

— Nous sommes suivis ? s'enquit Lana.

— Oui.

Elle s'enfonça dans son siège et ajusta sa ceinture de sécurité.

— Bon. Et que faisons-nous maintenant ?

— Rien.

Nash se concentra sur la route. Il avait été formé à la conduite rapide, et avait plus d'expérience qu'il ne l'aurait voulu de ce genre de situations. Les poursuites en voiture faisaient partie des préliminaires lorsqu'il s'agissait d'appréhender de dangereux criminels. Au cours de ses huit années chez les marshals, il avait eu son lot de fugitifs qui avaient tenté de lui échapper, ou qui avaient envoyé un de leurs acolytes pour le faire sortir de la route. À chaque fois, il avait réussi à s'en sortir indemne.

Cela aurait dû le rassurer. Pourtant, il n'en fut rien : jamais Lana n'avait été sur le siège du passager.

Il serra le volant dans ses mains, déterminé à arriver sans encombre au siège de la police locale.

Au fur et à mesure qu'ils s'éloignaient du centre-ville, les routes devenaient plus sombres, plus sinueuses, et de moins en moins familières. Mais il venait de faire ce trajet tout à l'heure, et il savait qu'ils n'étaient plus très loin maintenant. Dans le meilleur des cas, le type qui les suivait voulait seulement leur lancer un avertissement, et ne tenterait rien contre eux.

Lana le regarda, bouche bée.

— Rien ? Tu ne veux rien faire ? Nous sommes suivis par un type qui vient de commettre un meurtre !

— Il est fort peu probable qu'il s'agisse de Bane. C'est certainement un de ses sbires, qui cherche à nous occuper pendant que son chef est en train de s'enfuir.

Il jeta un coup d'œil à Lana alors que le moteur du pick-up se mettait à rugir derrière eux. Le conducteur accéléra et se rapprocha d'eux, avant de les laisser prendre à nouveau de la distance, cherchant visiblement à les intimider.

— Et alors ? demanda-t-elle, l'air incrédule. Ce type essaye de nous envoyer dans le décor. Tu dois faire quelque chose !

Elle tremblait de tout son corps, et ses yeux noirs lançaient des éclairs. Les longs cheveux qu'il avait eu autrefois le bonheur de caresser se collaient maintenant sur ses joues baignées de larmes, et il sentit son cœur se serrer.

— Je sais ce que je fais, répliqua-t-il. Fais-moi confiance.

Lana détourna les yeux et appuya les mains sur le tableau de bord.

— Il va nous percuter !

Juste à cet instant, le pick-up heurta le pare-chocs de leur SUV.

Leur véhicule tangua dans un crissement de pneus et de freins, mais Nash réussit à le stabiliser.

Il contrôla alors sa vitesse, les environs, sa passagère, puis réévalua son plan initial consistant à poursuivre sa route jusqu'à leur destination.

Lana avait le souffle court et saccadé.

— Tout ira bien, lui dit-il d'un ton qu'il voulait rassurant. Essaye de respirer.

— Tu voudrais que je sois calme ? demanda-t-elle en se tournant vers lui. On est en train de nous attaquer !

Il lui jeta un coup d'œil.

— Ce n'est pas ma première course-poursuite, et il ne va rien nous arriver.

— Ce n'est pas une course-poursuite : c'est une embuscade !

Comme pour le confirmer, le pick-up se mit à faire des appels de phare et à klaxonner.

Lana se renfonça dans son siège, et vérifia sa ceinture de sécurité.

Leur SUV tangua à nouveau sous un autre impact.

Nash encaissa le choc et redressa le véhicule, remerciant le ciel qu'il n'y ait pas de circulation sur la petite route sinueuse. Puis il réexamina les lieux.

Une ligne continue se dessinait au milieu de la chaussée. Au loin, des panneaux signalaient une courbe prononcée, suivie d'un embranchement sur la droite.

Nash appuya sur l'accélérateur.

— Que fais-tu ? interrogea Lana, s'arc-boutant à nouveau sur le tableau de bord. Il va y avoir un virage !

Derrière eux, le moteur du pick-up se mit à vrombir.

— Tiens-toi bien, ordonna-t-il à Lana.

— Ralentis ! répliqua-t-elle.

Nash appuya sur la pédale de frein en tournant le volant,

et leur poursuivant accrocha malgré lui leur pare-chocs arrière.

Cet impact changea sa trajectoire, et le pick-up traversa la ligne continue juste au moment où Nash bifurquait sur la petite route sur leur droite, dans un crissement de pneus et de freins. Le pick-up quitta la chaussée et dévala une légère pente herbeuse, pendant que leur SUV terminait sa course dans un champ.

Il se tourna vers Lana, qui soutint son regard.

— Reste ici, lui dit-il en dégrafant sa ceinture. Appelle les secours pendant que je vais voir comment va ce type. Au moindre problème, prends le volant et va jusqu'au bureau du shérif. Et ne t'arrête pas avant d'y être arrivée.

Nash sortit et referma sa portière. Puis il dégaina son arme tout en s'approchant du pick-up à l'arrêt.

Tout était calme autour de lui, si l'on exceptait les stridulations des criquets, les coassements des grenouilles et les ululements des chouettes... et le ronronnement des deux moteurs.

On distinguait une silhouette épaisse derrière le volant du pick-up... vraisemblablement celle d'un homme, à en juger par sa taille et sa forme.

Nash brandit son arme en s'approchant prudemment de l'arrière du pick-up.

— Police ! annonça-t-il. Ouvrez votre portière lentement, et sortez en levant les mains en l'air.

Les roues du pick-up se mirent à tourner, projetant de la terre et de l'herbe en l'air avant d'accrocher le terrain, et le véhicule repartit.

Nash pointa son arme, envisageant un instant de tirer dans les pneus du pick-up, mais l'obscurité l'empêchait de viser avec précision. Il préféra courir vers son SUV, en espérant que Lana avait appelé les secours, ainsi qu'il le lui avait demandé.

La portière du conducteur s'ouvrit lorsqu'il s'approcha.

— Monte ! cria-t-elle. Allons-y !

Nash démarra et s'engagea sur la route, non sans avoir auparavant jeté un coup d'œil à Lana. Elle avait vécu des événements particulièrement traumatisants ce soir, et il ne serait pas surpris si elle craquait.

— Comment vas-tu ? lui demanda-t-il avec douceur, prêt à la réconforter si elle en avait besoin.

— Les secours sont en route. Je les ai appelés, mais je n'ai pas l'impression que nous en ayons besoin maintenant. Allons attendre Knox au siège de la police. Nous ne pourrons certainement pas rattraper cet homme, et je n'ai même pas envie d'essayer.

Nash hocha la tête, comprenant son besoin de sécurité. C'était également sa priorité pour le moment.

— C'est bon, dit-il. J'ai bien regardé le véhicule. Je vais lancer une alerte à toutes les agences de sécurité, et nous aurons peut-être un résultat.

Lana lui tendit un morceau de papier froissé.

— Et si ta description ne suffit pas, voici le numéro de la plaque d'immatriculation.

Le shérif de Great Falls avait ses bureaux dans un long bâtiment de plain-pied, devant lequel s'étalait une pelouse flanquée d'un petit parking. C'était un des rares endroits de la ville où Lana n'était jamais allée, et où elle pensait ne jamais avoir à se rendre.

Nash se gara à côté d'une rangée de véhicules de police.

— Tu es prête ? lui demanda-t-il avant de descendre de son SUV et de refermer la portière.

Pas vraiment...

Elle prit une longue inspiration pour se ressaisir et tenter de mettre ses émotions à distance, comme elle l'avait fait lorsque Nash s'était dirigé vers le véhicule de leur poursuivant. C'était une technique qu'elle utilisait au travail, lorsque la pression était particulièrement forte et qu'elle n'était pas certaine de parvenir à la supporter. Elle avait appris à se concentrer sur sa respiration et à ne pas s'attarder sur ce qui échappait à son contrôle, pour plutôt se focaliser sur ce dont elle avait la maîtrise. Ensuite, il n'y avait plus qu'à s'attaquer aux tâches une à une. En suivant cette méthode, elle avait découvert qu'elle pouvait venir à bout de presque tout.

Certes, les coups de chaud en cuisine et les événements dramatiques qu'elle venait de vivre ce soir n'avaient rien à voir, mais la démarche demeurait identique.

Nash lui tendit la main lorsqu'elle ouvrit sa portière et, à contrecœur, elle la prit. Elle était ferme et solide. Il referma les doigts et, un instant, elle ne pensa plus à rien d'autre qu'à ce contact si réconfortant.

— C'est bon, lui dit-il. Je suis là.

Elle hocha la tête avec raideur, puis le laissa la conduire à l'intérieur du bâtiment.

Quelques minutes plus tard, on les fit entrer dans une salle de réunion meublée d'une table ovale et de nombreux fauteuils à roulettes. Le sceau du shérif de Great Falls était accroché sur un mur. Une desserte sur laquelle se trouvaient une cafetière, des piles de tasses en carton, du sucre et du lait était placée dessous. Une fontaine à eau et un tableau blanc comme ceux que l'on voyait dans les séries policières complétaient l'ensemble.

Lana s'assit, ne sachant trop combien de temps ses jambes tremblantes pourraient encore la supporter. Maintenant que l'adrénaline était retombée, elle ne parvenait plus à feindre d'être parfaitement maîtresse d'elle-même.

— Tu veux un peu d'eau ? demanda Nash.

— Oui. Merci.

Il revint avec deux tasses et en posa une devant elle avant de s'asseoir.

— Comment te sens-tu ?

— Très secouée.

Elle prit une longue gorgée d'eau, et tenta de s'ancrer dans le réel.

— Perdue... révoltée... et effrayée, ajouta-t-elle. Je sais que tu m'as déjà expliqué la situation, mais tu pourrais le faire à nouveau ?

— Bien sûr.

Nash lui raconta en détail qui était Mac Bane : un fugitif condamné à plusieurs reprises, à chaque fois pour des crimes sérieux ayant presque tous pour motif l'argent.

— La rénovation récente du restaurant où tu travailles associée au meurtre de ton patron semblent indiquer que Timothy Williams aurait pu être en relation avec Bane, et que les choses auraient mal tourné.

Lana sentit sa bouche s'assécher, malgré la gorgée d'eau qu'elle venait de boire.

— J'ai entendu Tim présenter des excuses à l'autre homme. Il lui a dit qu'il voulait seulement s'amuser, ou quelque chose comme ça... Il n'a pas donné de détails.

Nash hocha la tête.

— Tu as remarqué un changement dans le comportement de ton patron ces derniers jours ou ces dernières semaines ?

— Pas avant aujourd'hui. Il m'a semblé ailleurs toute la journée, et a à peine quitté son bureau.

Des pas lourds résonnèrent dans le couloir, accompagnés de bruits de voix masculines. Quelques instants plus tard, Knox entra dans la pièce.

Lana sourit instinctivement en voyant son ami. Deux autres adjoints en uniforme le suivaient. Un instant, elle sentit ses épaules nouées se décrisper. La présence de Knox apaiserait les tensions entre Nash et elle. Le revoir avait fait monter en elle beaucoup d'émotions qu'elle pensait profondément enfouies, et contre lesquelles elle avait dû lutter.

— Je suis revenu aussi vite que possible, déclara Knox en serrant la main de son cousin. J'ai entendu l'appel d'urgence sur la radio. Je suis heureux que personne n'ait été blessé.

Il se tourna vers Lana.

— Comment vas-tu ?

Nash sortit le morceau de papier froissé de sa poche et le tendit à son cousin.

— Elle va bien : elle a eu la présence d'esprit de noter le numéro de la plaque d'immatriculation du pick-up.

— Bravo !

Knox prit le bout de papier tout en souriant à Lana avec chaleur. Puis il fit glisser sur la table un bloc-notes et un stylo dans sa direction,

— Tu pourrais écrire tout ce dont tu te souviens des événements de cette nuit ? demanda Knox. Je reviens dès que possible pour en parler.

Nash se tourna vers elle alors que Knox repartait.

— Knox va voir à quel véhicule correspond le numéro d'immatriculation, expliqua-t-il, et il va revenir nous dire qui en est le propriétaire. Cela pourrait être un début pour identifier le conducteur.

— J'imagine que c'est le propriétaire du pick-up qui était au volant, non ? s'enquit-elle.

Nash plissa le front.

— Il est plus probable que le véhicule ait été volé, mais l'endroit où il a disparu et l'identité du propriétaire peuvent tout de même être des indications utiles.

— D'accord.

Elle saisit alors le stylo et se mit à écrire, ne sachant trop si elle allait réussir à transcrire les événements et ses impressions en mots. Mais étonnamment, lorsqu'elle eut commencé, elle eut l'impression qu'elle ne pouvait plus s'arrêter. Les souvenirs qui affluaient à sa mémoire se couchaient presque d'eux-mêmes sur le papier, et elle écrivit ainsi plusieurs pages, alors que sa main arrivait à peine à suivre le rythme de ses pensées.

Nash la considérait avec inquiétude et curiosité, croisant son regard à chaque fois qu'elle marquait un temps d'arrêt pour trouver les mots justes.

— Tu me regardes fixement, murmura-t-elle, incapable de ne pas remarquer l'intensité de son expression.

— Pardon.

Sa voix grave résonna en elle, et lui envoya un frisson dans tout le corps, alors qu'elle mettait un point final à sa narration.

Elle espérait que Nash ne s'en apercevrait pas, ou attribuerait sa réaction aux événements dramatiques dont elle avait été témoin.

— Ce n'est rien.

— Je suis désolé que tout cela te soit arrivé et que Bane t'ait attirée dans sa spirale infernale, reprit-il. Cet homme est toxique.

Lana s'efforça de faire bonne figure, et tenta de sourire.

— Eh bien, c'est comme ça. Je regrette amèrement d'avoir croisé son chemin, mais puisque c'est le cas, je suis contente que tu sois là.

Nash serra la mâchoire, et elle soutint son regard en attendant sa réponse.

— Tu as quelqu'un à appeler ? demanda-t-il. Quelqu'un à informer que tu ne rentreras pas chez toi ?

— Non.

Elle eut mal en admettant cela, même si cela ne l'avait jamais tracassée auparavant.

— Mes parents ont pris leur retraite et ont déménagé dans le Montana. Je vis seule.

— Pas de mari ? D'enfants ? De compagnon ?

Lana secoua la tête.

Elle vit passer quelque chose d'indéfinissable dans les yeux de Nash. Un instant plus tard, il hocha la tête, et sembla se détendre.

— Tu es devenue cheffe dans le meilleur restaurant de la ville, remarqua-t-il d'un air songeur.

Il avait prononcé ces mots avec une fierté manifeste.

— Et toi, tu es devenu marshal, et tu poursuis de dangereux criminels !

Le coin de ses lèvres se releva, comme s'il réprimait un sourire.

— Oui madame.

— Tu aimes ton métier ? demanda-t-elle, refusant de prêter attention à la sensation de vide qu'elle ressentait.

Après tout, il l'avait quittée pour la profession dont il rêvait. Le moins qu'il puisse faire était de l'aimer.

Elle ne put s'empêcher de se demander s'il avait jamais regretté la décision d'abandonner ce qu'ils avaient construit ensemble. Avait-il pensé à elle, ne serait-ce qu'une fois, après être parti à la poursuite de ses rêves ?

— Oui, répondit-il. La plupart du temps.

Elle hocha la tête.

— Bien.

Au moins, il ne lui avait pas brisé le cœur pour rien. Elle avait toujours voulu son bonheur. Donc, c'était au moins ça.

Nash leva prudemment la main, et la posa sur la joue de Lana lorsqu'il vit qu'elle ne protestait pas.

Lana ferma les yeux, et puisa la chaleur et la force qu'il lui offrait.

— Je vais te protéger, promit-il. Je vais veiller sur toi, et envoyer Bane en prison.

Elle ouvrit les yeux, et fut saisie par l'intensité de son regard.

L'homme qui était devant elle n'était plus le garçon

naïf et impulsif dont elle était tombée amoureuse. Il était calme, expérimenté et solide. Le Nash qu'elle connaissait aurait été incapable de rester assis alors qu'il y avait tant de choses à faire. Mais aujourd'hui, il lui apportait l'assurance tranquille dont elle avait besoin pour se sentir en sécurité, et elle aurait voulu le remercier de toute son âme.

— D'accord, dit-elle en soutenant son regard, alors qu'il laissait retomber la main. J'ai décidé de te faire confiance. Et toi, tu vas me garder en vie.

— Marché conclu.

— Marché conclu, répéta-t-elle.

Et, malgré l'horreur de cette nuit, elle lui sourit.

S'il fallait qu'elle se cache pour échapper à un dangereux fugitif, le faire avec Nash était au moins une consolation.

5

— Bon, déclara Knox en faisant irruption dans la salle de conférences, des documents à la main.

Lana prit une inspiration, et détacha son regard des lèvres de Nash.

Celui-ci s'éclaircit la voix, puis se retourna vers son cousin.

— Alors, qu'as-tu trouvé ?

Knox fronça les sourcils, ne manquant manifestement rien de l'atmosphère de la pièce.

Lana songea un instant qu'elle devait avoir perdu la tête. Un de ses amis était mort ce soir, et un dangereux criminel était probablement à ses trousses. Comment se faisait-il que Nash occupe toutes ses pensées ?

Elle détourna le regard, sentant son visage s'empourprer. Nash était en mission. Il était revenu ici pour son travail, tout comme il l'avait quittée pour ce même travail. Elle n'avait jamais été – et ne serait jamais – sa priorité. Et c'était une chose qu'elle devait admettre une fois pour toutes.

Knox s'assit en bout de table, et passa les documents à Nash.

— La voiture qui vous a poursuivis appartient à un homme qui habite dans le comté voisin, Logan Millan. Des collègues sont allés le voir à son domicile. Il dormait lorsqu'ils sont arrivés, et il ne savait même pas que son pick-up avait été volé. Il fait les trois-huit dans une aciérie du coin, et il l'avait garé dans la rue lorsqu'il était rentré chez lui, puis ne s'en était plus préoccupé. Il a mangé, pris une douche, regardé un match à la télévision puis il est allé dormir. Donc, le véhicule a été volé il y a quelques heures à peine.

Nash poussa un long soupir en étendant ses longues jambes devant lui.

— Pourquoi n'ai-je jamais eu la chance de croiser un criminel qui conduise son propre véhicule ?

Knox sourit.

— Je n'en ai pas la moindre idée ! Mais de mon point de vue, tu es le marshal le plus chanceux que je connaisse, puisque ton fugitif a choisi de venir sur les terres des Winchester. C'est certainement la pire décision qu'il ait jamais prise !

— Quand aurons-nous confirmation que celui qui a tué Tim est bien l'homme que vous recherchez ? demanda Lana en regardant Nash, puis Knox. Y a-t-il eu d'autres témoins que moi ?

— Tu es la seule, mais ta déposition suffit, répondit Nash. Tout correspond : le moment, le lieu, la rénovation du restaurant, les plaques d'immatriculation de Pennsylvanie... Mais nous allons officialiser cela.

Il fit glisser son téléphone dans la direction de Lana, et sélectionna une photo qu'il agrandit.

— Est-ce l'homme que tu as vu ?

Il ne fallut qu'un instant à Lana pour le confirmer.

— Oui.

Le visage plein de rage du tueur était gravé dans sa mémoire. La photo qu'elle voyait devant elle avait été prise de loin et était pixélisée. Il s'agissait certainement d'un cliché de caméra de surveillance. Et l'homme souriait. Mais il s'agissait sans le moindre doute de celui qu'elle avait vu sur le toit du restaurant.

Nash la transperça du regard tout en reprenant son téléphone, qu'il tendit à Knox.

— Voici Mac Bane.

— C'est bon, déclara Knox en regardant l'écran avant de rendre le portable à son cousin. Nous avons fouillé la scène de crime : le badge de Lana ne s'y trouvait plus, et sa photo est sur le site du restaurant. J'avais espéré que Mac Bane n'avait pas pu distinguer ses traits clairement à cause de l'obscurité, mais il ne lui a certainement fallu que quelques clics pour trouver un portrait d'elle avec son nom sur Internet.

Nash se tourna à nouveau vers elle.

— Je vais veiller sur Lana le temps qu'il faudra.

— D'accord. Préviens-moi si tu as besoin de quelque chose, répondit Knox.

Lana sentit son cœur tambouriner dans sa poitrine. « Le temps qu'il faudra », avait dit Nash. Comment allait-elle pouvoir rester seule pendant des jours avec Nash Winchester, l'amour de sa vie, et faire semblant de ne plus éprouver pour lui qu'une saine indifférence ?

Nash remplit à nouveau sa tasse de café. Knox avait terminé son service depuis plusieurs heures, mais il était resté pour l'aider dans ses recherches, et ensemble, ils avaient consulté des bases de données et tenté de retracer le cours des événements de la nuit dernière.

Lana s'était installée dans un fauteuil, et avait posé sa tête sur un oreiller que Knox lui avait apporté. Elle avait réussi à dormir un peu, d'un sommeil entrecoupé, mais c'était déjà presque inespéré si l'on considérait ce qu'elle venait de vivre. Bane connaissait son nom, avait vu son visage et trouverait certainement très vite son adresse, et Nash avait bien conscience que ce n'était pas une situation facile à vivre.

Il avait souvent posé son regard sur elle cette nuit, à

chaque fois qu'elle avait gémi ou tressailli, essayant de retrouver en elle la femme qui avait changé son monde à jamais. Il était tombé sous son charme au premier regard, subjugué par sa beauté et son insouciance. Elle était jeune et douce. Lui était déjà désabusé et blasé, mais il était tombé éperdument amoureux d'elle, et ne pouvait se lasser de l'attention de ses yeux bruns et de la caresse de ses lèvres. Il était comme envoûté.

Il avait presque oublié combien l'attrait qu'elle exerçait sur lui était puissant.

Maintenant, elle était plus âgée et moins fragile, mais plus belle encore, alors qu'elle incarnait déjà pour lui la perfection. Sa silhouette longiligne s'était délicieusement arrondie par endroits, et son regard autrefois espiègle était maintenant à la fois bienveillant et déterminé. Mais même s'il était assez près d'elle pour la toucher, la distance entre eux était infranchissable. Et il était le seul responsable de cette situation.

Il n'aurait jamais dû lui laisser croire que devenir marshal était plus important que l'épouser... Il était entré dans l'armée dès qu'il était sorti du lycée, passant sans transition du statut d'adolescent à celui de soldat. Lorsqu'il était revenu à Great Falls, après des années difficiles, il lui avait fallu du temps pour se réadapter à la vie civile. Se donner comme ambition d'intégrer la prestigieuse organisation des marshals lui avait fourni un but, un espoir, et le sentiment de pouvoir contrôler sa vie.

Nash tenta de se concentrer à nouveau sur son travail, et fit la grimace lorsque le coup qu'il venait de recevoir se rappela à lui.

Le courage et la volonté qu'il avait dû falloir à Lana pour s'arrêter de courir et prendre la décision d'affronter un homme qu'elle pensait être un tueur emplissaient Nash d'une admiration teintée d'inquiétude. Il était bien plus grand et musclé qu'elle. Pourtant, elle avait préféré se battre. C'était un risque calculé mais sensé, puisqu'il aurait fatalement fini par la rattraper. Et s'il avait été véritablement un assassin... Nash fit encore la grimace. L'idée que les choses auraient pu se terminer bien différemment ce soir lui était autrement plus pénible que la douleur lancinante qu'il ressentait dans l'abdomen.

De l'autre côté de la pièce, Knox nota quelque chose sur le tableau, puis reposa son marqueur avec un air satisfait.

— Qu'en penses-tu ? demanda-t-il. C'est bien ?

— Oui, répondit Nash machinalement, regardant sans voir ce que son cousin venait d'ajouter.

— Et Lana ? s'enquit Knox en glissant un regard vers elle. Je me trompe, ou il y a encore quelque chose entre vous ?

— Non, affirma Nash en secouant la tête.

Il avait demandé à ses cousins de veiller sur Lana lorsqu'il avait rejoint les marshals, et ils s'étaient parfaitement acquittés de leur tâche jusqu'à ce soir. Fort heureusement, aucun n'avait eu l'idée de tomber amoureux d'elle en l'absence de Nash.

Knox leva la main, jugeant visiblement préférable de s'écarter de ce sujet sensible.

Il se versa une tasse de café, puis l'interrogea en s'appuyant contre le mur :

— Tu as du nouveau concernant ton équipe ?

— Oui.

Nash frotta ses yeux fatigués, espérant que la caféine ferait bientôt son effet.

— On l'a mise sur une affaire urgente pendant que je faisais le trajet jusqu'ici. En conséquence, leur arrivée à Great Falls a été retardée.

— De combien ?

Nash étouffa un bâillement.

— Je l'ignore. Au moment où on les a appelés, j'avais

encore pour projet de passer quelques jours à tâter le terrain, interroger des commerçants, effectuer des recherches et dresser une liste des établissements qui auraient pu intéresser Bane. Je voulais tenter de le localiser avant d'appeler du renfort, et je n'aurais pas eu besoin de mon équipe avant quelques jours. Mais maintenant, je crains de ne plus avoir personne avant longtemps !

Il avala le reste de son café, mécontent de la situation et de son incapacité à la changer.

— Attends, déclara Knox, tu n'as personne ?

Nash fronça les sourcils. Son cousin ne l'écoutait donc pas ?

— Oui, c'est ça.

Knox posa son café en soufflant, puis retourna vers le tableau. Il prit le marqueur, et dressa une liste.

Knox, Cruz, Derek, Blaze, Lucas

Lorsqu'il eut terminé, Knox désigna les noms un à un en commençant par le sien.

— Shérif adjoint. Détective privé. Détective privé. Et si besoin est, nous avons également deux policiers.

Il reboucha le marqueur avec un sourire.

— Tu as le soutien de deux agences de maintien de l'ordre, et d'un cabinet d'enquêteurs réputé. Visiblement, cela fait trop longtemps que tu es parti, cher cousin. Tu es ici sur les terres des Winchester, et les Winchester se serrent toujours les coudes.

Nash sourit. Il n'était pas seul. Et Knox avait raison : il était parti depuis trop longtemps...

Son regard se posa sur Lana.

6

Le grondement sourd de voix masculines et l'éclat de la lumière sur ses paupières tirèrent Lana du sommeil. Elle plissa le front et tenta de se redresser, s'étirant sur l'étroit fauteuil.

Les événements de la nuit lui revinrent subitement à l'esprit, alors qu'elle prenait soudain conscience de l'endroit où elle se trouvait. Elle n'était pas dans son lit, et l'impression de lourdeur et de tristesse qu'elle ressentait n'était pas le résultat d'un mauvais rêve : elle avait passé la nuit dans la salle de conférences du shérif, et la raideur de son corps tout ankylosé lui donnait l'impression d'avoir deux fois son âge.

— Bonjour, lui dit Nash, en posant sur la table devant elle une tasse de café.

— Désolée. Je ne voulais pas dormir, répondit-elle en s'étirant. Tu as pu te reposer ? J'ai loupé quelque chose ?

Nash lui sourit.

— J'irai dormir plus tard.

Il avait les cheveux humides, et ses vêtements étaient propres, alors qu'elle se sentait toute fripée.

— Tu n'as pas manqué grand-chose, poursuivit-il, juste quelques recherches.

— Tu m'as laissée seule ? demanda-t-elle d'un ton qui lui sembla plus accusateur qu'elle ne l'aurait voulu.

Nash sembla réprimer un sourire.

— Je suis seulement allé me doucher et me changer dans les vestiaires. J'avais mon sac de voyage dans le SUV.

Lana se força à détourner le regard de sa barbe naissante. Elle ne se souvenait que trop bien du contact de ses joues râpeuses contre sa propre peau, et rien qu'en y pensant, elle sentait tout son corps réagir.

Elle trempa les lèvres dans son café, et en but une longue gorgée pour s'éclaircir les idées. Visiblement, elle n'était pas bien réveillée... et elle osait à peine imaginer ce à quoi elle ressemblait. Non que cela ait la moindre importance, ou que Nash s'en soucie. Le désir qu'elle lisait constamment dans son regard, il y a huit ans de cela, avait fait place à la froide observation d'un marshal en service.

Fort heureusement, la caféine fit bientôt son effet, lui insufflant un peu d'énergie, et des pensées plus appropriées.

Knox jeta un coup d'œil à sa montre.

— Il va falloir trouver un endroit où tu pourras rester quelques jours. Tu as besoin de prendre quelques affaires chez toi avant que nous t'installions en lieu sûr ?

Lana hocha la tête, alors que la dure réalité de la situation s'imposait à nouveau à elle. Ce n'était certes pas idéal de passer la nuit dans un fauteuil, mais ici, au moins, ils étaient en sécurité.

Nash se leva et se dirigea vers la porte.

— Alors, allons-y.

Lana jeta sa tasse vide dans la poubelle et le suivit.

Alors qu'ils se dirigeaient vers la sortie, Nash répondit aux quelques questions que lui posèrent les adjoints qu'ils croisèrent, et tous considérèrent Lana d'un air pensif.

La situation était également étrange pour eux, songea-t-elle. Un meurtre avait été commis. Un dangereux prisonnier fugitif se trouvait dans la région, et un marshal était en mission ici afin de l'appréhender. Rien de tout cela n'était normal.

Nash lui tint la porte, et elle sortit dans le soleil. Ensemble, ils se dirigèrent lentement vers son SUV, et Nash poussa un soupir lorsqu'ils purent constater les dégâts que le véhicule avait subis la veille : le pare-chocs arrière était méchamment enfoncé, et un feu brisé. Nash fit le tour de sa voiture, cherchant probablement à évaluer les dommages.

— J'avais presque oublié tout cela.

Lana sentit son cœur se mettre à battre plus vite et sa gorge se serrer, alors que les souvenirs de la course-poursuite lui revenaient à la mémoire. Elle balaya le parking du regard, cherchant à voir s'il ne s'y trouvait pas quelqu'un qui n'avait rien à y faire… Quelqu'un qui surveillerait les lieux, et qui attendrait dans un véhicule, prêt à les suivre lorsqu'ils partiraient.

Elle baissa la tête en s'enveloppant de ses bras.

Nash revint vers elle, les yeux fixés sur l'écran de son téléphone, les sourcils froncés.

— Nous ne pouvons pas reprendre ce SUV, c'est bien ça ? demanda Lana.

Il leva les yeux vers elle.

— Je ne préférerais pas. Mais Knox vient de me rappeler que nous sommes sur les terres des Winchester, alors je suis en train de voir si quelqu'un peut nous prêter un véhicule.

Lana sourit à cette expression familière. Elle avait toujours aimé entendre Knox, son frère et leurs cousins l'employer. C'était une façon de rappeler qu'ils appartenaient tous à une famille unie. Mais aujourd'hui, le terme prenait une nouvelle connotation, dans la mesure où tous travaillaient d'une manière ou d'une autre dans le maintien de l'ordre.

— Ce n'est pas gagné, poursuivit Nash, mais…

Son téléphone se mit à sonner, et il s'interrompit, contrôlant l'écran du regard.

— Bon, oublie ce que je viens de dire. Apparemment, mes cousins Cruz et Derek ont une voiture banalisée à me prêter, et proposent que nous nous retrouvions dans leur agence pour un petit déjeuner. Tu connais un endroit où nous pourrions acheter un brunch à emporter ?

Elle sourit.

— Là, enfin, tu parles de choses que je connais ! Le café au croisement de la grande avenue et de la première rue fait les meilleurs petits déjeuners du Kentucky… peut-être même du monde !

— Comment pourrais-je résister ?

— Impossible !

Ils se rendirent en ville dans le SUV, tous deux sur le qui-vive, même si aucun n'en parla. Nash gara le véhicule et en sortit, s'arrêtant un instant pour observer attentivement les alentours.

À cette heure de la journée, la ville offrait un visage entièrement différent. Il n'y avait plus de musique, de barrières en bois pour protéger les gens qui dansaient, plus de lumière sortant à flots des bars animés. Il était à peine 8 heures du matin, et il n'y avait que le bon vieux soleil du Kentucky, des couples qui marchaient la main dans la main, des parents avec des poussettes, et des habitants du quartier qui promenaient leurs chiens… Des lève-tôt qui profitaient d'une belle matinée ensoleillée.

L'odeur du café agit comme un aimant puissant sur Lana, qui se sentait affamée et avait besoin d'oublier le goût du breuvage infâme qu'elle avait ingurgité dans la salle de conférences.

À l'intérieur de l'établissement régnait une bourdonnante activité. Les serveurs s'affairaient, et des éclats de voix joyeuses résonnaient. L'endroit évoquait la campagne française, avec ses murs blanchis à la chaux, ses rideaux à carreaux aux fenêtres, et ses paniers emplis de viennoiseries placés sur le comptoir.

Lana prit sa place dans la queue, et savoura la perfection de l'instant : l'air frais sur sa peau, les rires qui perlaient, l'odeur des croissants fraîchement sortis du four... Sur un grand tableau noir fixé au mur était inscrit le menu du jour. C'était un détail dont elle souhaitait s'inspirer le jour où elle ouvrirait son propre restaurant... même si elle voulait créer une ambiance différente, avec des touches rappelant ses origines à la fois japonaises et hawaïennes. Elle mettrait au menu des recettes de ses deux grands-mères, et tenterait de rappeler l'atmosphère d'une île, en utilisant une dominante de bleu dans la décoration. Elle placerait des souvenirs et des bibelots sur des étagères. Cela faisait dix ans qu'elle y pensait...

— Bel endroit, remarqua Nash, interrompant sa rêverie.

— Il vient d'ouvrir. C'est l'un de mes préférés.

Nash vint à ses côtés, et étudia le menu, le front plissé.

— Tu as toujours envie d'ouvrir un restaurant ?

Elle se tourna lentement vers lui.

— Tu t'en souviens ?

À l'époque où ils sortaient ensemble, cela était à peine plus qu'un rêve. Elle était encore en train d'apprendre son métier, et loupait systématiquement tous les plats auxquels elle tentait de donner une touche personnelle. Il lui avait fallu des années pour comprendre l'alchimie qui était à l'œuvre dans la cuisine, et pourquoi ses essais étaient plus souvent désastreux que couronnés de succès.

— Je me souviens de tout, répondit Nash.

Le cœur de Lana se serra. Les souvenirs qu'il avait étaient-ils aussi vifs et précis que les siens ? Se rappelait-il la fois où ils avaient ramassé cent tournesols pour une collecte de fonds ? Quand ils avaient dormi à la belle étoile ? Quand ils mangeaient des glaces et s'embrassaient jusqu'à ce que leurs bouches soient à nouveau chaudes ? Quand ils s'étaient promis de s'aimer toujours ?

— Suivant !

Lana sursauta.

Une femme à la silhouette élancée leur fit signe d'avancer.

— Que voudriez-vous ?

Lana choisit un gâteau au café et un chaï latte froid. Nash commanda un assortiment de sandwichs, des muffins à la fraise, et trois grandes tasses de café. Il paya l'addition et reçut un jeton de plastique en échange.

Nash s'appuya contre le mur au bout du comptoir, et regarda attentivement Lana lorsqu'elle le rejoignit.

— Comment te sens-tu ?

— Toujours secouée, reconnut-elle, mais aussi comme engourdie. Je sais que je devrais avoir peur. Parfois, je suis paniquée, mais à d'autres moments, j'en oublie presque la gravité de la situation... Mais j'ai surtout du mal à me dire que ce qui s'est passé hier est bien réel.

Il hocha la tête.

— Je suis là si tu veux en parler. Si tu veux savoir quoi que ce soit, ou si je peux faire quelque chose pour t'aider, tu n'as qu'un mot à dire. Je suis probablement la dernière personne que tu as envie d'avoir constamment à tes côtés pour assurer ta protection, mais je te promets de te rendre les choses aussi faciles que possible.

Une cloche sonna, et deux sacs en papier blanc apparurent sur le comptoir.

— Numéro 11 ?

Nash échangea son jeton contre les deux paquets.

— Voici les boissons, annonça la serveuse en posant un plateau avec des tasses jetables devant Lana.

— Merci.

Nash ouvrit la porte et la tint pour la laisser passer.

— Je pense vraiment ce que je viens de te dire, ajouta-t-il. Nous sommes dans une situation difficile, mais nous pouvons faire en sorte de la rendre la moins pénible possible.

Lana hocha la tête.

— Merci. Je vais tenter d'être un témoin parfait.

Il fronça les sourcils mais ne répondit pas. Elle voulait simplement lui rappeler qu'elle avait conscience qu'il ne se trouvait à Great Falls que pour une unique raison... et qu'une fois sa mission accomplie, il la laisserait derrière lui.

Une fois de plus.

7

Les bureaux de l'agence de détectives privés Winchester étaient situés au rez-de-chaussée d'un immeuble discret du centre-ville. Des parois vitrées réfléchissantes en protégeaient l'intérieur du regard des passants. En découvrant l'endroit, Lana se dit que Derek et Cruz, en revanche, devaient avoir une vue parfaite sur ce qui se passait à l'extérieur.

Elle connaissait Derek et Cruz depuis des années. Ils avaient le même âge qu'elle et, même s'ils ne se ressemblaient pas du tout, ils étaient tous deux – comme tous les Winchester qu'elle avait rencontrés – incroyablement beaux. Elle les avait appréciés au premier regard, et si le temps avait passé, rien n'avait changé.

Derek vint les accueillir et referma la porte derrière eux, non sans avoir jeté auparavant un coup d'œil dans la rue.

— Nous n'avons pas été suivis, déclara Nash en tendant à son cousin les sacs contenant leurs petits-déjeuners.

Les deux hommes se serrèrent dans les bras.

— Vous avez aussi apporté du café ? s'exclama Derek en s'emparant du plateau que portait Lana. Nous sommes gâtés !

Cruz émit un sifflement et se dirigea vers Lana, tout en écartant d'un revers de main la proverbiale mèche de cheveux blonds qui lui tombait sur le front.

Avec un clin d'œil taquin à l'adresse de Nash, il la prit dans ses bras.

Lana se laissa aller contre son vieil ami, et Cruz la souleva en réponse.

— Alors, Lana, dit-il en la reposant à terre et en la balayant d'un regard attentif, tu vas bien ?

— Non.

Le mot fusa avant qu'elle ne puisse l'arrêter, et le silence se fit dans la pièce. Tous s'immobilisèrent une seconde, puis Derek et Cruz se mirent à rire.

Lana se joignit à eux, éberluée par son incapacité à feindre lorsqu'elle était en leur présence.

Derek tendit les boissons à Cruz, et prit Lana par la main pour la conduire vers une table ronde qui se trouvait à l'arrière de la pièce.

— Lorsque l'on mange avec des amis, tout paraît ensuite plus simple.

Lana le suivit, s'imprégnant de l'atmosphère de l'agence. Elle était sobrement meublée, et décorée dans des tons de noir, blanc et gris. Des bibelots et des cadres photos étaient élégamment disposés sur des étagères, et elle songea qu'une caméra était très certainement cachée derrière.

Le gant et la batte de base-ball qui se trouvaient près du bureau de Cruz donnaient l'impression qu'il revenait tout juste d'un entraînement, mais Lana songea qu'il avait ainsi une arme à portée de main si nécessaire. Et, étant donné son habileté à ce sport, il aurait fallu être fou pour le défier.

Les deux hommes avaient des photos de leurs épouses et de leurs enfants sur leurs bureaux. C'était une des choses qu'elle appréciait chez eux : Derek et Cruz étaient très attachés à leur famille.

Nash attendit que Lana soit assise avant de s'installer à côté d'elle. Son visage exprimait une certaine perplexité.

— Vous vous voyez souvent ?

Cruz prit un muffin.

— Seulement au moment du championnat de softball.

Lana sourit.

— Derek et Cruz perdent régulièrement contre l'équipe de mon restaurant, depuis plusieurs années maintenant.

— Parce que nous ne sommes que deux à jouer régulièrement, répliqua Cruz en se redressant. Tous les membres de notre équipe ont de jeunes enfants et loupent des séances d'entraînement pour s'occuper d'eux ou pour aller les regarder jouer. S'ils étaient plus assidus, nous gagnerions !

Lana hocha lentement la tête. Cruz disait vrai, mais comme elle sentait qu'il était piqué, elle le taquina :

— Cela reste à prouver !

Cruz pointa le doigt vers elle en fronçant les sourcils, et elle lui sourit.

Derek s'adressa à Nash, tout en ôtant le couvercle d'une des tasses de café :

— Je te dirais volontiers que Lana a un très bon swing, mais j'ai entendu dire que tu l'as appris à tes dépens hier soir. Je crois que, dorénavant, je vais l'appeler Batgirl !

Elle aurait volontiers ri en voyant la grimace que fit Nash, si elle ne s'était pas sentie si désolée de lui avoir fait mal.

Cruz s'assit à la table, et mordit dans son muffin.

— À ta place, j'aurais évité d'en parler.

— Et tu aurais bien fait, repartit Nash.

Lana extirpa son chaï latte du support, et y trempa les lèvres. Le ton badin de la conversation entre les Winchester avait quelque peu allégé le poids qui pesait sur elle, et, pendant un instant, elle avait eu l'impression d'être à nouveau adolescente.

Elle se souvenait encore du moment où Nash et elle s'étaient avoué leur amour…

Quatre ans plus tard, il lui avait annoncé qu'il avait été recruté par les marshals de Louisville, et qu'il serait heureux qu'elle vienne y vivre avec lui. Mais il avait accepté le poste avant même de lui en parler, et cette proposition faite après coup ne semblait pas faire partie de ses plans initiaux.

Lana aurait voulu qu'il accorde plus de prix à leur relation, alors elle l'avait laissé partir. Et c'est ce qu'il avait fait.

Le raclement de chaises sur le sol la fit sortir de sa rêverie. Elle sursauta et leva les yeux vers les trois Winchester, qui s'étaient mis debout.

— Tu vas bien ? demanda Nash.

— Oui.

Elle se leva à son tour, tentant de réprimer la morsure du dépit, comme elle avait réussi à le faire avec plus ou moins de succès au cours de ces huit dernières années.

Cruz tendit un trousseau de clés à Nash qui se tourna vers lui, alors que Derek continuait à observer Lana, les sourcils froncés.

« Je vais bien », forma-t-elle silencieusement à l'attention de son ami un peu trop protecteur.

— Derek et moi avons un autre rendez-vous ce matin, annonça Cruz. Dès que nous aurons terminé, nous emmènerons le SUV de Nash chez Derek. Il a un hangar assez grand pour le mettre à l'abri des regards.

Derek acquiesça.

— Cruz va me suivre jusque chez moi, et je monterai dans sa voiture pour retourner au bureau.

Nash tendit les clés de son SUV à Cruz.

— Et, ajouta Derek en sortant une feuille du tiroir d'un des bureaux, voici l'adresse d'un endroit sûr où tu pourras rester tant que vous n'aurez pas mis la main sur Bane. J'ai déjà mis quelques provisions dans le véhicule que nous allons te prêter. Vous devriez en avoir assez pour plusieurs jours.

Nash considéra le papier, puis leva la tête vers son cousin. Ses yeux bleu foncé brillaient d'émotion.

— Merci. Il faut que j'aille prendre mes bagages avant de partir.

— D'accord, déclara Cruz en pressant un bouton de la télécommande accrochée au porte-clés.

Les feux du SUV clignotèrent.

Lana les salua, puis suivit Nash au-dehors. Elle était dans une situation difficile, mais elle n'aurait pu rêver meilleure équipe pour la soutenir.

L'aspect pratique de la situation était réglé. C'était maintenant pour son cœur qu'elle devait s'inquiéter.

Nash coupa le contact du véhicule que ses cousins avaient mis à sa disposition devant une maison de deux niveaux située dans la périphérie de la ville. Devant le bâtiment s'étendait un jardin impeccablement entretenu où les fleurs poussaient à profusion. Un écriteau portant le mot « Bienvenue » était placé sur le mur, à côté d'un rocking-chair, et une large couronne ornait la porte d'entrée. L'endroit n'aurait pas pu être plus accueillant… ni mieux correspondre à Lana.

— Voici ma maison, annonça-t-elle en ouvrant la portière et en s'engageant dans l'allée.

Nash la suivit, ne pouvant s'empêcher de penser à tout ce qui aurait pu se passer entre eux, et qui ne serait jamais.

— Combien de jours vais-je devoir rester loin d'ici ? demanda-t-elle en ouvrant la porte d'entrée.

Il réfléchit un instant, puis finit par répondre :

— Je n'en ai aucune idée.

L'intérieur de la maison, clair et spacieux, était tout aussi charmant que l'extérieur. Les couleurs se mêlaient joyeusement, avec une prédominance de bleu, qui avait toujours été la teinte préférée de Lana. Des tapis et des coussins moelleux agrémentaient le tout, et des photos de famille encadrées étaient accrochées sur le mur de son salon.

— Bon, dit-elle en refermant la porte avec un soupir, je vois que tu es trop fatigué pour me répondre avec précision…

et puisque tu es en ce moment mon seul rempart contre un dangereux criminel, j'avoue ne pas me sentir très en confiance.

Nash s'éclaircit la voix, soulagé qu'elle n'ait pas vu juste, et amusé par son ton factuel et sa façon de s'exprimer. Il était certes fatigué, mais surtout, il était en train de regretter les choix qu'il avait faits… comme celui de ne pas s'être battu pour la garder.

— Je suis désolé, déclara-t-il.

Et ces mots avaient un sens bien plus profond que celui qu'elle pouvait imaginer.

Elle passa devant lui et sortit un sac d'un placard.

— Je vais faire mes bagages pour une semaine, en espérant que ce soit beaucoup trop.

En la voyant s'avancer dans le couloir, Nash retrouva subitement ses réflexes professionnels.

— Un instant !

Il la rejoignit en levant la main, puis s'avança devant elle, vérifiant que les fenêtres de la salle de bains et de la chambre n'avaient pas été forcées, et que rien n'indiquait qu'il y ait eu une intrusion. Puis, tout en se réprimandant mentalement, il retourna vers elle.

— C'est bon, annonça-t-il. Qu'y a-t-il à l'étage supérieur ?

— Une autre chambre, et un bureau.

Nash hocha la tête.

— Fais tes bagages. Je vais vérifier que tout va bien.

Leurs épaules se frôlèrent dans l'étroit couloir.

Reste concentré, Winchester, songea Nash en réprimant un grognement.

Lana hésita devant la porte de sa chambre.

— Tu as regardé sous le lit ?

Il se mit à rire.

— Oui. Et aussi dans le placard, et derrière les rideaux.

Son ton était intentionnellement léger et moqueur, mais il ne disait que la stricte vérité.

Il se rendit à l'étage supérieur en montant les marches deux à deux, pressé de mettre de la distance entre lui et des émotions inopportunes qui le détournaient de sa mission. Pendant toutes ces années, il avait certes pensé à elle, mais les distractions étaient nombreuses. Il avait toujours la possibilité d'aller courir ou d'ouvrir un dossier et de se plonger dedans lorsque le regret d'avoir perdu Lana se faisait trop lourd. Mais il ne pouvait avoir recours à ces tactiques en ce moment.

Il allait devoir en trouver d'autres.

L'étage supérieur de la maison était plus petit, et il le contrôla plus rapidement. Il vérifia chacune des deux pièces, et prit le temps, en redescendant, d'examiner les photos qui décoraient la cage d'escalier. Certaines étaient vieilles, et il les reconnaissait, mais beaucoup étaient des témoignages des années qu'il avait loupées. Et il avait raté bien trop de choses : il n'était pas là lorsque les parents de Lana avaient pris leur retraite, ou lorsqu'elle avait été diplômée de l'école hôtelière. Il ne l'avait pas vue battre Cruz, ancien champion de base-ball, au softball. Soudain, la pensée qu'il avait perdu tout cela lui devint insupportable.

— Je suis prête ! s'écria Lana depuis le bas de l'escalier.

Elle était bardée d'une quantité de sacs.

— J'ai essayé de ne pas emporter trop de choses, mais j'ai également réfléchi à tout ce que j'utilise au cours d'une semaine, et cela fait beaucoup. Tu penses que trois livres suffiront ?

Nash la rejoignit, et lui sourit.

— Prends tout ce que tu veux. Je vais t'aider à porter tes sacs jusqu'à la voiture, et je te donnerai également un coup de main pour tout rapporter chez toi, quand tu ne courras plus aucun danger.

Elle se mordit la lèvre, et hocha la tête.

— D'accord.

L'intensité de son regard le retint captif pendant de longues secondes. Était-il en train d'imaginer la chaleur et le désir qu'il y lisait ? Il lui adressa son sourire le plus poli, et écarta de son esprit l'idée qu'elle aussi pourrait encore avoir des sentiments pour lui. Il fallait qu'ils s'en aillent d'ici, avant que Bane ou un de ses acolytes ne s'en prenne à elle.

Elle sursauta et se mit en marche, comme si elle avait deviné ses pensées.

— Ça t'ennuie si j'emporte des fruits et légumes pour cuisiner ? demanda-t-elle par-dessus son épaule, alors que Nash la suivait. J'en prends chaque semaine au marché, et je ne voudrais pas que ceux que je viens d'acheter se gâtent.

— Ce sera infiniment mieux que ce que je mange d'habitude, répondit-il, sachant que cela allait lui valoir un regard noir.

Effectivement, elle le lui lança.

— Nous n'allons pas nous nourrir uniquement de boîtes de conserve sous prétexte que nous devons nous cacher quelques jours ! S'il y a une cuisinière et un four, je te promets que nous mangerons bien. Et même s'il n'y en a pas, ajouta-t-elle en attrapant un panier posé sur le comptoir.

Elle s'immobilisa alors qu'un crissement de pneus s'élevait, et Nash courut vers la fenêtre la plus proche. Il aperçut un petit pick-up rouge, comme celui qui les avait suivis hier, qui s'éloignait en trombe.

Nash se précipita au-dehors, mais le véhicule était déjà loin.

— Nash ?

Il retourna à l'intérieur, le cœur battant, et le téléphone à la main. Les autorités locales étaient censées être à la recherche de ce véhicule. Comment donc avait-il réussi à se retrouver devant les fenêtres de Lana ? Le département du shérif avait-il si peu de moyens ?

— C'est Nash, annonça-t-il en composant le numéro.

Lana était debout, immobile, dans la cuisine. Son visage était blafard, et les sacs épars à ses pieds.

— Lana ?

Il parcourut la distance qui les séparait en trois longues enjambées, puis suivit son regard. Un gros couteau planté dans la planche à découper retenait une feuille de papier portant un message.

Tais-toi.

8

Lana restait pétrifiée, mais tremblait pourtant de tout son corps. La voix de Nash résonnait, indistincte, par-dessus le bourdonnement de ses oreilles. Il lui fallut un long moment pour détourner le regard du message. Elle avait dû débourser une somme exorbitante pour s'offrir ce couteau et cette planche, et voilà maintenant qu'un meurtrier les utilisait pour la menacer.

Quelqu'un qui voulait sa mort s'était introduit dans sa maison. Avait touché ses objets, violé son intimité. Elle en avait la chair de poule rien que d'y penser.

— Lana, répéta Nash.

Sa voix était plus grave et plus proche. Ses grandes mains se posèrent doucement sur les épaules de Lana, et l'obligèrent à se tourner vers lui.

— Regarde-moi.

Elle se laissa guider, pivotant sur ses jambes chancelantes jusqu'à ce qu'elle se retrouve face à lui. Alors, malgré elle, les larmes se mirent à couler sur ses joues sans qu'elle puisse les retenir.

— Hé, murmura-t-il en se baissant pour être à sa hauteur. Tu vas bien. Il est parti et je suis là. Je vais te protéger.

Elle hocha furieusement la tête, absorbant les mots, décidant de le croire.

— Viens, lui dit Nash.

Et elle pénétra dans le cercle de ses bras. Elle se laissa aller contre lui, pressant la joue et ses mains tremblantes contre son torse chaud et solide.

Il l'enveloppa de ses bras forts, et la tint contre lui jusqu'à ce qu'elle sente les battements de son cœur se calmer pour se confondre avec ceux de Nash, qu'elle entendait contre son oreille.

— Tu vas bien, répéta-t-il. Nous allons appeler Knox et laisser la police s'occuper de cela. Mais il faut que nous partions vite.

Il pressa la paume de ses mains contre le dos de Lana, la soutenant alors qu'elle tentait de contrôler le tremblement de son corps. Cette étreinte lui parut soudain gênante, et elle recula, préférant s'envelopper de ses bras.

Nash Winchester n'était pas son compagnon. Il n'était rien pour elle. Seulement un garde du corps qui protégeait un témoin, rien de plus. Elle devait rapidement se mettre cela dans la tête, parce qu'ils allaient devoir rester ensemble pendant un laps de temps indéterminé et, pour le moment, elle l'oubliait trop souvent.

— Ça va ? demanda Nash.

— Oui.

Son regard retourna malgré elle vers la planche à découper, et elle sentit son cœur se remettre à battre plus vite.

— Partons, murmura-t-elle.

Nash souleva ses sacs avant qu'elle ne puisse protester, et les mit en bandoulière. Puis il prit plusieurs photos du couteau et du message de menace. Il tapa sur son écran pendant quelques secondes, vraisemblablement pour envoyer les clichés à Knox, afin que son cousin prenne le relais.

— Je suis désolé si je suis allé trop loin tout à l'heure, déclara-t-il en glissant le téléphone dans sa poche avec un sourire. D'habitude, je ne serre pas les témoins dans mes bras !

— Ce n'est rien, répondit-elle, alors que les battements de son cœur s'accéléraient à nouveau.

Quoi que Nash soit pour elle, elle n'était qu'un témoin de plus dans la longue liste de ceux qu'il avait eu à protéger. Elle représentait une mission pour lui. Pas davantage.

Nash soutint son regard pendant un instant avant de faire un signe en direction de la porte d'entrée.

— Nous allons changer de véhicule une nouvelle fois, puis nous rendre dans la maison que Derek et Cruz ont trouvée pour nous. L'adresse est à Great Falls, ce qui signifie que nous pourrons aller rapidement en ville ou au bureau du shérif si cela est nécessaire. Mais nous serons assez à l'écart pour pouvoir nous reposer et échafauder un plan sans craindre que Bane ne nous trouve.

Lana se redressa, et poussa un long soupir tremblant.

— Bien.

Il lui tint la porte pour la laisser sortir, et attendit en silence qu'elle l'ait fermée à clé derrière eux.

Elle se raidit malgré elle lorsqu'il posa la main sur le bas de son dos. Il dut le sentir, car il l'ôta immédiatement.

Les journées allaient être longues, songea-t-elle.

Elle se retourna vers lui avant d'ouvrir la portière du passager. Les pensées se bousculaient dans son esprit confus.

— Lorsque Knox viendra s'occuper de ce message, demanda-t-elle, tu penses qu'il va aussi emporter le couteau et la planche à découper ? Pas simplement la note ?

Nash hocha la tête.

— Je ne veux plus qu'ils soient là lorsque je rentrerai chez moi !

— Ce sont des pièces à conviction maintenant, affirma Nash. La police va y chercher des empreintes digitales, et tout passer au peigne fin. Knox veillera à ce qu'ils nettoient tout avant de repartir.

— Du moment qu'ils emportent le couteau et la planche, je me moque du reste, répliqua-t-elle.

Puis elle grimpa dans le véhicule.

— Je m'en achèterai d'autres lorsque tout ceci sera terminé. Et je déménagerai probablement.

Nash poussa un soupir alors qu'elle attachait sa ceinture de sécurité.

— Je vais faire de mon mieux pour que tout redevienne vite comme avant, promit-il.

Il referma sa portière, et elle sentit son cœur se serrer traîtreusement dans sa poitrine.

Nash entra l'adresse du logement où ils devaient se rendre sur son téléphone portable, qu'il fixa sur le tableau de bord, avant de s'éloigner de l'agence de ses cousins. Cela avait été long, mais Derek et Cruz avaient réussi à lui trouver un autre pick-up pour remplacer celui qui avait été vu devant la maison de Lana.

Il se mordit la langue pour ne pas tenter de lui demander de venir vivre avec lui à Louisville, quand tout serait fini… d'emménager chez lui, ou du moins près de chez lui. Cela lui semblait essentiel pour sa sécurité. Après avoir vu le message de menace laissé dans sa cuisine, Nash craignait que Lana ne soit encore en danger, même lorsqu'ils auraient appréhendé Bane. Et que se passerait-il s'il n'était pas là pour la protéger ? La réponse lui serrait l'estomac.

Elle aimerait Louisville. C'était une ville universitaire animée, avec d'excellents restaurants. Il fallait seulement qu'il trouve la manière adéquate de lui faire cette suggestion. Louisville avait également tout ce qu'elle appréciait dans des villes plus petites, comme des espaces verts, et des fêtes populaires. Elle pourrait diriger la cuisine d'un restaurant bien plus prestigieux que le Carriage House. Et quand elle serait prête à ouvrir son propre établissement, elle trouverait sans peine un excellent emplacement à louer.

Il lui jeta un coup d'œil, et lorsqu'il vit son visage blafard, ses pensées prirent une tout autre direction. Il avait un tueur à mettre sous les verrous, et c'était la seule chose qu'il devait avoir à l'esprit en ce moment.

Il appuya sur l'accélérateur, soudain pressé d'arriver à destination, et d'y mettre Lana à l'abri. Il lui devait encore des excuses pour la façon dont les choses s'étaient terminées entre eux, mais il supposait que cette conversation attendrait, elle aussi. Il pouvait simplement espérer que, lorsque serait venu le moment d'aborder le sujet, elle lui donnerait une chance de se racheter. Il était impossible de revenir en arrière et d'effacer le chagrin qu'il lui avait causé, mais il pouvait au moins lui avouer que, depuis qu'il était parti, il avait regretté sa décision chaque jour, et qu'elle n'était pas la seule à laquelle il avait fait du mal.

Tout en conduisant, Nash vérifiait constamment dans ses rétroviseurs qu'ils n'étaient pas suivis. Il fit également un détour d'une dizaine de minutes, évitant de se rendre directement à leur cachette.

Il se raidit au dernier virage, lorsque apparut la maison que leur avait prêtée Cruz et Derek : devant elle était garée une grosse voiture blanche. Il tendit la main vers son téléphone, prêt à prévenir ses cousins et à s'enfuir en direction de l'autoroute, pour emmener Lana loin d'ici.

Apparemment, il n'aurait pas dû s'inquiéter d'être suivi : le danger les attendait sur place !

— C'est ici ? s'enquit Lana, qui avait dû remarquer qu'il ralentissait.

— Oui. Tu as déjà vu ce véhicule ? demanda-t-il, espérant que Lana ne remarquerait pas la tension dans sa voix.

— Souvent, répondit-elle.

Il sentit sa poitrine se serrer plus encore.

Lana avait-elle été suivie avant même qu'il n'arrive à Great Falls ? Bane et ses hommes surveillaient-ils le restaurant depuis un certain temps ?

La porte de la maison s'ouvrit avant que Lana ne puisse en dire plus.

Une femme âgée, aux cheveux grisonnants, en sortit en écartant les bras. Un homme du même âge lui emboîtait le pas, un large sourire sur son visage rond.

— Nash Winchester ! s'écria la femme. Viens, que je puisse t'embrasser !

Nash cligna des paupières, et se sentit submergé par une vague de nostalgie.

Lana éclata de rire.

— C'est la voiture de ton oncle et de ta tante.

Nash s'engagea sur l'allée sous le regard du vieux couple, qui attendait avec impatience qu'ils sortent de leur pick-up.

— Je ne les ai plus vus depuis si longtemps que je les ai à peine reconnus.

Et il ne s'était pas attendu à les voir ici. Le couple qui était devant lui était familier, mais avait changé. L'homme et la femme avaient pris de l'âge, quelques kilos, et portaient maintenant des lunettes.

— Je les vois tous les lundis soir, expliqua Lana en descendant de voiture. Ils viennent manger au restaurant. C'est leur sortie hebdomadaire.

— Lana ! s'exclama tante Rosa.

Elle se précipita vers Lana, qu'elle prit chaleureusement dans ses bras.

Oncle Hank serra fermement la main de Nash.

— J'ai entendu dire que ton arrivée avait été quelque peu mouvementée !

Nash sourit à cet euphémisme.

— Effectivement. Je ne m'attendais pas à ça.

Le regard de son oncle se posa sur Lana, et il fronça les sourcils.

— Je vois.

Tante Rosa contourna le véhicule pour venir du côté de Nash, qu'elle serra à son tour dans ses bras.

— Nous avons appris tout ce qui vous était arrivé, et nous sommes immédiatement venus aérer cette maison et la préparer pour vous deux. Il y a de la nourriture dans le réfrigérateur, des draps propres sur les lits, et des serviettes de toilette dans l'armoire à linge. Nous avons laissé un sac avec des puzzles, des cartes à jouer et des jeux de société pour que vous puissiez vous occuper au cas où le courant soit coupé. Cela arrive parfois par ici, et une tempête est annoncée.

Elle passa la main sur le dos de Nash et le serra à nouveau dans ses bras, avant de lui planter une bise sur la joue.

— Nous sommes si heureux de te voir, même si nous aurions aimé que ce soit dans d'autres circonstances ! Je vais appeler ta mère pour lui dire que tu vas bien. Tu devrais la contacter, toi aussi.

Tante Rosa le considéra avec ce regard sévère qui l'intimidait tant lorsqu'il était enfant.

— C'est d'accord ? demanda-t-elle.

— Oui, répondit-il avec la sensation d'avoir à nouveau seize ans. Et merci.

Elle lui passa la main sur le dos.

— C'est bien. Les mamans se font toujours du souci, ajouta-t-elle. Et maintenant, entrez !

Nash regarda son oncle, qui lui sourit et lui fit signe de se diriger vers la maison.

La maison était petite, blanche, avec un toit en ardoise et des huisseries noires. Deux marches menaient à un porche entouré d'une rambarde en métal. Les massifs de fleurs étaient soigneusement entretenus, la pelouse était tondue, et un bosquet de vieux arbres procurait de l'ombre ainsi qu'un peu d'intimité.

Lana souriait en s'avançant au bras de la tante de Nash, qui ne cessait de lui parler.

— Quand sont-elles devenues si proches ? demanda ce dernier en emboîtant le pas à son oncle.

— Quand tu es parti, je suppose, répondit-il. Rosa voulait s'assurer que Lana allait bien, et elles se sont liées d'amitié. Puis, lorsque les parents de Lana sont allés s'installer dans le Montana, Rosa a essayé de combler le manque.

Il pencha la tête sur le côté, et considéra Nash avec plus d'attention.

— Nous n'avons jamais vraiment compris ce qui s'est passé entre vous deux. Lana n'en parle pas, et nous ne t'avons plus revu depuis bien longtemps.

Nash redressa la tête.

— C'est compliqué.

— Ça l'est toujours, repartit son oncle. Quoi qu'il en soit, nous avons toujours considéré Lana comme faisant partie de la famille. Donc, si vous avez besoin de quoi que ce soit pendant ton séjour à Great Falls, tu n'as qu'à le demander. Les Winchester se serrent toujours les coudes.

Il pressa l'épaule de Nash, puis gravit les marches du porche et ouvrit la porte d'entrée.

Tante Rosa et Lana étaient dans la cuisine, en train de verser du café dans des tasses et d'admirer une assiette de petits-fours posée sur le comptoir.

Oncle Hank se mit à rire.

— Nous nous sommes arrêtés à la pâtisserie près de chez nous. C'est la préférée de Rosa. Elle a préparé du café et cuisiné des plats qu'elle a mis au réfrigérateur, mais nous avons également apporté des produits frais : nous savons à quel point Lana aime cuisiner.

Nash sourit.

— Elle a voulu emporter les fruits et les légumes qu'elle avait chez elle.

Lana posa sa tasse sur le comptoir. Visiblement, elle écoutait leur conversation, car elle répliqua :

— Tu me remercieras de l'avoir fait, plus tard.

Il leva les mains en signe d'apaisement.

— Je suis certain que tu as raison.

Lana sourit en choisissant un gâteau. Puis elle balaya la pièce du regard.

— Comment Cruz et Derek ont-ils réussi à trouver cet endroit ? demanda-t-elle. Je n'avais jamais remarqué cette maison.

— C'est à cause des arbres, répondit tante Rosa. Nous voulions les tailler mais ils ont refusé, en disant que cela faisait partie du charme des lieux.

Hank jeta à Nash un regard qui apprit à ce dernier que son oncle avait très bien compris la réelle utilité des arbres.

— Les garçons confient à Rosa les clés de tous les endroits où ils mettent des personnes à l'abri. Dès qu'ils l'appellent, elle se met au travail. Elle est devenue un membre de l'équipe à part entière.

Lana sourit à l'oncle Hank.

— Et toi ?

— Je suis simplement le chauffeur, déclara-t-il en faisant un clin d'œil à sa femme. J'obéis aux ordres du patron. Elle a même préparé des sacs de voyage au cas où il faille partir en urgence. Elle a regardé sur YouTube ce qu'il fallait mettre dedans. Maintenant, si les garçons ont un problème, elle peut arriver en quelques minutes avec tout ce dont ils ont besoin.

— Bravo ! s'écria Lana, qui semblait impressionnée et admirative.

Tante Rosa rougit.

— J'essaye de bien faire mon travail.

— Et c'est le cas, affirma oncle Hank.

Nash ne savait pas s'il devait rire ou serrer son oncle dans ses bras, mais il se rendait soudain compte que sa famille lui avait plus manqué qu'il ne le pensait.

— Tu veux du café ? demanda tante Rosa en soulevant le pot dans sa direction.

Nash secoua la tête, alors que des émotions étranges se bousculaient en lui.

— Non, je te remercie.

— Dans ce cas, faisons le tour de la maison, dit-elle en reposant le café, et en s'essuyant les mains. Nous sommes dans le salon-cuisine.

Elle étendait les bras pour désigner l'espace autour d'eux.

— Cruz a abattu le mur qui séparait les deux pièces. Il aime pouvoir voir la rue de partout.

Elle pointa ensuite le doigt vers l'arrière de la maison.

— Il y a là une terrasse qui surplombe la rivière. Vous pourrez y faire des grillades : il y a un barbecue.

Lana se dirigea lentement vers la fenêtre.

— C'est très beau.

— C'est vrai, acquiesça tante Rosa.

Elle tendit ensuite le bras vers le couloir qui partait de la porte d'entrée.

— Par là, il y a deux chambres et une salle de bains. Et c'est tout. Vous trouverez quelques provisions supplémentaires dans le sous-sol, si vous en avez besoin. Il y a entre autres choses des boîtes de conserve, du savon, des serviettes, des armes et des munitions.

Lana se tourna pour faire face à sa tante, les yeux ronds, et se mit à rire.

Oncle Hank ajouta fièrement :

— Tous les points d'accès à la maison sont surveillés à distance par une société. J'ai aidé Derek et Cruz à installer le matériel. Et le véhicule qu'ils vous ont prêté a très certainement un dispositif de pistage. Derek y tient.

Lana regarda Nash d'un air perplexe.

— Mais c'est simplement une précaution supplémentaire, précisa oncle Hank d'un ton rassurant.

Nash hocha la tête.

— C'est bon de revenir sur les terres des Winchester, déclara-t-il. Merci à vous deux pour tout cela.

Tante Rosa joignit les mains et sourit.

— Si tu as besoin de quoi que ce soit, appelle-moi.

Elle attrapa son sac et son mari, puis disparut derrière la porte d'entrée après force baisers et saluts de la main.

Oncle Hank referma fermement la porte derrière eux.

Nash se frotta le front et se mit à rire.

— J'avais oublié tout cela !

— Rosa et Hank sont merveilleux ! lança Lana. D'ailleurs, toute ta famille est merveilleuse ! Et, avant que ton fugitif ne vienne ici et ne tue mon ami, je t'aurais dit qu'il n'y avait pas meilleur endroit au monde pour s'y établir.

Les mots résonnèrent en Nash. Il pensait à tout ce que sa famille avait fait pour Lana, alors que c'était lui qui aurait dû être là pour elle. Tout cela parce qu'il n'était pas préparé à sa réaction, lorsqu'il lui avait annoncé qu'il avait été recruté chez les marshals. Il était trop jeune, trop impulsif, et trop stupide pour comprendre sa colère. Trop égoïste pour voir qu'il l'avait blessée, même si ce n'était pas intentionnellement. Il était parti, alors qu'il aurait dû tenir bon.

— Je vais prendre une douche et m'étendre un peu, annonça Lana. Et je ferais mieux d'appeler mes parents avant que Rosa ne s'en charge.

Nash ouvrit la bouche pour répondre, mais elle était déjà sortie de la pièce.

Et il se demanda comment il aurait la force de quitter Great Falls sans elle lorsque tout serait terminé.

9

Lana s'avança rapidement dans le couloir desservant les chambres de son logement temporaire. Elle passa d'abord devant la salle de bains et s'arrêta un instant pour la regarder. Elle était longue et étroite, et ressemblait en cela à celle de sa maison. Un lavabo surmonté d'un miroir et des toilettes étaient alignés sur un côté. De l'autre, il y avait une douche et un placard. Au fond de la pièce, en face d'elle, se trouvait une petite fenêtre. Le soleil éclairait les rideaux blancs de ses rayons dorés, comme si tout était normal en ce beau jour d'été. Et soudain, elle craqua.

Elle entra dans la pièce et en referma la porte, pour pouvoir laisser libre cours à sa douleur en privé. Elle aurait voulu pouvoir s'adosser au mur et se laisser lentement aller à terre, mais ses jambes tétanisées refusaient de se plier. Alors elle resta debout, regardant fixement les rayons du soleil que même les chênes centenaires plantés dans le jardin ne parvenaient pas à filtrer.

La voix de Nash s'éleva de l'autre côté de la porte.

— Lana ?

Elle laissa ses paupières se fermer pour tenter de se ressaisir. D'une certaine manière, sa vie avait déraillé, alors que tous les autres continuaient à aller joyeusement de l'avant, comme si rien ne s'était passé… Comme si son ami n'avait pas été assassiné. Comme si un meurtrier ne s'était pas introduit dans sa maison. Comme si son ex ne se trouvait pas à Great Falls, n'avait pas pour mission de la protéger, et que le voir ne faisait pas resurgir en elle tant de souvenirs et d'émotions qu'elle aurait voulu oublier.

— Lana, répéta-t-il, avec insistance cette fois.

— Oui, répondit-elle d'une voix qu'elle-même ne reconnut pas.

Elle ouvrit les yeux et redressa les épaules.

— J'ai sorti tes affaires de la voiture. Tu veux que je les laisse devant la porte, ou que je les porte dans ta chambre ?

Elle se retourna, et ouvrit la porte avec un petit sourire.

— Je vais les prendre. Merci.

Nash la dévisagea attentivement, et ne fit pas mine de déposer les sacs à terre.

— Tu peux me parler, déclara-t-il. Je ne trouve pas toujours les mots justes, mais on m'a déjà dit que je savais écouter. Et je me suis trouvé à plusieurs reprises dans des situations similaires... Je pourrai peut-être t'aider, si tu me laisses le faire.

Elle tendit la main en lui disant :

— En fait, je n'ai besoin que du petit sac pour le moment. Tu peux mettre le plus grand dans ma chambre.

Il recula, et considéra les deux autres portes qui s'ouvraient sur le couloir.

— Tu as choisi celle que tu veux ?

— Non. Aucune importance. Je suis certaine qu'elles sont très bien toutes les deux.

Il lui tendit le petit sac, lui frôlant les doigts au passage, et elle sentit une onde de chaleur se propager en elle.

— Je sais que ce n'est pas le moment, ajouta-t-il, mais quand tu seras prête, j'aimerais que nous parlions.

Lana recula, et referma la porte. Elle attendit, le souffle court, que Nash s'éloigne.

Lorsqu'elle fut sûre qu'il était parti et qu'il ne frapperait pas à nouveau à la porte, Lana se déshabilla avec fébrilité. Elle éprouvait soudain un besoin désespéré de se laver des horreurs des dernières vingt-quatre heures. L'eau chaude de la douche se mit à couler sur sa peau avec une pression inattendue, et elle sentit ses muscles endoloris se détendre. La tension qui l'habitait depuis qu'elle avait vu le message dans sa cuisine céda soudain dans un sanglot. Elle tremblait de tous ses membres, et ses dernières résistances semblèrent se dissoudre dans l'eau et le savon.

Elle sortit de la salle de bains de longues minutes plus tard. Elle se sentait épuisée et fourbue, mais prête à faire face à ce jour nouveau. Elle avait laissé un message vocal à ses parents, qui étaient certainement en train de commencer une journée comme les autres, et de prendre le petit déjeuner sur leur terrasse, ou de se promener. Elle leur avait promis de les rappeler rapidement, puis s'était habillée et était allée rejoindre Nash.

Elle avait enfilé son pantalon de yoga confortable et un T-shirt en coton doux, qui laissait parfois apparaître la peau de son ventre lorsqu'elle bougeait. Elle se sentait à l'aise dans ces vêtements par cette chaude journée d'été.

— Lana ? demanda Nash avant d'apparaître. La douche t'a fait du bien ?

— Oui.

Sa voix grave fit monter un frisson en elle. Elle l'avait toujours aimée, et elle se rendait maintenant compte à quel point l'entendre prononcer son nom lui avait manqué… et elle eut pleinement conscience que ce serait un problème. Son bon sens la désertait dès qu'il s'agissait de Nash Winchester, et huit ans d'efforts pour se convaincre qu'elle n'avait pas besoin de lui pour être heureuse avaient été réduits à néant dès qu'elle avait revu ses yeux bleus.

Nash se pencha dans l'embrasure de la porte de la cuisine, et la considéra d'un air préoccupé.

Elle leva la main pour le saluer, et vit son regard s'arrêter sur sa taille.

— Tu te sens mieux ? s'enquit-il.

— Un peu. En ce moment, je suis trop épuisée pour paniquer. Donc, je suppose qu'il y a du progrès !

Nash sourit.

Elle prit un instant pour l'observer. Il était pieds nus et en jean, et affichait un calme olympien. Même après des années d'entraînement, elle n'aurait jamais réussi à être aussi détendue.

Elle sentit son cœur battre plus vite lorsqu'elle remarqua la façon dont son T-shirt se plaquait sur son torse, épousant la forme de ses muscles.

— Tu veux que je te prépare quelque chose ? demanda-t-il.

Lana arracha le regard de son corps et le tourna vers la cafetière, gênée qu'il l'ait surprise à le contempler.

— Je pense qu'un peu plus de caféine ne me ferait pas de mal.

— Tu dois également avoir faim, remarqua-t-il. Tu as laissé ton gâteau au café chez Derek et Cruz. Je voulais l'emporter, mais j'ai oublié. Je peux te préparer un vrai petit déjeuner si tu veux !

Elle cligna des paupières, ne sachant que dire. Mais Nash avait temporairement la charge de son bien-être et de sa protection, et cela incluait peut-être la préparation de ses repas.

— D'accord, répondit-elle, curieuse de voir le résultat. Que me proposes-tu ?

Elle vit les lèvres de Nash esquisser un sourire.

— Du pain perdu.

— Ça ira très bien avec le café !

Il remplit un mug et le lui mit dans les mains.

— Tout s'accorde bien avec le café, dit-il.

Elle posa sa tasse et se hissa sur le comptoir, prête à

observer Nash exercer ses nouveaux talents culinaires, et à profiter de ce spectacle.

Il sourit.

— Tu restes auprès de moi pour étudier ma technique ?

Lana porta le mug à ses lèvres, et le regarda casser deux œufs dans un saladier.

— Je ne suis pas cuisinier, déclara-t-il. Je ne fais certainement pas les choses dans les règles de l'art, mais c'est la recette de ma grand-mère, donc je pense que tu vas apprécier le résultat.

Lana savoura cet instant et sa tasse de café, heureuse de se trouver dans un endroit où elle pouvait baisser la garde et se reposer... et où un splendide spécimen masculin cuisinait pour elle.

— Je n'ai jamais rencontré ta grand-mère, dit-elle. Elle vit toujours en Floride ?

— Oui. Elle te plairait.

Il battit les œufs, et ajouta des pincées de divers ingrédients pendant que Lana rêvassait.

— Tu as appelé tes parents ? demanda Nash. Il vaut mieux que ce soit toi qui les préviennes, plutôt qu'ils entendent parler de ce qui t'est arrivé par quelqu'un qui ne connaîtrait pas vraiment la situation.

— Je leur ai laissé un message après ma douche, répondit-elle en posant de côté son mug vide. Ils vont avoir une foule de questions à me poser, et vont vouloir que j'aille chez eux. Tu vas peut-être avoir à les persuader du contraire.

Nash éteignit le brûleur sous la poêle.

— Je ferai ce que je pourrai, expliqua-t-il. Cela va leur sembler illogique que tu restes ici, alors que nous savons que Bane s'y trouve également. Mais crois-moi, si je pensais qu'il était préférable pour ta sécurité de te mettre dans un avion, je l'aurais déjà fait.

Il déposa une assiette avec une tranche de pain perdu et une fourchette auprès d'elle, ainsi qu'une serviette.

— Bane connaît ton nom. Il sait où tu travailles et où tu habites. Si tu disparais, il va très vite tenter de savoir où vivent tes parents, et peut-être essayer de les utiliser pour te forcer à sortir de l'ombre.

Lana sentit sa bouche s'assécher et sa tête se mettre à tourner. Elle n'avait pas pensé à cela. Mettre ses parents – ou quiconque – en danger était hors de question.

— Voici du sirop d'érable, déclara Nash en posant une petite bouteille près de sa serviette.

Il retourna brièvement devant la cuisinière, et revint auprès d'elle avec une assiette et une fourchette pour lui.

La délicieuse odeur qui s'élevait lui mettait l'eau à la bouche. Elle dressa mentalement la liste des ingrédients dont elle sentait le parfum. Du beurre. Des œufs. Du lait. De la vanille et du sucre en poudre.

Il appuya la hanche contre le comptoir sur lequel elle était assise, et chercha à croiser son regard.

— Tu ne veux pas goûter ?

Elle porta sa fourchette à ses lèvres, prête à savourer ce qui, elle en était sûre, allait être un délice.

Lorsqu'elle glissa la première bouchée entre ses lèvres, elle eut la sensation d'une explosion de saveurs sur sa langue, et poussa un soupir d'aise.

Nash regardait fixement ses lèvres.

— C'est bon ?

— Excellent.

Il sourit, visiblement ravi, et Lana dut lutter contre les réactions de son corps. Nash était trop près d'elle. Il était trop beau, sentait trop bon. Il était pieds nus et cuisinait pour elle. Elle avait la sensation de vivre un rêve éveillé.

La sonnerie d'un téléphone s'éleva, et elle reprit sa

respiration, tentant de se ressaisir pendant qu'il sortait son portable de sa poche.

Lana dévora le reste de son petit déjeuner pendant que Nash parlait à son interlocuteur. Visiblement, quelles que soient les nouvelles qu'il était en train d'entendre, elles n'étaient pas bonnes.

Il raccrocha, manifestement perturbé par ce qu'il venait d'apprendre.

— Que s'est-il passé ? demanda-t-elle en se levant, et en allant déposer son assiette vide dans l'évier.

Nash se frotta le front.

— C'était Derek.

Lana se raidit. Son cœur se mit à battre plus fort.

— Il va bien ? Cruz aussi ?

— Oui. Mais quelqu'un est passé devant leur bureau, et a criblé mon SUV de balles.

Nash mit son équipe au courant des derniers développements avant de retourner au siège de la police locale. Le nombre de formulaires qu'il fallait remplir pour déclarer qu'un véhicule de fonction avait essuyé des tirs était un cauchemar, mais le message transmis par cette attaque était bien pire encore.

Lana ne cessa de regarder autour d'elle pendant le trajet les menant jusqu'au bureau du shérif.

— Tu penses que celui qui a tiré sur ton SUV savait que nous n'étions pas à l'intérieur ? demanda-t-elle, les sourcils froncés. Tu crois qu'il voulait nous tuer ? Ou nous faire peur ? Et si une des balles avait blessé un passant ? Tout cela est horrible, et totalement insensé !

— Ça l'est ! répondit Nash. Je pense qu'il s'agissait d'un avertissement, comme le message qu'ils ont laissé chez toi et la poursuite d'hier soir. Tout cela est destiné à nous intimider et à nous faire comprendre que nous ne sommes en sécurité nulle part.

— Si nous avions été dans ce véhicule, le tireur aurait pu nous tuer, répliqua-t-elle. C'est plus qu'un avertissement !

— Bane fait monter la pression. Il est en cavale depuis trois ans, et il se sent probablement poussé dans ses retranchements. Il fait visiblement des affaires dans le coin, et un marshal débarque à Great Falls cinq minutes après son dernier règlement de comptes ! Maintenant, nous allons voir ce que Knox a appris, et nous allons essayer d'avancer. Je me demande également ce que la police a trouvé chez toi. Peut-être des empreintes digitales ou un élément qui mettrait Bane en cause ?

— Tu as un plan ? demanda Lana.

— J'ai toujours un plan : tout faire pour que tu ne t'inquiètes pas.

— Ce type est derrière nous, où que nous allions. Je ne suis pas inquiète : je suis terrifiée !

Nash la regarda d'un air contrit.

— Il est possible que toutes ces attaques soient en fait plus destinées à impressionner les sous-fifres de Bane que toi ou moi. À chaque fois qu'il envoie quelqu'un en mission, il montre sa puissance à ses nouveaux laquais, qui sont parfois moins obéissants ou moins craintifs que les anciens. Il pousse ses troupes à commettre des forfaits pour montrer qu'il est le patron.

Lana poussa un soupir tremblant.

— Et c'est pour ça aussi qu'il a tué Tim.

— Oui, répondit Nash. Il fallait qu'il fasse un exemple. Dès que la base cessera de l'écouter, il perdra son pouvoir. Bane est nouveau ici, et il est fort possible que la course-poursuite, le message déposé chez toi et le SUV criblé de balles soient le fait de petites mains locales qu'il cherche à tenir sous son emprise. Mon but est d'y mettre fin, avant qu'il n'ait l'occasion de répandre son poison plus loin.

— Je hais ce type ! s'exclama Lana, et tous ses sbires. Qu'est-ce qui ne tourne pas rond chez ces gens ? Comment peuvent-ils agir ainsi ?

— J'ai arrêté d'essayer de les comprendre.

Il entra sur le parking du poste de police, puis se gara et contourna le pick-up pour aller ouvrir la portière de Lana.

Elle ne se raidit pas lorsqu'il posa à nouveau la main au bas de son dos. À l'intérieur, ils suivirent une adjointe du shérif jusqu'à une salle de conférences sur la porte de laquelle était scotché un morceau de papier. Le nom de Nash était inscrit dessus en grosses lettres.

L'adjointe ouvrit la porte pour les faire entrer, mais resta dans le hall.

— Vous pourrez travailler ici aussi longtemps que vous en aurez besoin, déclara-t-elle. Personne ne viendra vous y déranger sans en avoir obtenu la permission, ou avoir pris rendez-vous au préalable.

— Merci, dit Nash en lui serrant la main.

La pièce était plus petite que celle où ils avaient passé la nuit, mais elle était équipée de manière similaire : une table, des chaises, un tableau blanc et une cafetière.

Des piles de dossiers dans des enveloppes de papier kraft avaient été arrangées sur la table.

— Ils t'ont donné un bureau, mais aussi beaucoup de travail ! remarqua Lana en refermant la porte derrière eux.

— Ce sont les dossiers que j'ai demandés, répondit Nash. Dedans se trouve tout ce que j'ai appris sur Mac Bane, et que tous les adjoints doivent savoir si nous voulons avoir une chance de l'appréhender.

Lana reporta son attention sur Nash.

— Ils concernent tous Mac Bane ?

Nash hocha la tête, et elle s'affaissa sur une chaise.

En posant la main sur le dossier le plus proche, elle lui demanda :

— Je peux regarder ?

— Théoriquement, ils sont tous confidentiels. Tout ce que tu liras doit rester secret, mais honnêtement, j'ai besoin d'aide.

Lana s'humecta les lèvres, et lui lança un regard méfiant.

— Merci de me faire confiance.

C'était le moins qu'il puisse faire, étant donné les circonstances. D'ailleurs, il lui avait toujours fait confiance... en tout.

— Si Knox pense que te laisser voir les dossiers serait contraire à l'éthique professionnelle, nous pourrons peut-être te faire prêter un serment temporaire.

— Si tu veux, répliqua Lana avec un petit rire.

Quelqu'un frappa, et la porte s'ouvrit, laissant apparaître Knox.

— Ah, vous êtes ici ! s'exclama-t-il.

Knox fit la grimace en refermant la porte derrière lui.

— Nous sommes en train d'étudier toutes les pièces à conviction trouvées chez Lana, expliqua-t-il. Le laboratoire a procédé à plusieurs analyses sur la planche à découper, le message et le couteau. Il va falloir quelque temps avant que nous n'ayons un retour sur les empreintes digitales, mais je vous tiendrai au courant dès que j'en saurai plus. En attendant, une autre équipe est en train de passer l'endroit au peigne fin une seconde fois. Ils devraient avoir fini bientôt.

Lana fronça les sourcils, et énonça à voix haute la question que Nash se posait.

— Que cherchent-ils ?

Knox se croisa les bras et se balança sur ses pieds.

— Tout ce qui peut sembler étrange...

— C'est très vague, affirma Lana en posant le dossier. Que se passe-t-il ?

— Rien pour le moment, répondit Knox. Nous essayons seulement de ne rien négliger.

Il se tourna vers Nash.

— Les dossiers sont bien ceux que tu voulais ? Ils sont tous là ?

— Nous venons seulement d'arriver et je n'ai pas eu le temps de les regarder, mais je pense que c'est bon. J'en saurai plus dans quelques heures. Tu pourras remercier de ma part celui ou celle qui les a apportés.

Knox hocha la tête.

— Mon équipe est allée interroger quelques employés du Carriage House. Personne n'a rien remarqué d'anormal durant les jours précédant la mort de Timothy Williams. Je vais me rendre à nouveau chez Lana. Pendant ce temps, le laboratoire va analyser les douilles retrouvées près de ton SUV. Si tu as besoin de quoi que ce soit avant mon retour, préviens-moi.

— C'est d'accord, acquiesça Nash.

Knox s'attarda à la porte, regardant alternativement Lana et son cousin.

— Nous avons des gilets pare-balles pour vous si vous les voulez. Trois attaques depuis hier soir, c'est beaucoup, et cela ne laisse rien présager de bon...

Lana blêmit, et Nash vint à ses côtés.

— Merci, dit-il à Knox. J'apprécie l'attention.

Knox sortit, et Nash poussa un long soupir. Ils avaient beaucoup de travail, mais au moins, Lana était en sécurité dans les bureaux de la police.

— Je dois porter un gilet pare-balles tout le temps ? demanda-t-elle.

Nash espérait qu'ils n'auraient pas à en venir à cette extrémité.

— Pas encore.

Il désigna les dossiers sur la table devant eux.

— Pour le moment, j'aimerais consigner les informations importantes contenues dans ces dossiers sur le tableau, pour que nous puissions les voir d'un seul coup d'œil. Qu'en penses-tu ?

Le sourire de Lana répondit clairement à sa question.

10

Lana se frotta les yeux et se laissa aller contre le dossier de sa chaise. Cela faisait maintenant plusieurs heures qu'ils étaient arrivés au siège de la police, et les mots devant elle commençaient à se brouiller.

Elle étira son corps ankylosé. Elle avait étudié avec attention plus de la moitié des dossiers, s'arrêtant sur tout ce qu'elle ne comprenait pas à la première lecture, et demandant à Nash la signification d'acronymes et de termes techniques bien plus souvent qu'elle ne l'aurait voulu. Après cette étude, certains détails demeuraient nébuleux, mais l'essentiel, lui, était limpide : Mac Bane était un monstre.

Il tuait sans le moindre état d'âme, et il ne semblait avoir d'autre but dans la vie que de détenir le pouvoir. À cette fin, il régnait par la terreur et accumulait les richesses, souvent grâce à des prêts à taux usuraire, ou en blanchissant de l'argent. Les dossiers faisaient régulièrement état d'hommes et de femmes qui, lorsqu'ils n'étaient pas capables de le rembourser, avaient été violentés, ou pire…

Nash remarqua d'un air contrarié :

— Rien dans ces dossiers ne nous explique pourquoi Bane est à Great Falls ! J'espérais trouver une piste, mais je ne vois rien de convaincant. Il va falloir que je demande à Knox s'il peut aller poser quelques questions concernant la réhabilitation du centre-ville aux membres du conseil municipal. Ils auront peut-être remarqué que le propriétaire d'un des commerces a entrepris des travaux de rénovation particulièrement lourds...

— Comme pour le Carriage House, remarqua Lana.

— Exactement, répondit Nash. Il faut toujours suivre l'argent.

— Bane semble affectionner tout particulièrement les prêts à usure et le blanchiment d'argent, déclara Lana. Les temps sont durs dans des communautés rurales comme la nôtre, et beaucoup de personnes ont du mal à joindre les deux bouts. Le terreau est favorable aux activités de Bane...

Nash l'écoutait, la laissant mettre des mots sur des phénomènes dont il avait déjà une connaissance intime.

— Le projet de réhabilitation du centre-ville lui facilite le travail, poursuivit-elle alors que les pièces du puzzle s'assemblaient peu à peu dans son esprit. Tant de commerces sont en train d'être rénovés que cela n'éveillerait aucun soupçon si un établissement devenait soudain plus beau ou plus fréquenté. Le shérif de Great Falls a la charge de la moitié du comté et peu de personnel, mais d'habitude, ce n'est pas un problème, car le taux de criminalité est bien inférieur à la moyenne nationale. Bane opère peut-être ici depuis des mois.

— Je pense que tu as raison, approuva Nash. Et à présent, il faut que nous déterminions ce qu'il a fait ici, et qui est impliqué. Cela devrait nous aider à savoir pourquoi il a tué ton patron, et où nous pouvons le trouver maintenant.

— Le Carriage House a été entièrement rénové l'année dernière, lui expliqua Lana. Tu penses que cela signifie que Tim blanchissait de l'argent ? La municipalité pourrait peut-être nous dire quel est le montant des subventions qu'ils ont accordées à chaque établissement ? Et si Tim a gardé les factures, nous pourrions vérifier que la somme qu'il a dépensée pour les travaux correspond bien à l'aide qu'il a reçue ?

Nash montra un dossier à Lana, et le fit glisser sur la table vers elle.

— Les chiffres ont l'air bons. Les comptes de Tim étaient bien tenus, et le restaurant n'a pas de dettes. Ton patron semble n'avoir contracté aucun emprunt, pas même pour les rénovations. Nous avons demandé des détails à la municipalité, et nous verrons donc s'il a dépensé plus que la subvention qui lui a été octroyée. Quoi qu'il en soit, il faut garder à l'esprit le fait que les chiffres peuvent être falsifiés. J'ai souvent remarqué que les établissements qui blanchissent de l'argent ont des comptes impeccables.

— Donc, soit Tim était un patron honnête et méticuleux, soit il était un escroc ?

Nash pressa les lèvres, confirmant ses dires. Pour le moment, ils ne pouvaient tirer aucune conclusion.

Lana feuilleta le dossier qu'il lui avait donné, reconnaissant quelques entrées sur la copie du livre de comptes. Elle se redressa.

— Je peux vérifier certaines opérations et leur montant. Je connais les quantités de nourriture livrées et leur prix. C'est moi qui passe les commandes la plupart du temps.

Elle avait également étudié de très près les coûts nécessaires à l'exploitation d'un établissement de plus petite taille, depuis qu'elle pensait à ouvrir le sien.

— À première vue, que penses-tu des chiffres que tu vois ? lui demanda Nash.

— Ils m'ont l'air bons, déclara-t-elle en parcourant la page ligne par ligne, à la recherche d'une somme qui lui paraîtrait exagérément élevée, ou totalement incohérente. Si ces chiffres sont exacts, poursuivit-elle, est-il possible que Tim ait payé les travaux de rénovation en n'utilisant que les subventions et les bénéfices de l'entreprise ?

— Ça serait pour le moins inhabituel, répondit Nash, mais pourquoi pas ? Malheureusement, comme Tim n'est plus là pour expliquer sa relation à l'argent ou ses rapports avec Bane, ce ne sont que des spéculations. Les faits en eux-mêmes ne sont pas toujours très révélateurs.

— Je vois bien pourquoi l'intuition est essentielle dans ton métier... D'après toi, quel type de relations Tim et Bane entretenaient-ils ?

— Je ne le sais pas, déclara Nash en étendant ses longues jambes sous la table, et en se laissant aller contre le dossier de sa chaise. Tim ne correspond pas au portrait classique du blanchisseur d'argent, mais je viens à peine de commencer à enquêter sur lui. À ta connaissance, a-t-il eu besoin d'une grosse somme d'argent récemment, pour autre chose que les travaux du restaurant ? Par exemple, pour les frais médicaux d'un de ses parents ou de quelqu'un qu'il aime ? Ou pour un procès ?

Lana secoua la tête.

— Il n'a mentionné rien de tout cela. Tim et moi n'avions pas l'habitude de nous voir en dehors du travail, mais c'était quelqu'un de bien. Pas un criminel. Il a peut-être entendu ou vu quelque chose qu'il n'aurait pas dû, comme moi...

Nash se massa la nuque, comme pour détendre des muscles noués, et Lana tenta de ne pas admirer la façon dont ses biceps roulaient sous sa peau.

— Je ne sais pas..., finit-il par dire. Quelles sont les chances pour qu'il ait été tué parce qu'il était au mauvais endroit au mauvais moment, et que tu aies été témoin de ce meurtre parce que tu étais toi aussi au mauvais endroit au mauvais moment ?

Lorsque Nash dépeignait la situation ainsi, cela semblait hautement improbable.

Elle poussa un soupir en se penchant sur la table, tentant de se souvenir des derniers mots prononcés par Tim.

N'avait-il pas dit qu'il était désolé ? Qu'il ne pensait pas nuire à Bane ? Elle n'en était pas certaine. Elle était en état de choc au moment des faits, et trop troublée aujourd'hui pour s'en souvenir avec précision.

— Que peux-tu me dire d'autre à propos de Tim ?

Elle posa le front dans ses mains, et rejoua mentalement une bonne dizaine de conversations.

— Il aimait jouer aux cartes... que ce soit en ligne ou avec des amis. Il était amical, mais plutôt réservé. Il passait beaucoup de temps avec un petit cercle d'amis.

— Il pariait de l'argent ?

— Je l'ignore...

— Avec qui jouait-il aux cartes ? demanda Nash, en posant son téléphone sur la table.

— Je ne sais pas trop... Un de ses amis – Mitchell Edwards – et lui avaient l'habitude d'organiser des soirées presque tous les week-ends, mais j'ignore qui étaient les autres, reconnut-elle.

Nash hocha la tête, l'air intéressé.

— Là où il y a des parieurs, il y a beaucoup d'occasions de prêter de l'argent, ce qui est l'activité première de Bane. Lorsque les gens perdent trop souvent et qu'ils ne parviennent pas à le rembourser, alors il les tient.

L'air approbateur de Nash lui fit chaud au cœur.

— Et ils acceptent de blanchir de l'argent pour lui, suggéra-t-elle.

Il hocha lentement la tête, esquissant un sourire.

— Maintenant, nous avons une piste. Connais-tu un endroit où un cercle de paris illégaux pourrait s'établir sans attirer l'attention ?

Elle secoua la tête.

— Non.

Nash saisit un stylo et écrivit quelque chose sur le bloc-notes qui se trouvait à côté de lui.

— Nous allons poser la même question à mes cousins et aux adjoints du shérif, pour voir s'ils ont des idées. Que sais-tu d'autre sur les soirées que Tim et ses amis passaient ensemble ?

Lana fronça les sourcils, agacée de ne pas trouver d'autre détail significatif à lui apprendre.

— Rien. Il m'en a parlé une seule fois, et je n'ai plus abordé le sujet. Je n'étais pas intéressée, et ses projets ne me regardaient pas.

— Que sais-tu de ses hobbies et de ses relations ?

Elle réfléchit longuement à la question, tentant de se remémorer tous les éléments qui pourraient les mener sur une nouvelle piste.

— Je ne sais pas. C'était un séducteur. Il avait l'habitude d'aller parler à tous les clients pour savoir s'ils étaient satisfaits. Il était beau et savait être charismatique lorsqu'il le voulait. Il plaisait beaucoup, et sortait avec de nombreuses femmes.

Elle vit Nash rouler les épaules, comme s'il cherchait à en ôter la tension.

— Était-il proche de quelqu'un en particulier ? Quelqu'un qui aurait pu recueillir ses confidences ?

— Oui. Heidi, répondit-elle. C'est une employée qui travaille au bar les week-ends, et parfois en semaine pour certains événements.

Heidi était une excellente serveuse : elle avait une mémoire phénoménale et savait s'y prendre avec les clients. Elle gagnait une fortune en pourboires.

— Tu penses que, si Tim avait eu des problèmes avec quelqu'un comme Bane, il en aurait parlé à Heidi ? Est-il possible qu'elle sache quelque chose ? demanda Nash.

— Je l'ignore, mais je peux le lui demander, affirma Lana en sortant son téléphone portable de son sac.

Elle s'arrêta au moment de composer le numéro, soudain hésitante.

— Tu penses qu'elle a été informée de ce qui s'est passé ?

Elle n'était pas prête à annoncer la mort de Tim à Heidi. Lui poser des questions personnelles allait déjà être assez difficile.

Nash vint à ses côtés, et s'appuya contre la table alors qu'elle composait le numéro.

— Je pense que tout le monde est au courant du décès de Tim, mais pour le moment, la version officielle est qu'il s'agit d'une chute accidentelle.

Lana le regarda bouche bée alors qu'elle entendait la sonnerie dans son téléphone.

— Les gens vont penser quoi ? Qu'il s'est suicidé ?

— Ou qu'il est tombé, rétorqua-t-il. À ce stade de l'enquête, nous ne voulons pas parler de Bane, pour éviter qu'il prenne à nouveau la fuite. De plus, il est inutile d'inquiéter la population de Great Falls.

Lana mit le haut-parleur de son téléphone, et retint son souffle alors que les sonneries s'égrenaient.

— Allô ? répondit Heidi d'une voix enrouée.

Lana se raidit, et leva brusquement les yeux vers Nash. Elle ne pensait plus que Heidi décrocherait.

— Bonjour, Heidi, commença-t-elle. C'est Lana. Je voulais t'appeler pour savoir comment tu allais après ce qui est arrivé à Tim.

Des sanglots s'élevèrent dans le haut-parleur.

— Il est mort, balbutia Heidi. Je l'ai appris en regardant les informations, mais je n'arrive toujours pas à croire que ce soit vrai. Je n'arrête pas de lui téléphoner, en me disant qu'il va décrocher et me dire que c'est un horrible malentendu, mais il ne répond pas.

Sa voix s'éteignit, et elle se remit à pleurer.

— Je suis désolée, murmura Lana. Je sais que vous étiez… proches.

Nash lui fit un signe de la main, lui indiquant certainement qu'elle devait questionner Heidi.

Elle prit une inspiration. Elle voulait être utile et participer à l'enquête, mais elle ne savait pas bien comment s'y prendre.

— Je suis navrée pour toi, déclara-t-elle avec sincérité. Je sais que ce n'est pas le moment de te demander cela, mais tu as une idée de ce qui s'est passé ?

Les sanglots de Heidi se turent.

— Je ne comprends pas ce que tu veux dire. Le journaliste a dit qu'il était tombé. C'était un accident…

Lana leva les yeux vers Nash.

— Je l'ai eu au téléphone avant de partir hier soir, expliqua-t-elle. Il avait l'air contrarié.

— Tu veux dire que cela serait un suicide ? s'écria Heidi d'une voix aiguë. C'est cela ?

— Non, je ne suggère rien du tout. Je me demandais simplement si tu savais ce qui se passait ces derniers temps. Il a semblé agacé toute la journée… et puis ce drame.

Heidi fit un son étranglé et se remit à sangloter, hoquetant pour reprendre sa respiration.

Lana se tourna désespérément vers Nash. Elle n'avait pas la moindre idée de ce qu'elle devait dire.

Il était en train de taper sur l'écran de son portable.

— Il voulait repartir à zéro, raconta Heidi en reniflant, rectifier les erreurs du passé. Nous devions partir ensemble, loin d'ici…

Nash regarda Lana, les sourcils froncés.

Malgré le choc, Lana tenta d'inciter Heidi à en dire plus.

— Vraiment ? bafouilla-t-elle.

— Oui. Nous nous aimions. Il lui a fallu du temps pour s'en apercevoir. Pour moi, cela a été une évidence dès le début, lança-t-elle avec un petit rire fêlé, et je lui répétais sans cesse que nous étions faits pour vivre ensemble. La semaine dernière, il m'a dit que j'avais raison. Je crois que je n'ai jamais été aussi heureuse de ma vie !

Lana réfléchit à ce que Heidi venait de lui apprendre, essayant de se mettre à la place de sa collègue.

— Il avait du mal à s'engager, et il a changé d'avis récemment. Tu as une idée de ce qui a pu le pousser à se décider enfin ?

— Non, répondit Heidi. Je craignais au contraire qu'il rompe une fois de plus. Il était si distant ces derniers temps... Il sortait très souvent avec Sandy et passait toutes ses soirées avec Mickey. Je pensais qu'il allait me dire que tout était fini, et voilà qu'il m'a demandé de m'enfuir avec lui.

— Qui sont Mickey et Sandy ? demanda Lana.

— Attends une seconde, déclara Heidi. Je crois que quelqu'un arrive.

La ligne resta silencieuse pendant un long moment. Puis la voix de Heidi s'éleva à nouveau.

— Il y a quelqu'un devant ma porte. Je vais devoir raccrocher. C'est certainement Mickey. Il doit avoir envie de parler, et j'en ai besoin moi aussi.

— Attends ! s'écria Lana, mais il était trop tard.

Heidi avait raccroché.

Lana se renversa sur sa chaise.

— Tu as entendu ?

Nash hocha la tête. Il tapota sur l'écran de son téléphone, puis le tourna vers elle. On y voyait le visage d'un prisonnier en uniforme orange.

— Tu as déjà vu ce type ?

Elle examina la photo et la longue liste d'arrestations qui l'accompagnait. L'homme avait essentiellement été emprisonné pour paris illégaux.

Elle regarda Nash avec étonnement.

— Oui, répondit-elle, je le connais. C'est l'ami de Tim, Mitchell Edwards.

D'après le texte qui figurait sous la photo, il répondait également au nom de Mickey.

11

Il était presque l'heure de dîner lorsque Nash finit ce qu'il avait à faire au poste de police. Il avait passé plus de temps qu'il ne le pensait à exposer aux différents adjoints du shérif la théorie selon laquelle Bane avait établi un cercle de paris illégaux à Great Falls. Il avait ensuite dû téléphoner à son équipe pour les mettre au courant des derniers développements, afin que ses collègues sachent exactement où en était l'enquête lorsqu'ils le rejoindraient dans un ou deux jours. Puis il avait assisté à plusieurs réunions avec le shérif et les adjoints qui travaillaient sur l'affaire, et s'étaient longuement entretenus au téléphone avec ses cousins Cruz et Derek, dont l'agence de détectives privés avait été retenue pour épauler les forces de police.

Lana fit preuve de patience et de bonne volonté toute la journée, mais Nash voyait bien qu'elle avait des choses à dire, et il voulait les entendre.

Il espérait qu'elle parlerait pendant le repas, lorsqu'ils seraient dans la maison où ils s'étaient réfugiés et qu'ensemble, ils pourraient tranquillement passer en revue les derniers événements. Lana était dans une situation difficile, et il souffrait pour elle. Il devait lui être très difficile d'attendre ainsi sans pouvoir agir, et malgré le calme apparent de la jeune femme, il était certain qu'elle était prête à hurler.

Il n'aurait pas dû lui proposer de l'aider dans ses recherches aujourd'hui. Il pensait que lui donner quelque chose d'utile à faire l'aiderait à se sentir moins désarmée. Mais il aurait dû savoir que Lana était consciencieuse et motivée, et qu'elle se jetterait à corps perdu dans le travail. C'était trop lui demander après tout ce qu'elle avait eu à endurer. Elle était sous sa protection, et il avait contribué à accroître son angoisse et sa fatigue, alors qu'il aurait dû faire tout ce qui était en son pouvoir pour assurer son bien-être.

Il l'avait même laissée appeler sa collègue Heidi pour lui poser des questions sur leur patron. Cela avait dû être traumatisant. Alors pourquoi, alors qu'il aurait dû avoir honte de lui-même, était-il si fier qu'elle ait pu obtenir des informations au cours de la conversation ?

Lana leur avait fourni une nouvelle piste pour leur enquête. Tim avait prévu de s'enfuir, et récemment, il passait beaucoup de temps avec Mitchell Edwards, un criminel connu, et quelqu'un d'autre prénommé Sandy.

Il croisa le regard de Lana, qui revenait dans la pièce.

Elle fronça les sourcils lorsqu'il sourit, et s'arrêta dans l'embrasure de la porte.

— Tu as faim ? lui demanda-t-il.

Il était lui-même affamé, donc elle devait l'être également. Rien qu'en pensant au dîner à venir, il en avait l'eau à la bouche.

— Tu as terminé ? s'enquit-elle.

— Oui, répondit-il en se levant.

Elle alla prendre son sac qui se trouvait sur la petite table, puis le regarda avec circonspection.

— Je pense que nous devrions nous rendre chez Mitchell avant de retourner dans la maison de tes cousins, déclara-t-elle. Je le connais. Toi et tous les adjoints, vous parlez de lui comme s'il était un criminel. Il l'a peut-être été dans le passé, mais c'est quelqu'un de bien maintenant. Il vient au restaurant presque tous les week-ends. Il prend son repas, et discute sport avec les serveurs. Je l'aime bien.

Elle ajouta, d'une voix plus douce.

— Et il était assez proche de Tim pour savoir des choses utiles.

Nash la suivit hors de la salle.

— Je suis sûr qu'ils ont déjà envoyé un adjoint pour l'interroger.

— J'aimerais tout de même lui parler, insista-t-elle alors qu'ils se dirigeaient vers la sortie. Mitchell et moi sommes en bons termes, et nous étions tous les deux des proches de Tim. Je veux savoir ce qui se passe. Heidi est trop affectée pour aligner trois mots, si tant est qu'elle sache quelque chose. Mitchell pourrait vraiment nous aider.

Knox apparut au détour du couloir. Il était en train de parler à un autre homme en uniforme. Il s'immobilisa lorsqu'il aperçut Nash et Lana.

— Vous partez ?

— Nous pensions nous arrêter chez Mitchell, expliqua Lana. Quelqu'un est allé l'interroger ?

Knox répondit en fronçant les sourcils.

— Oui. Mais il n'était pas chez lui.

Il reporta son regard sur Nash, qui plissa le front. Celui-ci avait lutté contre un mal de tête naissant toute la journée, et avait de plus en plus de mal à ignorer sa faim.

— Lana pense que ce type lui parlera plus volontiers, puisqu'ils étaient tous deux des amis de Tim, expliqua-t-il. Nous te raconterons ce que nous aurons réussi à en tirer s'il est chez lui. Puis nous irons chercher à manger.

Lana le regarda d'un air entendu.

— Je peux nous préparer quelque chose pour le dîner. Ta tante nous a apporté beaucoup de provisions.

Nash hocha la tête, trop fatigué pour lui faire remarquer qu'elle aussi avait eu une longue journée.

— D'accord.

Un large sourire illumina le beau visage de Lana, et Knox lança à Nash un regard de mise en garde alors qu'ils se remettaient en marche.

L'idée qu'elle allait cuisiner pour eux deux faisait affluer les souvenirs à sa mémoire. Elle aimait préparer des repas pour lui. C'était ainsi qu'elle avait vaincu toutes ses résistances. Lorsqu'il l'avait rencontrée, elle sortait à peine du lycée, alors qu'il avait déjà passé plusieurs années dans l'armée. Elle était idéaliste et pleine de joie. Lui avait déjà un futur tout tracé : il voulait mettre des criminels hors d'état de nuire. Il aurait souhaité une compagne qui soit solide, et peut-être un peu blasée... Quelqu'un qui aurait plus ressemblé aux femmes qu'il avait rencontrées dans l'armée, et moins à une héroïne de film romantique. Il était fermement décidé à ne pas s'engager dans une relation lorsqu'il était arrivé à leur premier rendez-vous, mais elle leur avait cuisiné un repas. L'expérience tout entière, de leur conversation à leur chaste baiser d'au revoir, l'avait changé à jamais, et lui avait fait revoir tous ses projets d'avenir. En un repas, il avait été à jamais perdu pour toutes les autres femmes.

Mitchell Edwards habitait dans un quartier populaire où s'élevaient de petites maisons au milieu de jardins à la pelouse soigneusement tondue plantée de vieux arbres. Des enfants faisaient du vélo et jouaient au football dans les rues.

Nash gara son pick-up, et prit un instant pour examiner l'endroit avant de sortir du véhicule.

Lana l'imita, puis le prit par la main et tenta de l'attirer vers le petit bungalow en briques.

Nash refusa d'avancer.

— La porte est entrouverte, déclara-t-il.

— Ah bon ? Comment peux-tu le voir d'ici ?

— Regarde l'ombre, lui répondit-il en lui lâchant la main, au cas où il ait besoin de se saisir de son arme.

Il s'engagea sur l'allée menant à l'entrée.

— Envoie à message à Knox pour l'informer de ce qui se passe, lui demanda-t-il en ouvrant l'étui de son pistolet.

Si Bane était à l'intérieur, Nash pourrait l'appréhender et mettre un terme à ce cauchemar dès aujourd'hui. Mais si les choses se passaient mal, Lana pourrait être blessée. Lui demander d'attendre dans la voiture ne servirait à rien, et il savait qu'il était hors de question de tourner le dos à un bâtiment d'où Bane pourrait les observer et tirer sur eux.

— Reste tout près de moi, souffla-t-il.

Elle agrippa le dos de sa chemise, et ils montèrent les marches du porche ensemble.

Il ouvrit la porte d'un léger coup de pied, et balaya l'entrée sombre du regard.

— Police ! annonça-t-il.

Pour toute réponse, il n'y eut que le silence.

Il fit une nouvelle tentative.

— Mitchell Edwards, j'ai quelques questions à vous poser !

Lana s'accrochait à lui comme si sa vie en dépendait, et imitait le moindre de ses mouvements.

Lentement, ils avancèrent dans la maison, allant de pièce en pièce. L'endroit était propre et bien tenu. Des paires de chaussures s'alignaient contre le mur près de la porte d'entrée. Dans la cuisine, la vaisselle était faite et rangée. L'étage supérieur était tout aussi net, du moins jusqu'à ce qu'ils arrivent dans la chambre.

Le lit était défait, les tiroirs de la commode ouverts, et leur maigre contenu sens dessus dessous. Une armoire aux portes entrebâillées semblait avoir été vidée d'une bonne partie de son contenu, et les quelques vêtements qui s'y trouvaient encore étaient pendus de travers.

Lana lâcha Nash et balaya la pièce du regard, bouche bée.

— Il s'est enfui ? demanda-t-elle.

— Il semblerait...

Nash prit quelques photos pour Knox. Il était déçu, mais pas surpris.

Mitchell Edwards, qui par ailleurs paraissait être quelqu'un d'ordonné, était parti à la hâte, sans se soucier de le cacher, très vraisemblablement parce qu'il avait peur... ce qui faisait immédiatement penser à Mac Bane.

Nash guida Lana vers le rez-de-chaussée. La police allait prendre la suite.

Soudain, il vit passer une silhouette devant une fenêtre donnant sur la rue, et il s'immobilisa, faisant signe à Lana de rester où elle se trouvait.

Il s'avança subrepticement vers la porte, la main posée sur l'étui contenant son arme.

Une femme se glissa à l'intérieur, et poussa un hurlement lorsqu'elle le vit. Elle était jeune et mince, vêtue d'une blouse, et ne semblait pas ravie de le voir.

— Qui êtes-vous ? s'enquit-elle, le regard froid et la voix dure. Que faites-vous ici ? Où est Mickey ?

Nash sortit son badge.

— Je suis le marshal Nash Winchester. Vous pouvez répondre à quelques questions ?

Elle croisa les bras et hocha la tête. Puis elle jeta un coup d'œil à Lana et demanda :

— Qui est-ce ?

— Je suis une amie de Mitchell.

La femme plissa les paupières.

— Que faites-vous ici ?

Lana s'avança.

— Je m'appelle Lana Iona. Je suis cheffe au Carriage House, et je connais bien Mitchell. Il rendait souvent visite à mon patron.

La femme sembla réfléchir un instant, puis reporta son attention à nouveau sur Nash.

— Pam Reynolds. J'habite de l'autre côté de la rue. Vous ne m'avez toujours pas dit pourquoi vous vous trouvez ici, et pas Mickey. Cela a quelque chose à voir avec ce qui s'est passé hier soir ? demanda-t-elle.

Nash hocha sèchement la tête en réponse, sans cesser de regarder la femme.

— Je savais bien qu'il n'était pas tombé..., murmura-t-elle pensivement.

— Vous connaissiez Tim ? l'interrogea Lana.

Pam haussa les épaules.

— Il traînait souvent avec Mickey ces derniers temps. J'ai appris ce qui lui était arrivé en allant travailler ce matin. J'ai essayé d'appeler Mickey toute la journée, mais il n'a pas répondu. Alors je suis venue ici dès que j'ai pu.

— Vous avez une idée de l'endroit où M. Edwards se trouve en ce moment ? s'enquit Nash.

Pam secoua la tête en blêmissant.

— Vous ne pensez pas...

Nash pinça les lèvres.

— Nous ne savons pas. Personne ne l'a vu aujourd'hui.

Lana intervint, sentant l'angoisse monter en elle.

— Tout ce que vous pourrez nous dire sur Mitchell et Tim... ou Sandy pourrait nous aider.

— Sandy, répéta Pam d'un air confus. Vous pensez que Sandy a quelque chose à voir dans tout ça ?

Lana jeta un coup d'œil à Nash avant de poursuivre :

— Peut-être. Vous la connaissez ?

Pam fronça les sourcils, et désigna du doigt une photo posée sur la cheminée. On y voyait Mitchell et un autre homme bras dessus bras dessous sur un quai.

— Voilà Sandy.

Nash saisit la photo pour pouvoir l'examiner.

Derrière les deux hommes, on voyait nettement cinq lettres sur un bateau.

S-A-N-D-Y

12

L'esprit en ébullition, Lana boucla sa ceinture dans le pick-up à côté de Nash. D'après Pam, *Sandy* était amarré dans la marina. Il était donc clair que c'était leur prochaine destination. Ce qui, en revanche, l'était beaucoup moins, c'était comment Tim et Mitchell en étaient venus à fréquenter un dangereux fugitif. Ils lui semblaient tous deux parfaitement inoffensifs. Par ailleurs, la longue liste des crimes précédemment commis par Mitchell la plongeait dans la perplexité. Visiblement, elle n'avait pas la moindre idée de ce à quoi ressemblait un criminel. Et cela l'amenait à se demander si elle ne se trompait pas sur tous les gens qu'elle connaissait. Étaient-ils tous si différents de ce qu'ils semblaient être ?

— À quoi penses-tu ? lui demanda Nash.

Lana regarda pensivement l'homme assis à côté d'elle. Elle s'était trompée sur lui aussi. Pas quand elle pensait qu'il réussirait à atteindre le but qu'il s'était fixé et à devenir ce marshal compétent et sûr de lui, mais lorsqu'elle croyait que les sentiments qu'il avait pour elle étaient aussi forts que les siens.

Il lui jeta un autre coup d'œil lorsqu'elle ne répondit pas. Nash avait toujours été observateur, mais il semblait avoir développé ses capacités, et elle se sentit un peu gênée.

— À tout et à rien, finit-elle par répondre, incapable de savoir par où commencer.

Elle se laissa aller contre l'appuie-tête et laissa pendre son bras par la fenêtre, savourant la sensation de l'air et du soleil sur sa peau.

C'était par un beau jour d'été comme celui-ci qu'elle avait cuisiné un repas pour Nash pour la première fois. Elle savait bien qu'il la trouvait trop jeune et trop naïve pour lui. Les années qu'il avait passées dans l'armée l'avaient endurci, alors qu'elle sortait tout juste du lycée et ne connaissait presque rien de la vie. Mais Lana avait toujours eu une idée très claire de ce qu'elle voulait. Et elle voulait Nash.

Sa mère lui avait appris qu'un moyen sûr de gagner le cœur d'un homme était de satisfaire ses papilles, alors Lana avait préparé un repas le soir où elle pensait que Nash allait couper court à leur relation naissante. Ils étaient seulement sortis ensemble à quelques occasions et il n'y avait encore rien d'officiel entre eux, mais elle sentait qu'il avait l'intention de s'éloigner d'elle. Quant à elle, dès qu'elle avait posé les yeux sur lui, elle avait compris qu'il était l'homme de sa vie, et elle était prête à tout pour le garder.

Ses amies lui disaient que le sexe était le meilleur moyen de se l'attacher, mais elle sentait que ce n'était ni nouveau ni essentiel pour Nash. Il était si beau que, même si elle n'avait que dix-huit ans, Lana savait qu'il pouvait trouver cela n'importe où. Mais ce qu'il ne pouvait avoir ailleurs, c'était un repas cuisiné avec amour, et l'attention de quelqu'un pour qui il comptait vraiment. C'était ce qu'elle lui avait donné.

Et il était resté quatre ans.

— Tu es bien silencieuse, remarqua-t-il, la ramenant au présent. Nous pouvons parler de ce qui te tracasse. Je peux t'aider.

Il sourit, et se concentra à nouveau sur sa conduite.

— Nous avons toujours eu des conversations intéressantes, ajouta-t-il.

L'image de leur premier baiser surgit intempestivement à son esprit. Elle n'avait pas pu résister à ce sourire en coin qu'elle aimait tant. Et la saveur des pommes cuites s'était attardée sur leurs lèvres.

— Je comprendrais tout à fait que tu sois épuisée et que tu aies besoin de te reposer, dit-il. Ce genre de travail est très éprouvant, et tu ne t'es pas arrêtée depuis le petit déjeuner.

Le souvenir s'évanouit, et elle se retrouva assise à côté d'un homme qui lui avait brisé le cœur, en train de pourchasser un dangereux criminel.

— Je vais bien, affirma-t-elle même si c'était un mensonge.

En réalité, elle se sentait en permanence fatiguée et pleine de rage envers Mac Bane et ses acolytes. Et elle était horrifiée de sentir que son cœur s'emballait encore dès qu'elle était en présence de Nash Winchester.

— Je sais que notre relation passée rend les choses encore plus difficiles pour toi, déclara-t-il, ravivant ses blessures. Il faudrait que nous puissions oublier ce malaise et que nous nous parlions ouvertement, Lana.

Elle tourna la tête pour regarder le paysage défiler, incapable de croiser son regard. Il pensait que leur histoire ancienne rendait les choses difficiles pour elle. Mais pas pour lui.

Et elle détestait se rendre compte qu'il avait raison.

— Lana...

Elle se força à le regarder, et choisit soigneusement ses mots.

— Ce malaise, expliqua-t-elle en employant la même expression que lui, ce sont huit années de souffrance. Ce sont mes larmes, et ton silence. Je vais bien maintenant, et j'étais heureuse jusqu'à hier soir. Mais lorsque tu es parti, j'ai perdu mon meilleur ami, mon compagnon, et mon avenir...

et je n'ai toujours pas réussi à comprendre comment nous en sommes arrivés là.

Il ouvrit les lèvres, mais les referma sans l'interrompre.

Elle lui en fut reconnaissante, et poursuivit :

— Ton absence ne m'a pas empêchée de réussir ce que j'avais envie de faire, mais la façon dont tu es parti n'était pas convenable... Et maintenant, tu reviens sans prévenir, et je fais de mon mieux pour ne pas songer au passé. J'ai tellement peur d'être assassinée que j'arrive à m'occuper l'esprit la plupart du temps. Et il est vrai que je n'ai pas l'impression que tout ce qui se passe soit vraiment réel... Alors, peut-être que nous pourrons parler de nous deux plus tard, je ne sais pas quand... Mais en ce moment, j'essaye seulement de survivre minute après minute. Et même si j'apprécie que tu me proposes de parler du passé pour que j'aille mieux, je pense que, dans l'immédiat, tu devrais te concentrer sur ton travail, et pas sur moi. Lorsque Bane sera sous les verrous, nous aurons le temps de discuter... si c'est nécessaire.

Lana se retourna vers le paysage et poussa un petit soupir. Elle était fière d'avoir parlé aussi raisonnablement. Elle avait su exprimer ses sentiments sans en faire le cœur du problème. Elle avait été honnête. Et sincère. Et cela lui avait fait du bien.

— Mon travail, c'est toi, déclara Nash en actionnant son clignotant avec une énergie inutile.

— J'en ai bien conscience, murmura-t-elle.

Elle fut heureuse de voir des panneaux indiquant qu'ils se trouvaient maintenant à proximité de la marina.

— Ce n'est pas ce que je voulais dire...

Elle ne répondit pas. Elle n'avait pas l'énergie pour le faire.

Nash entra sur le parking, et alla se garer près du bureau d'accueil.

Lana descendit du pick-up, et il la rejoignit.

— Je n'arrive toujours pas à voir Tim et Mitchell comme des criminels, lança-t-elle, essayant de rediriger la conversation vers un sujet moins épineux. Il n'y avait absolument rien qui puisse le laisser penser ! Ils étaient connus et estimés de tous. Comment ont-ils pu être en relation avec une crapule comme Mac Bane ?

Elle se dirigea vers le petit bureau, et Nash lui emboîta le pas.

— Beaucoup de gens honnêtes font parfois de mauvais choix, expliqua-t-il. Ils ne se voient pas comme des criminels. Ils pensent souvent que ce qu'ils font sera temporaire et qu'ils maîtrisent la situation. Ils sont convaincus d'avoir de bonnes raisons pour agir ainsi, et ils ont l'intention d'arrêter dès qu'ils auront atteint leur but. Malheureusement, des individus comme Bane ne laissent pas le droit à l'erreur.

Il poussa un long soupir.

— Il arrive constamment que des gens bien fassent des choses complètement stupides.

Lana croisa son regard.

— Je le sais bien.

Ils s'arrêtèrent à quelques mètres de la porte blanche, semblant remarquer en même temps la pancarte accrochée dessus. Elle portait une inscription en lettres rouges.

FERMÉ.

Une petite horloge en plastique indiquait que l'accueil rouvrirait le lendemain matin.

Nash griffonna un message au dos d'une carte de visite qu'il avait sortie de son portefeuille, et la glissa sous la porte.

— J'espère que celui qui la trouvera m'appellera. Sinon, il faudra que nous revenions, lui dit-il. Tu te souviens à quoi ressemblait *Sandy* sur la photo ?

— Un grand bateau blanc.

Nash sourit.

— Il est peut-être à quai, et Mitchell à bord, suggéra-t-il. Nous ferions d'une pierre deux coups.

Si seulement les choses étaient aussi simples ! songea Lana. Elle avait espéré que Mitchell serait chez lui, mais elle avait dû déchanter. Et son absence l'angoissait. Elle espérait qu'il n'avait pas fini comme Tim...

Ils avancèrent le long de la passerelle en bois ternie par le soleil, examinant chacun des bateaux amarrés pour voir s'il portait le nom de *Sandy*. Certains lui ressemblaient de loin, mais leurs espoirs étaient déçus lorsqu'ils s'approchaient.

Les rayons dorés du soleil couchant scintillaient sur les vagues dansantes. La nuit allait bientôt tomber. C'était la fin d'un jour dans sa nouvelle vie.

Lana frissonna et se frotta les bras. Dans quel guêpier Mitchell et Tim s'étaient-ils fourrés ?

Ils firent demi-tour et retournèrent vers le parking. Lana observa les véhicules garés là tout en réfléchissant.

— Nous devrions essayer de voir si nous trouvons la voiture de Mitchell, déclara-t-elle. C'est une berline blanche... Une vieille BMW, je crois. Il l'a peut-être laissée ici.

Nash lui prit la main en accélérant le pas.

— Bonne idée. Allons-y !

Sa poitrine se gonfla de fierté à ces mots, et l'espoir de trouver un nouvel indice fit monter en elle un regain d'énergie. Mais il ne leur fallut que quelques minutes pour se rendre compte que leur mission avait échoué : ils ne virent ni berline blanche, ni BMW.

— Ce n'est pas grave, lui dit Nash en ouvrant la portière du pick-up et en l'aidant à s'installer. Rentrons manger à la maison. Puis nous irons dormir, et nous nous remettrons au travail demain. Je suis épuisé, et tu dois l'être aussi.

Le lendemain matin, Lana se réveilla d'elle-même à 5 heures. Elle s'était endormie bien plus vite qu'elle ne l'aurait cru possible étant donné sa situation, puis avait passé une nuit réparatrice jusqu'à ce que son horloge interne ne lui signale qu'il était temps de commencer la journée. En tant que cheffe, elle devait parfois se coucher tard, mais il lui fallait toujours se lever tôt.

Elle resta dans sa chambre jusqu'à ce que les premières lueurs de l'aube filtrent à travers les rideaux. Elle ne voulait pas réveiller Nash, mais elle avait besoin de se vider l'esprit... c'est-à-dire de préparer quelque chose à manger. Alors, elle se dirigea vers la cuisine, pressée de se mettre à la tâche.

Le plat qu'elle avait confectionné hier soir était simple et rapide à réaliser : du poulet, des épis de maïs, et de fines tranches de légumes, le tout passé sur le gril. Elle n'avait pas vraiment eu le temps de faire mariner la viande, mais le résultat avait été très satisfaisant, même visuellement : les couleurs et l'arrangement des différents ingrédients sur l'assiette étaient une réussite. Il faudrait qu'elle s'en souvienne pour le restaurant qu'elle ouvrirait un jour. Elle voulait mettre l'accent sur une nourriture simple et saine.

Elle prépara un pot de café, puis se tourna vers le réfrigérateur.

Elle avait tous les ingrédients nécessaires à la confection d'une quiche ou d'une frittata, mais n'était pas assez réveillée pour faire une pâte.

— Va pour la frittata ! déclara-t-elle.

Quelques secondes plus tard, elle était lancée à corps perdu dans le travail, coupant et émincant des légumes alors qu'un morceau de sa playlist préférée s'élevait de son téléphone portable. Elle fredonnait en cuisinant comme à son habitude, allant et venant comme si elle était chez elle.

La porte de la terrasse arrière s'ouvrit, et elle s'immobilisa, la gorge serrée et le cœur battant. Nash entra à l'intérieur, son portable à la main. Il baissa les yeux sur les cuisses de Lana, que son short de nuit révélait entièrement, et s'y attarda.

Elle étudia son torse nu en retour.

— Je ne savais pas que tu étais levé, lui dit-elle en se réprimandant mentalement de ne pas avoir vu que la porte de la maison était ouverte.

Mac Bane aurait tout aussi bien pu entrer dans la cuisine !

Nash referma la porte derrière lui, et leva le regard.

— On m'a téléphoné, et j'ai pris l'appel dehors pour ne pas te gêner, expliqua-t-il. Je t'ai réveillée ?

— Non. Je ne dormais plus depuis un moment quand j'ai décidé de venir ici. Je n'ai pas entendu ton téléphone.

— Il était sur vibreur.

Il prit le T-shirt qu'il portait autour du cou comme une serviette, et l'enfila.

— C'était important ? demanda-t-elle en reportant son attention sur la frittata.

— Juste les dernières nouvelles, déclara-t-il en allant se servir une tasse de café. Il va encore faire chaud aujourd'hui. L'orage menace, mais je ne crois pas qu'il va tomber.

— Bref, c'est un été normal dans le Kentucky, répliqua-t-elle.

D'ordinaire, elle adorait la pluie, mais elle se souciait soudain de la façon dont la météo pourrait affecter leur situation. Si Bane et ses hommes découvraient où ils avaient trouvé refuge, un orage leur donnerait-il un avantage, et leur permettrait-il de mieux venir les surprendre ?

Elle ôta la poêle du feu tout en imaginant une douzaine de scénarios tous plus terribles les uns que les autres. Puis elle éteignit le brûleur, et tendit le bras vers la pile d'assiettes.

— Tu as faim ? demanda-t-elle.

Elle sentit Nash lui frôler le dos. Puis il attrapa les assiettes d'une main tout en posant l'autre sur la hanche de Lana, vraisemblablement pour se stabiliser.

— Je suis affamé.

Elle sentit le feu couler dans ses veines, et poussa un soupir malgré elle.

Il lui tendit les assiettes avec un sourire.

Elle les accepta, sachant qu'il avait parfaitement conscience de l'effet qu'il avait eu sur elle. Il la connaissait trop bien, et elle aimait et détestait cela à la fois.

— Merci.

Une lueur dansait dans les yeux de Nash. Elle ignorait si c'était à cause de sa propre réaction, ou parce que lui-même n'était pas insensible à sa présence. Elle ne savait ce qu'elle aurait préféré.

Malgré elle, elle éclata de rire.

Elle avait l'impression qu'hier soir, ils avaient conclu un accord tacite : ils allaient se voir tels qu'ils étaient aujourd'hui, en évitant de laisser le passé colorer leur vision du présent. Ils travailleraient ensemble pour retrouver Bane, et pour se protéger de la menace qu'il représentait. Alors l'idée de redécouvrir le corps de Nash huit ans plus tard était totalement hors de propos. Elle partagea la frittata en deux et la mit sur les assiettes.

Il apporta des fourchettes et des serviettes, puis accepta une assiette avec un sourire espiègle.

— Ça a l'air délicieux.

— Merci.

Ils allèrent s'asseoir autour de la petite table, et Nash posa son téléphone dessus pour ne pas louper les messages qui pourraient arriver.

— C'est Derek qui m'a réveillé, expliqua-t-il. Il allait nourrir le bétail et voulait savoir comment tu allais. Il est certainement le seul détective qui possède également une exploitation agricole !

— Tu pourrais être surpris, répliqua-t-elle, heureuse d'avoir des amis sur lesquels elle pouvait compter. Que t'a-t-il dit ?

— Nous avons passé en revue tout ce que nous savons sur Tim et Mitchell, sur leur relation, et sur leur cercle d'amis. En ce moment, nous sommes en train d'essayer de savoir s'ils ont eu des contacts avec Bane ou un de ses associés. Nous tentons également de déterminer comment ils auraient pu intervenir dans les activités de Bane. Je pense que nous tenons une piste sérieuse avec les paris illégaux. Cruz va contacter ses informateurs aujourd'hui, pour leur demander s'il y a de nouveaux établissements dans le coin.

Lana buvait son café à petites gorgées tout en l'écoutant attentivement.

Nash ferma les yeux en avalant la première bouchée de son petit déjeuner. Le son qui s'échappa alors de ses lèvres fut presque indécent.

— Tu aimes ? demanda-t-elle, souriant contre le bord de sa tasse, et ravie de sa réaction.

Il ouvrit les paupières et hocha lentement la tête, prenant une autre bouchée avec révérence.

— J'avais oublié que tu cuisinais si bien. C'est incroyable !

— C'est seulement une frittata, protesta-t-elle, se sentant rougir.

Elle travaillait dur pour progresser sans cesse, et était heureuse quand on la félicitait. C'était important pour elle, peut-être même plus que cela n'aurait dû. Et lorsque les louanges venaient de Nash, elle se consumait carrément de plaisir.

— Je ne sais pas si je t'ai dit combien j'apprécie le fait que tu me fasses participer à ton enquête, ajouta-t-elle, le complimentant en retour.

Il plissa le front, et l'expression de son visage redevint sérieuse.

Elle poursuivit :

— Je me rends très bien compte que tu pourrais me dire d'attendre et de rester tranquille pendant que les professionnels font leur travail, mais tu m'écoutes quand j'ai des choses à dire, et tu me tiens au courant de l'avancement de l'enquête, même si j'ai parfois du mal à tout comprendre. Grâce à cela, je me sens moins inutile, et j'ai l'impression d'avoir un certain contrôle sur la situation. Cela me donne un but sur lequel je peux me focaliser, au lieu de me laisser submerger par l'angoisse. C'est probablement la seule raison pour laquelle je n'ai pas perdu l'esprit !

Il posa sa fourchette, et s'essuya les lèvres avec sa serviette.

— Je regrette que tu sois impliquée dans tout cela. Je déteste cette idée.

Il fronça les sourcils.

— Je ne peux rien changer à ce qui s'est passé, mais je peux rendre la situation plus gérable. Je sais que tu aimes être active, et que tu es intelligente. Tu connais cette ville, et tu comprends bien les gens. De plus, tu sais rester calme, même sous la pression. Tes liens avec Heidi nous ont menés à Mitchell Edwards. Nous aurions mis beaucoup plus de temps à découvrir cela sans toi, et dans une enquête, il est essentiel d'être rapide.

Elle se sentit rougir, et réprima un sourire.

— Si jamais tu ne comprends pas quelque chose, ajouta-t-il, n'hésite pas à m'interrompre et à me demander de te l'expliquer. Cela ne me dérangera pas. Je me souviens de ce que je ressentais lorsque j'apprenais mon métier : j'avais constamment l'impression que certains éléments m'échappaient, et c'était très frustrant. Je ne voudrais pas que tu ressentes la même chose.

Lana fut touchée par sa patience et sa gentillesse.

— D'accord.

Ils terminèrent leur petit déjeuner dans un silence confortable, échangeant des regards furtifs et des sourires timides, et elle sentit renaître l'excitation joyeuse qu'il suscitait en elle lorsqu'ils étaient jeunes.

Il apporta leurs assiettes dans l'évier lorsqu'ils eurent fini.

— Tu as des plans pour aujourd'hui ? lui demanda-t-elle en se levant et en s'approchant de lui.

Il lui lança un regard prudent par-dessus son épaule.

— Rien de précis. Pourquoi ?

— Je pense que nous devrions aller voir Heidi.

Plusieurs fois au cours de la nuit, elle avait repensé à sa collègue.

— Elle semblait très affectée lorsque nous nous sommes parlé hier. Elle pensait que Mitchell était devant sa porte lorsqu'elle a raccroché. Elle sait peut-être où nous pourrions le trouver... ou Bane.

Nash lava les assiettes et les plaça sur l'égouttoir.

— Bonne idée.

Il s'essuya les mains sur un torchon et se tourna vers elle.

— Je vais informer Knox que nous allons nous rendre chez Heidi, et voir si lui ou d'autres adjoints l'ont déjà interrogée. Mais elle te parlera probablement plus librement qu'à eux. Si elle sait quelque chose qui pourrait mettre son ami dans l'embarras, elle ne va certainement pas le révéler à la police... mais tu parviendrais peut-être à lui soutirer ces informations.

Lana pencha la tête. C'était exactement ce qu'elle pensait.

— Et toi ? demanda-t-elle. Heidi ne te connaît pas, et elle ne voudra probablement pas me parler devant un marshal. Tu attendras dehors ?

Nash la regarda, les sourcils froncés.

— Il est hors de question que je te quitte des yeux !

— Alors, qu'allons-nous faire ?

— Je ne dirai pas que je suis marshal, répondit-il avec un sourire de conspirateur qui le rendit plus séduisant encore. Je dirai que je suis ton compagnon.

Il lui prit la main.

— Si tu es d'accord, poursuivit-il.

Lana fit un petit bruit inintelligible.

— C'est un oui ?

Lana hocha la tête, et il lui embrassa les doigts avec légèreté. Nash sourit.

— J'ai toujours aimé que tu me dises oui.

13

Nash regarda Lana s'éloigner pour aller se préparer, la jeune femme lui offrant malgré elle une vue superbe sur ses longues jambes. Son téléphone se mit à vibrer sur la table de la cuisine, et à regret, il cessa d'admirer ce spectacle pour prendre l'appel.

— Winchester.

— Hé, lança Knox, je commençais à croire que tu n'allais pas répondre. J'espère que je ne vous dérange pas ?

Nash sourit, pensant aux relations nouvelles qui s'étaient établies entre Lana et lui depuis hier soir. Elle avait commencé à baisser la garde après lui avoir révélé à quel point il l'avait blessée lorsqu'il était parti. Cet aveu lui avait tordu le cœur, mais l'atmosphère entre eux était devenue plus légère, et cela lui donnait de l'espoir. Il lui devait encore des excuses pour la façon dont il l'avait quittée lorsqu'il avait rejoint les marshals, et il espérait qu'il pourrait le faire bientôt... s'il ne gâchait pas tout et ne l'éloignait pas de lui auparavant.

— J'étais simplement en train de laver la vaisselle, répondit-il. Je n'ai pas entendu le téléphone tout de suite.

— Hum hum, fit Knox, sans sembler convaincu par l'explication. Bien, si tu as terminé...

— Oui.

— Hier soir, mes hommes ont fini de passer au peigne fin la maison de Lana. Ils ont trouvé des micros.

Nash se raidit.

— Ah bon ?

— Nous le soupçonnions dès hier, mais il fallait envoyer une équipe avec le matériel nécessaire pour effectuer des recherches approfondies. Les micros qu'ils ont trouvés ne sont pas très sophistiqués. Nous allons voir si nous pouvons déterminer l'identité de celui qui les a achetés à partir de leur numéro de série. Je parierais que la transaction s'est faite en ligne avec une carte de crédit prépayée, mais on ne sait jamais... Des types comme Bane ne choisissent pas toujours leurs complices en fonction de leur QI. Quoi qu'il en soit, tu devrais en informer Lana, et essayer de te souvenir de tout ce que vous avez dit pendant que vous étiez en train de faire ses bagages. Il y a de bonnes chances pour que la conversation ait été enregistrée.

Nash sentit la fureur monter en lui.

— Ton équipe le savait dès hier soir ? Et tu m'appelles maintenant ?

Il y eut un long silence à l'autre bout de la ligne.

— Oui, finit par répondre Knox. Je voulais que tu dormes un peu. Tu étais debout depuis quarante-huit heures.

Nash serra les dents. C'était le problème lorsque l'on travaillait avec sa famille. Aucun de ses collègues ne se serait demandé un instant depuis combien de temps il était éveillé, ni s'il était fatigué. Ils lui auraient annoncé les informations importantes dès qu'ils les auraient obtenues. Mais pas sa famille. Ils apprenaient un élément essentiel et attendaient avant de l'en informer, pour qu'il puisse se reposer !

Il se pressa le front avec colère.

— Tu te rends bien compte qu'il s'est écoulé un certain temps depuis notre passage chez Lana. Ce dont je me souviens aujourd'hui ne pourra jamais être aussi précis que si tu m'avais posé la question hier. C'est la raison pour laquelle nous interrogeons les témoins d'un crime immédiatement, et pas le jour suivant, déclara-t-il d'un ton sec.

Knox poussa un soupir agacé, comme si c'était lui qui aurait dû être mécontent.

Des bruits de pas dans le couloir attirèrent l'attention de Nash. Lana était revenue et le regardait d'un air interrogateur.

— Tu vas bien ? demanda-t-elle. On dirait que tu as envie d'étrangler quelqu'un.

— Knox, répondit-il.

— Allô ? lança son cousin.

Lana sourit.

— Ne t'occupe pas de moi.

— Écoute, reprit Knox, informes-en Lana, et essayez ensemble de vous rappeler votre conversation. Puis dites-moi si l'un de vous a prononcé des paroles qui pourraient vous mettre en danger, ou nuire à l'enquête.

Nash raccrocha avec un grognement tout en jurant mentalement.

— De bonnes nouvelles ? s'enquit Lana, un sourire moqueur aux lèvres.

Il remit son téléphone dans sa poche, et se concentra sur Lana. Ses longs cheveux bruns tombaient en cascade sur son dos et ses épaules. Le haut blanc cassé qu'elle avait enfilé était coupé dans un tissu soyeux, qui caressait les courbes de sa poitrine et laissait deviner la dentelle de son soutien-gorge. Il s'imagina tendant les bras vers elle et l'attirant à lui. Il pouvait presque sentir la chaleur de son corps et entendre les battements de son cœur. Il sentit son pouls s'accélérer à ce rêve éveillé.

— Non, mauvaises nouvelles. Il y avait des micros dans ta maison. Ce que nous avons dit lorsque nous nous y trouvions a très certainement été enregistré, donc nous devons essayer de nous souvenir de notre conversation, au cas où nous ayons évoqué des éléments importants pour l'enquête.

Elle s'appuya contre le mur, l'air sombre, et le regard fixé à terre.

— Au moins, personne n'est mort, déclara-t-elle.

Puis elle fronça les sourcils, et remarqua :

— Il en faut beaucoup pour nous perturber maintenant !

Il sourit.

— Partons d'ici, lui dit-il. Nous pourrons parler dans la voiture.

Lana leva le menton.

— Tu veux toujours te faire passer pour mon compagnon ?

— Si tu es d'accord.

Elle lui tendit la main.

Ils se tinrent la main pendant la plus grande partie du trajet jusqu'à la maison de Heidi. Nash jetait de fréquents coups d'œil dans le rétroviseur pour vérifier qu'ils n'étaient pas suivis, et étudiait toutes les autres voitures autour d'eux. Régulièrement, il serrait les doigts de Lana pour être certain qu'il n'était pas en train de rêver ce contact physique entre eux deux.

Il avait envoyé un message à Knox avant de monter dans son véhicule, pour lui dire où ils allaient et pourquoi. Lorsque Lana aurait réussi à faire parler Heidi en jouant la carte de l'amitié, Knox pourrait ensuite intervenir en tant qu'adjoint du shérif. On se confiait volontiers à des amis, mais aussi aux forces de l'ordre lorsque l'on était innocent, et d'après ce que Lana lui avait appris, Heidi l'était.

Le téléphone de Lana sonna, et elle lui lâcha la main pour pouvoir répondre.

— Bonjour maman, lança-t-elle avec un sourire prudent.

Nash tenta de ne pas trop écouter la conversation alors que Lana faisait un rapide compte rendu de la situation à sa mère. Elle passa sous silence le fait qu'elle était en danger, se contentant de lui apprendre que Nash était à Great Falls pour poursuivre un dangereux criminel qui avait tué son patron. Plusieurs minutes s'écoulèrent avant que Lana ne réussisse à convaincre sa mère qu'elle était en bonne santé et heureuse, et qu'elle la rappellerait dès que possible.

— J'ai l'impression que ça s'est bien passé, remarqua Nash en coulant un regard dans sa direction.

— Je ne voulais pas l'inquiéter, répondit Lana, mais je ne pense pas avoir réussi. En ce moment, elle est certainement en train d'acheter deux billets d'avion pour le Kentucky !

Nash sourit.

Lana se pencha en avant alors que la rue où habitait Heidi approchait.

— C'est ici, dit-elle. La boîte aux lettres est à peine visible. Elle se trouve devant cet arbre… juste après la maison grise et la voiture rouge.

— C'est bon.

Il ralentit pour prendre le virage qu'elle lui indiquait.

Le quartier était assez récent, avec de petites villas et de grandes étendues herbeuses. C'était le genre d'endroits où vivaient des familles, qui souvent élevaient quelques animaux. Des prairies où poussaient des herbes folles s'étendaient entre les maisons, et des cabanes de jardinage et des balançoires émaillaient le paysage.

— Heidi a économisé pendant des années pour s'acheter une maison ici, expliqua Lana. Elle a des poules auxquelles elle a donné les noms de vieux chanteurs de country music, et elle les prend aussi souvent en photo que si c'étaient ses enfants !

Nash sourit à cette idée.

— Tu n'aimes pas les poules ?

— Bien sûr que si ! répliqua-t-elle en lui rendant son sourire. Je n'ai pas assez de place pour en élever maintenant, mais j'en aurai un jour.

— Je vis encore dans un appartement, lui apprit-il. Il est petit et pratique.

Cela convenait à ses longues journées de travail, et le loyer était assez bon marché pour qu'il puisse payer plusieurs mois d'avance lorsque son équipe et lui devaient faire de longs déplacements.

— Un studio de célibataire, déclara-t-elle, j'imagine bien ça ! J'espère que tu ne bois pas dans des verres en plastique et que tu ne manges pas des restes de pizza plus d'une fois par semaine.

Il fit la grimace, et elle éclata de rire.

Il avait vraiment besoin d'un endroit plus grand. Peut-être d'une pelouse à tondre… et d'une famille pour remplir ce lieu de rires et de joie. Il fut soudain sidéré qu'une telle idée lui ait traversé l'esprit.

— Tu vas bien ? demanda Lana. Tu es un peu pâle.

Il avait toujours voulu fonder une famille, mais il ne s'était jamais senti prêt pour le temps et les efforts qu'il lui faudrait fournir. Son métier était sa priorité lorsqu'il avait commencé sa carrière chez les marshals. Il s'y était entièrement consacré, et n'avait pas beaucoup pensé au reste. Pourquoi cette idée lui venait-elle soudain à l'esprit ? Il s'était toujours dit qu'un jour, il aurait un déclic, et qu'il saurait que le moment était venu. Était-ce cela ? Était-il prêt maintenant ?

Le spectacle d'une voiture de police garée dans la rue le rappela à la réalité.

Il aperçut ensuite une ambulance.

— Oh non ! murmura Lana, qui avait également remarqué les véhicules.

Ils semblaient être garés devant leur destination, et cela n'augurait rien de bon.

— C'est la maison de Heidi, souffla Lana.

Une femme se tenait sur le trottoir, et parlait à un adjoint du shérif. Ses joues étaient zébrées de traînées de larmes et de mascara.

— Dis-moi qu'il s'agit de Heidi, souffla Nash en s'arrêtant au milieu de la route.

— Non, ce n'est pas elle.

Il poussa un long soupir, en se demandant si c'était une bonne idée de se garer près d'une scène de crime. Si un des complices de Bane observait les lieux, il reconnaîtrait Lana et prendrait note de la plaque minéralogique de leur véhicule. Cela ne serait pas une bonne chose pour eux.

Knox apparut sur le seuil de la maison, puis se mit à courir sur le trottoir, passant devant la femme en pleurs et l'autre adjoint. L'air sombre, il fit un grand geste du bras, indiquant à Nash qu'il devait avancer.

Nash baissa sa fenêtre.

Knox avait le visage fermé.

— Ne reste pas là ! cria-t-il avec de grands gestes.

Lana se pencha vers Nash, et tenta de croiser le regard de Knox.

— Comment va Heidi ? lui demanda-t-elle lorsqu'ils furent à sa hauteur.

Knox fit un petit signe de la tête, puis s'approcha de la fenêtre de Nash.

— Le chien de Heidi n'arrêtait pas d'aboyer, expliqua-t-il d'une voix basse, tout en continuant à observer la maison, et la voisine est allée voir ce qui se passait. La porte était entrouverte lorsqu'elle est arrivée, alors elle a appelé la police. C'était à peu près au moment où je t'ai téléphoné, ajouta-t-il à l'attention de Nash. Je suis venu ici immédiatement.

L'expression de son visage apprit à Nash le reste de l'histoire.

— Mais elle n'est pas blessée ? demanda Lana, qui n'avait manifestement pas compris.

Knox regarda Lana d'un air contrit et lui dit avec douceur :

— Je suis désolé, Lana. Heidi n'allait pas bien du tout lorsque les premiers secours sont arrivés.

Il regarda par-dessus son épaule alors que la porte d'entrée de la maison s'ouvrait.

— Ils n'ont pas pu faire grand-chose. Et maintenant, il faut que vous partiez vite d'ici, avant qu'on ne vous reconnaisse.

Knox recula, et fit à nouveau un signe de la main.

— Partez !

Nash démarra au moment où des secouristes sortaient avec un brancard, sur lequel se trouvait un corps recouvert d'un drap.

14

Lana regarda avec horreur les secouristes charger le brancard dans l'ambulance. Elle tordit le cou et se pencha sur son siège jusqu'à ce que les silhouettes s'estompent dans le lointain, et qu'elle ne distingue plus que les lueurs rouges et bleues des gyrophares.

Elle se rassit sur son siège avec un soupir saccadé, et ajusta sa ceinture de sécurité. Elle avait du mal à respirer. Avoir vu ce drap et savoir qu'il recouvrait le cadavre de Heidi était trop pour elle. Trop choquant. Trop affreux. Et elle avait l'impression que son corps tout entier s'engourdissait.

Nash fit quelques tours dans le quartier, puis s'engagea dans une allée et rebroussa chemin, comme s'il errait.

Pendant une seconde, elle se demanda s'il n'était pas sous le choc lui aussi.

Il se gara derrière une église, sortit son téléphone, et commença à tapoter sur l'écran.

Lana attendit, craignant que sa voix ne lui fasse défaut si elle essayait de parler. Elle parvenait à peine à respirer. Son cœur tambourinait à ses oreilles. Son engourdissement s'était mué en une sorte d'état second, et elle avait l'étrange sensation d'être sortie de son corps.

Le visage de Knox apparut sur l'écran du téléphone de Nash, qui avait lancé un appel vidéo. Ils virent qu'il sortait de la maison de Heidi pour aller leur parler sur le porche. Des policiers passaient derrière lui, entrant et sortant de la villa.

Lana eut un étourdissement.

— Hé, dit Nash en ajustant l'angle de la caméra. Nous sommes garés devant l'église, pas très loin. Je voulais avoir les dernières nouvelles, puisque tu m'as ordonné de ne pas rester dans les parages.

Knox demeura impassible.

— Tu sais que celui qui a fait cela est probablement en train de surveiller les lieux, non ?

— Très certainement, reconnut Nash. Et tu as eu raison de me dire de partir. Je ne me plaignais pas. Alors, que sais-tu ?

Lana écouta la conversation entrecoupée, tentant de s'ancrer dans la réalité de ces voix familières pour surmonter le choc. *Les Winchester sont habitués à ce genre de situations*, se rappela-t-elle. *Et ils ne connaissaient ni Heidi ni Tim.* Ils allaient bien. Pas elle.

Elle baissa sa fenêtre pour avoir un peu d'air.

— La victime a été tuée d'un coup de feu tiré dans le dos, déclara Knox. Le meurtre a eu lieu hier en fin de journée.

Lana eut la nausée, et serra les dents.

— Plusieurs éléments semblent indiquer qu'elle tentait de s'enfuir lorsque c'est arrivé.

Lana se tourna vers l'écran du portable, alors qu'un mot s'imprimait dans son esprit.

— Elle s'enfuyait ?

Nash plaça le téléphone afin que Lana soit dans le champ de la caméra.

Knox hocha la tête.

— Je suis vraiment désolé, Lana.

Elle prit une petite inspiration et se força à parler à nouveau.

— Elle s'éloignait de la porte d'entrée ?

— C'est ce qu'il semblerait, répondit Knox.

Il fronça les sourcils.

— Comment le sais-tu ?

Lana étouffa un cri d'une main tremblante, alors que les mots de Heidi lui revenaient soudain à l'esprit : « Il y a quelqu'un devant ma porte. Je vais devoir raccrocher. C'est certainement Mickey. Il doit avoir envie de parler, et j'en ai besoin moi aussi. »

Nash se pencha vers elle pour apparaître lui aussi sur l'écran.

— Lana lui a parlé au téléphone hier, à peu près au moment où vous pensez qu'elle a été assassinée. Heidi a raccroché pour aller ouvrir la porte. Elle pensait qu'il s'agissait de Mitchell Edwards.

— C'était peut-être lui, déclara Knox. Personne ne sait où il est, ni ce qu'il fait. Peut-être qu'il cherchait à couvrir ses traces, ou que Heidi en savait trop.

Lana laissa tomber les mains sur ses genoux, complètement sidérée.

— Pourquoi quelqu'un lui aurait-il fait cela ?

Nash la considéra d'un air sérieux.

— Elle t'a raconté que Tim passait beaucoup de temps sur son bateau avec Mitchell dernièrement. Peut-être que le simple fait de savoir cela était déjà trop. Knox a raison : Mitchell aurait très bien pu vouloir supprimer tous les témoins gênants.

— Lana, intervint Knox, que sais-tu de la relation entre Tim et Heidi ?

Elle réfléchit longuement, pour lui donner la réponse la plus précise possible.

— Cela faisait un moment qu'ils sortaient ensemble, mais leur histoire était un peu chaotique… Elle m'a appris qu'il venait tout récemment de lui demander si elle voulait s'enfuir avec lui.

Knox hocha la tête.

— Était-elle également proche de Mitchell ?

Lana fronça les sourcils.

— En tant qu'amie ?

— C'est à toi de me le dire, répliqua-t-il. J'essaye seulement de déterminer si les deux hommes pourraient s'être confiés à elle.

— Je n'en ai aucune idée, reconnut Lana. Elle ne me parlait pas beaucoup de sa vie privée.

Et, étant donné tout ce qu'elle venait de découvrir sur Tim et Mitchell, elle commençait à se demander si elle connaissait réellement quiconque.

Nash lui prit la main et la tira vers lui, hors du champ de la caméra.

— Knox est en train d'évaluer la probabilité de différents scénarios, lui expliqua-t-il. Cela aide à comprendre ce qui s'est passé, et donne aux enquêteurs une piste de départ. Si Heidi et Mitchell étaient proches – et ce quelle que soit la nature de leur relation –, Bane et ses hommes le savent. Et si Mitchell est parti avant que Bane ne puisse lui mettre la main dessus, ils sont peut-être allés voir Heidi pour tenter de savoir où il se trouve maintenant.

— Ou, renchérit Knox, ils auraient pu tenter d'utiliser Heidi comme appât pour faire pression sur Mitchell et le faire sortir de sa cachette.

Lana entrecroisa ses doigts avec ceux de Nash, puisant de la force dans ce contact.

— Tu as dit qu'elle s'est enfuie après avoir ouvert la porte, et qu'on lui a tiré dans le dos ?

— C'est ce que nous pensons, acquiesça Knox. Mais il n'y a aucun signe d'effraction, ni d'indication sur le temps qui s'est écoulé entre le moment où elle a ouvert la porte et celui où elle a été attaquée. Elle a peut-être proposé à son meurtrier d'entrer… Il y a beaucoup de choses que nous ignorons.

Nash serra la main de Lana pour la réconforter.

— Il y a des signes de lutte ? demanda-t-il.

Knox hocha la tête.

— Plusieurs éléments suggèrent que la victime a compris qu'elle était en danger. Elle porte des marques sur le corps, et nous avons vu des objets renversés ou tombés à terre, alors que la maison est par ailleurs bien tenue.

Il s'interrompit pour parler à un autre adjoint avant de se tourner à nouveau vers la caméra.

— Il semblerait qu'elle ait reçu plusieurs coups avant de tenter de s'enfuir. Le laboratoire va analyser le sang et les tissus qui ont été prélevés sous ses ongles, et toutes les fibres retrouvées sur ses vêtements et sa peau. Ils vont faire leur possible pour déterminer l'identité de l'assassin. Nous allons également étudier les douilles qui étaient sur la scène de crime, et tenter de déterminer avec quelle arme la victime a été tuée. Si cette arme a été utilisée pour une autre affaire, nous pourrons essayer d'établir des liens, et partir de là.

Quelqu'un appela Knox, qui se retourna.

— J'arrive, lança-t-il avant de regarder à nouveau l'écran. Nous avons les choses en main ici. Je vous recommande de retourner vous mettre à l'abri et d'y rester.

Lana poussa un soupir saccadé. Elle détestait penser que Heidi était morte seule et terrifiée. Mais elle était étrangement reconnaissante que sa collègue se soit battue. L'ADN retrouvé sous ses ongles serait peut-être l'élément qui permettrait de mettre son meurtrier derrière les barreaux.

— Tu as autre chose à nous dire avant que nous raccrochions ? demanda Nash.

— C'est tout ce que nous savons pour le moment, répondit Knox, mis à part le fait que nous n'avons toujours pas réussi à mettre la main sur le téléphone portable ni l'ordinateur de Heidi.

Son regard se porta sur Lana.

— Tu as une idée de l'endroit où ils peuvent se trouver ? Nous avons cherché partout dans sa maison et dans sa voiture. Tu ne sais pas si, par exemple, elle aurait un casier au travail ou dans une salle de gym ?

Lana se mordit la lèvre. Elle se remémorait sans peine l'étui de protection multicolore du portable de Heidi, et son ordinateur orné d'autocollants de groupes de musique.

— Je vois très bien à quoi ils ressemblent, dit-elle, mais j'ignore où ils sont.

— Le meurtrier les a probablement pris, intervint Nash.

Knox hocha la tête.

— Bon... pour le moment, nous allons vérifier qu'il n'y a aucun micro. Je vous tiens au courant.

— Merci, lui dit Nash. Nous aussi.

Lana lui tira sur la main alors qu'une idée lui venait soudain à l'esprit.

— Il y avait un ordinateur sur le bureau, dans le salon de Mitchell !

Une lueur d'intérêt s'alluma dans les yeux de Nash.

— Nous allons le chercher pendant que tu termines ici, dit-il à son cousin, puis nous retournerons nous mettre en sécurité.

Knox pinça les lèvres. Il regarda alternativement Nash puis Lana.

— Vous devriez rentrer directement. Je peux demander à un adjoint de passer chez Edwards.

Lana protesta. Elle avait un besoin irrépressible d'agir, de faire quelque chose, n'importe quoi, pour venger Heidi.

— Nous pouvons nous en occuper, intervint-elle. Je sais exactement où il se trouve. Il vaut mieux aller le prendre tout de suite, avant que quelqu'un d'autre ne s'en charge.

En espérant que cela n'avait pas déjà été fait.

Un sourire inattendu se dessina sur les lèvres de Nash.

— Je t'appellerai dès que nous l'aurons, dit-il à Knox.

Tu peux informer les services techniques que nous allons l'apporter au poste de police.

Knox les regarda fixement, visiblement contrarié.

— C'est bon, déclara Nash, qui n'attendait manifestement ni la permission, ni la bénédiction de son cousin. Dis-leur que nous arrivons.

Knox capitula.

— Bon, soyez prudents, et restez joignables. Si vous ne me rappelez pas dans la demi-heure qui suit, j'en conclurai qu'il vous est arrivé quelque chose, et j'enverrai tout le monde à votre recherche.

— Merci, lui dit Nash.

Lana tenta de sourire.

— Merci.

Knox grommela :

— Je tiens à préciser que je n'aime pas du tout cette idée. Mais si par hasard vous tombez sur Mitchell Edwards, ne le laissez pas partir !

— Ne t'inquiète pas : je ne suis pas un débutant, conclut Nash en tapant sur l'écran pour raccrocher.

Il déposa son téléphone dans le porte-gobelet.

— Allons-y.

Lana croisa les mains sur les genoux. Elle avait les nerfs à fleur de peau, mais sentait l'espoir renaître.

— Tu penses que Mitchell sera là cette fois ?

— J'en doute. Il est parti dans la précipitation, et je n'imagine pas qu'il va revenir de sitôt… même si je pense qu'il pourrait m'aider à mettre la main sur Bane beaucoup plus rapidement s'il était là pour répondre à quelques questions.

Je comprends qu'il préfère rester caché, songea Lana, puisque tous ceux qui savaient quelque chose sur Bane disparaissaient les uns après les autres…

Nash prit la direction de la maison de Mitchell Edwards, et appuya sur l'accélérateur.

Le trajet fut court et sans incident. Il y avait peu de circulation, et apparemment, ils n'étaient pas suivis. Nash gara son pick-up sur le trottoir, en face de la maison de Mitchell, et observa attentivement les alentours avant d'en sortir. Il rejoignit Lana devant le véhicule, et lui tendit la main.

Elle la prit, et il l'attira à lui.

— Dépêchons-nous, déclara-t-il en se mettant à courir.

Lana n'eut aucun mal à le suivre alors qu'ils traversaient la rue et longeaient la maison pour se diriger vers l'arrière.

— Où allons-nous ? demanda-t-elle.

Pour toute réponse, Nash souleva le paillasson qui se trouvait devant la porte donnant sur la cuisine, et une clé apparut.

— Je l'ai placée ici au cas où nous en ayons besoin.

— Tu as volé sa clé ?

— Non, répliqua-t-il. Je l'ai déplacée de l'entrée jusqu'ici, au cas où nous ayons besoin de revenir… et c'est le cas !

Lana leva les yeux au ciel, et Nash engagea la clé dans la serrure, en retenant son souffle.

Elle tourna aisément, et il poussa un soupir de soulagement. Il avait eu de la chance.

Lana entra devant lui, puis attendit pendant qu'il refermait la porte.

Nash avança dans la maison, tendant l'oreille pour être sûr que personne d'autre ne s'y trouvait.

Son regard tomba sur le bureau du salon dès qu'ils entrèrent dans la pièce. L'ordinateur était exactement là où Lana disait l'avoir vu.

— Prends aussi son téléphone si tu le trouves, déclara-t-il.

Lana s'empara de l'ordinateur, pendant que Nash faisait le tour de la pièce, vérifiant qu'il n'y avait aucun signe d'effraction.

— C'est bon pour l'ordinateur, annonça-t-elle en le débranchant et en repliant le cordon. Par contre, je n'ai pas le téléphone.

— Tant pis...

Nash revint rapidement auprès d'elle. Lui non plus n'avait pas vu de téléphone portable, mais il était déjà heureux de ce qu'ils avaient.

— Je vais contacter Knox, la prévint-il en la suivant dehors.

Elle referma la porte arrière et replaça la clé sous le paillasson, pendant que Nash rédigeait son message à l'attention de Knox. Il avait bon espoir que le contenu de l'ordinateur leur donnerait des indices sur les activités de Bane à Great Falls, et sur le lien qui existait entre lui et Mitchell. Même lorsque les gens pensaient avoir détruit les dossiers incriminants, ils ne disparaissaient jamais totalement... pas quand votre équipe de techniciens était assez chevronnée.

— Nash, souffla Lana en tirant sur sa chemise alors qu'ils arrivaient devant la maison.

Il leva les yeux et remarqua sa pâleur. Son sang se glaça.

— Qu'y a-t-il ?

Il suivit son regard terrifié et remarqua une berline bleu nuit qui venait dans leur direction. Elle avait été immatriculée en Pennsylvanie.

— C'est la voiture que j'ai vue devant le restaurant, murmura-t-elle. Celle de Bane.

Ses mots furent emportés par le crissement des pneus sur l'asphalte, alors que le véhicule s'élançait en avant. Une arme sortit de la fenêtre du conducteur au moment où la voiture passait devant eux, et des coups de feu en rafale claquèrent.

— À terre ! ordonna Nash.

Il se jeta sur Lana, la plaquant sans ménagement sur le sol.

Les pneus de la voiture crissèrent à nouveau, et Nash se remit debout d'un bond.

Il sortit son arme de son étui et visa la berline qui s'éloignait.

Lana resta étendue à ses pieds, immobile. Une trace de sang s'étirait sur sa joue.

15

Le hurlement des sirènes s'éleva dans le lointain, alors que Nash considérait Lana qui restait étendue sur le sol, immobile, le visage blafard. Il voyait sa poitrine se soulever et s'abaisser, mais de façon à peine perceptible.

Lana était blessée, et c'était par sa faute. Il avait plongé sur elle pour la plaquer au sol. Certes, il avait fait de son mieux pour encaisser le plus fort de l'impact, mais il avait agi dans la précipitation, d'instinct, sans prendre le temps de réfléchir.

Lana tressaillit et fit la grimace.

Il poussa un soupir alors qu'un soulagement immense s'emparait de lui. Lana avait perdu connaissance pendant une minute environ, mais il avait eu le temps d'imaginer toutes sortes de scénarios plus terribles les uns que les autres.

— Lana, murmura-t-il. Je suis là...

Il écarta ses longs cheveux de son front et de ses joues, veillant à ne pas bouger sa tête ou son cou. Le sang semblait couler d'une coupure au-dessus du sourcil.

Elle ouvrit les yeux, et tendit la main vers lui.

— Nash...

— Oui, souffla-t-il, tout étourdi de l'entendre prononcer son nom.

Lana lui agrippa les bras et l'attira à elle.

— Tu vas bien ? demanda-t-elle.

— Oui, lui dit-il en posant légèrement le front contre le sien. Il faut que tu restes tranquille jusqu'à ce que les secours arrivent. J'ai appelé, et ils sont en chemin.

Elle fit mine de se redresser.

Il se plaça au-dessus d'elle pour l'en empêcher.

— Ne bouge pas. Tu as peut-être une commotion cérébrale ou une hémorragie interne. Reste encore allongée pendant quelques minutes.

Le bruit des sirènes s'intensifiait.

— Tu entends ? Ils arrivent.

Lana posa la main sur sa joue râpeuse.

— Tu m'as sauvé la vie…

— Je t'ai fait tomber à terre, et tu as perdu connaissance. C'est à cause de moi que tu es blessée !

Lana eut un léger sourire.

— C'est grâce à toi que je suis en vie…

Elle glissa les mains sur ses épaules, puis sur sa nuque, et l'attira un peu plus à elle.

— Tu t'es jeté devant moi pour me protéger.

Nash se raidit. C'était vrai, mais il n'avait pas choisi de le faire. Il la protégerait toujours. De tous et de tout. Quel que soit le prix à payer.

— Tu m'as manqué, murmura-t-elle en cherchant son regard.

Il cligna des paupières, troublé par cet aveu inattendu, et se demandant si ce n'était pas lui qui avait été blessé à la tête.

Il lui avait manqué ?

Elle devrait le détester. Il avait choisi son métier plutôt qu'elle, du moins, c'était ainsi qu'elle avait vu la situation. Et il n'était pas resté pour la détromper.

Autour d'eux, les voisins commençaient à arriver. Leurs voix se mêlaient en un brouhaha. Certains répétaient le nom de la rue, comme s'ils étaient en train d'appeler les secours. D'autres semblaient prendre des photos ou des vidéos.

Nash leur tourna le dos tout en levant son badge au-dessus de sa tête.

Quelques instants plus tard, une ambulance, un véhicule de police et un camion de pompiers apparurent.

Isaac, le cousin de Nash qui était médecin, fut le premier à les rejoindre. Il posa sa trousse de secouriste dans l'herbe et les regarda.

— On vous a tiré dessus.

— Je le sais, répliqua Lana d'une voix enrouée.

Il considéra Nash d'un air accusateur.

— On lui a tiré dessus.

— Oui, répondit Nash. Et je pense qu'elle s'est cogné la tête en tombant.

Lana leva la main vers le haut de son crâne.

— Ici, dit-elle en désignant son front.

Isaac se mit au travail, et Nash s'écarta, se tenant le ventre d'une main. La douleur du coup porté par Lana deux jours plus tôt s'était réveillée dans sa chute.

L'ordinateur qu'ils étaient venus chercher, et qu'il avait momentanément oublié dans le chaos, se trouvait dans l'herbe à quelques mètres d'eux.

Il se mit debout et alla le ramasser, espérant une fois de plus que le shérif de Great Falls avait une bonne équipe scientifique.

Il revint s'asseoir à côté de Lana avec un soupir.

— Tu as une côte cassée ? suggéra Isaac, qui avait remarqué que Nash se tenait le ventre. J'ai entendu dire que tu avais reçu un coup il n'y a pas si longtemps. Tu voudras que je jette un coup d'œil quand j'aurai terminé ?

— Je vais bien, répliqua Nash. Ça me fait plaisir de te revoir.

Il tendit le bras pour saluer son cousin, en frappant son poing ganté.

Isaac sourit.

— J'aurais aimé que ce soit dans de meilleures circonstances ! Franchement, tu aurais pu faire mieux !

Il examina les yeux de Lana avec une lampe-stylo puis lui palpa doucement le crâne.

— C'est la méthode Winchester pour organiser des réunions de famille ! déclara Nash avec un petit rire qui réveilla sa douleur.

Isaac roula des yeux.

— Il faudrait que quelqu'un organise un repas comme chez les gens normaux. Nous pourrions faire un barbecue et bavarder dans un jardin, au lieu de nous retrouver pour poursuivre les méchants et soigner les gentils.

— Tu sais très bien qu'aucun de vous ne prendrait le temps de venir ! repartit Lana.

Isaac sourit.

— Tu as certainement raison. Tu as mal si j'appuie ici ? demanda-t-il en passant doucement le doigt sur son front.

— Aïe !

— Je vais nettoyer et panser ta plaie. Tu as des nausées ? Des troubles de la vision ?

Lana secoua la tête.

— Rien de tout cela.

— Tu as mal ailleurs ?

— Oui. Partout.

Nash fit la grimace, et Isaac lui lança un regard sombre.

— Un géant vient de te tomber dessus. C'est normal.

Il termina son bandage, puis se mit debout et tendit la main à Lana.

— Nous allons voir si tu arrives à te lever.

Isaac lança un autre coup d'œil à Nash.

— D'ailleurs, que faisiez-vous ici ?

Nash se leva lui aussi pour être à leur hauteur.

— Nous voulions récupérer cet ordinateur.

Mais Knox avait raison : ils auraient dû rentrer se mettre à l'abri.

Comme si le simple fait que Nash ait pensé à lui l'avait fait se matérialiser, Knox arriva sur ces entrefaites. Il gara sa voiture à côté de l'ambulance, et se précipita vers Lana.

— Bon sang ! hurla-t-il à l'attention de Nash.

Puis il se tourna vers Isaac.

— Comment va-t-elle ?

Lana désigna l'ordinateur d'un geste de la main sans conviction.

— Nous avons l'ordinateur.

Knox lui répliqua, l'air sombre :

— Vous avez été la cible de coups de feu.

Nash tendit l'ordinateur à son cousin, sans lui répondre.

Knox poussa un juron. L'appareil avait trop souffert de la chute pour que l'écran se rabatte complètement. Le clavier et les charnières étaient maculés de terre et de brins d'herbe.

— Tu plaisantes ? Je savais que vous deviez retourner immédiatement chez vous. J'aurais dû insister ! Vous avez failli mourir, et le contenu de cet ordinateur est certainement inexploitable !

Le visage de Lana se rembrunit.

— Si nous n'étions pas venus ici immédiatement, vous n'auriez pas d'ordinateur du tout, rétorqua-t-elle.

Pour la première fois depuis sa chute, elle semblait avoir totalement recouvré ses esprits.

— Bane s'apprêtait probablement à venir le prendre... avec Dieu sait quoi d'autre !

— Il a tiré sur vous ! repartit Knox, qui semblait lui aussi furieux. Tu ne devrais pas participer à l'enquête ! Tu es un témoin sous protection. Tu es censée rester cachée dans votre planque.

Lana se mordit la lèvre, subitement calmée.

— Tu crois vraiment que cela aurait changé quelque

chose ? demanda-t-elle d'un ton abattu. Bane m'a trouvée ici. Combien de temps lui faudra-t-il avant de découvrir où nous nous cachons ?

Nash vint à ses côtés. Le regard de Lana, tout à l'heure si doux et ému, exprimait maintenant la terreur de quelqu'un qui craignait constamment pour sa vie.

Il se haït de ne pas l'avoir mieux protégée.

Knox leva les mains en signe de capitulation.

— Je suis désolé de ce qui s'est passé, déclara-t-il d'un ton apaisant. Et je suis heureux que tu ailles bien.

Les yeux de Lana se remplirent de larmes.

— Merci.

Isaac passa son stéthoscope autour du cou et sourit.

— Son cœur bat très vite, ce qui est compréhensible, mais elle ne semble pas avoir de blessures sérieuses. Elle aura bien sûr des bleus et des contusions, mais rien qui ne cède avec quelques antalgiques et de la glace.

— Tu vois, dit Lana, je vais bien. Et je suis prête à partir d'ici.

Nash posa la main sur son dos, et le caressa du pouce. Il tourna le regard vers l'ordinateur cabossé que tenait Knox, et une idée lui vint soudain à l'esprit.

— Tu étais dans la maison de Heidi lorsque nous t'avons annoncé que nous avions l'intention de venir ici. Je pense qu'ils ont posé des micros chez elle...

Knox hocha la tête.

— Je me suis dit la même chose lorsque j'ai entendu sur ma radio que des coups de feu avaient été tirés à cette adresse.

— Tu crois que nous pouvons être sûrs que notre cachette n'a pas été compromise ? demanda Nash. Et dans ce cas, où pourrions-nous aller ?

Knox tapa sur l'écran de son téléphone.

— Il faut voir cela avec Cruz et Derek. Avez-vous eu le temps de réfléchir à ce que vous vous êtes dit lorsque vous étiez chez Lana ? Vous pensez avoir donné une indication sur votre destination ?

Nash regarda Lana, qui leva les yeux vers lui, l'air incertain.

— Je ne le sais pas, reconnut-il. Il faut encore que nous y réfléchissions.

— Vous devez le faire très vite, insista Knox.

Son téléphone vibra, et il regarda l'écran.

— Cruz est en chemin vers votre cachette pour vérifier qu'il n'y a pas de micros. Il dit qu'il peut vous en trouver une autre, si c'est nécessaire. Tante Rosa et oncle Hank vont nous aider.

Isaac acquiesça.

— On peut leur faire confiance pour cela.

Lana considéra Isaac d'un air intrigué.

— Ils ont souvent l'occasion de faire ce genre de choses ?

Il eut un rire sans joie.

— Bien plus que tu ne le croirais !

Nash serra la main de ses deux cousins.

— Nous allons attendre que Derek nous contacte avant de rentrer, dit-il. En attendant, j'emmène Lana loin d'ici.

Elle se laissa aller contre lui alors qu'ils s'éloignaient, et il laissa enfin libre cours à des sentiments qu'il avait si longtemps réprimés.

Lana avait dit qu'il lui avait manqué.

16

Lana sentait la douleur se réveiller dans son cou, alors qu'elle était assise dans le pick-up à côté de Nash. Il errait sans but dans les alentours de Great Falls, en attendant que Cruz ait fini d'inspecter leur cachette et de vérifier qu'il n'y avait aucun signe d'intrusion et aucun micro.

— Nous ne pourrions pas nous arrêter quelque part ? demanda-t-elle. Cela me ferait du bien de prendre l'air et de marcher un peu.

Son cœur battait la chamade, les pensées se bousculaient dans sa tête, et elle avait besoin de retrouver un peu de calme. Heidi était morte, assassinée alors qu'elle tentait de s'enfuir. Bane venait de vider son chargeur sur eux en plein jour. La veille, quelqu'un avait criblé de balles le SUV de Nash, toujours en plein jour, et Tim était mort, poussé par Bane du haut d'un toit. La petite ville tranquille qu'elle aimait était le théâtre de meurtres et de scènes d'une rare violence, et Lana n'était pas certaine de pouvoir encaisser ce qui allait suivre.

Nash mit son clignotant et ralentit.

Un grand écriteau en forme de cornet aux contours éclairés de néons était placé sur un bâtiment. Des clients faisaient la queue pour passer commande à un guichet, puis portaient leur sac de nourriture jusqu'à de petites tables protégées de parasols, retournaient à leur voiture, ou traversaient la rue pour aller manger dans le parc.

— Qu'en penses-tu ? s'enquit Nash.

Lana sourit.

— Je pense que je suis heureuse de ne pas t'avoir demandé de t'arrêter quelques minutes plus tôt, au moment où nous étions en train de passer devant une station-service qui vendait des hot-dogs !

Nash éclata de rire.

— Allons prendre des frites et un milk-shake, et nous irons manger en nous promenant dans le parc.

Il désignait l'allée bordée d'arbres qui longeait un petit lac. Des bancs étaient installés dans des endroits ombragés.

— C'est parfait !

Nash se gara sur le parking, puis se tourna vers elle avec un regard solennel.

— Ce n'était pas ta faute, déclara-t-elle, se dépêchant de sortir avant qu'il ne puisse protester.

Lana commanda une bouteille d'eau, ne sachant si son estomac pourrait en supporter plus. Quant à Nash, il demanda des frites et un milk-shake, ainsi qu'il en avait eu l'intention.

Lorsque leur paquet arriva, ils traversèrent la rue et se dirigèrent vers le parc.

Lana choisit un banc à l'ombre d'un vieux chêne, et Nash s'assit à côté d'elle. Peu à peu, alors qu'elle buvait sa bouteille d'eau fraîche à petites gorgées, elle sentit les battements de son cœur s'apaiser et un sentiment de paix l'envahir. Nash étendit ses longues jambes devant lui, et posa un bras sur le dossier du banc.

Elle repensa à la façon dont il s'était jeté devant elle pour la protéger des coups de feu, et à la sollicitude dont il l'avait entourée alors qu'ils attendaient les secours.

— J'ai eu envie de t'embrasser.

Les mots s'étaient échappés de ses lèvres avant qu'elle ne puisse les arrêter. Elle rougit de son aveu, mais redressa les épaules et ne revint pas dessus.

Ce n'était pas le genre de choses qu'elle aurait pu dire dans des circonstances habituelles, même si c'était vrai. Mais le temps était compté, et le besoin d'être sincère, envers Nash et envers elle-même, semblait plus important que tout.

Juste après la fusillade, dans le jardin de Mitchell, elle avait été certaine que cette idée avait également traversé l'esprit de Nash.

Il s'arrêta de manger et se tourna vers elle. Mais il demeura silencieux.

— Et toi aussi, tu as eu envie de m'embrasser ? demanda-t-elle.

Ses yeux bleus si profonds la dévisageaient, et elle aurait voulu pouvoir lire les émotions qu'elle y décelait.

— Oui, répondit-il avec douceur.

Lana poussa un soupir. En elle se mêlaient le soulagement, la stupéfaction… et peut-être aussi un peu d'espoir.

— Pourquoi ? l'interrogea-t-elle.

— Que veux-tu dire ?

Il posa ses frites et son milk-shake sur le banc à côté de lui.

— Tu veux savoir pourquoi j'ai eu envie de t'embrasser ?

Elle hocha la tête.

— Tu voulais me réconforter parce que j'étais sous le choc ? Ou alors c'était à cause de l'adrénaline ? De tous ces événements si durs que nous venions de vivre ?

Nash fronça les sourcils.

— Je suis désolé. Le moment était vraiment mal choisi, et je me rends compte que l'on aurait pu croire que je profitais de la situation. Mais tu m'as pris au dépourvu, quand tu m'as dit que je t'avais manqué.

Il fit une grimace et conclut :

— Je te dois des excuses.

Lana se détourna. Nash était désolé. Il n'avait pas vraiment eu l'intention de l'embrasser et regrettait que cette idée lui ait traversé l'esprit. Elle réprima un gémissement.

— J'aurais pu te perdre, murmura-t-il.

Elle tourna à nouveau le regard vers lui.

— Tu m'as quittée il y a huit ans, déclara-t-elle. Je ne suis plus en colère, mais tu as perdu le droit de me dire cela il y a longtemps.

Elle le vit se rembrunir, et serrer la mâchoire.

— J'étais jeune, fier, et stupide. Tu méritais mieux.

— Je méritais surtout une explication. J'ai passé des mois à me demander ce que j'aurais pu faire différemment. Je croyais que tout allait bien entre nous, alors que tu étais prêt à partir.

Nash tourna la tête comme s'il avait reçu une gifle.

— J'ai souvent demandé de tes nouvelles à mes cousins. Ils me disaient que tu étais heureuse... que tu avançais dans la vie, que tout semblait aller bien pour toi, et que tu étais probablement mieux sans moi.

— Parce que je leur donnais le change pour qu'ils ne puissent pas penser autre chose ! répliqua-t-elle. Je ne voulais pas que tu puisses croire que j'étais restée là à pleurer toutes les larmes de mon corps, pendant que tu faisais ce que tu avais choisi.

Nash se passa la main sur la bouche. Il prit son temps avant de parler. C'était une habitude exaspérante qu'elle ne savait apprécier que lorsque l'attente était terminée. Nash Winchester pesait toujours ses mots, et pensait toujours ce qu'il disait. C'était une caractéristique qu'elle avait rarement rencontrée chez d'autres que lui, y compris elle-même. Combien de fois au cours des derniers jours lui avait-elle dit qu'elle allait bien ? Jamais cela n'avait été vrai.

— Je voulais te demander en mariage le soir où je t'ai appris que j'avais été accepté chez les marshals, déclara-t-il soudain.

Lana ouvrit la bouche, mais aucun son ne sortit.

— Nous nous étions souvent disputés cet été-là parce que je refusais de répondre aux questions que tu me posais à ce sujet. Tu croyais peut-être que je te trompais, mais j'étais en train de passer des entretiens de recrutement à Louisville, et je ne voulais pas t'en parler avant d'être embauché. Je t'avais dit lorsque nous nous étions rencontrés que je souhaitais devenir marshal, et j'aurais eu honte d'échouer. Je voulais que tu sois fière de moi.

Il avala sa salive, et elle vit sa pomme d'Adam monter et descendre.

Lana poussa un long soupir. Elle s'était effectivement demandé s'il ne voyait pas quelqu'un d'autre. À cette époque, il avait été distant et évasif, différent de l'homme dont elle était tombée amoureuse.

— Je ne supportais plus de ne pas être utile à mon pays, et de ne pas contribuer à quelque chose de plus grand que moi. J'avais un besoin vital de devenir marshal. Mais j'étais jeune et impulsif, et beaucoup moins mûr que toi, malgré nos quatre années de différence. Alors, lorsque nous nous sommes disputés alors que je pensais t'annoncer une bonne nouvelle, je me suis emporté sans raison. J'espérais que tu me connaîtrais assez pour comprendre tout ce que je n'avais pas su te dire... Comme le fait que ce métier me donnerait le but dont j'avais besoin depuis si longtemps pour m'accomplir.

Le cœur de Lana se mit à tambouriner dans sa poitrine, et le souvenir de leurs derniers jours ensemble, vu à la lumière de cette explication, lui donna la chair de poule. Elle avait toujours été fière de lui. Nash avait servi son pays, honoré sa famille, et il l'aimait. Comment avait-il pu penser qu'elle porterait un autre regard sur lui s'il n'avait pas réussi à être recruté chez les marshals ?

Il avait eu l'intention de l'épouser, mais au lieu de cela, il lui avait brisé le cœur.

Le téléphone de Nash se mit à sonner, et il le sortit de sa poche.

— C'est le bureau d'accueil de la marina, expliqua-t-il. Je suppose qu'ils ont trouvé le mot que j'ai laissé.

Il se leva pour répondre à l'appel, mettant intentionnellement de la distance entre lui et Lana pour la première fois depuis qu'il était entré à nouveau dans sa vie.

Elle but d'un trait le reste de sa bouteille, tentant de ne pas songer à ce qu'auraient pu être les huit dernières années si Nash avait fait sa demande en mariage au lieu de déguerpir. Ils vivraient ensemble et auraient peut-être même des enfants maintenant.

Ou, songea-t-elle amèrement, ils auraient divorcé, parce qu'il était clair qu'il n'était pas prêt pour une vie de famille.

Pour la première fois depuis toutes ces années, elle vit le Nash qui était parti sous un jour différent : elle connaissait son cœur et son potentiel, mais il lui avait caché ses ombres et ses doutes. Et elle aurait mérité un homme qui ne lui dissimule rien de ce qu'il était, et lui fasse assez confiance pour penser qu'elle l'accepterait ainsi… avec ses incertitudes et ses imperfections.

Nash glissa le téléphone dans sa poche et revint vers le banc.

— Désolé. L'homme que j'ai eu au téléphone m'a dit que Mitchell Edwards était sorti sur le *Sandy* hier après-midi, et qu'il ne l'avait pas revu depuis. Il va faire attention et préviendra les services du shérif s'il y a du nouveau.

Nash prit son milk-shake et le cornet de frites vide, et les jeta dans la poubelle la plus proche.

Lana vint le rejoindre.

— Tu crois que nous avons le temps de marcher un peu avant de partir ? demanda-t-elle.

Il lui tendit la main avec une expression hésitante sur le visage, comme s'il craignait qu'elle ne refuse de la prendre.

Elle entrecroisa ses doigts avec les siens, et ils se mirent à marcher lentement au bord du lac.

— J'aurais aimé que tu me dises que tu n'allais pas bien à l'époque, déclara-t-elle avec un pincement au cœur.

Nash la regarda.

— Je savais que tu croirais que c'était à cause de toi, ou que tu penserais pouvoir faire quelque chose pour m'aider. La vérité, c'est que je me sentais mal depuis longtemps, et que je n'ai commencé à aller mieux que lorsque je suis devenu marshal. Protéger et servir mon pays est ma raison d'être : cela fait partie de moi. Travailler dans un bureau, une entreprise... rien de tout cela n'aurait pu me rendre heureux. Et si fort que soit l'amour que j'avais pour toi, tu ne pouvais pas remplir ce vide. Si j'avais été digne de toi, j'aurais pu te parler, t'expliquer ce que je ressentais, et nous aurions décidé d'un plan ensemble. Au lieu de cela, je t'ai annoncé sans prévenir que j'avais décroché le poste et que je partais à Louisville, et lorsque je t'ai demandé de me suivre, j'ai réussi à être blessé que tu n'aies pas jugé que c'était une proposition fantastique !

Elle sourit.

— Je comprends, tu sais. Si je ne pouvais pas cuisiner, il me manquerait aussi quelque chose d'essentiel. Et sache que tu ne dois pas t'excuser d'avoir voulu m'embrasser cet après-midi, sauf si tu voulais profiter de ma vulnérabilité !

Nash sourit.

— Je sais que ce n'était pas ton intention, poursuivit-elle. Parce que tu ne profites jamais de rien ni de personne. Donc, nous sommes quittes... À moins que tu penses que je devrais m'excuser d'avoir voulu t'embrasser ?

Nash s'immobilisa et lui lâcha la main.

— Tu avais l'intention de profiter de moi ? demanda-t-il.

Elle éclata de rire.

— Non !

— Alors, ne sois jamais désolée d'avoir envie de m'embrasser !

Le petit frémissement qu'elle décela dans sa voix lui fit fondre le cœur.

— J'aime t'embrasser, murmura-t-elle. Cela fait longtemps, mais je m'en souviens.

Nash plissa les paupières. La sonnerie de son téléphone s'éleva entre eux, et elle sourit.

Il jeta un coup d'œil sur l'écran, l'air contrarié.

— C'est mon équipe.

Elle attendit pendant que Nash relatait les événements de la matinée à ses interlocuteurs. Il leur apprit qu'il était possible que l'adresse de leur cachette ne soit plus un secret, et qu'ils allaient peut-être devoir trouver refuge ailleurs. Lorsqu'il eut terminé, il remit son téléphone dans sa poche et lui tendit la main.

— Retournons en ville pour voir si Cruz ou Derek ont du nouveau, déclara-t-il. Mon équipe sera là dans quelques heures, et il faut que je puisse leur dire où nous allons nous retrouver.

Lana traversa à nouveau la rue pour retourner vers leur véhicule. Elle était soulagée que l'équipe de Nash vienne se joindre à eux. Plus les forces de l'ordre seraient nombreuses sur le terrain, plus vite Bane serait appréhendé. Et elle avait besoin que le danger soit rapidement écarté... Parce que, dès qu'elle pourrait distraire Nash Winchester sans craindre pour sa sécurité, Lana allait l'embrasser, et espérait bien qu'il l'embrasserait en retour.

Nash se gara devant l'agence de détectives de ses cousins, l'espoir au cœur : son équipe allait arriver, et les choses entre Lana et lui prenaient une tournure intéressante...

— Tu es prête ? lui demanda-t-il.

— Oui, répondit-elle, déjà prête à descendre du pick-up.

Lorsqu'ils furent sortis, il lui tendit la main, et sentit son cœur se gonfler de joie lorsqu'elle la saisit.

Derek leur ouvrit la porte de l'agence, puis s'effaça pour les laisser entrer. Son regard tomba immédiatement sur leurs mains jointes, et il plissa les paupières.

Nash lui fit un petit signe de tête pour le mettre en garde.

— Eh bien, s'exclama Cruz en tapant dans ses mains, j'ai l'impression que vous vous êtes enfin réconciliés !

Lana rougit, et Nash lui serra la main pour la rassurer.

Le sourire de Cruz s'élargit.

— C'est cela, n'est-ce pas ? poursuivit-il. C'est un secret ? Parce que, si vous vous donnez la main en public, tout le monde va être au courant !

Derek se mit à rire, et Nash goûta ce moment de légèreté.

Ils suivirent Cruz jusqu'à son bureau, et s'assirent en face de lui.

Nash prit la parole, et fit de son mieux pour avoir l'air plus confiant qu'il ne l'était.

— Vous avez eu le temps de vérifier notre planque ?

— Oui, répondit Cruz. J'en reviens, et j'étais en train d'en parler à Derek lorsque vous êtes arrivés.

Lana écarquilla les yeux.

— Et ? demanda-t-elle.

— Tout va bien, fit Cruz. Pas de micros, ni de signe d'intrusion. Je pense que l'endroit est sûr pour le moment. C'est à vous de décider si vous préférez rester là, ou aller ailleurs.

— Mon équipe est en route, déclara Nash. Ils ne vont pas tarder à arriver. Je vais leur donner rendez-vous dans cette maison pour le moment, et nous verrons la suite ensemble.

Derek se dirigea vers le second bureau et attrapa la souris de l'ordinateur. On entendit quelques clics, puis il jeta un regard interrogateur à Cruz.

— Le Vieux Fumoir ?

Cruz ramassa une balle de base-ball qui se trouvait dans une casquette posée à terre, et la lança en l'air.

— Ça pourrait faire l'affaire.

Il rattrapa la balle et la relança avant d'ajouter :

— Et nous pourrions demander à quelqu'un de faire le guet.

— C'est faisable, répondit Derek. Et le chalet familial des Winchester n'est pas trop loin.

Lana fronça les sourcils.

— Attendez : c'est quoi, le Vieux Fumoir ?

Cruz sourit.

— Un chalet historique très beau mais un peu défraîchi au sommet de Great Mountain. Nous l'avons acheté pour une bouchée de pain, mais la première fois que Derek a voulu allumer un feu dans l'âtre, le conduit n'avait pas été ramoné et un incendie s'est déclaré. Le coût des réparations a largement excédé l'argent économisé à l'achat !

Derek fit une grimace.

— Il faut toujours que tu racontes cela...

— Eh oui ! repartit Cruz en lançant à nouveau la balle, visiblement fier de lui.

Que le chalet soit historique ou non, Nash n'était pas convaincu.

— Combien y a-t-il de lits ?

Si son équipe restait avec eux, cela voulait dire que quatre hommes et un témoin devraient se partager l'espace.

— Six, répondit Cruz. Trois chambres. Deux lits dans chacune.

— Il est situé à moins de deux kilomètres du chalet familial des Winchester, mais Bane pourrait avoir l'idée d'aller vous chercher là-bas, alors qu'il ne pensera jamais au Vieux Fumoir, ajouta Derek. Et si besoin est, vous pourrez facilement aller de l'un à l'autre.

Nash passa la main sur sa nuque alors qu'il sentait la

tension revenir. Il avait immédiatement traduit le « si besoin est » de Derek par « en cas de danger ».

Derek ouvrit un tiroir et en sortit une clé d'une boîte qui en contenait une bonne dizaine.

— Si tu en as besoin, voici la clé, déclara-t-il en la tendant à Nash. Dans ce cas, je me tiendrai près de la route principale pour surveiller les voitures qui passent, et je vous avertirai si quelque chose me semble étrange. Prévenez-moi seulement avant d'y aller, si c'est ce que vous décidez de faire.

— Merci. Je te tiens au courant.

Maintenant, il était temps d'aller retrouver son équipe.

17

Lana allait et venait dans la petite maison, anxieuse à l'idée de rencontrer les collègues de Nash. C'était avec eux qu'il passait le plus clair de son temps à présent. Ils le connaissaient mieux que quiconque, et Lana espérait – même si cela pouvait sembler étrange – qu'ils l'apprécieraient.

Elle se versa un verre d'eau et, pour la dixième fois peut-être, regarda par la fenêtre, certaine d'avoir entendu le crissement de pneus sur le gravier. Mais elle s'était encore trompée.

— Ils sont à Great Falls, lui annonça Nash en sortant de sa chambre où il était allé changer ses vêtements tachés d'herbe et de terre après l'épisode de la fusillade. Ils sont en train de prendre de l'essence, et arriveront ici dans quelques minutes.

— Bien, déclara-t-elle en observant le changement avec approbation, et en savourant leurs derniers instants à deux.

Elle-même venait également d'enfiler des vêtements propres, et avait préféré le confort à toute autre considération : elle avait trop mal partout pour avoir à se préoccuper de manipuler des boutons et des fermetures éclair.

— Tu as l'air nerveuse, lui dit-il en la rejoignant à la fenêtre. Ne t'inquiète pas. J'ai confiance en Cruz et Derek. S'ils disent que nous pouvons être tranquilles ici, je les crois.

Lana leva les yeux vers lui. Elle aimait le sentir grand et fort à ses côtés.

— Tu penses que ton équipe va m'apprécier ? demanda-t-elle. Je ne sais pas combien de temps nous allons devoir vivre ensemble, et je me demande ce qui va se passer s'ils pensent que je suis une chipie.

Nash se mit à rire.

— Personne ne peut penser cela de toi !

Il posa la main sur sa nuque, et il l'attira contre sa large poitrine.

D'instinct, elle l'enlaça, et se sentit fondre dans ses bras.

Le ronronnement d'un moteur attira son regard au-dehors. Un gros SUV de couleur foncée, semblable à celui dans lequel Nash était arrivé, avançait lentement dans leur direction.

— Quand on parle du loup…, murmura Nash en s'écartant avec un large sourire.

Il ouvrit la porte d'entrée et s'avança à la rencontre des membres de son équipe, alors qu'ils sortaient de leur véhicule.

Ils se saluèrent, et elle les regarda depuis le seuil de la maison, leur laissant le temps de se retrouver.

Nash les guida enfin vers le porche pour les lui présenter.

Les trois hommes changèrent de contenance lorsqu'ils arrivèrent auprès d'elle. Ils semblaient infiniment plus sombres et plus sérieux que lorsqu'ils avaient salué leur camarade.

— Je vous présente Mlle Iona, déclara Nash. C'est elle qui a été témoin du meurtre.

— Bonjour, mademoiselle, entonnèrent-ils presque à l'unisson.

Nash fit un geste de la main en direction de l'homme aux cheveux gris qui se tenait à côté de lui.

— Je te présente Victor Case.

Il désigna ensuite celui de ses collègues, plus jeune et plus petit, qui se trouvait entre les deux autres.

— Voici James Friend.

Puis il arriva au troisième membre de l'équipe, un roux qui portait des lunettes.

— Et Craig Lester.

Lana leva la main pour les saluer.

— Je suis très heureuse de vous rencontrer.

Les trois hommes étaient vêtus d'un pantalon de toile, et portaient tous chemise et cravate.

Victor, qui était apparemment le doyen de l'équipe, tendit la main à Lana pour la saluer.

— J'ai entendu dire que vous étiez cheffe.

— C'est exact, répondit Lana avec un sourire.

— Mon épouse et ses sœurs tiennent une boulangerie à Louisville, lança-t-il. Leurs muffins sont célèbres !

Ses collègues se mirent à rire, et Lana lui sourit.

— J'adore les muffins ! lança-t-elle. J'espère ouvrir mon restaurant un jour.

Elle sentit son cœur se serrer alors qu'elle prononçait ces paroles. Elle espérait vivre assez longtemps pour que son rêve se réalise.

Elle frissonna en songeant que son nom allait peut-être s'ajouter à la longue liste des victimes de Mac Bane. Il y avait tant de choses qu'elle avait encore envie de voir ou de faire ! Elle se jura que, lorsque ce cauchemar serait terminé, elle profiterait pleinement de chaque jour.

Victor sortit une carte de visite de son portefeuille et la lui tendit.

— Si vous avez des questions sur la manière de vous y prendre pour ouvrir un établissement, appelez Maria. Elle aime parler de ce qu'elle fait. Elle en est très fière !

— À juste titre, repartit Lana en se saisissant résolument de la carte. Vous pouvez lui dire que je l'appellerai.

Lana fit entrer le groupe, leur proposa du café, puis les invita à s'installer dans le salon.

Nash leur fit un compte rendu de la situation, résumant

trois journées d'horreur en quelques faits plus facilement assimilables. Les autres hommes lui posaient des questions précises, allant de la gestion des scènes de crime à la nature des différents commerces de Great Falls.

Lorsqu'ils eurent bu leur café et qu'ils furent au courant de tous les détails de l'affaire, les hommes commencèrent à desserrer leurs cravates et à se relaxer.

— Je n'arrive toujours pas à croire que tu vivais ici avant de venir à Louisville, remarqua le dénommé Craig. C'était juste après l'armée, non ?

Le regard de Nash glissa sur Lana, et elle détourna les yeux.

— J'y ai passé quatre ans, répondit Nash. C'est une ville très agréable, et de nombreux membres de ma famille sont installés ici.

Craig hocha la tête.

— Je me souviens de t'avoir entendu parler de ces années !

Victor se mit à rire.

— Nous en avons tous entendu parler ! Tu vas rester un peu ici lorsque nous aurons terminé ? demanda-t-il. Tu as peut-être quelqu'un à revoir ?

Le troisième membre de l'équipe, James, fronça les sourcils.

— Il n'aura pas le temps. Une autre affaire nous attend. Ne lui donne surtout pas cette idée !

Lana jeta un coup d'œil à Nash, qui avait l'air plus sombre que jamais.

— Concentrons-nous sur l'affaire, déclara-t-il. Nous parlerons de la suite lorsque nous aurons pincé Bane.

Craig pencha légèrement la tête et il fixa Lana du regard, semblant la voir vraiment pour la première fois.

— Depuis combien de temps vivez-vous à Great Falls, mademoiselle Iona ?

Malgré elle, elle regarda Nash avant de lui répondre.

— Depuis mes années de lycée.

Les trois hommes échangèrent un regard.

Nash se raidit, et Victor le remarqua. L'expression de son visage se fit curieuse.

— Vous vous connaissiez, demanda Victor à Lana, avant tout cela ?

Lana songea un instant à mentir ou à tenter d'éluder la question, mais elle se doutait que les hommes qu'elle avait devant elle ne seraient pas dupes. C'était leur métier de débusquer les mensonges et de savoir lire entre les lignes. Son silence lui-même était déjà évocateur.

— Oui.

Une lueur taquine s'alluma dans les yeux de Craig.

— Alors, vous connaissez la femme dont il parle à chaque fois qu'il a bu plus de deux bières !

Nash se pinça l'arête du nez.

— Lorsque nous sommes en mission, d'habitude, les choses se passent de manière un peu plus professionnelle, remarqua-t-il.

Ses paroles semblèrent calmer quelque peu Craig, mais celui-ci ne lâcha pas prise pour autant.

— Je ne voulais pas être indiscret. Je me disais seulement…

Il laissa sa phrase en suspens, puis il poursuivit :

— Great Falls est une si petite ville ! Mlle Iona aurait pu avoir envie de m'en dire plus. Qui n'aime pas les histoires d'amour ?

— Vous pouvez m'appeler Lana, intervint-elle, l'esprit en ébullition.

Avait-il dit « histoire d'amour » ? Nash leur aurait-il parlé d'elle ?

— Lana, répéta Craig.

Il ouvrit la bouche, et son regard se porta sur Nash.

Les autres hommes le regardèrent eux aussi.

Nash prit une inspiration.

— Nous devrions discuter de l'opportunité de nous réfugier ailleurs. Mes cousins ont mis à notre disposition un vieux chalet qu'ils appellent entre eux le Vieux Fumoir. Il est en dehors de la ville, et assez isolé. Lana serait mieux cachée là-bas.

Victor s'éclaircit la gorge et hocha la tête. Il dut visiblement faire un effort pour revenir sur le terrain professionnel.

— Tu as vu l'endroit ? Tu connais les alentours ?

— Non, mais j'ai entière confiance en Cruz et Derek, répondit Nash.

Victor donna un coup de coude à Craig.

— Pourquoi n'irions-nous pas là-bas tous les deux inspecter les lieux, prendre quelques photos, afin de pouvoir décider ensemble ? Il faudra ensuite envisager différents plans en cas de danger.

James ôta sa cravate.

— Laissez-moi une minute pour me changer, et je viendrai avec vous. J'aimerais voir l'endroit en personne.

Nash acquiesça, et les trois hommes partirent chercher leurs affaires et enfiler un jean, un T-shirt et des baskets. Ils avaient presque l'air d'être des habitants du quartier lorsqu'ils ressortirent de la maison.

Nash les suivit au-dehors, et donna la clé du Vieux Fumoir à Victor. Puis il leur envoya un message avec les coordonnées GPS du chalet.

Lana les regardait par la fenêtre. Son cœur se mit à battre plus fort lorsqu'elle vit Nash revenir. Elle alla le rejoindre à l'entrée de la maison.

— Que dis-tu de moi lorsque tu as bu deux bières ? demanda-t-elle, d'une voix qui n'était plus qu'un souffle.

Nash posa les mains sur les hanches de Lana, et approcha le front du sien.

— Que j'ai perdu une fille qui était tout pour moi. Que j'ai tout gâché, et qu'elle est allée de l'avant.

Nash se raidit, stupéfait par la facilité avec laquelle il l'avait attirée à lui, et dont les mots lui étaient venus.

— Tu leur parles donc de moi, constata-t-elle sans s'éloigner.

Nash écarta les doigts sur ses hanches. Il avait besoin de la toucher, de la sentir plus proche de lui encore.

— Je leur dis que j'ai perdu la seule femme que j'aie jamais aimée, souffla-t-il, trop ému pour surveiller ses mots.

Elle rougit de plaisir, et un sourire souleva les coins de ses lèvres parfaites.

— Tu leur dis que tu m'aimais ?

Son cœur battait à tout rompre, et il se raidit. Il se blinda pour pouvoir encaisser la réaction de Lana, car, quoi qu'elle dise ou fasse ensuite, il devrait l'accepter.

— Je leur dis que je t'aime… depuis douze ans.

Derrière lui, on entendit le moteur du SUV se mettre à tourner, et les portières claquer.

Lana fronça les sourcils, l'air troublé.

— Tu n'es jamais revenu. Tu ne m'as jamais appelée.

— Si, je suis passé une fois, avoua-t-il, la gorge serrée par l'émotion, six mois après avoir obtenu le poste. Je faisais enfin ce que j'aimais, et je me sentais à nouveau moi-même. Je commençais à me remettre de la dépression que j'avais traversée avant de quitter Great Falls, et à me rendre compte que je m'étais replié sur moi-même et éloigné de toi, alors que je n'avais pas su le voir à l'époque. J'avais compris toutes les erreurs que j'avais commises, et pourquoi. Je voulais t'expliquer ce qui s'était passé, et te supplier de me pardonner.

Le regard de Lana se détourna, et il pouvait presque suivre le cheminement de ses pensées, alors qu'elle calculait à quelle époque cela s'était passé. Puis il vit ses lèvres former un O.

— Je t'ai appelée lorsque je suis arrivé à Great Falls, et c'est un homme qui a décroché.

Alors qu'il prononçait ces paroles, il ressentait encore le mélange de tristesse et de colère qui s'était abattu sur lui.

— Je n'ai pas donné mon nom, parce qu'il m'a dit que tu étais sous la douche.

Lana ferma les yeux, et lorsqu'elle les rouvrit, il y lut de la douleur.

— Je ne me plains pas, ajouta-t-il rapidement, tout était arrivé par ma faute. Cela faisait plusieurs mois que nous avions rompu, et je n'avais pas le droit de penser qu'il suffisait de téléphoner et de débarquer à Great Falls avec une bague et une excuse, pour effacer comme par magie tout le mal que je t'avais fait.

Lana posa la paume des mains sur son torse.

— Il s'appelait Thomas, déclara-t-elle. Je pensais que passer à autre chose était la meilleure façon de guérir, alors j'ai accepté son invitation à prendre un café avec lui. Nous nous sommes vus pendant trois mois. Il m'aimait. Je le trouvais gentil.

Nash ôta les mains des hanches de Lana.

— Je n'ai pas besoin de savoir cela. Tu ne me dois rien.

Elle referma les doigts sur le tissu de sa chemise.

— Il était gentil, répéta-t-elle. Mais il n'était pas toi.

Nash s'humecta les lèvres. Il sentit tout son corps frémir… et il eut soudain un besoin désespéré de savoir la fin de l'histoire.

— Que s'est-il passé ?

— Je me suis rendu compte qu'il m'aimait, et j'ai rompu. J'étais toujours amoureuse de toi.

Nash poussa malgré lui un soupir de satisfaction égoïste, tout en l'enlaçant et en l'attirant contre lui.

— Je ne t'ai jamais méritée.

— C'est entièrement faux ! s'exclama-t-elle alors qu'un sourire plein de fierté se formait sur ses lèvres. J'ai toujours cru en toi, Nash Winchester, et il n'y a rien que l'homme que je vois ne mérite pas !

Et elle se mit sur la pointe des pieds pour l'embrasser.

18

Lana caressa les épaules de Nash, puis enfouit les doigts dans ses cheveux. Elle posa les lèvres sur sa bouche, l'embrassant délicatement pour voir s'il avait envie d'aller plus loin.

Elle le sentit se raidir, puis il répondit à son geste avec un gémissement, tout d'abord presque timidement, puis plus intensément. Elle retint son souffle lorsqu'il ouvrit les lèvres.

Leur baiser s'approfondit et devint langoureux et doux, alors que, d'instinct, ils retrouvaient les mêmes gestes qu'autrefois, ceux dont elle avait rêvé plus souvent qu'elle n'aurait voulu le reconnaître.

Il mit fin à leur baiser bien trop tôt, et posa le front contre le sien avec un petit rire.

— Nous devrions probablement rentrer à l'intérieur.

Lana hocha la tête, comme hypnotisée. Elle ne pouvait détacher le regard des lèvres qu'elle venait d'embrasser.

Des exclamations joyeuses s'élevèrent soudain.

L'équipe de Nash n'était pas encore partie.

— Très professionnel, marmonna-t-il en secouant la main en l'air et en poussant doucement Lana dans la maison.

Elle trébucha avec un éclat de rire, et Nash la rattrapa de ses bras solides.

Il s'immobilisa soudain, puis tourna le regard vers le SUV qui s'éloignait lentement.

— Attends une minute ! s'écria-t-il.

Il s'élança au-dehors et descendit les marches du porche quatre à quatre, en faisant signe à son équipe de revenir.

Lana le suivit, ne sachant trop ce qui se passait. Elle sentait encore le frémissement de son baiser sur ses lèvres, et, si elle avait suivi son instinct, elle serait plutôt allée vers sa chambre.

Nash l'attrapa par la main alors que le SUV revenait vers eux, et ils s'avancèrent vers le véhicule, dont les fenêtres s'abaissaient déjà.

Les collègues de Nash les regardaient tous avec la même expression narquoise.

Elle se sentit rougir, mais demeura silencieuse, curieuse d'entendre ce que Nash avait à leur dire.

— J'ai une idée ! annonça-t-il. Nous sommes en train d'envisager de partir d'ici parce que nous pensons que ce n'est qu'une question de temps avant que Bane et ses hommes ne nous trouvent. Mais si nous les laissions venir à nous ?

Nash regarda Lana, puis se tourna à nouveau vers son équipe, qui semblait éberluée.

— Si le Vieux Fumoir vous semble convenir, poursuivit-il, Lana et moi irons nous y cacher, mais je pense que vous devriez rester ici. Mettez votre SUV bien en vue, et laissez-les vous trouver. Mais vous les attendrez, et vous serez prêts à les prendre au piège. Même si Bane ne fait pas partie de ceux qui viendront ici, vous parviendrez à arracher à ses hommes l'adresse de sa planque. Pendant ce temps, je serai avec Lana dans le chalet. Derek et Cruz se sont déjà portés volontaires pour monter la garde. Ils sont les deux seules personnes qui, à part nous, savent que nous pensons changer de cachette.

Lana sentait son cœur s'emballer à l'idée d'être seule avec Nash. Le baiser qu'ils avaient échangé était comme une promesse de sensations infiniment plus intenses. Malheureusement, la peur venait ternir cette excitation :

l'idée que Bane puisse s'en prendre aux hommes qu'elle avait devant elle lui était insupportable.

Craig hocha lentement la tête, l'air pensif, et un sourire se dessina sur son visage.

— J'aime cette idée. Nous n'avons qu'à tendre un piège et attendre...

James se frotta le menton.

— Pourquoi pas... Nous pourrions nous montrer un peu en ville en allant commander à manger dans une rue animée. Les hommes de Bane penseront qu'ils nous ont trouvés parce qu'ils sont plus futés que nous.

Le regard de Victor restait fixé sur Lana.

— Ne vous inquiétez pas pour nous, déclara-t-il.

Il avait manifestement lu dans ses pensées.

— Bane est malin, poursuivit-il, mais c'est notre métier. Nous saurons gérer la situation.

Victor s'adressa à Nash.

— Tu es sûr que les deux détectives feront correctement leur travail ?

Nash lâcha la main de Lana, et glissa le bras autour de sa taille.

— Certain.

Il se tourna vers elle avec un sourire.

— Tu as envie d'aller passer quelques jours dans la montagne ?

Elle croisa le regard plein de sollicitude de Victor, et annonça :

— Si vous pensez que ce plan peut marcher et que nous serons en sécurité là-bas, c'est d'accord.

— Nous allons vous dire cela très vite, répondit Victor.

Les fenêtres du SUV remontèrent, et le véhicule s'éloigna.

Lana fit une prière silencieuse pour la sécurité de tous, puis rentra à l'intérieur préparer ses bagages.

Deux heures plus tard, Nash tenait la main de Lana tout en conduisant son pick-up hors de la ville. Les maisons puis les fermes s'espacèrent alors qu'il mettait de la distance entre lui et son équipe. De petits bois commencèrent à s'élever en lieu et place des champs et des prairies. Le paysage devenait de plus en plus sauvage, et bientôt, ils furent entourés de montagnes et de forêts.

Il lançait régulièrement des coups d'œil à ses rétroviseurs puis à Lana, s'assurant qu'ils n'étaient pas suivis et qu'elle allait bien.

Tout à l'heure, elle l'avait embrassé comme si elle l'aimait encore, et tout le monde de Nash s'en était trouvé bouleversé.

Il ne pourrait pas la quitter à nouveau, et il ne savait pas comment le lui dire, ni si elle avait envie d'entendre cela. Il savait seulement qu'il désirait vivre avec elle. Ils avaient perdu trop de temps déjà. Il devait bien y avoir un moyen pour que les choses marchent entre eux.

Lorsqu'il l'avait revue, il voulait seulement trouver l'occasion de mettre les choses au clair afin qu'elle sache, lorsqu'il repartirait, qu'il n'avait jamais eu l'intention de la blesser. Il espérait peut-être aussi lui avouer à quel point il regrettait son choix… Mais jamais il n'avait osé rêver qu'elle l'aime encore. Et cela changeait tout.

Il fit mentalement le compte de tous les jours de congé qu'il n'avait pas pris. Combien de temps pourrait-il rester à Great Falls avant de retourner travailler ? Quelles étaient les chances qu'elle le suive à Louisville ? Arriveraient-ils à appréhender Mac Bane rapidement ?

Nash avait tout à perdre, maintenant, et chaque instant lui paraissait fragile et précieux.

Il posa le pied sur la pédale de frein en apercevant l'éclat du soleil sur un pare-brise dans le lointain. Il sentit la tension monter en lui, et saisit son téléphone d'instinct.

Derek surgit de derrière le capot d'une voiture apparemment

en panne. Il jeta un coup d'œil indifférent dans leur direction, puis s'essuya les mains sur un chiffon avant de continuer à feindre qu'il ne les connaissait pas.

— J'ai l'impression que notre guetteur est déjà arrivé, déclara Nash en roulant les épaules pour les détendre.

— Ça va marcher, n'est-ce pas ? s'enquit Lana.

L'espoir qu'il entendit dans sa voix lui alla droit au cœur.

— Espérons-le, répondit-il ne sachant trop si elle parlait du plan que son équipe et lui avaient mis au point, ou de leur relation.

Quoi qu'il en soit, la réponse était oui. Il porta leurs mains jointes à ses lèvres, et déposa un baiser sur les doigts de Lana.

Quelques instants plus tard, le GPS annonça qu'ils étaient arrivés.

Il n'y avait aucun panneau indiquant qu'une propriété privée se trouvait dans les parages, mais Nash s'engagea sur un chemin de terre où poussaient des herbes folles, et leur petit pick-up commença une lente progression sur le flanc de la montagne.

— La pente est raide ! remarqua Lana en se penchant vers lui pour voir le précipice.

— Tu te sens déjà un peu plus en sécurité ? demanda-t-il, affectant une tranquillité qu'il était loin de ressentir.

Elle eut un rire nerveux et se renfonça dans son siège.

— À moins que Bane n'ait un troupeau de chèvres, je ne vois pas pourquoi il viendrait ici !

Nash espérait qu'elle avait raison.

Le chalet, situé au milieu d'une clairière, apparut quelques instants plus tard.

Lana sortit du véhicule et s'étira, avant d'explorer les lieux en faisant lentement le tour de la maison.

— C'est pour nous ? lança Lana en grimpant le petit escalier de bois qui menait à l'entrée du Vieux Fumoir et en s'emparant d'un objet qui était posé en haut des marches.

— Attends ! s'écria Nash en se précipitant dans sa direction, imaginant tous les dangers possibles.

Elle se retourna vers lui et lui tendit un talkie-walkie de longue portée.

Nash se saisit de l'appareil avec un soupir de soulagement.

Lorsqu'il alluma le récepteur, quelques parasites s'élevèrent dans le silence et firent sursauter Lana. Elle se mit à rire alors que Nash ajustait le volume.

La voix de Derek s'éleva :

— Cow-boy à sa copine Batgirl.

Lana comprit immédiatement l'allusion et éclata de rire, tout en posant doucement la main à l'endroit où elle avait blessé Nash avec sa batte de fortune.

— Je suis vraiment désolée, murmura-t-elle.

Nash secoua la tête et appuya sur le bouton du talkie-walkie.

— Nous te recevons cinq sur cinq, Cow-boy. C'est une fréquence privée ?

— Oui. Alors, le Vieux Fumoir vous plaît ?

Lana se pencha sur l'appareil alors que Nash appuyait à nouveau sur le bouton.

— C'est parfait. Merci.

— Avec plaisir, répondit Derek. Cruz et moi allons surveiller en bas à tour de rôle. Faites comme chez vous. Je vous rappellerai s'il y a du nouveau.

— Merci, déclara Nash avant de tendre le talkie-walkie à Lana.

Il prit leurs affaires dans son pick-up et entra dans le Vieux Fumoir avec la clé que Derek lui avait donnée. Il actionna les interrupteurs placés à côté de la porte, et des luminaires s'allumèrent dans le grand espace salon-cuisine. Sur trois de ses côtés, des fenêtres donnaient sur la forêt.

Lana balaya l'endroit du regard.

— La vue est très belle ! remarqua-t-elle.

Jamais elle n'avait semblé aussi à l'aise depuis qu'il était arrivé à Great Falls, et il espérait que leur réconciliation y était pour quelque chose.

Le talkie-walkie crépita à nouveau alors que Nash déposait leurs bagages dans la première chambre. Les lits jumeaux lui semblèrent très loin l'un de l'autre.

— Batgirl et compagnie, demanda Derek, vous êtes là ?

Nash roula les yeux en entendant qu'il en était réduit à être appelé « et compagnie ». Bon... cela aurait pu être pire.

Il entendit les pas de Lana qui le rejoignait dans le hall.

— Oui, nous sommes là, répondit-elle.

— Knox vient de m'appeler, déclara Derek. Le bateau de Mitchell Edwards a été retrouvé sur le fleuve. Mais Edwards n'était pas à bord.

Nash attira Lana vers lui. L'expression affolée de son visage lui brisait le cœur. Si Bane avait éliminé Edwards, il ne restait plus qu'une personne sur sa liste.

Lana.

19

Nash tenait la main de Lana alors qu'elle parlait à ses parents au téléphone. Il lui caressait les cheveux, lui massait le dos, et sourit lorsqu'elle éclata de rire à une de leurs remarques. Il se sentait bien ici avec elle, malgré toutes les difficultés auxquelles ils avaient à faire face.

Si elle ne voulait pas de lui, il respecterait sa décision, mais il savait qu'il ne pourrait jamais être heureux sans elle. Pas comme en ce moment.

Elle raccrocha et poussa un gémissement.

— Je déteste mentir à mes parents, mais je ne sais pas comment leur parler de tout cela sans les terrifier. Je n'arrête pas de leur dire que je vais bien, et que je suis seulement très occupée, mais je pense qu'ils savent que je ne leur dis pas tout. Je leur cache volontairement les choses les plus terribles, et je me sens très coupable. Oh ! et ils te disent bonjour !

Nash sourit.

— Ils ne me détestent pas ?

— Non. Tu es parti pour faire le métier que tu as toujours voulu pratiquer. J'étais jeune, et tu étais mon premier amour.

Elle agita la main en l'air, puis la posa sur le torse de Nash.

— Ils se sont certainement dit que j'allais trouver quelqu'un d'autre.

Il l'enlaça, détestant l'idée qu'elle ait pu être avec un autre homme... et regrettant le temps qu'ils avaient perdu.

— Tu as le droit de ne pas tout dire à tes parents, déclara Nash. Tu es dans une situation particulièrement stressante, et tu fais face du mieux que tu peux. S'ils connaissaient tous les détails de la situation, ils se feraient un sang d'encre, ou bien ils viendraient ici, et cela n'arrangerait rien, bien au contraire !

Il la serra contre elle, et posa le menton sur sa tête.

— Je leur expliquerai tout lorsque tu seras hors de danger, conclut-il. Ils pourront être en colère contre moi s'ils le veulent.

Le talkie-walkie se mit à émettre craquements et sifflements.

— Hé !

C'était la voix de Derek.

Nash lâcha Lana pour aller répondre.

— Nous t'écoutons, fit-il. Tu as des nouvelles ?

— Peut-être, répondit Derek. Une berline bleu-noir est passée par ici à deux reprises pendant la dernière heure. Je ne suis pas convaincu qu'il y ait lieu de s'inquiéter, mais je voulais t'en informer.

Lana avait pâli à cette annonce.

— La voiture avait-elle une plaque d'immatriculation de Pennsylvanie ? demanda-t-elle.

Elle regarda Nash en attendant la réponse de Derek.

— Non.

Elle poussa un soupir, et Nash fit de son mieux pour ne pas l'imiter. Si Mac avait été vu dans les parages, cela aurait signifié qu'il savait déjà où ils se trouvaient.

Elle se pencha vers le talkie-walkie en fronçant les sourcils, et interrogea :

— Vous avez du nouveau à propos de Mitchell Edwards ?

— Pas grand-chose, annonça Derek. Knox va envoyer

une équipe de plongeurs dans le lac demain. Ils vont commencer leurs recherches autour du lieu où le bateau a été découvert, et les élargir en fonction des courants, pour voir s'ils trouvent quelque chose.

— Tu veux dire le corps d'Edwards, précisa Lana d'une voix enrouée.

Derek ne répondit pas.

Le lendemain, après le dîner, Lana avait du mal à calmer son angoisse alors que Nash appelait Knox pour qu'il lui communique les dernières nouvelles. Il avait posé le téléphone sur la petite table de la cuisine et tenait la main de Lana, probablement pour tenter de la réconforter.

Il n'y parvint pas. Elle commençait à se sentir en danger dans ce chalet isolé. Elle n'arrivait pas à apaiser son anxiété, et Nash avait passé la nuit à surveiller les alentours, craignant une mauvaise surprise s'il baissait la garde. Ce n'était pas exactement la soirée à deux qu'elle avait imaginée...

— Hé, demanda Knox, comment ça se passe au Vieux Fumoir ?

— Bien, répondit Nash. Quelles sont les nouvelles ?

On entendit le froissement de feuilles de papier à l'autre bout de la ligne.

— J'attends toujours un rapport complet sur le bateau d'Edwards, expliqua-t-il. Les adjoints sont en train de lister son contenu et je devrais avoir le compte rendu demain. L'équipe de plongeurs est revenue bredouille. Aucun signe d'Edwards. Et je viens d'envoyer une unité pour tenter de localiser la voiture que Derek a vue à deux reprises dans les parages.

Lana hocha la tête, même si Knox ne pouvait pas la voir.

— La voiture n'avait pas de plaques d'immatriculation

de Pennsylvanie, comme celle de Bane, donc nous pouvons espérer qu'il ne s'agit pas de lui, déclara-t-elle.

— C'est assez facile de changer de plaques, répliqua Knox. C'est la raison pour laquelle je veux que vous restiez bien cachés. Derek m'a parlé de votre petite sortie dans la forêt hier. Il vaudrait mieux éviter ce genre de choses... Et si jamais la situation s'envenime et que nous devions vous extraire rapidement, soyez bien là où nous vous attendrons.

— Nous allons rester à l'intérieur toute la nuit, affirma Nash en passant la main dans le dos de Lana, et en la regardant d'un air réconfortant.

Il avait accepté qu'ils aillent marcher ensemble avant d'aller se coucher hier soir. Elle avait eu besoin d'un peu d'air et d'exercice physique. Ils n'étaient pas allés loin, mais le simple fait de sortir du Vieux Fumoir, même pour quelques minutes, lui avait fait beaucoup de bien.

— Bien, dit Knox. Je dois passer un autre appel, mais je vais vous transmettre les photos du bateau et quelques autres informations. Quant à l'ordinateur, les techniciens sont toujours en train de travailler dessus.

Nash raccrocha, et les clichés promis par Knox commencèrent à arriver. On y voyait des piles de jetons de poker, des cartes à jouer, des tapis verts, et un carnet épais où étaient notés des noms et des chiffres.

Nash se frotta le front.

— Eh bien, j'ai l'impression qu'il circulait pas mal d'argent dans les soirées entre amis dont tu me parlais !

Certes, Tim et Mitchell aimaient jouer aux cartes, mais il y avait assez de matériel sur ces photos pour un casino.

— Je vais transférer tout cela à l'équipe, puis les appeler, déclara Nash.

Lana le regarda envoyer les images par mail, perturbée par ce qu'elle venait de voir sur ces clichés.

— Il y a beaucoup de noms dans ce carnet, remarqua-t-elle.

Combien d'entre eux reconnaîtrait-elle si elle le regardait d'un peu plus près ?

Nash se leva pour aller chercher deux bouteilles d'eau dans le réfrigérateur, puis les apporta, et en tendit une à Lana.

— Cette découverte est une bonne nouvelle, lui expliqua-t-il. Il est toujours bon d'avoir des pièces à conviction. Quelque chose sur ce bateau va bien finir par nous mener à Bane, ou à quelqu'un qui nous dira où le trouver.

Lana but lentement quelques gorgées d'eau, laissant la fraîcheur se diffuser en elle, et tentant d'y trouver un remède à sa panique.

La sonnerie du téléphone de Nash s'éleva, et le visage de Victor apparut sur l'écran.

— Nous avons mis le haut-parleur, annonça Nash tout de go.

Il posa le téléphone entre eux et retourna s'asseoir sur son siège.

— Les photos que tu nous as envoyées semblent montrer que des soirées poker avec de grosses mises se tenaient sur le bateau, déclara Victor. Il y a beaucoup de jetons, et les chiffres inscrits dans le carnet sont élevés. Les noms semblent être codés.

Nash croisa les doigts sur la table.

— Et si c'étaient Mitchell Edwards et Tim Williams qui organisaient des paris illégaux, et non Bane ? suggéra-t-il.

Victor grommela :

— Cela représenterait un travail énorme pour des personnes qui ont déjà un métier très prenant, puisque Tim Williams dirigeait un restaurant, et que Mitchell Edwards est comptable.

Lana porta la main devant sa bouche alors que les pièces du puzzle se mettaient en place.

— Tim et Mitchell organisaient peut-être occasionnellement des soirées de paris avant que Bane n'arrive ici, dit-elle.

— Peut-être, reconnut Victor. Et dans ce cas, Mac Bane n'aurait pas toléré la compétition lorsqu'il est arrivé.

— Vous croyez qu'il aurait pu en faire ses associés ? demanda Lana. Si Tim et Mitchell avaient déjà des liens avec les parieurs locaux, ils auraient pu lui être utiles.

— Ou, intervint Victor, Tim et Mitchell auraient pu jouer dans un des cercles récemment montés par Bane, puis décider d'organiser des soirées plus exclusives sur le bateau, en n'y acceptant que de gros parieurs.

— Ils seraient venus concurrencer Bane, dit Nash en se frottant la mâchoire, et ce n'est pas une bonne idée. Bane aurait alors cherché à se venger. Il aurait pu décider d'en faire un exemple, avant que d'autres ne les imitent.

Lana sentit son cœur se mettre à battre plus vite.

— Tim s'est excusé la nuit où il a été tué, précisa-t-elle. Bane lui a dit qu'il avait commis une grave erreur.

Nash lui prit la main.

— J'aimerais regarder ce carnet d'un peu plus près, dit-il.

— Craig est allé dans les bureaux du shérif pour prendre des photos de chaque page, expliqua Victor. Nous te les enverrons lorsque nous les aurons.

— Bien, conclut Nash. Et restez particulièrement vigilants tant que Craig n'est pas rentré. Vous n'avez pas d'autre véhicule s'il faut fuir.

— Nous avons installé plein de caméras, fit Victor. Et ton cousin Cruz fait semblant d'avoir une panne de voiture un peu plus loin dans la rue.

Lana sourit. Elle avait chaud au cœur en constatant qu'ils étaient tous en train de veiller les uns sur les autres.

Si elle pouvait aider Nash à se détendre un peu, la nuit n'en serait que meilleure.

Lorsque le soleil fut couché, Lana mit de l'eau à chauffer dans une bouilloire pour faire une tisane. Elle avait bu assez de café pour rester éveillée des jours entiers, et ses mains commençaient à trembler.

L'orage qui avait menacé toute la journée avait finalement éclaté en début de soirée, recouvrant le sommet des montagnes d'un épais brouillard. Les gouttes de pluie s'écrasaient sur le toit du Vieux Fumoir et formaient de petits filets d'eau sur les vitres. Le vent faisait ployer la cime des arbres autour d'eux, sifflant et charriant des nuages dans le ciel noir.

Nash lui fit signe alors qu'il approchait du chalet. Il faisait un tour de garde toutes les heures au lieu de rester presque constamment dehors, et elle considérait cela comme un gros progrès.

La porte du chalet s'ouvrit, et il entra, refermant soigneusement la porte à clé derrière lui.

— Tout va bien, dit-il en posant le talkie-walkie sur le comptoir.

Il ôta son chapeau et son K-way, et les laissa sur une chaise près de la porte.

Elle croisa son regard. Un lent sourire presque carnassier s'étira alors sur son beau visage, et elle eut soudain l'impression d'être vêtue d'une tenue beaucoup plus glamour que le grand T-shirt qu'elle portait en guise de chemise de nuit.

Elle se mit sur la pointe des pieds pour ouvrir un placard, à la recherche de tasses et de soucoupes.

— Tu veux une tisane ?

— Avec plaisir, répondit-il nonchalamment, semblant la détailler de ses cheveux ramassés en un chignon vague à ses pieds nus.

Lana plaqua un sourire sur son visage et se retourna vers le placard.

— Je peux faire un peu plus de café si tu veux. Mais je prendrai de la tisane : j'espère que ça va me calmer.

— Je peux t'aider pour ça, proposa Nash d'une voix ironique.

Il s'approcha d'elle et elle le sentit se presser contre son dos, la plaquant contre le comptoir.

Elle frissonna en sentant son corps glisser contre le sien. Et il lui fallut un moment pour se rendre compte qu'il voulait seulement ouvrir la porte du placard situé au-dessus de sa tête.

Il en sortit une bouteille de whisky, puis s'écarta avec un large sourire.

Elle rit en voyant la bouteille, et demanda :

— C'est à Derek ?

— Oui, répondit Nash. Il m'en a parlé lorsque je lui ai téléphoné pendant ma dernière patrouille. Tu en veux ?

— Non merci, dit-elle en s'asseyant sur le comptoir, attendant patiemment que l'eau dans la bouilloire se mette à frémir. Je n'en ai pas envie. D'ailleurs, je me sens déjà moins anxieuse.

Il rangea la bouteille, et posa ses grandes mains sur les cuisses nues de Lana.

— Ah bon ? Et comment te sens-tu, exactement ?

— De mieux en mieux, murmura-t-elle contre sa joue râpeuse.

Lorsqu'elle vit qu'il ne s'éloignait pas, elle lui prit les mains et les posa sur son corps, là où elle en avait le plus besoin.

Nash marmonna quelque chose d'inintelligible, et sa bouche s'écrasa sur ses lèvres. De ses mains expertes, il se mit à suivre la courbe de ses seins, les caressant tout en l'embrassant avidement, et elle se perdit tout entière dans ce baiser. Lorsqu'elle n'eut plus conscience de rien d'autre que lui, il posa les mains sur ses genoux, et elle sentit la chaleur monter en elle. Il caressa la peau tendre de ses cuisses, les écartant assez pour se glisser entre elles.

Lana croisa les chevilles derrière la taille de Nash et l'attira à elle, consumée par le désir.

Il gémit contre ses lèvres, et, de plaisir, elle rejeta la tête en arrière. Elle ne s'était jamais sentie aussi bien avec un autre que lui. Nash était son premier amour... et l'homme de sa vie.

— Lana..., murmura-t-il, agrippant ses hanches alors qu'elle se pressait contre lui sans pouvoir être rassasiée.

La tension dans sa voix était évidente. Il avait remonté son T-shirt et caressait la pointe dressée de ses seins, et elle sentit qu'il avait atteint les limites de la maîtrise qu'il avait de lui-même.

Elle éteignit le feu sous la bouilloire et, ôtant son T-shirt, se mit nue devant lui, répondant ainsi à la question qu'elle lisait dans son regard.

— Nash, murmura-t-elle, moi aussi j'ai envie de toi.

Elle lui mordilla la lèvre. Puis elle lui prit les mains et les posa à nouveau sur elle, l'invitant à continuer à la caresser.

— Je t'en prie, touche-moi, le supplia-t-elle.

Elle vit ses pupilles se dilater. Il la souleva du comptoir avec une facilité déconcertante, et l'emporta dans la chambre.

20

Lana ouvrit les yeux quelques heures plus tard, avec un profond sentiment d'apaisement et de satisfaction. Lentement, elle s'étira dans le cocon de son lit chaud et douillet, revivant en esprit la nuit d'amour qu'elle avait passée avec Nash. Elle plissa les paupières et vit que le petit lit qu'il avait poussé tout contre le sien pour qu'ils puissent dormir ensemble était vide. Alors, de la paume de sa main, elle lissa les draps frais.

Elle se redressa, soudain inquiète, et tendit l'oreille. Des scénarios tous plus épouvantables les uns que les autres se bousculaient à son esprit. Nash était-il sorti pour vérifier que tout allait bien, et avait-il été attaqué ? Regrettait-il ce qu'ils avaient fait la nuit dernière, et s'était-il éclipsé pour ne pas lui donner de faux espoirs ? Aucune de ces éventualités ne lui paraissait supportable.

La porte d'entrée s'ouvrit et se ferma, et elle entendit les accents graves de la voix de Nash. Elle se leva d'un bond, puis s'immobilisa. Le grincement du parquet indiquait qu'il allait et venait tout en parlant au téléphone, ce qui n'était pas bon signe.

Elle s'habilla rapidement, se peigna sommairement, puis vérifia son reflet sur la fenêtre de la chambre. Le sentiment de paix intense qu'elle avait ressenti à son réveil avait disparu, pour faire place à la peur… que ce soit pour sa vie ou pour son cœur. Alors, elle redressa les épaules et quitta sa chambre, prête à affronter la réalité.

Nash était debout devant le comptoir, et remplissait d'eau la vieille machine à café. Le talkie-walkie se trouvait encore à côté, là où il l'avait posé hier. Elle ferma les yeux pour tenter d'empêcher les souvenirs de cette nuit d'affluer à sa mémoire. L'homme si beau et si estimable qui se tenait devant elle avait été un amant passionné, et il lui avait dit qu'il l'aimait.

— Bonjour ! s'exclama-t-il.

— Bonjour.

Un sentiment d'angoisse inattendu la cloua sur place. Bane n'avait pas attaqué Nash pendant qu'elle dormait, mais qu'en était-il de ses autres craintes ? Allaient-elles se révéler exactes ?

Il la dévisagea, et elle sentit l'air se charger d'une étrange tension.

Il se retourna brièvement pour tourner un bouton sur le four.

— Tu me surprends en pleine préparation, déclara-t-il. Il y avait des surgelés dans le congélateur, et je suis en train de te préparer un petit déjeuner.

Un sourire espiègle adoucit ses traits lorsqu'il la regarda à nouveau. Il paraissait plus jeune et moins intimidant dans des moments comme celui-ci.

Elle aimait chacune de ses facettes.

Mais la distance physique entre eux lui semblait comme un abîme.

Nash ouvrit la porte du four et glissa dedans un plat recouvert d'une feuille d'aluminium. Puis il la regarda en plissant les paupières.

— Quelque chose ne va pas ?

Elle secoua la tête.

— J'ai seulement besoin d'un peu de café.

Peut-être qu'une tasse – ou plusieurs – l'aiderait à recouvrer ses esprits et à se concentrer sur l'essentiel. Ce n'était pas le moment de se demander si oui ou non elle avait pris une mauvaise décision la nuit dernière, ou si Nash pensait vraiment ce qu'il avait dit. Ils avaient des problèmes beaucoup plus urgents à régler, sinon ils n'auraient aucun avenir, que ce soit ensemble ou séparés.

Nash pencha légèrement la tête, comme s'il avait lu dans ses pensées. Il l'observa alors qu'elle plaçait sa tasse sous le café qui s'écoulait goutte à goutte.

— Parle-moi.

Elle réfléchit pendant de longues secondes, choisissant soigneusement ses mots avant de replacer le pot à la place de sa tasse.

— Je ne suis toujours pas bien réveillée, finit-elle par dire.

Elle but une gorgée de son café, et croisa son regard.

— Et toi ? demanda-t-elle. Tu as l'air...

Elle s'interrompit encore. Elle ne voulait pas entamer une discussion difficile, mais ressentait la nécessité d'exprimer ses inquiétudes.

— Distant, finit-elle par dire.

Il s'appuya contre le comptoir et se frotta le front.

— Je n'ai jamais su feindre avec toi.

Elle eut l'impression de recevoir un coup de poing dans l'estomac, mais réussit à lever le menton et à sourire.

— Tu n'as pas à faire semblant avec moi.

— D'accord.

Il la regarda d'un air plein de regret, et ajouta :

— Alors, il faut que nous parlions.

Elle sentit son sang se glacer et posa la tasse sur le comptoir, certaine que, sinon, l'objet allait lui échapper.

— Sois franc avec moi, déclara-t-elle. Ne crains pas de me faire du mal. Je peux tout entendre.

Elle savait que c'était un énorme mensonge, mais elle

ne voulait pas qu'il cherche à l'épargner, et ne lui dise pas toute la vérité.

Elle le regarda, attendant qu'il parle.

Nash lui prit la main.

— Asseyons-nous.

Elle le laissa la conduire jusqu'au canapé du salon, devant la baie vitrée. Il attendit qu'elle s'asseye, et il s'accroupit devant elle, pour être à sa hauteur. Puis il lui prit doucement le visage dans les mains, comme si elle était d'une extrême fragilité.

Elle sentit son cœur chavirer, et la chaleur monter en elle, en même temps que la certitude qu'elle ne voulait pas entendre ce qui allait venir. Il allait lui dire qu'il allait la quitter... qu'à nouveau, il avait changé d'avis.

De ses pouces, Nash lui caressait la mâchoire.

— Knox a annoncé de mauvaises nouvelles à Derek.

Elle retint son souffle, et sentit la confusion l'envahir. Il voulait lui parler de l'enquête ?

— Que s'est-il passé ? C'est à propos de Bane ? demanda-t-elle, déraisonnablement soulagée que Nash ne soit pas en train d'essayer de lui dire qu'ils avaient fait une erreur la nuit dernière.

Il hocha brièvement la tête.

— Oui.

Elle poussa un long soupir, et il fronça les sourcils.

Un instant plus tard, il écarquilla les yeux, alors qu'il semblait commencer à comprendre ce qu'elle avait redouté. Il l'attira vers le bord du canapé, et pressa son front contre le sien.

— Nous sommes ensemble, promit-il. Et nous allons nous en sortir.

Elle hocha la tête, et il s'éloigna, lui agrippant les mains.

— La mauvaise nouvelle, c'est que les journalistes ont eu vent de la présence de Bane à Great Falls, et qu'ils t'ont identifiée comme étant un témoin important, en lien avec cette affaire. Ton visage est partout. Sur Internet, dans les journaux... Tu imagines un peu !

Lana réfléchit à ce qu'il venait de lui apprendre, essayant de comprendre pourquoi cette nouvelle avait tant affecté Nash que son visage avait pris la couleur de la cendre. Elle devait appeler ses parents et éventuellement leur laisser un message, pour qu'ils sachent qu'elle allait bien.

— Cela change quoi pour nous ? finit-elle par lui demander.

Elle était cachée, donc elle était en sécurité, non ?

— Explique-moi, poursuivit-elle.

Les yeux de Nash exprimaient le tumulte de ses pensées.

— Cela signifie que la moitié des habitants du Kentucky te recherchent.

— Ils me recherchent..., répéta-t-elle.

— Oui.

Il ne lui avait certainement pas tout dit.

— Vas-y, insista-t-elle. Prends ton temps, mais dis-moi tout.

Il s'humecta les lèvres. Son visage se ferma, et il déclara avec froideur :

— Les marshals de Louisville ont remarqué de l'agitation chez de nombreux complices de Bane qu'ils ont identifiés. D'après certains renseignements, ils seraient partis en mission.

Le poids invisible qui pesait sur lui sembla s'abattre sur elle aussi, et elle se retint pour ne pas chanceler.

— Ils sont après moi, murmura-t-elle.

Nash inclina la tête, et elle sentit une terreur glaçante l'envahir.

21

Lana se mordillait le pouce. C'était une habitude qu'elle avait perdue lorsqu'elle était adolescente, mais qui, en ce moment, lui procurait un certain réconfort. Elle avait laissé un message à ses parents, les rassurant sans leur donner de précisions, et leur avait communiqué le numéro de Knox, afin qu'ils puissent l'appeler pour avoir des détails. Elle craignait fort qu'ils ne deviennent fous d'inquiétude… à juste titre.

Un groupe de dangereux criminels était à sa recherche, tout comme d'ailleurs une bonne partie de la population du Kentucky, qui pensait l'aider en tentant de la retrouver.

Nash était penché sur l'écran de son téléphone, alors qu'il assistait à une conférence en ligne rassemblant toutes les forces de police qui travaillaient sur l'affaire.

Elle resta assez près pour écouter, mais suffisamment loin pour ne pas apparaître dans le champ de la caméra. Il n'était pas nécessaire qu'ils voient à quel point elle était secouée.

Elle alla sur le balcon extérieur, laissant la porte ouverte derrière elle, et regarda la petite route semée d'ornières par laquelle ils étaient arrivés. Elle imaginait Derek en train de monter la garde plus bas, et le remercia en pensée.

Elle sursautait à chaque craquement de branche, à chaque bruissement de feuille, certaine qu'elle allait apercevoir un homme armé qui la tenait en joue. Elle retenait son souffle à chaque fois qu'elle entendait un oiseau, un écureuil ou un chevreuil, et s'identifiait à eux, des proies sans défense menacées par les chasseurs.

Nash apparut dans l'embrasure de la porte.

— Comment te sens-tu ?

— Très mal.

— Viens.

Il l'enveloppa de ses bras, et posa la joue contre sa tête.

— Merci, murmura-t-elle.

— Avec grand plaisir ! Tu devrais peut-être t'asseoir.

À regret, elle s'éloigna de lui. Ses jambes la portaient à peine, et ses pensées étaient trop confuses pour qu'elle puisse discuter.

— D'accord...

Il la conduisit vers deux chaises qu'ils avaient installées au-dehors un peu plus tôt, lorsqu'elle avait eu besoin de prendre un peu l'air pour se remettre du choc de la nouvelle qu'elle avait apprise juste après son réveil.

— Comment s'est passée votre réunion ? lui demanda-t-elle lorsqu'ils furent assis.

— Bien. Les marshals n'ont pas pu suivre tous les complices de Bane, mais ils sont presque certains qu'ils sont dans la région, maintenant. Jamais nous n'avons été aussi près de l'attraper, et jamais avant toi nous n'avons eu un témoin oculaire qui accepterait de parler. Les éléments que nous avions jusque-là accumulés contre lui auraient suffi à le mettre derrière les barreaux pour longtemps, mais la condamnation pour le meurtre de Tim va lui ôter toute possibilité d'être libéré un jour. Et nous ne le laisserons plus s'échapper.

Lana se tordait les mains.

— J'imagine que c'est une bonne chose que nous soyons venus ici avant que tous les complices de Bane n'arrivent à Great Falls.

— C'est certain, répondit Nash. Knox et ses collègues

sont tous à la recherche de Bane, ou de quiconque pourra nous mener à lui. Ils vont bien finir par trouver un maillon faible, qui acceptera de nous donner des informations en échange de la clémence de la justice !

Lana se mordilla le pouce.

— Ils ont beaucoup de pistes ?

— Plusieurs, mais une seule suffit, du moment qu'elle est bonne.

La sonnerie indiquant qu'une autre visioconférence allait commencer s'éleva, et Nash retourna à l'intérieur du chalet pour prendre l'appel.

— Bonjour !

C'était la voix de Knox, et elle entendit Derek et Cruz lui répondre.

— Je vais m'arrêter chez Rizzo pour vérifier une information concernant un de leurs livreurs. J'ai pensé que je pourrais acheter des pizzas et des sandwichs pour vous si vous le souhaitez. Je sais que les plats surgelés de tante Rosa peuvent parfois sembler insipides, surtout à une cheffe ! Et je me demande depuis combien de temps tu n'as pas mangé, Derek.

Lana se leva pour leur dire bonjour. Cette fois, c'étaient ses amis qui étaient en ligne, et le sujet de la conversation n'était pas le danger qu'elle courait. Elle s'approcha de Nash, et les salua de la main.

Le groupe cessa de se prononcer sur les mérites comparés des calzones et des pizzas de Rizzo pour lui dire bonjour.

— Je suis d'accord ! déclara Derek. Mais comment veux-tu apporter de la nourriture à Nash et Lana ?

Knox se mordit la lèvre, et détourna le regard une seconde.

— Je peux l'apporter au chalet familial, suggéra-t-il. Il est à moins de deux kilomètres à l'est du Vieux Fumoir. Vous pourrez aller chercher votre repas quand vous voudrez… si la situation reste tranquille, bien entendu.

Nash passa le bras autour de la taille de Lana, et l'attira contre lui.

— Je pense que nous allons nous débrouiller avec ce que nous avons ici. Ce que fait Rizzo est bon, mais sans commune mesure avec la cuisine de Lana !

Elle sourit.

— Il y a du nouveau concernant l'enquête ? reprit Nash. La piste que tu es en train de suivre avec le livreur de Rizzo est intéressante ?

Knox haussa les épaules.

— Ce type est très jeune, et il a apparemment un train de vie très supérieur à celui que l'on pourrait attendre. Ce n'est pas grand-chose, mais je n'ai rien d'autre pour le moment. Alors...

— Derek ? l'interrompit Cruz. Tu peux décrire précisément la voiture que tu as vue à deux reprises hier ?

— Une berline bleu foncé.

Cruz jeta un coup d'œil en direction de quelque chose qui se trouvait hors du champ de la caméra.

— Pourquoi ? demanda Derek.

— Parce que ce véhicule, déclara Cruz en orientant la caméra vers la rue, est passé ici trois fois en huit minutes.

Une berline avança dans la direction de Cruz, et il en prit discrètement un cliché alors qu'elle passait derrière lui.

— Quelqu'un a reconnu le conducteur ? s'enquit Cruz. Je dois le suivre ? Ou c'est seulement un type qui va déposer ses enfants à leur entraînement de football ?

Nash agrandit la photo jusqu'à ce qu'elle emplisse l'écran, et poussa un juron.

— Cruz, c'est Mark Dunfel, un tueur à gages. Ne t'approche pas de lui ! Knox, tu devrais envoyer des hommes là-bas.

Lana recula d'un pas, et écouta Nash donner des ordres.

— Il est en train de se garer, expliqua Cruz en changeant

l'angle de la caméra pour leur montrer la rue qu'il surveillait, celle où était située leur précédente planque.

Il poursuivit en s'adressant à Nash :

— Appelle ton équipe, et dis-leur de vérifier les caméras de sécurité. Il arrive.

— Je m'en occupe immédiatement, déclara Nash en invitant son équipe à se joindre à leur conférence.

— Je ne le vois plus, intervint Cruz, en balayant la rue déserte de sa caméra. Il est entré dans le jardin, et il est caché par les arbres.

Au même instant, les sonneries des téléphones de Derek et de Cruz s'élevèrent, et se firent écho dans le haut-parleur.

— Tu entends ça ? demanda Derek.

— Oui, répondit Cruz. Il a désarmé le système de sécurité.

Derek poussa un juron.

— Nous avons payé une fortune pour cette installation ! Il lui a fallu à peine trente secondes pour la neutraliser...

Nash tapota nerveusement la table à côté du téléphone, attendant que son équipe décroche.

— Mark est un professionnel, expliqua-t-il. Je n'avais pas la moindre idée qu'il était en relation avec Bane.

Le visage de Victor apparut sur l'écran.

— Je suis désolé, nous étions en conférence avec les collègues de Louisville. Que se passe-t-il ?

— Mark Dunfel est près de chez vous. Il a désactivé...

Nash s'interrompit.

L'image de Victor avait disparu.

— Dunfel a dû utiliser un brouilleur de signal, suggéra Derek. Que vois-tu, Cruz ?

— Où sont les adjoints du shérif ? s'écria Nash. Ils ont besoin d'aide ! Immédiatement !

On entendit des coups de feu.

Cruz poussa un juron et se mit à courir. Sa caméra filmait des images floues et saccadées d'herbe et de gravier.

Nash cria à Cruz de rester en retrait, à Knox, d'intervenir, et à son équipe, qui ne recevait plus son appel, de faire attention.

L'écran du téléphone de Cruz s'obscurcit alors que résonnaient des coups de feu sporadiques. Puis une autre détonation, très forte celle-là, s'éleva.

— Cruz ! hurla Knox.

Lana fut déchirée par la panique que l'on percevait dans sa voix. Venait-il d'assister à l'assassinat de son frère ?

Lentement, l'image de la caméra réapparut. Ils entendirent la respiration haletante de Cruz, et virent Mark Dunfel à terre.

— Il est mort, déclara Cruz. J'ai été obligé de tirer. Le brouilleur a déréglé mon téléphone, mais j'ai réussi à le remettre en marche. Les marshals ont été blessés. Nous avons besoin d'ambulances.

— Elles sont déjà en chemin, répondit Knox avec un tremblement dans sa voix d'habitude assurée.

Quelques secondes plus tard, ils entendirent le hurlement des sirènes.

Cruz frappa sur la porte d'entrée, dont la vitre avait été brisée dans la fusillade.

— Le tireur est neutralisé, annonça-t-il. Je suis Cruz Winchester, et je vais entrer avec les secouristes.

Il avança sur les échardes de verre qui crissèrent sous ses pas, et ouvrit la porte avec sa clé.

Victor était assis contre un mur. De la main, il pressait une large tache rouge sur son flanc.

— Ça va aller, souffla-t-il. Allez voir James et Craig.

Une autre série de bips s'éleva, et Derek contrôla son écran.

Cruz ignora les sonneries, et s'avança dans la maison pour voir comment allaient les autres marshals.

— Nash, s'exclama Derek avec un regard affolé, les systèmes de sécurité de toutes nos autres planques ont été désactivés !

— Votre cachette est compromise, déclara Knox qui était déjà dans son véhicule, et se dirigeait vers la scène de la fusillade.

— Nash, enchaîna Derek, emmène Lana loin d'ici.

Nash mit fin à l'appel et glissa le téléphone dans sa poche. Il était entraîné à ce genre de missions, mais son amour pour Lana faisait peser sur lui un stress supplémentaire.

Il n'avait pas le temps d'attendre ou d'hésiter… et il n'avait pas le droit de se tromper.

— Lana ? demanda-t-il en tentant de capter son regard. Tout va bien se passer, mais il faut que nous partions.

Elle se tourna machinalement vers la porte.

— Mets des chaussures et prends ton téléphone, lui dit-il en enfilant les bottes qu'il avait laissées sur le paillasson. Nous allons laisser toutes nos affaires ici jusqu'à ce que nous puissions revenir les chercher. L'essentiel pour le moment est de mettre autant de distance que possible entre nous et cet endroit. Ce n'est qu'une question de temps avant que Bane et ses hommes ne se rendent compte que Derek et Cruz sont les propriétaires de cette maison.

S'ils ne le savent pas déjà…

Lana sortit sans rien dire du chalet, attendant qu'il lui explique ce qu'elle devait faire.

— Viens, lui dit-il en lui prenant la main. Nous allons y arriver. Tu es prête ?

Nash n'attendit pas sa réponse. Ensemble, ils s'élancèrent sur le sol détrempé, et coururent vers leur véhicule. Nash parcourut la forêt du regard alors qu'ils s'engouffraient dans le pick-up, et il démarra immédiatement, s'engageant sur le chemin qu'ils avaient pris à l'aller. Cette fois-ci, cependant, l'étroit sentier semé d'ornières n'était plus qu'un bourbier.

— C'est à cause des orages, marmonna-t-il, évaluant l'ampleur des dégâts.

De toute façon, il n'y avait aucune autre voie d'accès : ils devaient passer par là.

— Tiens-toi bien ! s'exclama-t-il en lançant un coup d'œil à Lana.

Nash avait conscience qu'au moindre écart, leur véhicule risquait de dévaler la pente.

Les roues du pick-up s'enfoncèrent dans la boue et se mirent à patiner, alors que le moteur rugissait.

— Allez ! souffla Nash entre ses dents.

Il agrippait le volant si fort que les articulations de ses doigts étaient toutes blanches.

Le pick-up fit une embardée, et ses roues accrochèrent à nouveau le terrain. Nash poussa un soupir de soulagement. Il fallait qu'il mette Lana en sécurité, et il allait réussir. Il n'avait pas droit à l'erreur.

Le pick-up progressait lentement sur un chemin pratiquement inexistant, avec des dérapages et des sursauts, alors que Nash faisait tout pour que le véhicule ne bascule pas dans le vide.

Lana gémit lorsque les roues patinèrent à nouveau, et que l'arrière du véhicule tangua.

— Tout va bien, murmura Nash. Nous sommes presque à mi-chemin maintenant. Derek ne nous a pas rappelés, et c'est plutôt bon signe. Cela veut dire qu'il n'y a pas de danger immédiat.

Le talkie-walkie posé dans le porte-gobelet se mit à crépiter.

Lana s'en saisit avant même que Nash ne lui demande de le faire.

La voix haletante de Derek s'éleva au milieu de parasites.

— Ils arrivent !

— Nous sommes en route, répondit Lana. Nous avons déjà parcouru la moitié du chemin.

— Faites demi-tour ! leur ordonna Derek. Évitons une fusillade, et rejoignons-nous au chalet familial. Dirigez-vous vers l'est, et restez sur le haut de la montagne.

— C'est d'accord, déclara Nash en enclenchant la marche arrière.

Lana lui jeta un regard incrédule.

— Tu veux retourner en arrière ?

Les roues du pick-up s'enfoncèrent dans la boue, et se mirent à tourner dans le vide.

— Non ! souffla Lana.

— Que se passe-t-il ? demanda Derek d'un ton pressant.

Ils entendirent le moteur de son véhicule rugir.

— Nous sommes coincés. Le chemin est un véritable bourbier.

— Alors, partez à pied, répliqua Derek. Et marchez vite !

Nash éteignit le contact et se tourna vers elle en affectant une confiance qu'il était loin de posséder.

— Nous pouvons nous rendre au chalet familial. Il est situé à moins de deux kilomètres, et nous pourrons nous cacher en marchant. Derek va venir nous y chercher.

Lana regarda la forêt environnante. Elle était très pâle, et semblait terrifiée.

— D'accord, murmura-t-elle d'une voix éteinte.

Elle dégrafa sa ceinture de sécurité.

— Nous partons, annonça-t-elle à Derek.

Et elle descendit du pick-up.

Nash la rejoignit en trois longues enjambées.

La première détonation résonna comme un coup de tonnerre, et le pare-brise du pick-up explosa.

— Baisse-toi ! hurla Nash en la prenant par la main.

Elle poussa un cri, et s'accrocha à lui.

La seconde balle projeta des morceaux d'écorce dans l'air. Elle avait touché un arbre qui se trouvait à moins d'un mètre d'eux.

— Cours ! cria-t-il en la poussant en avant.

Ils se mirent à dévaler la pente, entraînant avec eux une avalanche de boue et de feuilles. Ils tombaient, glissaient, mais poursuivaient leur progression.

Elle dut lui lâcher la main alors qu'ils roulaient dans la descente. Chaque choc de son dos ou de sa tête contre le sol lui provoquait des élancements de douleur. Il craignait qu'ils ne tombent de la falaise avant de parvenir à arrêter leur glissade, ou qu'ils percutent un arbre. Ils allaient peut-être mourir avant même d'avoir une chance de se cacher.

Tout se brouillait et tourbillonnait autour de lui alors qu'il tentait de trouver une prise pour stopper sa descente infernale.

Il finit par se stabiliser à quatre pattes, et chercha ce qui était au centre de toutes ses pensées :

— Lana !

Un bruissement attira son attention vers une forme recroquevillée au milieu des feuilles, tout au bord de la falaise.

— Nash ! cria-t-elle en levant le bras.

Il se précipita vers elle, et, tout en veillant à ne pas se redresser, il la tira sous l'abri de l'arbre le plus proche.

— Tu vas bien ? lui demanda-t-il en l'asseyant contre un arbre, et en examinant les bleus et les plaies qu'elle avait sur le visage, le cou et les bras.

Un filet de sang coulait de sa lèvre, mais il comprit vite que ce n'était qu'une coupure, pas le signe d'une blessure interne.

— Nous devons continuer à avancer, lui dit-il. Tu en es capable ?

Lana hocha la tête.

Le tireur avait l'avantage d'être situé en hauteur, ce qui signifiait qu'il leur fallait courir d'arbre en arbre pour pouvoir se protéger des coups de feu.

Lana et lui progressèrent ainsi. À chaque fois qu'ils

marquaient une pause, Nash cherchait où se trouvait le tireur, pour tenter de le neutraliser. Mais jamais il ne le vit.

Et pourtant, à chaque fois qu'ils se remettaient à courir, des balles frappaient les arbres et le sol assez près d'eux pour arracher des cris à Lana.

Nash l'attira contre lui et déposa un baiser sur ses cheveux alors qu'elle reprenait sa respiration. Elle tremblait de tout son corps, sursautant à chaque nouvelle salve de coups de feu. Mais jamais elle ne se plaignit. Et jamais elle ne s'arrêta.

— Vous pouvez courir si vous voulez, cria une voix grave qui se répercuta en écho sur les montagnes, mais vous ne m'échapperez pas !

Nash réfléchissait aux différents moyens qu'il avait de mettre un terme à ce danger. Il aurait fallu pour cela qu'il laisse Lana en lieu sûr, mais elle avait besoin de lui, et c'était sa priorité.

— Vous avez tout intérêt à nous livrer la fille, poursuivit la voix retentissante. Nous pouvons trouver un arrangement.

Nash parcourut la forêt du regard, cherchant désespérément un endroit où Lana pourrait se cacher pendant qu'il tenterait d'arrêter le tireur.

La face rocheuse d'une falaise était visible à quelques dizaines de mètres. La course à découvert serait plus longue que celles qu'ils avaient effectuées jusque-là, mais l'endroit leur procurerait l'abri dont ils avaient besoin pour mettre un plan au point.

Et cela forcerait le tireur à abandonner sa position en hauteur, qui lui donnait un avantage sur eux.

Nash soutint le regard de Lana lorsqu'elle se tourna vers lui, attendant ses prochains ordres. Il désigna la paroi rocheuse, et elle ferma lentement les paupières. Un instant plus tard, elle les rouvrit, et hocha la tête. Il déposa un baiser sur son front, et leva un à un les doigts de sa main libre.

Un.

Deux.

Trois.

Et ils se mirent à courir.

Pendant un long moment, les échos sinistres d'un rire fou emplirent l'espace autour d'eux. Puis les tirs commencèrent. Et une balle toucha Nash à la cuisse.

22

Lana pressa le dos contre la paroi rocheuse. Son cœur tambourinait dans sa poitrine. Sa gorge et ses poumons brûlaient. Mais elle était protégée du tireur.

Elle cligna des paupières, et s'efforça de reprendre sa respiration alors qu'elle se tournait dans la direction d'où elle était arrivée. Il s'était à peine écoulé une seconde depuis qu'elle était à l'abri, mais son instinct lui criait que quelque chose n'allait pas.

Nash n'était pas auprès d'elle.

Auparavant, à chaque fois qu'ils avaient couru, il était resté sur ses talons et l'avait tenue dans ses bras pendant qu'ils reprenaient haleine et s'armaient de courage avant de repartir. Il lui déposait un léger baiser sur les cheveux ou lui serrait la main pour la rassurer, lui montrer qu'il contrôlait la situation, et que tout irait bien.

Mais où était-il maintenant ? Et quand avait-il disparu ?

La panique lui serrait la poitrine comme un étau alors qu'elle le cherchait du regard. Lorsqu'elle le vit enfin, elle comprit avec effroi ce qui lui était arrivé.

À dix mètres de là, Nash était étendu sous le couvert des arbres. Son visage était tordu par la douleur, mais il demeurait silencieux. Il agrippait sa cuisse gauche à deux mains. Le sang tachait son pantalon, et commençait à suinter entre ses doigts.

Il avait été blessé.

Lana sentit ses oreilles se mettre à bourdonner, et un voile passa devant ses yeux. L'homme qui la protégeait était à terre, et ils étaient encore poursuivis.

Comment allaient-ils pouvoir s'en sortir vivants ?

— Nash ! l'appela-t-elle, le suppliant de la regarder.

Elle sentait des larmes brûlantes couler sur ses joues.

— Nash, tu m'entends ?

Il grimaça, mais fit un petit signe de tête.

— Tu peux marcher ?

Il hocha encore la tête, et tenta de se mettre debout.

Elle sentit son cœur se gonfler d'espoir. Le tireur était toujours là, invisible, mais Nash allait se relever, et ils allaient réussir à s'échapper.

Elle secoua les mains avec force, comme si elle pouvait ainsi se débarrasser de sa peur en la jetant à terre.

Puis, sans même prendre une décision consciente, Lana se mit à courir vers l'endroit où Nash tentait de se redresser avec peine. Il était sur ses deux mains, mais sa jambe blessée restait tendue derrière lui, comme immobile.

Allaient-ils pouvoir se mettre à l'abri de la falaise et attendre ? Nash était tireur d'élite lorsqu'il était à l'armée. Il serait certainement capable de tenir leur assaillant à distance jusqu'à ce qu'on leur vienne en aide...

N'est-ce pas ?

Combien de balles avait-il encore dans son chargeur ?

En avait-il emporté d'autres ?

Nash s'effondra devant elle avec un grognement.

— Nash !

Elle se précipita vers lui, glissant sur la terre et les feuilles.

— Je suis là, murmura-t-elle. Je peux t'aider, mais il faut que tu te lèves.

Elle l'agrippa et lui souleva le torse de quelques centimètres, attendant qu'il fasse le reste.

Nash poussa un cri et elle le lâcha, tombant en arrière sous son poids.

Un éclat de rire résonna encore dans la forêt.

— Faites encore un peu de bruit, que je vous trouve !

Lana mordit sa lèvre tremblante. Elle était terrorisée, mais la raillerie du tireur lui redonna espoir. Il les avait perdus de vue...

Nash émit un son étranglé, comme s'il luttait contre une douleur insoutenable.

Elle s'aplatit sur le sol auprès de lui.

— Nous devons partir d'ici !

Il secoua la tête.

— Je ne peux pas aller plus loin... J'ai déjà perdu trop de sang...

Il avala sa salive avec peine, et poursuivit :

— Laisse-moi, murmura-t-il. Va rejoindre Derek. Les secours vont arriver.

Lana pressa la main contre sa joue et le força à la regarder.

— Les secours vont arriver où ? demanda-t-elle. Tu entends des sirènes ? Des bruits de moteurs ? Parce que moi, non. Il n'y a que toi et moi, et il est hors de question que je te laisse ici tout seul !

Elle frappa le sol de la main pour donner plus de force à sa déclaration, et se leva pour lui agripper le bras et le faire rouler sur le dos.

Il étouffa un autre cri de douleur.

Elle s'accroupit derrière la tête de Nash, et passa les bras sous ses aisselles. Sa détermination était telle qu'elle en oubliait sa peur.

— Nous devions nous rendre au chalet des Winchester, mais nous avons dévalé la pente, et nous avons couru. Je n'ai pas la moindre idée de l'endroit où nous nous trouvons maintenant, lui dit-elle.

Nash ferma les yeux, et perdit connaissance.

Lana pressa les talons dans le sol et commença à le tirer, en reculant vers la paroi rocheuse. Le corps de Nash laissait une large trace sur le sol. Mais elle n'avait ni le temps ni l'énergie de la couvrir. Et elle ne pouvait pas prendre le risque de s'exposer pour le faire. Il ne lui restait plus qu'à se mettre à l'abri, et espérer.

Elle progressa péniblement, centimètre par centimètre, traînant le corps robuste de Nash sur le terrain inégal.

La sueur coulait sur son front et lui piquait les yeux, l'aveuglant alors qu'elle continuait à le tirer sans relâche. Ses bras, son dos et ses jambes brûlaient de l'effort qu'elle avait à fournir, et elle avait du mal à respirer. La panique s'empara à nouveau d'elle.

— Tu vas y arriver, se dit-elle, parlant à voix haute au cas où Nash puisse l'entendre. Tu vas y arriver. Tu n'es pas la proie d'un monstre !

Et Nash va mourir si je ne continue pas à avancer.

Elle sentit la roche sous ses talons, et des larmes de joie lui vinrent aux yeux. Elle installa Nash sur le dos, le long de la paroi, recouvrant ses jambes de feuilles pour cacher son jean. Puis elle sortit son téléphone, et son cœur fit un bond dans sa poitrine lorsqu'elle constata qu'elle était à proximité d'un réseau Internet. Elle tapa sur son écran, et dut étouffer un cri de joie quand elle vit s'afficher :

Chalet Winchester

Contre toute attente, ils étaient près du chalet de la famille de Nash.

Des sanglots de soulagement qu'elle ne put contrôler montèrent en elle, et elle enfonça son visage dans le creux de son coude pour en étouffer le bruit. Elle tenta de calmer sa respiration, et se pencha une fois de plus sur Nash.

— Nous avons réussi ! murmura-t-elle en embrassant son visage, et en écartant ses cheveux de son front moite.

Il ouvrit lentement les yeux. Son regard était vague.

— Je pense que le chalet de ta famille est en haut de cette paroi, dit-elle. Je vais essayer de le rejoindre.

Le visage de Nash était tordu par la douleur.

— Je vais chercher de l'aide, promit-elle. Tu vas aller bien.

Il secoua la tête lentement.

— J'ai perdu trop de sang...

Elle sentit tout son corps se glacer, et se força à regarder la blessure qui allait emporter Nash si elle n'agissait pas... et elle allait le faire !

— Attends ! Je vais prendre ta ceinture pour en faire un garrot.

Il retint son souffle alors qu'elle dégrafait le ceinturon de Nash et l'ôtait lentement des passants de son jean.

Elle lui en entoura la cuisse, le serrant au-dessus de la blessure, et remerciant ses parents de l'avoir obligée à assister à des cours de secourisme lorsqu'elle était enfant.

Les paupières de Nash se fermèrent et son visage tomba sur le côté.

— Je t'aime, murmura-t-elle.

Puis elle se mit à gravir la montagne.

Lana ne se serait jamais cru capable de l'effort qu'elle dut fournir. Chaque mètre gagné était une torture. Mais malgré tout, elle continua à progresser, portée par l'espoir que tout finirait par s'arranger. Les secouristes allaient venir sauver Nash... Les adjoints du shérif trouveraient le tireur et allaient l'arrêter...

Tout allait finir par rentrer dans l'ordre.

Elle s'arrêta devant le dernier des arbres assez larges pour la cacher, et pressa le dos contre son tronc pour s'armer de courage. En contrebas, elle voyait la paroi rocheuse, près de laquelle gisait l'homme qu'elle aimait. Et juste au-dessus se trouvait le chalet où Derek avait promis de les retrouver.

Et autour d'elle s'étendait la forêt, où le tireur pouvait se tenir aux aguets.

Elle prit quelques inspirations en s'intimant l'ordre d'être forte.

Elle scruta à nouveau les arbres pour tenter de repérer le tireur, puis sortit son téléphone de sa poche et écrivit à Derek un message truffé de fautes de frappe, lui indiquant l'endroit où elle se trouvait. Mais il n'y avait de réseau à cet endroit, et elle ne parvint pas à l'envoyer.

Elle était environnée de silence… Pas de chants d'oiseaux, de froissements d'ailes, de ronflement de moteurs… Rien.

Seulement sa respiration saccadée, et la conscience aiguë qu'un tireur attendait qu'elle sorte de l'ombre.

23

Lana regarda les petites barres indiquant la puissance du signal téléphonique s'allumer et s'éteindre. Elle tenta pour la dixième fois de joindre la police.

L'appel n'aboutit pas, et elle sut qu'elle devait s'approcher du chalet.

La clairière autour du bâtiment était étrangement silencieuse. Elle ne voyait aucun véhicule, ni aucun signe que quelqu'un soit venu ici récemment.

Pourquoi Derek ne se trouvait-il pas ici ? Que lui était-il arrivé ?

Lana frémit alors que d'horribles pensées lui venaient à l'esprit. Derek avait-il été lui aussi touché par le tireur ?

Elle repoussa cette idée terrible. Il fallait qu'elle reste concentrée… et qu'elle s'approche du chalet.

Après avoir contrôlé les lieux une dernière fois, elle sortit du couvert des arbres, et s'avança dans la clairière.

Les barres clignotantes de son téléphone devinrent plus nombreuses, et se stabilisèrent.

— Dieu merci ! murmura-t-elle en tentant d'appeler à nouveau les secours.

— Vous êtes au standard du numéro d'urgence, annonça une petite voix. Quel est votre problème ?

— Allô ! Je suis Lana Iona. Je me trouve près du chalet de la famille Winchester, situé sur Great Mountain. Je ne connais pas son adresse. Le marshal Nash Winchester a été blessé par balle, et son assaillant est toujours dans la forêt.

La voix de Lana s'étrangla, alors que l'émotion lui serrait la gorge.

— Nash a besoin d'une ambulance, ajouta-t-elle. Je vous en prie, aidez-vous !

Le déclic d'une arme à feu l'empêcha de poursuivre.

— Donne-moi ton téléphone, ordonna une voix rauque.

Lana la reconnut instantanément. C'était celle qui avait résonné dans la montagne un peu plus tôt, mais c'était également la voix qu'elle avait entendue sur le toit le soir de la mort de Tim. Elle ne s'en était pas rendu compte tout à l'heure, mais cela lui apparaissait maintenant comme une évidence.

Le tireur n'était autre que Mac Bane.

Elle ferma les yeux et se tourna lentement vers lui, baissant son téléphone.

— Bien, dit-il en le lui arrachant de la main.

Elle espérait que la standardiste était encore en train d'écouter… et qu'elle avait envoyé de l'aide.

Un craquement sinistre lui fit ouvrir les yeux, et elle vit un pied chaussé d'une botte noire écraser son portable.

Elle leva le regard vers un visage qui lui parut effroyablement familier.

Bane la considérait avec un rictus de satisfaction. Il tendit le bras et l'attrapa par le poignet.

Lana gémit et se débattit, tentant de se dégager, mais l'étau des doigts de Bane se resserra.

— Tu es coriace… Plus coriace que ce marshal et son équipe !

Avant que Lana ne puisse parler, Bane la jeta à terre, et elle heurta violemment le sol de sa hanche et de son épaule. La douleur fut fulgurante.

Elle poussa un cri, et il leva son arme.

— J'aime les petites villes, remarqua-t-il. Les gens sont toujours prêts à répondre à mes questions... Quelqu'un m'a même dit qu'il t'avait vue avec Nash Winchester, un marshal qui était autrefois ton petit ami.

Il donna un coup de tête en direction de l'endroit où se trouvait Nash.

— J'ai prévu d'aller lui parler ensuite.

— Ne le touchez pas ! s'écria-t-elle, tout en cherchant désespérément du regard quelque chose qui pourrait lui servir d'arme de fortune.

Elle remarqua des branches tombées à terre et des pierres, mais elles étaient toutes hors de sa portée.

Bane leva sa main libre, l'air moqueur, en affectant de se rendre.

— Je n'ai pas l'intention de lever la main sur lui ! Je vais seulement délester mon arme des balles restantes. Une pour lui, et une pour toi.

Il pointa son revolver en direction de la tête de Lana.

Elle ferma les yeux et tendit le bras, se demandant si elle pourrait attraper la branche la plus proche avant que Bane n'appuie sur la détente.

Une détonation qui résonna sur les montagnes fit jaillir un cri de sa gorge.

Elle roula en direction des branches, attendant une douleur qui n'arrivait pas, et ouvrit les yeux sans comprendre ce qui se passait.

Bane agrippait son épaule et titubait, luttant pour garder l'équilibre. Une tache écarlate s'agrandissait sous ses doigts.

Lana s'inspecta rapidement le corps. Elle n'était pas blessée. Puis elle tenta de déterminer d'où était parti le coup qui avait blessé son assaillant.

Bane leva son arme une fois de plus en tremblant.

Lana attrapa la plus grosse branche qui était à sa portée, et se leva en la brandissant. Elle prit son élan et l'écrasa de toutes ses forces sur les jambes de Bane, qui tomba à terre avec un cri. Elle se jeta alors sur son arme, s'en empara et la pointa sur lui, alors qu'une silhouette émergeait du couvert des arbres.

— Mac Bane, annonça Nash, vous êtes en état d'arrestation !

Le hurlement des sirènes s'éleva dans le lointain alors que Nash s'affalait à l'orée de la clairière.

Nash s'éveilla sous les néons d'une chambre d'hôpital. Il se sentait tout engourdi, l'esprit confus, et eut du mal à ouvrir les yeux. L'odeur familière lui rappela les nombreuses visites qu'il avait faites à ses collègues, à des témoins ou à des criminels lorsqu'ils étaient blessés.

Le mot « criminel » resta présent à son esprit, et il s'écria :

— Lana !

Une femme vêtue d'une blouse blanche lui sourit.

— Bonjour, Nash, dit-elle. Quelle journée !

— Lana, répéta-t-il d'une voix qu'il eut lui-même du mal à reconnaître.

Lana était devant le chalet avec Bane. Ce monstre l'avait jetée à terre et avait pointé son arme sur elle.

Nash avait-il tiré ?

Ses souvenirs étaient trop confus. Il était certain d'avoir eu la volonté de tirer sur Bane, mais il n'était pas sûr d'être arrivé à le faire. Il lui avait fallu fournir un effort surhumain pour parvenir jusque-là, et il était dans un état second.

— Je suis le Dr Ward, annonça la femme. Lana va bien.

Elle pointa le doigt vers l'autre côté du lit.

Nash tourna péniblement la tête, et vit Lana installée dans un fauteuil, à son chevet. Des larmes roulaient sur son visage alors qu'elle lui prenait la main, et elle semblait incapable de parler.

Il lui serra les doigts et déclara :

— Je t'aime.

Elle émit un son qui tenait à la fois du rire et du sanglot, puis hocha la tête.

— Moi aussi, je t'aime.

Ses cheveux étaient tirés en arrière, et son visage était couvert de coupures et de contusions. Elle portait une blouse d'hôpital bleue.

— Tu es blessée ? demanda-t-il.

— Non.

Elle secoua la tête, et resserra les doigts sur la main de Nash.

— Je vais bien. Grâce à toi.

— Vous avez été blessé par balle, intervint le Dr Ward en s'adressant à Nash. Vous avez une plaie importante au fémur, et nous avons dû vous opérer. Vous avez perdu beaucoup de sang, mais j'ai facilement trouvé des donneurs.

Elle s'écarta d'un pas, et il put voir la porte ouverte sur le couloir. Il distingua au moins une dizaine de visages souriants.

— Je les laisserai entrer si vous le voulez, mais si vous vous sentez fatigué, vous devez me le dire. Ces gens n'ont pas l'air d'être du style à partir d'eux-mêmes, ni à comprendre des sous-entendus subtils.

Nash rit, puis fit la grimace lorsque la douleur de sa cuisse se réveilla soudain.

— Vous ne pourrez pas vous mettre debout sur cette jambe pendant au moins six semaines, précisa le Dr Ward. Huit seraient préférables, mais nous pourrons parler de tout cela plus tard. Pour l'instant, vous devez vous reposer.

Nash hocha la tête.

Le Dr Ward se tourna vers Lana.

— Il va avoir besoin d'aide pendant les premières semaines, et je suis bien placée pour savoir que les Winchester ne l'acceptent pas facilement : j'en ai soigné plus que vous ne pourriez le croire !

Le groupe se mit à rire doucement.

— C'est bon, leur dit le Dr Ward. Vous pouvez venir.

Tante Rosa entra la première, les yeux brillants de soulagement, et se précipita vers lui pour déposer un baiser sur son front. Oncle Hank était à ses côtés, et avait un large sourire aux lèvres.

Tante Rosa lui tapota la joue.

— J'ai appelé ta mère. Elle va bientôt arriver.

— Merci, lui dit Nash.

Son cousin Isaac vint les rejoindre, ainsi que Knox avec son épouse et leur bébé.

Des adjoints du shérif et des secouristes attendaient encore dans le couloir, lui laissant un peu de temps avec sa famille.

Son collègue Victor entra ensuite. Il avait le bras en écharpe, mais était souriant.

— Craig et James sont en train de s'occuper des formalités administratives pour le transfert de Bane. Ils vont bientôt arriver. Nous sommes un peu cabossés, mais vivants, grâce à ce type.

Il se tourna vers la porte, tout en cédant sa place auprès du lit.

Cruz entra en poussant un fauteuil roulant, sur lequel était installé Derek.

— Effectivement, plaisanta Cruz, je suis un héros.

Derek leva les yeux au ciel. Il était vêtu d'un T-shirt blanc et d'un pantalon de jogging gris, mais sa tête et une de ses mains étaient bandées, et il semblait avoir un gros pansement sur le torse.

— Allison est en train de changer le bébé, expliqua-t-il. Elle va venir dès qu'elle aura terminé, et je pense qu'elle va vous dire qu'elle n'est pas du tout d'accord pour que j'effectue des missions dangereuses et qu'on me tire dessus !

Nash fit la grimace en constatant le nombre de personnes blessées autour de lui : Lana, ses collègues… et maintenant Derek ?

— Bane t'a tiré dessus ?

Lana serra la main de Nash.

— Je pensais que vous étiez morts tous les deux, souffla-t-elle d'une voix cassée. Jamais je n'ai eu si peur !

Nash lui serra la main en retour, puis demanda à Derek :

— Que s'est-il passé ?

— J'étais sur le chemin pour me rendre au chalet familial lorsque les premières détonations ont résonné, expliqua Derek. J'ai fait demi-tour et j'ai essayé de venir à votre aide. J'ai vite trouvé la trace de Bane : ce type ne connaît visiblement pas la nature !

Il secoua la tête, comme s'il était déçu par le fugitif.

— Nous nous sommes battus. Je pensais avoir le dessus mais il a tiré un coup de feu, j'ai été blessé, et j'ai dévalé la pente. J'ai perdu mon arme et mon téléphone dans ma chute. Il m'a fallu une éternité pour revenir sur mes pas. Lorsque j'y suis parvenu, il était parti, et vous deux également. Je suis redescendu jusqu'à ma voiture pour appeler Knox et Cruz avec le talkie-walkie. Mais à cet instant, ils étaient déjà en chemin pour venir vous rejoindre.

— Nash, lui dit Lana en posant doucement la main sur sa joue, tu as réussi ! Tu as arrêté Mac Bane !

Le souvenir d'avoir tiré sur Mac Bane devenait maintenant de plus en plus précis.

— Il a survécu ?

Il l'espérait, parce que Bane devait être jugé, puni, et emprisonné. Et cette fois, il n'allait pas s'échapper.

— Son état est stable, répondit Derek. Un policier garde sa chambre en permanence. Les secouristes m'ont dit qu'il avait reçu deux bons coups !

— Mon Dieu, s'exclama tante Rosa, vous avez tiré deux fois sur lui ?

Isaac s'éclaircit la voix, et esquissa un sourire.

— Nash a tiré sur lui. Puis Lana lui a brisé le tibia avec un bâton, précisa-t-il.

Cruz mima le geste d'un joueur de base-ball.

— Je vous l'ai dit : cette fille a un swing impitoyable !

Lana se sentit rougir, et un rire collectif s'éleva.

Nash prit les mains de Lana dans les siennes.

— Tu m'as sauvé ! déclara-t-il avec émotion. Tu as réussi à me mettre à l'abri !

— Tu as failli mourir, rétorqua Lana, soudain très sérieuse. J'ai cru que je t'avais perdu.

— Je suis là, lui dit-il. Et je ne partirai que si tu m'ordonnes de le faire.

Épilogue

Lana vérifia pour la dixième fois qu'elle avait bien effectué toutes les tâches qui figuraient sur sa liste, et qu'elle n'avait pas de nouveau message. Mais, si incroyable que cela puisse paraître, elle n'avait plus rien à faire, et elle n'avait toujours pas reçu les nouvelles qu'elle attendait.

Il était difficile de croire qu'après des mois de préparation, son restaurant allait ouvrir demain… et plus encore de réaliser qu'aujourd'hui, la sentence de Bane allait être prononcée. Le jury délibérait depuis plusieurs jours, et une décision était attendue pour ce soir.

D'une certaine manière, elle avait l'impression d'avoir été prise dans un tourbillon depuis qu'elle avait quitté Great Falls.

— Lana ?

La voix de Nash la tira de sa rêverie, et elle cessa de considérer l'écran de son téléphone.

— Tu aimes ? demanda-t-il sur le fond musical que diffusaient les haut-parleurs.

Lana sourit, tout en prenant le temps d'admirer son amoureux, perceuse à la main. Il venait de fixer un vieux filet de pêche au plafond pour parfaire la décoration, et le résultat était encore plus réussi qu'elle ne l'escomptait.

— C'est parfait !

Elle espérait bien que l'Island Vibes allait devenir un

des lieux incontournables de Louisville pour ceux qui voulaient déguster poissons, fruits de mer et sushis dans un lieu décontracté et accueillant... Le genre d'endroits où l'on viendrait en famille ou avec ses amis lorsqu'on désirait passer un bon moment et bien manger.

La décision de quitter Great Falls pour vivre avec Nash avait été évidente. Il lui avait proposé de venir habiter chez elle pendant sa convalescence, mais lorsqu'il avait été blessé, elle avait compris que la vie était courte et fragile, et qu'il ne fallait pas gaspiller le temps. Nash était obligé de travailler à Louisville, alors qu'elle pouvait ouvrir son restaurant n'importe où. Alors, elle avait fait ses bagages, et ils avaient emménagé ensemble dans une petite maison.

Oncle Hank et tante Rosa étaient assis avec les parents de Lana autour d'une grande table ronde, et échangeaient les dernières nouvelles de Great Falls. Les parents de Nash, eux aussi présents, les enjoignaient tous à venir les rejoindre à Louisville, vantant les mérites de la ville. Les trois couples avaient travaillé dur toute la semaine avant l'ouverture du restaurant, et avaient apporté leur soutien à Lana alors qu'elle attendait fébrilement le verdict du procès.

Tante Rosa et Oncle Hank avaient peint les murs du restaurant dans un camaïeu allant du bleu marine au bleu turquoise, et avaient aidé ses parents à encadrer et suspendre un collage sur la cloison près de la caisse. Le tableau était composé de vieilles photos illustrant l'enfance de son père au Japon, et de sa mère à Hawaï. Ainsi, elle était certaine qu'elle cuisinerait avec amour chacun des plats inspirés par ses origines.

Nash vint la rejoindre au comptoir.

— Tout est magnifique, assura-t-il. Cet endroit va faire fureur !

Elle sourit.

— Ton père et oncle Hank ont peint le petit canot que

nous avons trouvé au marché aux puces. Tu penses que tu peux l'accrocher à côté du filet ?

Il brandit la perceuse d'un air bravache, et l'embrassa sur le front.

— Montre-moi où il est !

Elle éclata de rire, et le lui désigna du doigt.

Sa mère se retourna, et croisa son regard.

— Les tartes sont prêtes ?

— Oui madame ! lui répondit Lana en souriant.

Elle alla chercher les tartes haupia, une spécialité de sa grand-mère hawaïenne à base de lait de coco et de chocolat. Ses futurs clients allaient adorer !

— Les voilà ! annonça-t-elle en posant la dernière fournée sur la table. Elles ont eu le temps de refroidir.

Sa mère, Rosa et la mère de Nash avaient insisté pour qu'elle prépare tout ce qu'elle pourrait mettre au réfrigérateur ou congeler. Le nombre de plats qu'elle avait cuisinés avec leur aide était presque insensé, mais elles avaient passé un si bon moment ensemble que le seul souvenir qu'elles en auraient plus tard en valait la peine.

Toutes les femmes regardèrent avec admiration les dernières tartes préparées, et Rosa leva les yeux au ciel, comme si elle rendait grâce à Dieu pour ces gâteaux qui sentaient si bon... à moins qu'elle ne fût en train de prier pour avoir la force de ne pas en manger un à elle toute seule.

La mère de Lana se mit au travail avec enthousiasme, et sa fierté se lisait sur son visage.

— Elles sont très belles ! s'exclama-t-elle en ajoutant une dernière couche blanche et mousseuse à chaque tarte.

Lorsqu'il eut fini de fixer le petit canot au plafond, Nash rejoignit Lana.

— Qu'en pensez-vous ? demanda-t-il.

La mère de Lana s'interrompit dans sa tâche, et jeta un coup d'œil à sa fille.

— Il te soutient dans tes projets. C'est important.

Nash attira Lana à lui et déposa un baiser sur ses cheveux.

La mélodie changea pour devenir plus entraînante, et le père de Lana se dirigea vers elles d'un pas dansant, une main sur le ventre, l'autre tendue vers sa femme. Ses yeux riaient alors qu'il l'obligeait à se lever et la faisait virevolter sur le parquet.

Les parents de Nash, son oncle et sa tante les imitèrent.

C'est à ce moment que la sonnerie du téléphone de Nash s'éleva, et tous s'immobilisèrent.

Nash plaça son téléphone sur la table et mit le haut-parleur, pendant que quelqu'un baissait la musique.

— Allô !

C'était la voix de Knox, et Rosa étouffa un cri.

Ça y est, ils allaient enfin savoir...

Lana agrippa le bras de Nash. Il l'attira contre lui.

— Je suis avec Lana. Nos parents sont là, ainsi que tante Rosa et oncle Hank, annonça-t-il. Nous t'écoutons. J'espère que tu vas nous annoncer que le jury a enfin rendu un jugement.

— Bane a été déclaré coupable de tous les chefs d'accusation, annonça Knox.

Il y eut des exclamations de joie.

Lana poussa un soupir. Les familles de Tim et de Heidi pourraient peut-être trouver un certain réconfort dans ce jugement.

Toutes les personnes qui avaient été blessées par Bane ou un de ses acolytes s'étaient rétablies. Le réseau mafieux que Bane avait monté à Great Falls avait été démantelé, et certains de ses sbires étaient en train de négocier des remises de peine en échange d'informations.

Le cauchemar était enfin terminé.

— Lana, déclara Knox, attirant à nouveau son attention vers le téléphone, Bane va être incarcéré dans un quartier de haute sécurité, d'où il ne sortira certainement plus jamais.

Elle pressa la joue contre le torse de Nash, et l'enveloppa dans ses bras.

— Et, ajouta Knox, l'accusation avait un témoin surprise : il semblerait que Mitchell Edwards ait été sous protection policière depuis le jour de sa fuite. Nous n'en savions rien jusque-là : il ne faut faire confiance à personne lorsqu'il s'agit de Mac Bane !

— Mitchell est vivant ? s'exclama-t-elle en clignant des paupières pour retenir ses larmes.

— Oui. Son témoignage et le tien ont été décisifs pour le jury. Mitchell va retourner à sa vie quotidienne dès demain matin. Apparemment, Tim et lui organisaient régulièrement des soirées poker sur le bateau, avec de grosses mises. Bane en a entendu parler, et a voulu y être associé. Ils ont décliné son offre, et ont également refusé de lui révéler le nom des parieurs, et l'endroit où les soirées se déroulaient. Bane les a accusés d'opérer sur son territoire, et de lui faire de l'ombre. Il avait prévu de les tuer tous les deux, et de reprendre leur activité à son compte.

Lana essuya les larmes qui roulaient sur ses joues, et remercia Knox d'avoir appelé. Elle se sentait plus légère qu'elle ne l'avait été depuis bien longtemps.

— Vous êtes toujours en ville ? ajouta-t-elle.

Knox et sa famille étaient venus à Louisville pour le procès, mais cela faisait longtemps que les avocats avaient terminé leurs dernières plaidoiries.

— Oui, répondit Knox. Nous pensions passer vous féliciter. Vous êtes encore au restaurant ?

Nash la lâcha et se dirigea vers la porte d'entrée.

— Oui, acquiesça-t-elle, regardant avec surprise le reste du groupe qui assemblait des tables au milieu de la pièce.

Nash ouvrit grand la porte d'entrée, et elle eut la surprise de voir apparaître une nuée de visages familiers.

Knox, Cruz, Derek, leurs épouses et les enfants, Isaac, les

collègues de Nash et plusieurs adjoints du shérif de Great Falls, tout comme une bonne douzaine de Winchester qu'elle n'avait plus vus depuis des années entrèrent et la serrèrent chaleureusement dans leurs bras.

Pendant ce temps, Nash, leurs quatre parents, ainsi que Rosa et Hank arrangeaient sur le comptoir tous les plats qu'elle avait préparés. Lorsqu'elle eut enfin surmonté sa surprise, elle regarda Nash, attendant qu'il lui donne une explication.

— J'attendais la fin du procès, déclara-t-il en lui prenant la main. Je ne voulais pas programmer de réjouissances alors que tu étais si soucieuse !

Elle considéra leurs invités maintenant silencieux.

— C'est toi qui as organisé tout cela ?

— J'ai eu de l'aide !

Et les femmes derrière le comptoir s'inclinèrent avec un large sourire.

Nash sortit une bague de sa poche, et se mit sur un genou.

Elle tremblait de tout son corps alors que son rêve le plus fou devenait réalité.

Et lorsqu'il lui demanda si elle voulait l'épouser, Lana répondit oui.

NICOLE HELM

La vérité en face

Traduction française de
CAROLE PAUWELS

BLACK ROSE

HARLEQUIN

Titre original :
THE LOST HART TRIPLET

1

Contrairement à son nom, qui évoquait la sauvagerie, la ville de Wilde, dans le Wyoming, ne ressemblait en rien à sa voisine la plus proche, Bent, qui, elle, détenait depuis des siècles un triste record de querelles, de meurtres, d'enlèvements, et autres.

Wilde était petite, tranquille et ennuyeuse.

Hormis la disparition de deux personnes quelques années plus tôt, qui relevait de toute évidence d'une fugue amoureuse, et d'un braquage de banque en 1892, dont beaucoup prétendaient qu'il n'avait jamais eu lieu, il ne se passait jamais rien à Wilde.

Jusqu'à aujourd'hui.

En tout cas, c'était l'avis de Zaraleigh Hart.

Zara – parce que personne en dehors de sa famille n'était autorisé à l'appeler Zaraleigh – observait avec méfiance ses six employeurs.

Elle ne leur faisait pas confiance, et elle ne croyait pas un mot de leur rocambolesque histoire, selon laquelle ils seraient frères et aspireraient à une vie toute simple à la campagne.

La ville de Wilde – si on pouvait qualifier ainsi un point minuscule sur la carte, entouré par des parcs nationaux, des réserves pour la faune sauvage et les montagnes Rocheuses de Wind River, et peuplé d'une cinquantaine de personnes, dont la plupart étaient apparentées – bruissait de rumeurs depuis que ces hommes étaient arrivés six semaines plus tôt, au milieu de l'hiver, prêts à reprendre un ranch.

Son ranch.

Volé sous son nez par ces... hommes, qui ne se comportaient pas comme des frères, et encore moins comme des ranchers.

Ils avaient payé bien au-dessus du prix du marché pour les terres et le bétail, au point que son père n'avait pas pu refuser leur offre.

Et, à cause de cette somme indécente, Dad avait choisi de vendre le ranch au lieu de le lui transmettre comme c'était prévu.

Mais ce qui intéressait surtout les habitants de Wilde, c'était que ces nouveaux venus étaient célibataires.

Et séduisants.

Et n'avaient aucun lien de parenté avec leurs filles ou leurs nièces.

Zara se moquait bien de ces futilités totalement dénuées de bon sens. Elle voulait connaître la raison de leur présence, et savoir pourquoi ils mentaient.

Ils n'étaient pas des frères à la recherche d'une vie simple.

Pour commencer, il n'y avait rien de simple chez eux. Ils étaient tous grands et beaucoup trop musclés. Et il se dégageait d'eux une impassibilité et une circonspection qui la rendaient nerveuse.

Alors qu'elle n'avait jamais ressenti la moindre nervosité un seul jour de sa vie.

Cela faisait maintenant un mois qu'elle les aidait, leur enseignant comment faire tourner un ranch, tandis que la rudesse inflexible de l'hiver au Wyoming s'abattait sur eux.

Parce qu'ils n'y connaissaient rien, bien sûr.

Heureusement, ils la payaient bien pour son enseignement, mais un salaire n'achetait pas la confiance.

Avant leur arrivée, elle avait appelé son cousin Thomas, agent de police au commissariat du comté de Bent, et il lui avait dit que leurs antécédents étaient irréprochables.

Zara était persuadée du contraire, mais elle leur avait quand même appris les rudiments du métier, jour après jour, attendant que l'un d'eux fasse une gaffe et qu'elle puisse déterminer ce qu'ils mijotaient.

Ils apprenaient vite. Elle pouvait au moins leur reconnaître ça.

Ils s'étaient tous mis à l'équitation avec une facilité déconcertante, sauf Dunne Thompson, qui souffrait d'une blessure l'empêchant de se hisser en selle.

Ils avaient appris la configuration des lieux et intégré le rythme de vie au ranch, et Zara commençait à se demander combien de temps encore ils la garderaient – surtout avec le salaire royal qu'ils lui versaient.

Mais c'était la terre des Hart, et Zara était déterminée à la récupérer une fois qu'elle aurait compris qui étaient vraiment ces hommes, et ce qu'ils avaient en tête.

Zara glissa les doigts dans la crinière de sa monture – ils avaient tout acheté, même Sam, sa jument âgée de trois ans.

Sa seule consolation était que sa sœur Hazel et elle avaient pu louer le vieux chalet construit par leur arrière-grand-père, quand il s'était installé sur ces terres.

Elle observa à nouveau ses employeurs.

Elle comprenait les hommes, même si elle avait grandi dans une maison pleine de femmes, en dehors de Dad. Deux sœurs identiques, parce qu'elles étaient les triplées Hart, mais Zara avait toujours été le garçon manqué de la famille. Elle aimait les activités du ranch, le sport, et se battre avec les garçons.

Ces types-là n'étaient pas comme les hommes qu'elle connaissait, et qui avaient fait partie de sa bande de copains pendant des années. Ils étaient trop… sérieux.

Oh ! ils n'avaient pas tous la même personnalité, mais il y avait la même défiance dans leurs yeux – qui étaient de formes et de couleurs différentes, soit dit en passant.

On aurait dit qu'ils avaient vécu un traumatisme. Peut-être avaient-ils enterré un cadavre ensemble, ou quelque chose dans ce genre...

— Bien, messieurs, vous vous occupez de ce côté, moi je vais travailler à l'autre bout de la propriété.

Elle fit pivoter Sam, ignorant leur proposition de se diviser en plusieurs groupes de travail.

Elle ne voulait ni de leur aide, ni de leur proximité.

Ils pouvaient réparer les clôtures de ce côté-ci, tandis qu'elle s'éloignerait de plusieurs mètres vers l'ouest pour s'occuper des autres sections endommagées. La neige et la glace pouvaient provoquer des dégâts terribles sur les barrières.

Elle lança Sam au galop, et profita de cette courte chevauchée pour se vider la tête.

Zara était presque de bonne humeur quand elle arrêta sa jument... jusqu'à ce qu'elle voie Hazel courir vers elle.

Elle soupira, consciente qu'elle allait devoir interrompre la course sauvage de sa sœur, la calmer et lui dire de respirer.

Parfois, elle avait l'impression de se noyer sous le poids des responsabilités qui pesaient sur elle.

Hazel s'arrêta à côté de Sam, cherchant immédiatement à agripper quelque chose. Ses doigts se crispèrent sur le jean de Zara.

— Arrête-toi ici. N'y va pas ! s'exclama-t-elle, à bout de souffle.

— Et pourquoi ça ? demanda Zara, en résistant à l'envie de libérer sa jambe. J'allais réparer une clôture.

Hazel secoua violemment la tête, faisant voler sa longue chevelure noire.

— N'y va pas, je t'en supplie.

Zara soupira devant le visage blême de sa sœur, ses yeux écarquillés et ses suppliques désespérées.

— Oh ! non, Hazel, ne me dis pas que tu as encore eu une de tes « intuitions. »

— Zara, vraiment. Vraiment.

Elle s'accrochait à la jambe de Zara comme à une bouée de sauvetage.

— Il y a un problème. Tu sais que je parle de mes intuitions uniquement quand je n'arrive pas à m'en débarrasser.

Zara doutait sérieusement que sa sœur puisse « sentir » des choses. D'ailleurs, la plupart du temps, ses mauvais pressentiments ne se réalisaient pas.

— Qu'est-ce que je dois faire ? Ne pas réparer la clôture et laisser le bétail s'enfuir ?

Zara descendit de cheval pour se retrouver à la même hauteur que sa sœur.

Personne ne les confondait jamais. Elles étaient trop différentes, même si elles se ressemblaient beaucoup.

Hazel portait un ample manteau qu'elle avait oublié de boutonner. Passablement élimé, il provenait d'un dépôt-vente, comme tous les vêtements que possédait sa sœur. Elle avait un pantalon à pinces – un de ces modèles vintage qui évoquaient à Zara les vieux films qu'Hazel aimait regarder. Le plus souvent, ses cheveux étaient retenus par des foulards colorés, ou relevés en chignon approximatif, fixés par des barrettes ou des épingles à l'ancienne.

De son côté, Zara portait un jean, une chemise en flanelle et un chapeau de cow-boy. Elle ne quittait jamais la maison chaussée autrement que de bottes de cow-boy, et disciplinait en toutes occasions ses longs cheveux noirs en une natte serrée.

— Écoute…

Hazel tourna la tête vers la droite, l'air inquiet, puis elle prit la main de Zara.

— Tu dois t'éloigner d'ici. Nous devons partir toutes les deux.

Zara retira sa main, la frustration le disputant à la sympathie, l'amour pour sa sœur se mêlant à l'ironie, elle qui considérait les prémonitions et les intuitions comme des sottises.

— J'ai un travail à faire.

— Tout va bien ? demanda une voix masculine à l'intonation profonde.

Zara observa attentivement l'approche de Jake Thompson.

Elle passait son temps à les épier, qu'ils le méritent ou non, mais il y avait quelque chose chez Jake qui lui donnait envie de l'observer avec plus d'intensité.

Il était beaucoup trop attentif.

Surtout à elle.

Ça lui était complètement égal. Vraiment. Et elle soutenait toujours son regard sans flancher.

Hazel se crispa en le voyant approcher, et Zara constata que Jake, l'ayant remarqué, réagit en conséquence, et garda ses distances.

Malheureusement, elle devait mettre ça au crédit de cet homme.

Même si elle avait envie de croire qu'ils étaient des assassins ayant enterré quelqu'un dans une tombe de fortune, avant de fuir le lieu de leur méfait, elle n'avait absolument pas peur d'eux.

Pas seulement parce qu'elle était courageuse, mais parce qu'ils avaient un comportement poli, respectueux et attentif.

Ils prenaient en compte la timidité excessive d'Hazel, ne s'approchaient jamais trop de l'une ou de l'autre, et ne cherchaient pas à les mettre en difficulté.

Zara aurait aimé qu'ils soient un peu moins honorables, simplement pour qu'elle ait une raison valable de les détester.

— Tout va bien, dit-elle à Jake, d'un ton ferme.

— Je vous suivais pour vous aider, et j'ai vu votre sœur courir comme si elle avait le diable aux trousses. Généralement, ça ne veut pas dire que tout va bien, répliqua Jake avec un sourire.

Ce sourire était sans doute destiné à lui exprimer sa sympathie, mais Zara n'était pas sûre d'apprécier ses efforts pour se montrer agréable, alors qu'elle-même se donnait du mal pour ne pas l'apprécier.

— C'est bien possible, répondit-elle, mais ça ne vous regarde pas.

— Zara ! s'exclama Hazel, d'un ton de reproche.

Elle ne supportait pas de voir qui que ce soit se comporter de façon triviale. Ce qui voulait dire qu'elle passait son temps à reprendre Zara, laquelle se faisait un malin plaisir d'être grossière le plus souvent possible.

— Rentre à la maison, dit Zara à sa sœur, en essayant d'adopter une intonation pas trop brutale. J'ai du travail.

Sur ces mots, elle se dirigea vers le poteau de clôture et tira dessus pour en éprouver la solidité.

— S'il te plaît, ne fais pas ça, murmura Hazel.

Mais elle resta en arrière, comme si elle avait peur de l'endroit où Zara se trouvait.

— Rentre à la maison, répéta Zara entre ses dents, parce qu'elle ne pouvait pas avoir cette conversation devant Jake.

Elle libéra le poteau en un rien de temps, et constata que la base avait pourri.

— Je crois qu'il va falloir refaire la fondation, dit Zara à Jake, en ignorant la présence butée de sa sœur. Un peu plus haut cette fois, pour que le bois soit moins en contact avec la terre. Il a pourri trop vite, et il n'est pas assez vieux pour être déjà dans cet état.

Jake approuva d'un hochement de tête.

— C'est bizarre. Regardez la neige. On dirait qu'il y a comme une cavité en dessous.

Oui, c'était exactement à ça que ça ressemblait, se dit Zara. Elle essaya de se souvenir à quand remontait la dernière fois où elle avait travaillé dans cette zone avec son père, mais c'était bien avant les premières chutes de neige. Cette différence d'épaisseur au sol n'avait rien de normal.

— Ça pourrait être le vent, suggéra-t-elle.

Mais ça n'avait aucun sens non plus.

Pourquoi le vent aurait-il chassé la neige uniquement à cet endroit ?

Jake plissa le front en observant le sol, et Zara ne put qu'adopter la même mimique.

C'était un endroit étrange pour une cavité, pas vraiment contre le poteau, ni sous la ligne de clôture, mais suffisamment près pour causer un problème.

— C'est peut-être un trésor enterré, dit Jake, avec un sourire.

Zara dut faire un vrai effort pour ne pas sourire à son tour, consciente que son attitude était un peu ridicule.

D'autant plus que l'idée était assez amusante.

— Ça provient peut-être du vol à la banque en 1892, suggéra-t-elle, en entrant dans son jeu.

— Vous êtes vraiment tous fiers de cet événement plus que centenaire.

— C'est la seule chose intéressante qui se soit jamais passée ici, dit Zara.

Tandis qu'ils se saisissaient tous les deux des pelles pliables rangées dans les sacoches de selle, elle s'efforçait de lutter contre le sentiment de camaraderie spontané qu'elle sentait entre eux.

Ils n'auraient pas à creuser profondément pour traverser la couche de neige, mais le sol gelé pourrait leur résister. Au pire des cas, ils pourraient appeler le ranch et demander qu'on leur apporte une tarière. Grâce à cet outil permettant de pratiquer des trous profonds et réguliers, ils auraient moins d'efforts à fournir.

Ils commencèrent à évacuer la neige autour de l'endroit où elle avait retiré le poteau.

Une fois que ce fut fait, Jake creusa dans le trou laissé par le retrait du poteau.

Zara savait qu'elle aurait dû en faire autant, mais elle ne pouvait s'empêcher d'observer la terre étrangement boueuse à proximité de l'endroit où ils se trouvaient. L'herbe n'avait pas repoussé là où la neige s'était le moins accumulée, comme si quelqu'un avait déjà creusé là.

Elle testa le terrain du bout de sa pelle, incapable de contenir sa curiosité.

Évidemment, elle ne pensait pas vraiment qu'il s'agissait d'un trésor enfoui, mais il devait bien y avoir une cause à cette anomalie.

Ils allaient devoir vérifier avant de couler davantage de ciment. Il y avait peut-être quelque chose qui accélérait le pourrissement du poteau.

Elle enfonça sa pelle dans la partie gelée.

Pas aussi gelée qu'elle aurait dû l'être, d'ailleurs.

Elle sortit une pelletée de terre puis une autre. Après quelques efforts, sa pelle heurta quelque chose… d'étrange.

Pas dur comme une ancienne fondation en ciment, ou quoi que ce soit de ce genre. Pas non plus profondément gelé sous la surface. Ferme, mais avec une drôle de sensation de… souplesse.

— Non, non, non ! s'exclama Hazel, d'un ton désespéré, tout en couvrant son visage de ses mains. Ne fais pas ça.

Zara regarda sa sœur, en proie à une soudaine angoisse. Devait-elle l'écouter ?

Il est vrai que les intuitions d'Hazel l'avaient sauvée du

désastre une ou deux fois, mais que pourrait-il y avoir sous terre qui serait susceptible de lui faire du mal ?

— Que fait-on ? demanda Jake, l'air décontenancé. On arrête ?

— Non. Elle est... Ignorez-la. Regardez ici. J'ai trouvé quelque chose. Aidez-moi à le déterrer.

Jake hocha la tête et se rapprocha d'elle.

Trop près.

Elle pouvait sentit son odeur – savon et cuir de selle –, apercevoir l'éclat de ciel bleu estival de ses yeux, et même compter chaque poil de la barbe de trois jours qui ombrait invariablement son visage.

Son imposante stature ne lui donnait pas envie de se confronter à lui, et c'était curieux car ça ne lui arrivait jamais avec les autres hommes qu'elle connaissait.

Jake laissa échapper un juron, et faillit trébucher tandis qu'il faisait un bond en arrière.

Zara eut envie de rire devant sa réaction, de se moquer de lui, mais les gémissements d'Hazel l'en empêchèrent.

— C'est vous ! dit-il, en la regardant comme s'il avait vu un fantôme.

Perplexe, Zara regarda dans le trou que Jake avait aidé à creuser.

En un instant, sa vision s'obscurcit.

Il y avait un visage dans la terre.

Et il était identique au sien.

Jake parvint à retenir Zara avant qu'elle ne bascule comme un arbre qu'on venait d'abattre. C'était une femme robuste, et ça aurait pu ne pas être facile. Heureusement, il avait assez de force pour y parvenir.

Il jeta à nouveau un coup d'œil au trou qu'ils avaient creusé. Avaient-ils vraiment vu... ?

Oui, c'était bien un visage. Même s'il était en légère décomposition, il ressemblait exactement à celui des deux femmes qui se tenaient à proximité de lui.

— C'est Amber, dit Zara.

Depuis qu'il avait fait sa connaissance, six semaines auparavant, c'était la première fois qu'il la voyait déstabilisée de cette façon.

Elle ne tenait même pas sur ses deux pieds, mais prenait appui sur lui, tandis qu'il essayait de la maintenir debout.

Il en éprouva une étrange sensation, mais il n'avait pas le temps de l'analyser car il y avait un cadavre enterré sur sa propriété.

Un cadavre qui ressemblait trait pour trait à Zara et à Hazel.

— Non, répétait sans relâche Hazel. Non, non, non...

Zara inspira et expira bruyamment, puis sembla retrouver son équilibre et s'écarta d'un pas, enroulant ses bras autour d'elle, comme pour se protéger.

— Il faut que... Nous devons..., balbutia-t-elle.

— Allez à votre chalet, dit Jake. Je me charge d'appeler le bureau du shérif.

Même s'il avait été surpris par la découverte du cadavre – essentiellement parce qu'il ressemblait à leur ravissante employée et à sa sœur –, ce n'était pas le premier qu'il voyait, tant s'en faut.

Peut-être avait-il fait preuve de trop d'optimisme en pensant qu'il n'en verrait plus désormais, mais il se remettrait de sa déception.

Ces deux femmes, en revanche, ne s'en relèveraient pas de sitôt.

— Le shérif voudra nous parler, fit remarquer Zara.

— Bien sûr, mais il n'y a aucune raison que vous restiez ici à l'attendre.

Il posa les mains sur ses épaules. Elle se crispa, mais le

laissa la détourner de la cavité et l'aider à pivoter vers sa sœur. *Sa sœur vivante.*

— Allez-y.

Zara se retourna, le menton levé, soutenant sans faiblir le regard de Jake.

— Je reste avec elle.

Il comprit qu'elle parlait de la morte.

Hazel tendit le bras et saisit la main de Zara.

— Nous devons rester. Et il vaut mieux demander Thomas, plutôt que le shérif. Il va s'occuper de tout.

Hazel adressa un regard désespéré à Zara, qui hocha la tête, l'air absent.

— Oui, je vais appeler Thomas, dit-elle, la voix faible, mais le ton ferme.

Elle était en état de choc. Jake avait été suffisamment confronté à ce genre de situations pour le savoir. Mais Zara tenait bon, tandis qu'Hazel sanglotait doucement.

Jake se tenait en retrait, se sentant impuissant. Puis l'instinct et l'habitude prirent le dessus. Même s'il avait changé de vie, il ne pouvait oublier qu'il avait été formé et entraîné pour gérer toutes sortes de désastres.

Il envoya un sms aux autres pour leur expliquer ce qui s'était passé, et leur demanda de ne pas bouger. Mieux valait qu'ils se fassent remarquer le moins possible. Il se débrouillerait avec le shérif du mieux qu'il le pourrait.

Les forces de l'ordre attiraient l'attention. Les cadavres aussi. Et c'était précisément pour éviter cela que ses « frères » et lui étaient venus ici.

Il appela le bureau du shérif, parla avec un régulateur, expliqua la situation, dut en répéter les détails un peu trop souvent à son goût, et réclama le mystérieux Thomas, que les sœurs voulaient absolument voir.

L'attente fut interminable. Hazel était totalement défaite quand un officier descendit d'une voiture officielle du comté.

Zara tenait bon, serrant sa sœur dans ses bras, mais elle semblait sur le point de craquer.

Jake regarda l'officier approcher. Âgé d'une quarantaine d'années, il était grand, avec un début d'embonpoint qui tendait la chemise de son uniforme brun.

Le moins qu'on puisse dire, c'est qu'il n'avait pas l'air pressé, et Jake se renfrogna.

En temps normal, il n'aimait pas trop les flics – il avait beau savoir que ce n'était pas forcément juste, la raison et les sentiments étaient deux choses bien différentes –, mais il détesta immédiatement ce type-là et son manque d'empressement.

— Zara, Hazel, dit le shérif adjoint, avec un bref hochement de tête à l'égard de chaque femme, puis il tourna un regard suspicieux vers Jake.

— Je suppose que vous êtes l'un des nouveaux propriétaires du ranch, ajouta-t-il d'un ton dédaigneux.

Dans l'ensemble, les habitants de Wilde s'étaient montrés accueillants. Mais certains d'entre eux, surtout des hommes, n'étaient pas heureux que Lee Hart ait vendu. Et, au lieu de blâmer le vendeur, ils en voulaient aux acquéreurs.

— Jake Thompson.

Il se força à esquisser un sourire, en tendant la main.

— Ravi de vous rencontrer. J'aurais préféré que ce soit en d'autres circonstances.

Le shérif adjoint hocha la tête.

— Alors, quel est le souci ?

C'était le problème avec les flics : ils posaient des questions dont ils connaissaient déjà les réponses. N'avait-il pas été prévenu par le régulateur ? Ne savait-il pas pourquoi il avait été envoyé à cet endroit ?

Jake désigna la cavité presque en même temps que Zara.

Visiblement, ils n'avaient ni l'un ni l'autre envie de répondre à la question.

Le shérif adjoint s'approcha, regarda dans le trou, et fit un bond en arrière.

— Sacré bon sang ! C'est...

— Amber, termina Zara à sa place. Effectivement, Steven. Maintenant, est-ce que nous pouvons la sortir de là, découvrir ce qui...

La voix de Zara s'était brisée, mais elle s'éclaircit brutalement la gorge.

Jake avait vu de nombreuses personnes accomplir des choses difficiles dans des circonstances terribles. Il avait été témoin d'actes de courage et de bravoure, d'échecs et de faiblesse. Mais observer Zara s'éclaircir la gorge et dire la suite, tout en soutenant la frêle silhouette de sa sœur, lui parut particulièrement poignant.

— Nous devons savoir ce qui s'est passé, dit-elle d'un ton ferme, les yeux rivés sur Steven. Au fait, où est Thomas ?

— Ce n'est pas son secteur. Bon sang, je ne m'attendais pas...

Il chercha son souffle, visiblement perturbé.

— Steven ! dit Zara, d'une voix cassante, ressaisis-toi.

Le shérif adjoint déglutit avec peine et hocha la tête. Puis il décrocha la radio fixée sur son torse et commença à marmonner dedans.

Jake s'avança vers Zara et Hazel.

— Rentrez chez vous, maintenant. Je m'occupe de tout.

— Nous devrions rester ici avec elle, objecta Zara, en tournant la tête vers la cavité.

Ils ne pouvaient pas voir le visage du cadavre d'ici, mais Jake savait d'expérience que Zara garderait cette image en tête pour toujours.

Jake reprit son souffle et posa une main sur l'épaule

de Zara. Elle semblait tenir bon, mais c'était trop pour n'importe qui.

— Vous ne pouvez rien faire pour elle maintenant, excepté prendre soin de vous.

Il désigna Hazel d'un signe du menton.

Zara regarda sa sœur, pâle et tremblante. Elle soupira et hocha la tête, soucieuse de prendre soin d'elle et de se montrer forte.

— Viens, Hazel, dit-elle, nous devons rentrer à la maison. Nous ne pouvons rien faire ici.

— Je savais que c'était grave, Zara. Je le savais.

— Je sais. Tu avais raison.

Zara fit faire demi-tour à Hazel et commença à l'entraîner vers le chalet, laissant son cheval sur place.

Ce n'était pas un problème. Jake s'en occuperait.

Son intérêt était pourtant de ne pas s'impliquer. La mission du groupe qu'il formait avec les cinq autres était de rester en dessous des radars, d'éviter d'attirer l'attention, de se fondre dans la masse.

La découverte d'un cadavre sur leur propriété n'allait pas dans ce sens. Surtout s'il décidait de prêter main-forte à Zara et Hazel.

— Jake ? dit soudain Zara, en regardant par-dessus son épaule.

— Oui ?

Elle eut un hochement de tête courtois.

— Merci, ajouta-t-elle, avant de reprendre son chemin avec Hazel.

C'était décidé, il allait l'aider. Il n'avait pas le choix.

2

Zara avait un mal de tête affreux après l'appel passé à son père. Il avait refusé de la croire, et elle ne pouvait l'en blâmer. Le médecin légiste examinerait le corps demain, et son père comprendrait enfin l'horrible vérité. À moins qu'il ne lui faille du temps pour accepter l'inacceptable.

Zara, quant à elle, avait été mise devant le fait accompli. La découverte de son propre visage sans vie signifiait qu'Amber était morte. Et il n'existait aucun doute possible.

Mais ce qu'elle ne comprenait pas, ce qui n'avait aucun sens pour elle, c'était qu'Amber soit enterrée ici.

Et si elle ressemblait exactement au reflet de Zara dans le miroir, et au visage d'Hazel quand celle-ci n'était pas dévastée par les larmes, ça signifiait qu'elle n'était pas morte quand elle s'était enfuie à seize ans.

Elle était décédée récemment. Et ici.

C'était quelque chose qui pesait sur l'esprit de Zara comme une pierre immuable.

Elle dîna avec Hazel dans un silence total puis, comme personne du bureau du shérif n'appela ni ne vint, elles allèrent se coucher.

Zara ne dormit pas et, à en juger par les cernes sous les yeux d'Hazel le lendemain matin, elle se doutait que sa sœur n'avait pas dormi non plus.

— Il faut que j'aille voir les garçons, et m'assurer qu'ils ont fait toutes les corvées matinales, dit Zara.

Elle éprouvait un mélange de culpabilité et de soulagement à l'idée d'avoir quelque chose à faire, un endroit où aller. Le chalet était trop confiné. Le chagrin de sa sœur trop...

Hazel hocha vaguement la tête. Elle avait un mug devant elle, mais n'avait rien versé dedans. Et pourtant, elle le fixait comme s'il contenait toutes les réponses.

Le petit arbre de Noël qu'Hazel avait posé au milieu de la table de la cuisine, quand elle avait décoré la maison le lendemain de Thanksgiving, donnait à la pièce un air de gaieté totalement déplacé.

— Hazel...

Sa sœur secoua la tête, les yeux emplis de larmes.

— Pourquoi je n'ai pas eu d'intuition avant sa mort ?

Zara tendit le bras et lui prit la main.

— Ce n'est pas ta faute. Tu crois beaucoup trop à ces histoires d'intuitions ou de pressentiments. Tu as peut-être un sixième sens, ou quelque chose comme ça, mais tu ne peux pas sauver une personne face à son meurtrier.

— Je t'ai sauvée d'un accident de voiture.

— C'était le hasard. Uniquement le hasard.

Ou bien une coïncidence, lorsque l'appel désespéré d'Hazel, quelques années plus tôt, avait incité Zara à s'arrêter sur le bas-côté pour répondre au téléphone, lui épargnant ainsi d'être écrasée par le chargement d'un camion tombé sur la route quelques secondes plus tard.

Hasard, coïncidence, ou autre chose relevant du paranormal, peu importait. Elle ne pouvait pas laisser Hazel se sentir responsable de ça.

Zara chercha ses mots. Réconforter les autres n'était pas son fort, mais c'était tellement injuste. Hazel avait toujours été excentrique, ne pouvant contrôler ce qu'elle appelait ses « flashs ». Et leur père avait été vraiment odieux avec elle quand Amber avait disparu, affirmant qu'Hazel aurait dû savoir où se trouvait sa sœur, grâce à ses prétendus dons de voyance.

Même si la vie était ennuyeuse à Wilde, ça ne voulait pas dire qu'elle était dénuée de complications. Surtout quand il était question de liens familiaux.

— Je devrais peut-être appeler Dad, moi aussi, dit Hazel, en se tordant les mains. Il me hait, de toute façon.

— Dad ne te hait pas. C'est un vieil homme avec des idées d'un autre temps, et qui ne sait pas montrer ses sentiments, mais il ne te hait pas. De toute façon, je l'ai déjà appelé, et il ne m'a pas crue.

Hazel secoua tristement la tête.

— Il me hait. Et Amber est morte, donc ça ne risque pas de changer.

Le temps qu'elle termine sa phrase, sa voix s'était brisée.

— Comment peut-elle être morte ?

— La police le découvrira.

Zara songea à Thomas. C'était un excellent enquêteur, mais il avait un lien de parenté avec elles et ne serait pas autorisé à participer à l'enquête.

— Tu sais, les gars s'en sortent plutôt bien tout seuls. Je peux faire l'impasse sur les corvées, et...

— C'est inutile. Je sais que j'ai l'air fragile, et je le suis sans doute un peu, mais... je n'ai pas besoin qu'on me protège.

Hazel serra les poings sur la table devant elle.

— Je n'ai pas besoin d'une mère poule.

Zara n'en était pas aussi sûre, mais elle n'avait pas envie d'argumenter. Hazel avait peut-être besoin de rester seule un moment. Sa sœur était prête à le lui accorder, mais pas plus d'une demi-heure, son intention étant d'aller voir ses employeurs pour leur dire qu'elle prenait sa journée.

Elle préférait analyser cet étrange mélange de deuil ancien – car, à dire vrai, elle avait déjà conclu depuis longtemps que sa sœur était morte, sinon elle aurait fini par reprendre contact – et de culpabilité, parce que cette certitude l'avait empêchée de tout mettre en œuvre pour retrouver Amber.

Même en sachant que personne n'avait été capable de faire quoi que ce soit pour Amber, elle s'en voulait énormément de sa passivité, elle qui était pourtant connue pour se montrer tellement opiniâtre.

Amber était morte.

Morte.

Zara ferma les yeux, accablée. Ça semblait plus réel que ça ne l'avait été quand elle se persuadait seulement que c'était vrai. Plus horrible, quand elle avait eu la preuve devant les yeux.

Elle reprit son souffle, rassemblant toute sa force.

Il ne fallait pas qu'elle soit sous le coup de l'émotion quand elle s'adresserait aux frères Thompson. Elle se montrerait rationnelle. C'était ce que requérait cette situation.

Du pragmatisme. De la force de caractère.

Elle devait rester fidèle à l'image qu'on avait d'elle.

— Appelle si tu as besoin de moi, dit-elle à Hazel.

Elle enfila son manteau, glissa les pieds dans ses bottes, et ouvrit la porte. À sa grande surprise, Thomas se tenait sur le seuil, le poing levé comme s'il s'apprêtait à frapper. Il portait son uniforme du commissariat du comté de Bent.

Ce n'était pas bon signe.

— Zara.

— Thomas, tu...

Elle remarqua tout à coup une jeune femme blonde qui se tenait un peu en retrait. Elle n'était pas en uniforme mais, d'une certaine façon, ça semblait pire.

— Zara, voici l'inspectrice Laurel Delaney-Carson. Nous avons quelques questions à poser à Hazel.

Zara s'apprêtait à reculer pour les laisser entrer mais,

quand elle comprit pleinement ce qu'il venait de dire, elle ne bougea pas.

— Pourquoi Hazel ?

Thomas ne répondit pas à sa question, et s'adressa à l'inspectrice :

— C'est Zara, l'autre sœur.

La jeune femme lui sourit, avec un mélange d'empathie et de réserve qui fit passer à Zara l'envie de la détester au premier regard.

— Nous sommes désolés de vous déranger aussi tôt, Zara. Mais, plus vite nous nous y mettrons, plus vite nous découvrirons ce qui est arrivé à Amber.

— Pourquoi voulez-vous parler uniquement à Hazel ? C'est moi qui l'ai trouvée.

L'inspectrice sortit un carnet de la poche de son manteau.

— Vous et votre employeur, Jake Thompson.

— J'ai entendu mon nom, ou je me trompe ?

Tout le monde sur le perron se tourna lentement. Jake était là, traversa le jardin à grandes enjambées, semblable à lui-même : jean, bottes de cow-boy qui commençaient enfin à avoir l'air usé, et un chapeau qui lui allait parfaitement bien, même s'il en coûtait à Zara de le reconnaître.

Mais sa présence n'était pas normale. Pas du tout.

— Que faites-vous ici ?

— Je passais vous apporter le petit déjeuner, dit-il, avec un grand sourire.

Comme s'il avait l'habitude de venir au chalet leur déposer des viennoiseries, ce qu'il ne faisait en réalité jamais. Tous les Thompson prenaient garde de passer bien au large de l'habitation des Hart.

Mais Jake brandissait un sachet blanc, comme s'il était passé à la boulangerie. Étudiant son visage d'un air sceptique, elle ne vit qu'une expression amicale.

Elle n'y crut pas une seconde.

— Monsieur Thompson, dit la policière, je suis l'inspectrice Delaney-Carson.

Ils échangèrent une ferme poignée de main.

— J'enquête à propos du cadavre découvert sur votre propriété. J'aurai quelques questions à vous poser, mais je veux d'abord m'entretenir avec Hazel Hart. Peut-être pourriez-vous attendre dehors avec l'adjoint Hart.

— Non, dit Zara.

Et elle réalisa avec surprise que Jake avait dit la même chose en même temps qu'elle.

Elle le dévisagea, sourcils froncés, en se demandant à quoi jouait ce type.

Jake n'était pas du genre à se laisser intimider parce qu'une femme le toisait avec irritation. À une époque, il avait eu dans une de ses familles d'accueil des « sœurs adoptives » qui le détestaient et se désintéressaient totalement de lui.

— C'est la procédure, dit l'inspectrice, dont il avait déjà oublié le nom.

Zara voulut répondre, mais Jake fut plus rapide, se montrant suave et charmant – s'il pouvait lui-même se qualifier ainsi.

— Je n'en doute pas, mais Hazel est particulièrement bouleversée. N'est-ce pas, Zara ?

— Évidemment, et c'est compréhensible.

Elle avait répondu comme si elle se sentait obligée de défendre Hazel contre lui, alors qu'il essayait d'aider.

C'est fou comme elle pouvait être susceptible.

— Tout à fait compréhensible, reconnut-il avec douceur. Elle a besoin de soutien.

Il se tourna vers l'inspectrice.

— Vous pouvez sûrement interroger Hazel en présence de Zara.

— Je crains que ce ne soit impossible. Je dois entendre

chacun de vous séparément. C'est absolument nécessaire. Si je suis venue avec Thomas, bien qu'il soit un membre de la famille, et ne puisse participer activement à l'enquête, c'est parce que j'ai pensé qu'un visage familier vous aiderait à vous sentir plus à l'aise.

Jake remarqua que l'inspectrice s'était adressée uniquement à Zara, le laissant en dehors de la conversation.

Il tourna les yeux vers ce Thomas. Pour un membre de la famille, l'homme aux cheveux blonds n'offrait pas une grande ressemblance avec les deux sœurs.

— Nous ne voulons pas vous rendre les choses plus difficiles qu'elles ne le sont, continua l'inspectrice. Mais nous devons mener notre enquête dans les règles. Donc, si vous pouvez me promettre tous les deux de rester ici, je demanderai à Thomas de m'accompagner pour apporter son soutien à Hazel.

Elle regarda tour à tour Jake et Zara, comme si elle attendait leur accord. Il mit à son crédit le fait qu'elle leur donnait l'illusion qu'ils avaient quoi que ce soit à dire en la matière.

Zara se tourna vers l'agent de police - son cousin, apparemment.

— Je compte sur toi, Thomas.

L'homme eut l'air un peu vexé par ce manque de confiance.

— Allons, Zara, tu me connais.

L'expression de Zara se transforma. On y lisait maintenant de la culpabilité, du chagrin, et une bonne dose de frustration.

— Bien, murmura-t-elle.

Puis elle se dirigea vers un chêne immense, au pied duquel était installé un vieux banc en ciment craquelé.

Jake croisa le regard de l'inspectrice et de l'agent de police mais, finalement, décida de ne rien dire.

Leur tournant le dos, il rejoignit Zara près du banc, et resta debout devant elle.

Elle semblait prostrée, les mains crispées autour de l'assise du banc, fixant ses bottes.

— Que faites-vous ici ? demanda-t-elle.

— Nous nous sommes dit que vous auriez besoin d'une journée de congé, mais que, connaissant votre caractère entêté, vous ne voudriez pas le demander. J'ai perdu à pile ou face, et c'est moi qu'on a désigné.

La seconde partie de la phrase était un mensonge, mais ça servait son but, qui était de laisser ses « frères » le plus possible en dehors de ça.

Elle ricana. Observant son profil incliné, il put constater qu'elle était agacée, pâle et épuisée, mais pas vraiment... dévastée, comme il s'y serait attendu compte tenu des circonstances.

Elle tourna vers lui son vif regard brun.

— Si vous cherchez des signes d'hystérie féminine, vous ne les trouverez pas chez moi.

— Ce n'est pas ce que je regardais. Je me disais seulement... Enfin, votre sœur est morte.

Zara haussa les épaules.

— Ça fait des années que je me suis habituée à l'idée qu'elle était morte. C'est affreux d'en avoir confirmation, mais ce n'est pas vraiment un choc.

Comme elle ne lui avait pas dit de s'en aller, il s'assit à côté d'elle, en laissant le plus de distance possible entre eux sur le banc étroit.

— Quelle est son histoire ?

— Elle s'est enfuie quand elle avait seize ans. Nous n'avons jamais eu de nouvelles depuis. Elle était...

Zara laissa sa phrase en suspens, tandis qu'une grimace étirait ses traits.

— Ça semble déplacé de dire du mal des morts.

— Considérez que ça me donnera, ainsi qu'à mes frères,

une information pertinente pour comprendre ce qui se passe quand nous serons tous interrogés.

Tournant la tête vers lui, elle le dévisagea avec perplexité.

— Pourquoi voudraient-ils vous interroger tous ? Vous étiez le seul à être avec moi.

— C'est notre propriété, et il y aura des spéculations, des investigations...

Alors qu'ils ne pouvaient pas se permettre ce genre d'attention.

— Ah, je vois, dit-elle.

Secouant la tête, elle laissa échapper un petit rire amer.

— C'est pour ça que vous êtes là. Vous avez peur d'être suspecté.

Elle sembla y réfléchir, l'observant avec scepticisme, avant de soupirer.

— J'aimerais bien penser que c'est vous. Ce serait facile. Mais vous auriez pu nous tenir à l'écart de cet endroit. Et puis, j'ai vu votre surprise. Vous ne compreniez pas. Vous ne saviez pas que nous étions trois. À moins que vous ne soyez un excellent acteur - et ce n'est pas à moi de le décider -, vous paraissiez sincère, et c'est ce que je dirai à l'inspectrice.

Elle plissa le front, en regardant dans la direction du chalet.

— Pourquoi Hazel en premier ? C'est moi qui ai découvert le corps.

Jake était intrigué aussi. C'était une question à la fois pertinente et inquiétante.

— Elle vous a prévenue. Elle ne voulait pas que vous creusiez à cet endroit.

Zara secoua la tête.

— Ils ne peuvent pas le savoir. Nous sommes les seuls...

Elle bondit sur ses pieds, furieuse.

— Vous leur avez dit !

Il leva les mains et resta assis, de façon à ne pas lui donner l'impression qu'il voulait l'affronter.

— J'ai simplement répondu aux questions qu'ils m'ont posées quand je les ai appelés.

— Vous leur avez dit ! Vous… Tout est votre faute. Rentrez chez vous. Ou plutôt dans la maison que vous m'avez volée. Et restez loin de moi et de ma famille.

Elle marcha d'un pas décidé vers le chalet, risquant sans nul doute de s'attirer des ennuis.

De son côté, il venait de rater son unique chance de rendre les choses moins dramatiques. D'écarter l'attention de ses « frères » et de lui.

Et, le moins qu'on puisse dire, c'est que la « fratrie » n'allait pas voir d'un bon œil ce nouveau rebondissement.

3

Zara s'arrêta net dans l'entrée du chalet. Si elle déboulait dans la cuisine, d'où provenaient des bruits de conversations étouffés, ça compliquerait tout.

Mais il était impossible qu'ils soupçonnent Hazel.

Elle resta figée là, rongée par l'indécision, respirant un peu trop fort. Elle devait tempérer sa colère, se calmer avant d'entrer.

Mais c'était déjà quelque chose qui lui était difficile les bons jours…

Au bout d'un long moment, Thomas sortit de la cuisine, et la vit qui se tenait près de la porte d'entrée. Il lui sourit gentiment.

— Tu as le temps pour quelques questions ?

Elle hocha la tête.

— Hazel est sortie dans le jardin. Elle a dit qu'elle devait aller chercher le chat, mais je pense qu'elle avait besoin d'air et de solitude.

— Écoute, je peux me débrouiller toute seule pendant l'interrogatoire. Tu veux bien rester avec elle ?

Thomas hocha la tête et, tendant le bras, lui pressa affectueusement l'épaule.

— Elle n'est pas aussi fragile que tu sembles le penser. Elle a plutôt bien tenu le coup.

Mais « plutôt bien », ça ne suffisait pas, n'est-ce pas ?

Zara s'écarta de Thomas et entra dans sa cuisine, en ayant l'impression d'y être une étrangère.

L'inspectrice avait disposé quelques objets devant elle sur la table, d'une façon qui trahissait une personnalité psychorigide. Carnet de notes, téléphone et stylo étaient tous alignés selon le même écartement et le même angle.

Le minisapin avait été déplacé sur l'un des plans de travail, et le mug d'Hazel, sur le thème de Noël, était sur l'égouttoir de l'évier.

L'inspectrice leva les yeux vers Zara, et lui sourit aimablement.

— Asseyez-vous, mademoiselle Hart.

— Appelez-moi Zara, marmonna l'intéressée.

Elle détestait qu'on l'appelle mademoiselle.

— Avez-vous besoin de quoi que ce soit avant que nous ne commencions ?

Zara secoua la tête. Tout ce qu'elle voulait, c'était en terminer au plus vite. Elle s'enjoignit de ne pas être mesquine. Ils souhaitaient tous élucider ce mystère. Et la seule façon d'y parvenir était de fournir des réponses claires, concises et honnêtes.

Mais, bon sang, comme elle rêvait de jeter Jake Thompson sous un bus !

L'inspectrice reprit la parole.

— Avant de commencer, je dois vous dire que mon travail consiste à trouver la vérité – quelle que soit cette vérité. Je suppose que vous voulez la même chose, mais je sais aussi que vous avez à cœur de protéger votre sœur.

— Hazel n'a pas tué Amber, dit fermement Zara.

C'était la vérité. La seule vérité.

— Pourquoi pensez-vous devoir dire ça ?

La voix de l'inspectrice était dénuée d'intonation ou de sous-entendu, mais Zara les perçut quand même.

— Vous l'avez interrogée en premier, alors que c'est moi qui ai découvert le corps. Et Jake était là aussi.

L'expression de l'inspectrice se fit compréhensive.

— Écoutez, Zara, je sais que c'est une situation traumatisante, et que vos émotions prennent le dessus. Je ne suis pas là pour juger ce que votre sœur ou vous ressentez. Je dois étudier toutes les pistes, et m'assurer que mon rapport d'enquête tiendra la route quand nous aurons trouvé le coupable. C'est pour cette raison que Thomas ne peut pas prendre part à l'enquête. Ça mettrait notre crédibilité en péril. Or, je ne veux prendre aucun risque avec cette enquête.

— Vous avez travaillé sur beaucoup de meurtres ? demanda Zara, d'un ton plus agressif qu'elle ne l'aurait souhaité.

— Beaucoup ? Non. Après tout, nous sommes dans le comté de Bent. Mais ce n'est pas ma première enquête pour meurtre. Donc, vous pouvez me croire quand je vous dis que j'ai besoin de votre coopération et votre honnêteté, afin de m'assurer que nous tenons le vrai coupable.

Zara hocha la tête.

— Bien. Comment puis-je vous aider ?

L'inspectrice déverrouilla son téléphone. L'image d'accueil montrait une famille souriante. Les Delaney-Carson, dont la ville avait fait des gorges chaudes quelques années plus tôt, car les Carson et les Delaney étaient censés se haïr. Une sorte de version modernisée de Roméo et Juliette.

Apparemment, les ennemis avaient maintenant deux enfants adorables.

L'inspectrice fit glisser la photo et ouvrit l'application « enregistreur vocal ».

— Je vais prendre des notes et enregistrer la conversation, annonça-t-elle.

Elle nota la date et l'heure, et le prénom complet de Zara, au grand dam de cette dernière.

Le regard que l'inspectrice leva sur elle était franc, mais dénué d'hostilité.

— Commençons par la façon dont vous avez découvert le corps.

Zara raconta tout, et fut honnête même quand il s'agit de parler d'Hazel. L'inspectrice lui donnait vraiment l'impression que les choses s'arrangeraient si elle disait vraiment tout. L'entière vérité.

— Elle a des intuitions, dit-elle, tout en ne pouvant s'empêcher de se crisper en prononçant ce mot. Elle en a toujours eu.

Zara leva vers l'inspectrice un regard implorant.

— Elle m'a sauvée d'un accident de voiture. Je sais que ça peut sembler fou, mais elle peut avoir ce genre de pressentiments quelquefois. Hazel ne ferait pas de mal à une mouche. Elle ne saurait pas comment faire.

L'inspectrice sourit, mais elle restait sur ses gardes.

— C'est bien d'avoir ce genre d'impression au sujet de votre sœur. Mais le ressenti n'est pas une preuve.

Zara soupira. Elle ne pouvait pas en vouloir à l'inspectrice pour ça.

— C'est tout ce dont j'ai besoin aujourd'hui. Nous aurons bien sûr d'autres questions à vous poser à l'une et à l'autre, soit en personne, soit au téléphone. Nous interrogerons également toutes les personnes impliquées – Jake Thompson, et le premier officier à être arrivé sur les lieux. Nous attendrons le rapport du légiste pour avoir une idée du moment et des causes du décès, ce qui nous aidera à établir une chronologie et à dresser une liste de suspects.

L'inspectrice commença à ranger ses affaires dans un petit sac. Quand elle eut terminé, elle tendit la main à Zara, qui la serra, avec l'impression d'un énorme poids sur l'estomac.

— Je ferai tout ce qui est en mon pouvoir pour trouver le meurtrier de votre sœur.

Zara parvint à esquisser un sourire.

— Merci.

— Tu te rends compte que c'est un désastre, n'est-ce pas ?

Jake était affalé sur le canapé du salon de la vieille maison, où il commençait à se sentir chez lui.

Non qu'il soit sûr de savoir à quoi devait ressembler un vrai foyer mais, quand il était enfant et qu'il rêvait de la maison idéale, elle ressemblait beaucoup à celle-ci.

Spacieuse. Vieille. Truffée de petites extensions ajoutées au fil des années, qui offraient des passages un peu biscornus entre les pièces.

Ce n'était pas parfait, ni luxueux, ni à la dernière mode. Alors, oui, il était tombé amoureux de l'endroit.

Mais ça ne signifiait pas pour autant qu'il trouvait facile la transition avec son ancienne vie. Surtout lorsque Cal se trouvait debout devant lui, jambes écartées, bras croisés dans le dos, l'air désapprobateur.

Comme s'ils étaient à l'entraînement, comme autrefois.

— Jake, aboya Cal.

Il soupira. Ça faisait six semaines qu'ils étaient censés avoir changé de vie, et Cal continuait à se comporter comme le commandant d'une unité qui avait été dissoute.

— Je ne l'ai pas tuée et enterrée sur la propriété, répliqua-t-il. Donc, je ne vois pas pourquoi tu me fais la leçon.

Jake n'avait aucune raison de se laisser intimider, car il n'était plus sous les ordres de Cal, désormais. Ni de qui que ce soit.

À dire vrai, il se réadaptait plutôt vite à la vie civile. Cal... avait plus de mal.

— Je suppose que tu as oublié notre mission quand nous avons été assignés ici.

Jake secoua la tête, et fit un effort pour garder son calme.

Cal était tellement frustré par la situation que la moindre étincelle pouvait mettre le feu aux poudres.

— Nous ne sommes pas en mission, Cal. Nous n'avons pas été assignés ici. On nous a demandé de nous cacher, dépouillés de nos grades, de nos responsabilités et de nos contacts.

Le visage de Cal se crispa. Il n'aimait pas qu'on lui rappelle qu'il n'assurait plus le commandement de son unité, qu'il n'avait pas de but à atteindre, en dehors du fait de rester en dessous des radars.

Cal n'était pas prêt pour cette vie en dehors de l'armée.

— Tu en as parlé au boss ? demanda Jake, en instillant à sa voix et à son attitude un détachement qu'il était loin de ressentir.

Le général Wilks, qu'ils avaient l'habitude d'appeler le boss, était leur unique lien avec leur ancienne vie. Une vie qu'ils avaient dû quitter car ils étaient tous devenus des hommes à abattre. Destinés à mourir s'ils ne disparaissaient pas.

Ils s'étaient donc installés dans l'endroit le plus isolé et le plus ennuyeux que le boss leur avait trouvé.

Et voilà qu'ils tombaient sur un cadavre. Ce n'était pas exactement la vie tranquille qu'ils recherchaient.

L'armée allait-elle les déplacer une nouvelle fois ? Effacer ces identités aussi ? Tout recommencer ? Une fois de plus.

Cette perspective mettait Jake mal à l'aise. Pour le moins.

— Non, je ne lui ai rien dit. Normalement, cette affaire devrait être terminée dans quelques jours, et il n'en saura rien.

Cal ne se passa pas la main dans les cheveux, ni ne se mit à faire les cent pas pour exprimer sa frustration. Il resta là dans une posture militaire, droit comme un I, complètement immobile.

Mais Jake connaissait Cal depuis assez longtemps pour savoir qu'il bouillait intérieurement. Est-ce qu'un jour il lâcherait prise et s'autoriserait à redevenir normal ?

Avec un petit pincement au cœur pour lui, Jake en doutait.

— De toute façon, les flics vont peut-être nous poser quelques questions, mais la personne qui a enterré le corps l'a fait avant que nous n'achetions la propriété.

Jake réprima un frisson en se rappelant le visage sans vie de Zara dans la terre. Amber Hart, se corrigea-t-il aussitôt. Difficile de se souvenir, même si deux répliques de ce même visage l'entouraient, que ce n'était pas le cadavre de Zara qu'ils avaient découvert.

— Ils ne vont pas enquêter sur nous de façon approfondie, reprit-il. Ça n'aurait aucun sens.

On entendit soudain frapper à la porte. D'une façon ferme et déterminée. Comme l'aurait fait un flic.

Cal haussa les sourcils, comme pour signifier à Jake « Je te l'avais bien dit » et alla ouvrir la porte.

L'inspectrice le dévisagea, avec un sourire poli mais distant.

— Bonjour, je voudrais parler à Jake Thompson.

— Et vous êtes… ?

— L'inspectrice Delaney-Carson. J'ai simplement quelques questions à poser à M. Thompson. Seul.

— Il est considéré comme suspect ? demanda Cal, d'un ton glacial.

La policière ne flancha pas, ni même ne cilla. Elle soutint le regard intimidant de Cal avec assurance.

— Tout le monde est suspect à ce stade. Et vous êtes… ?

Le visage de Cal était parfaitement impassible et, même si l'inspectrice était maligne, Jake était certain d'être le seul dans la pièce à savoir combien d'énergie ce flegme apparent exigeait de Cal.

— Cal Thompson.

— L'un des frères, commenta l'inspectrice.

Puis elle reporta son attention sur Jake, qui se tenait en retrait.

— Y a-t-il un endroit où nous pouvons parler seuls ?

Jake hocha la tête et, avec un déplaisir visible, Cal s'écarta pour laisser entrer l'inspectrice.

D'un mouvement du menton, Jake désigna la cuisine.

— Suivez-moi.

Il la conduisit dans une pièce petite et ancienne, et lui fit signe de prendre place à une table qui devait dater de 1800, tant elle était usée et craquelée.

— Voulez-vous boire quelque chose ?

— Non, merci. Ça devrait être rapide.

Elle posa son sac sur la table, et en sortit un téléphone et un carnet de notes.

— Pas de décorations de Noël, fit-elle remarquer d'un ton détaché, tandis qu'elle s'asseyait.

— Elles sont encore dans les cartons, répondit Jake, mentant avec aisance.

Elle n'eut pas de réaction.

— J'ai juste besoin de savoir ce que vous avez vu et fait hier.

— Pour vérifier si ma version concorde avec celle des autres ? demanda-t-il, en restant debout.

Elle leva vers lui son regard brun aiguisé.

— Pour faire mon travail, monsieur Thompson.

Jake soupira.

— Appelez-moi Jake, marmonna-t-il. Et je vous ai déjà tout raconté quand je vous ai appelés pour signaler ce que nous avions découvert.

— C'est exact, mais j'aimerais tout reprendre depuis le début.

Elle déclencha l'enregistreur vocal de son téléphone, nota la date et l'heure, et commença à poser des questions.

Comme elle l'avait promis, ce ne fut pas très long. Quand il eut exposé ce qui s'était passé durant la dizaine de minutes où il s'était trouvé sur les lieux, elle arrêta l'enregistrement, ferma son carnet, et l'observa attentivement.

— Zara a dit qu'Hazel avait des sortes de… pressentiments.

Comme l'inspectrice ne posa pas de questions après ce constat, Jake haussa les épaules.

— Oui, et alors ?

— Vous n'avez pas eu d'expérience quelconque avec ces « pressentiments » ?

— Hazel vit dans ce chalet avec sa sœur, et c'est tout ce que je sais sur elle. Je travaille au quotidien avec Zara, mais ce n'est pas pour autant que nous sommes proches. Nous ne sommes ici que depuis six semaines. Et vous connaissez sans doute suffisamment Zara pour savoir qu'elle n'a pas apprécié que son père nous vende le ranch.

L'inspectrice hocha la tête, puis elle sourit et se leva.

— Merci pour votre temps, monsieur Thompson.

— Je vous raccompagne, dit-il.

Il se sentait étrangement déstabilisé, comme si ça ne s'était pas passé de la façon qu'il espérait.

Cette impression s'intensifia quand ils passèrent dans le salon, où Cal avait retrouvé sa position figée, bras croisés.

Tandis que Jake ouvrait la porte à l'inspectrice, elle marqua un temps d'arrêt avant de sortir.

— Ça nous aiderait que vous restiez sur place pendant quelque temps. Si vous devez absolument quitter le comté, prévenez-nous.

Elle haussa les épaules, comme s'il s'agissait d'une broutille.

— À titre de précaution.

Elle tourna brièvement la tête vers Cal.

— Ça vaut pour tous les six, au fait.

Et elle s'en alla.

Le silence qu'elle laissa derrière elle semblait peser des tonnes.

Jake sentit ses tempes battre avec une régularité mécanique, signe annonciateur d'un sérieux mal de tête. Il n'était pas suspect. Ça ne pouvait pas être sérieux. Aucun d'eux ne l'était. Mais ils n'étaient pas exactement des anges non plus, et ils ne pouvaient pas se permettre d'être scrutés à la loupe.

— Nous sommes fichus, déclara Cal. J'appelle le boss.

— Non ! Nous ne risquons rien, tu peux me croire.

Jake adressa à Cal son regard le plus convaincant.

En temps normal, il n'était pas facile de le faire changer d'idée, une fois qu'il avait pris sa décision. Mais Jake était décidé à se battre pour imposer ce qu'il voulait.

Il n'avait pas envie d'être déraciné encore une fois. Cela faisait un mois et demi qu'ils exploitaient ce ranch, et Jake commençait à se sentir... installé.

Il ne partirait pas. Pas sur une décision arbitraire du boss. Pour une fois, il aurait son mot à dire sur l'endroit où il voulait aller, et là où il resterait.

Il était beaucoup trop vieux pour continuer à laisser quelqu'un d'autre tirer les ficelles de sa vie.

— Tu te plais ici, n'est-ce pas ? demanda-t-il à Cal.

Son ancien commandant secoua la tête d'un air morose.

— Ce n'est pas à nous de décider.

Venant de Cal, c'était ce qui se rapprochait le plus d'un oui.

— Mais ça pourrait l'être.

Jake avait envie de saisir Cal par les épaules et de le secouer, mais il garda les bras le long du corps.

— Tout ce que nous avons à faire, c'est de découvrir qui a fait ça, de façon que l'enquête soit bouclée avant que le boss ait vent de quoi que ce soit.

— Tu n'es pas flic.

Cal avait l'air de protester, mais il y avait assez de souplesse dans son intonation pour que Jake ait l'impression qu'il ne plaidait pas sa cause en vain.

Il sourit.

— Je suis bien mieux que ça. Je suis un soldat.

4

Quand deux agents en uniforme se présentèrent au chalet le lendemain matin, avec un mandat de perquisition, Zara comprit que les choses étaient en train de mal tourner.

Et quand ils quittèrent la maison avec certains des effets personnels d'Hazel, elle sut que la situation virait à la catastrophe.

Le mutisme d'Hazel, sa façon d'accepter ce qui se passait sans montrer la moindre émotion était plus que déconcertante. Ça faisait même peur à Zara. Hazel était toujours émotive. À propos de tout : des chatons, des comédies romantiques, un coucher de soleil...

Mais elle paraissait insensible au fait que la police avait saisi ses affaires.

— Je crois que je vais aller travailler, dit Hazel.

Elle était toujours assise à la table de la cuisine, et fixait la porte que les policiers avaient franchie pour sortir quinze minutes plus tôt. Autour de l'encadrement, une guirlande lumineuse de Noël scintillait.

— J'ai pris du retard, et M. Field prétend être sur le point de faire une découverte majeure.

Hazel travaillait comme assistante de recherche pour un vieil homme excentrique, déterminé à découvrir ce qu'était devenu l'or prétendument volé lors de l'attaque de la banque en 1892.

L'entreprise était vouée à l'échec d'après Zara, mais Hazel aimait se perdre dans les vieux journaux et les mystères, et le vieux fou payait bien.

— M. Field pense toujours être sur le point de trouver la solution, répliqua Zara.

Hazel sourit faiblement.

Zara avait envie de la secouer, mais elle avait peur qu'Hazel se brise en mille morceaux. Ou qu'elle se dissolve.

— Y a-t-il quelque chose que tu ne me dis pas ?

Hazel écarquilla les yeux, et cette mimique destinée à imager l'innocence aurait pu être comique, si cette innocence n'avait pas été absolument impérative à cet instant.

— Hazel !

Sa sœur lui sourit.

— Ne t'inquiète pas autant, Zara. Tout va bien. Je n'ai pas tué Amber.

— Loin de moi cette pensée. Mais je n'aime pas l'idée que tu me caches quelque chose. J'ai l'impression que tu ne te rends pas compte à quel point c'est sérieux.

Hazel voulut répondre, mais le craquement d'une porte et la voix rocailleuse de leur père qui les apostrophait les firent se crisper toutes les deux.

Hazel bondit sur ses pieds.

— Je vais sortir par la porte de service.

— Mais non, voyons. Reste.

Hazel secoua la tête et empoigna sa besace accrochée au dossier de la chaise.

— Il n'aura pas envie de me voir ou, si c'est le cas, ce sera pour me dire des méchancetés.

Zara ne pouvait guère dire le contraire, aussi laissa-t-elle Hazel détaler par la porte de derrière.

Reprenant son souffle, elle se tint droite et immobile quand son père entra dans la cuisine, et grimaça un sourire.

— Dad ! Que fais-tu ici aussi tôt ?

Il regarda autour de lui. Les années avaient creusé son visage, les cigarettes auxquelles il refusait de renoncer avaient grisé son teint. Il avait beaucoup maigri. Peut-être à cause du chagrin, peut-être du fait de son alcoolisme, dont tout le monde évitait de parler.

— Il n'y a que toi ? demanda-t-il.

— Hazel est partie travailler, et je devrais en faire autant.

Mais elle ne fit pas un geste vers la porte.

— Je ne sais pas comment tu fais pour vivre ici avec elle. Surtout après ce qui s'est passé hier.

— Dad...

— Elle aurait pu la retrouver pendant tout ce temps. Et maintenant, Amber est morte.

— Elle n'en était pas capable, affirma Zara.

Il était possible qu'Hazel, contrairement à son habitude, lui cache quelque chose, mais elle n'avait jamais réussi à retrouver la trace d'Amber. Et quand bien même serait-elle entrée en contact avec leur sœur, celle-ci aurait-elle accepté de revenir à la maison ?

— Je ne le crois pas.

— Eh bien, moi si.

Zara se pinça l'arête du nez. Elle avait toujours dû tout prendre en charge, se montrer raisonnable et responsable. Les querelles incessantes entre Amber et leur père, la méchanceté de ce dernier envers Hazel... Chaque fois, Zara était obligée d'intervenir et d'arranger les choses.

Mais elle ne savait pas comment gérer cette situation, et ça l'effrayait plus que tout.

— Nous devons prendre des dispositions, dit-elle.

Elle ne se disputerait pas avec lui à propos d'Hazel. Ça n'en valait pas la peine. Ils devaient se concentrer sur les aspects pratiques.

— L'inspectrice a dit qu'ils ne pourraient pas nous rendre le corps avant quelques jours, mais il faut nous organiser.

— Ma fille est morte.

« Ma sœur est morte », eut envie de rétorquer Zara, mais elle préféra s'en abstenir.

— Tu veux que je m'occupe des obsèques ?

Il hocha la tête.

— Tous ces gens qui m'appellent... Je ne veux pas de ça. Je ne peux même pas traverser la ville sans que quelqu'un vienne me parler.

Ça s'appelait des condoléances. De l'empathie. La ville voulait le soutenir dans son deuil. Mais son père était incapable de le comprendre.

Ils avaient déjà connu ça quand Mom était morte. Même à ce moment-là, Zara avait tu ses sentiments et avait tout assumé.

Elle avait huit ans.

— Je vais m'en occuper, dit-elle.

Elle était la seule à pouvoir le faire. Alors, elle le ferait.

À nouveau, il regarda autour de lui.

— Je ne sais pas comment vous pouvez vivre ici. Travailler ici.

— Quel autre choix avons-nous ?

Dad n'avait pas exactement proposé de partager l'argent qu'il avait obtenu pour la vente.

— Arrange-toi pour que les vieilles bonnes femmes ne viennent plus frapper à ma porte, hein ?

Zara avait le cœur serré, mais il n'y avait rien à dire. Après tout, elle avait eu dix-huit ans pour apprendre que l'émotivité ne la mènerait nulle part.

— Dad ?

Il tourna la tête.

— Si tu ne peux pas être gentil avec Hazel, ce n'est pas la peine que tu te donnes le mal de venir jusqu'ici. Il te suffit de m'appeler si tu as besoin de quelque chose.

Il hocha la tête, pas le moins du monde affecté par la

remarque, puis il sortit. Sans un au revoir, sans un mot de réconfort. Juste un ordre : ne plus être « embêté » par ses voisins.

Elle allait le faire. Il lui suffisait d'appeler Mme Vickers. Elle expliquerait que Dad préférait que les condoléances passent par elle. Mme Vickers transmettrait la consigne autour d'elle : le club de tricot, la supérette, la banque... Tout le monde serait au courant.

Et ils n'apporteraient plus de bons petits plats faits maison. Ils ne demanderaient plus s'il avait besoin d'aide.

Mais les gens de Wilde lui apporteraient à elle ce que son père ne lui avait jamais donné, et ne lui donnerait jamais : un mot gentil. Peut-être une accolade.

Quant au reste, Zara y veillerait, comme elle l'avait toujours fait.

Quand Jake trouva finalement Zara ce matin-là, elle était dans l'écurie, occupée à seller sa jument, comme si elle allait... tout simplement travailler aujourd'hui.

— J'espère que vous savez que vous n'êtes pas obligée de faire ça.

Elle ne le regarda pas, tandis qu'elle finissait de sangler la selle.

— Faire quoi ? Seller ma jument ? Ça me paraît pourtant nécessaire pour la monter.

Il remarqua la façon dont elle avait dit « ma » comme une façon assez peu subtile de lui rappeler qu'elle était chez elle, et qu'il n'avait rien à faire là.

Il ne fit pas de commentaire, car il savait combien elle souffrait.

— Vous êtes toujours en colère contre moi ?

Elle laissa échapper un soupir et, pendant une seconde,

ses épaules s'affaissèrent, comme si le poids de la colère était trop lourd à supporter.

Puis elle se redressa, et secoua la tête en fixant le flanc de sa jument.

— Je n'ai pas été capable de mentir à l'inspectrice. Comment pourrais-je l'exiger de vous ?

Ce n'était pas exactement une réponse négative, mais il l'acceptait quand même.

Zara passa devant lui et emmena son cheval dehors. Jake la suivit, en se demandant comment il allait aborder la situation. Il avait besoin de savoir ce que Zara et Hazel avaient dit aux flics, vers quelle direction penchait l'inspectrice. Il pouvait toujours essayer de demander à Hazel, mais elle était tellement craintive.

Zara semblait beaucoup plus pragmatique et responsable. Mais, avec son caractère susceptible et irritable, lui donnerait-elle des informations ?

Le seul moyen de le savoir était d'essayer.

— Landon m'a dit que les flics étaient passés de bonne heure.

Il avait dit ça d'un ton détaché. Comme s'il n'allait pas à la pêche aux nouvelles.

Zara confirma par un hochement de tête. Puis elle demanda, sarcastique :

— Vous avez l'intention de travailler, aujourd'hui, ou de répéter ce que tout le monde sait déjà ?

Il avait prévu de se concentrer sur l'affaire, plutôt que de s'occuper du ranch – après tout, il y avait cinq autres personnes pour s'en charger –, mais Zara faisait partie de l'affaire en question, n'est-ce pas ?

— Bien sûr. Laissez-moi le temps de préparer mon cheval.

Elle murmura quelque chose qui ressemblait suspicieusement à « Votre cheval, mon œil ! » mais elle attendit. Et quand il sortit sa monture, elle était déjà en selle, le regard tourné vers la chaîne de montagnes au loin, avec une expression nostalgique qui serra le cœur de Jake.

Il n'était pas aveugle. Il avait déjà remarqué qu'elle était séduisante. Et elle ne ressemblait pas à sa sœur.

Hazel était jolie, mais nerveuse, fragile et excentrique.

Zara était forte, débordante de vitalité et n'avait peur de rien.

Mais aujourd'hui, elle était différente. Elle semblait fatiguée. Abattue par l'horreur de la situation dans laquelle elle se retrouvait.

— Vraiment, vous n'êtes pas obligée de travailler aujourd'hui, dit-il.

Il essayait de trouver un équilibre entre la gentillesse, qui la réconforterait, et la simple politesse un peu indifférente, qui heurterait ses sentiments.

Encore qu'elle n'en avait montré aucun jusqu'à présent.

— C'est le genre de situations où les gens prennent du temps pour eux. C'est le moment du deuil. Vous serez quand même payée.

Elle observa les collines, le blanc qui recouvrait à perte de vue le paysage, le ciel d'un bleu encore sombre parsemé de traînées plus claires, les nuages gonflés comme des boules de coton. Au loin, la chaîne de montagnes imposait sa silhouette crénelée qui avait résisté au passage du temps.

C'était une vision bucolique, même si Jake, qui était né à Pittsburgh, n'était pas sûr d'en comprendre l'attrait. Mais pour Zara, ça représentait autre chose, un foyer, un héritage. Cette notion lui était étrangère car il avait grandi en familles d'accueil, et il ne s'était jamais senti chez lui nulle part, sauf à l'armée.

— C'est ma façon de faire mon deuil, dit-elle.

La réponse était dénuée d'émotion, mais elle résonna comme un sanglot, et Jake sentit quelque chose se serrer dans sa poitrine.

Quand elle mit son cheval au trot, il l'imita sans rien dire. Il mettait à profit les leçons d'équitation qu'elle lui avait données. Et ce n'était pas rien pour lui.

Il n'avait même jamais eu un chien. Les animaux lui étaient aussi étrangers que la notion de foyer, mais il aimait l'étrange compagnonnage entre le cheval et son cavalier.

Il suivit Zara, en lui faisant confiance sur la direction empruntée et l'allure communiquée à leurs montures.

Ils chevauchèrent un moment, le vent froid leur giflant le visage. Finalement, ce n'était pas une mauvaise façon de passer sa matinée. D'ailleurs, Jake était surpris de se réveiller chaque matin ici, en étant heureux de commencer la journée.

Lorsque Zara arrêta sa jument en haut d'une colline, où une étrange pierre levée émergeait de la neige, Jake se demanda ce qu'ils faisaient là.

Il était encore assez tôt pour qu'on aperçoive la silhouette évanescente de la lune, ronde comme une balle, incongrue dans le ciel qui commençait à s'éclaircir. Zara la fixait comme si le satellite pouvait lui apporter des réponses.

Jake n'eut pas conscience du temps qu'ils restèrent là à attendre. Il avait passé tant de temps dans un silence complet, à patienter sans compter les secondes, en trouvant un sujet de concentration, quelque chose à quoi penser, que c'était devenu une seconde nature chez lui.

Une mèche de cheveux s'était échappée de la natte de Zara et dansait dans le vent. Ce fut sur cela qu'il se concentra tandis qu'il attendait.

Finalement, elle laissa échapper un soupir, et son regard stoïque flancha une seconde.

— Ils ont saisi certains des effets personnels d'Hazel.

Jake se rembrunit.

— Ils avaient une commission rogatoire ?

Zara hocha la tête. Même si elle se donnait beaucoup de

mal pour ne pas paraître affectée, son inquiétude se voyait au froncement de ses sourcils, à la crispation de ses sourcils.

Jake ne put s'empêcher de poser la question.

— Serait-ce possible qu'elle...

— Certainement pas ! riposta Zara, en le regardant sévèrement.

Jake hocha la tête, en soutenant son regard accusateur.

— Qui pourrait vouloir du mal à Amber ? Et à Hazel, par la même occasion ?

— C'est ce que l'inspectrice m'a demandé, mais Amber n'était plus là depuis des années. Je ne l'ai pas revue, ni eu de ses nouvelles depuis nos seize ans. Comment pourrais-je savoir si elle avait des ennemis ? Quant à Hazel, tout le monde l'adore.

Il laissa le silence s'installer, tandis que Zara restait là à respirer l'air frais, sans montrer aucune velléité de se mettre au travail.

— Ils ne sont pas très communicatifs, n'est-ce pas ? dit-il, en insufflant à la question un ton dégagé qu'il n'éprouvait pas. Que des questions, et pas de réponses.

Elle tourna finalement la tête vers lui.

— L'inspectrice Delaney-Carson vous a interrogé ?

— Non seulement ça, mais elle m'a recommandé de ne pas quitter la ville.

Zara haussa les sourcils.

— Vous êtes suspecté ?

— D'après l'inspectrice, tout le monde l'est.

Zara se rembrunit.

— Ça ne devrait pas être le cas d'Hazel. Et ils ne me traitent pas comme telle. Thomas dit que l'inspectrice est très compétente mais... Pourquoi ont-ils saisi les affaires d'Hazel ? Pourquoi se concentrent-ils sur elle ? Elle est aussi susceptible de tuer quelqu'un que... Je ne sais pas, Mère Teresa.

— Dans ce cas, pourquoi êtes-vous aussi inquiète ?

— Cette inspectrice prétend qu'Hazel lui cache quelque chose.

— Et ça vous paraît possible ?

Zara le regarda, comme si elle se demandait pourquoi ils avaient cette conversation.

Elle se mordilla la lèvre inférieure, ce qui attira immanquablement le regard de Jake sur sa bouche. Ce comportement étant déplacé, il reporta aussitôt son attention sur la montagne.

Finalement, elle ne répondit pas, ni ne continua à parler de l'affaire comme il l'espérait. Elle changea tout simplement de sujet.

— Je vais avoir besoin de prendre l'après-midi. C'est moi qui me charge de l'organisation des funérailles. Ce matin, j'avais besoin de prendre l'air. De respirer.

— Si vous avez besoin d'aide pour quoi que ce soit, n'hésitez pas à me le faire savoir.

— De l'aide ?

— Bien sûr. Ce doit être compliqué d'organiser tout ça. Je peux passer des coups de fil, aller chercher des fleurs, ou autre chose. Pour alléger la charge.

— Alléger la charge ? répéta-t-elle, en le regardant comme s'il s'était exprimé dans une langue étrangère.

— Eh bien, oui. Ça s'appelle être amical. Ou peut-être que par ici vous appelez ça s'entraider entre voisins.

Il haussa les épaules, comme pour montrer que ça ne lui demanderait vraiment pas un gros effort.

— Je suis sûr que vous avez de la famille, des amis. Mais nous sommes sur place. Donc, si vous avez besoin de quoi que ce soit, il vous suffit de demander.

Elle le fixa, les yeux écarquillés, le regard médusé.

Puis elle fit quelque chose de totalement incompréhensible. Ou, en tout cas, qu'il n'attendait pas de sa part.

Elle commença à sangloter.

5

Zara ne pouvait pas dire qu'il s'agissait du pire moment de sa vie. Elle avait vu sa sœur morte sous terre. Quand elle n'était encore qu'une enfant, elle avait assisté à la lente agonie de sa mère, frappée par le cancer.

Il y avait eu beaucoup de mauvais jours, et celui-ci ne pouvait pas s'y comparer.

Mais elle n'avait jamais pleuré devant personne. Et surtout pas devant un quasi-inconnu.

Quand lui avait-on proposé d'alléger la charge ?

Pas depuis très longtemps.

Elle fit pivoter Sam et la mit au galop. Soudain, elle avait hâte d'être de retour à l'écurie. Loin de Jake.

C'était une fuite temporaire. Jake allait la suivre et, connaissant son caractère, allait la questionner jusqu'à ce qu'elle explique sa soudaine perte de contrôle.

Franchement, il n'y avait pas de quoi être embarrassée. Sa sœur était morte. Elle avait droit à du temps pour elle. Un moment pour vivre son deuil. Pleurer n'était pas anormal. Apparemment, c'était ce que tout le monde faisait.

Le problème de Zara, c'était qu'elle ne savait pas être normale.

Et elle ignorait aussi comment se comporter avec quelqu'un comme Jake. Ceux qui faisaient partie de sa vie avaient toujours plus ou moins été là. Rien ne changeait à Wilde.

Ce qui voulait dire qu'elle ne changeait pas non plus. Tout au moins aux yeux de ceux qui la connaissaient.

Mais Jake ne la regardait pas tout à fait de la même façon que les autres. Aucun des frères Thompson ne le faisait non plus.

Alors, pourquoi se concentrait-elle uniquement sur Jake ?

Arrivée à l'écurie, elle sauta précipitamment de sa monture, mais elle ne pouvait pas filer comme ça. Il fallait d'abord qu'elle s'occupe de Sam.

Le vent avait séché ses larmes. Sans doute avait-elle encore triste mine, mais elle se serait ressaisie le temps que Jake arrive.

Elle commença à desseller Sam, mais n'alla pas très loin avant que Jake n'apparaisse et mette pied à terre.

Le geste avait une grâce naturelle, comme s'il avait fait ça toute sa vie, alors qu'elle savait que ce n'était pas le cas. Quand elle avait donné leur première leçon d'équitation aux frères Thompson, Jake était raide et malhabile. Mais Landon et lui s'y étaient mis plus facilement et plus rapidement que les trois autres qui étaient en mesure de monter à cheval, Dunne souffrant d'une blessure qui l'en empêchait.

Jake portait même le chapeau de cow-boy comme s'il était né dans un ranch, et non en ville. À croire qu'il avait la capacité de se changer en ce qu'il avait besoin d'être.

Elle lui lança un regard noir.

— Arrêtez de me faire la tête, dit-il. Je n'avais pas l'intention de vous faire pleurer.

— Ce n'est pas pour ça que je suis agacée, marmonna-t-elle, en reportant son attention sur sa jument. Et vous ne m'avez pas fait pleurer. J'étais seulement… submergée.

— De toute évidence.

— C'est gentil à vous…

Ça ressemblait à une accusation, même à ses propres oreilles.

Elle essaya d'adoucir son intonation.

— ... de m'offrir votre aide. Je ne m'y attendais pas, et ça m'a sans doute un peu déstabilisée.

— Vous n'avez pas d'explication à donner. Avec ce que vous traversez en ce moment, il est normal d'avoir des crises de larmes de temps en temps.

Pour les autres peut-être, mais pas pour elle.

En tout cas, Jake savait faire preuve de diplomatie. Elle pouvait lui reconnaître ça.

Mais elle réalisa que le problème venait d'elle. Parce qu'elle s'attendait à la dépréciation à laquelle elle était habituée. Aux mimiques exaspérées et aux soupirs accablés que son père lui aurait adressés.

« Sois forte, Zara. Il faut bien que quelqu'un le soit. »

— Je ne comprends pas pourquoi la gentillesse vous déstabilise. Je croyais que les gens des petites villes se serraient les coudes quand ça n'allait pas.

— Et c'est ce qui se passe à Wilde, répliqua-t-elle.

Elle avait l'impression qu'on insultait sa ville. Oui, les gens d'ici étaient chaleureux, solidaires, toujours prêts à s'entraider. C'était tout simplement différent pour elle. Elle était forte. Elle n'avait besoin de personne.

— Mais vous n'êtes pas d'ici, reprit-elle. Vous êtes juste un type qui a acheté...

Elle s'apprêtait à dire « mon héritage », de la façon la plus condescendante possible, mais cela aurait été mal récompenser la gentillesse de Jake.

— ... le ranch familial.

— Malgré tout, vous nous avez appris comment l'exploiter.

— Certes, mais vous me payez pour ça.

— Je sais. Mais vous êtes une bonne formatrice. Surtout si on considère que nous vous avons privée de votre héritage sans que vous ayez votre mot à dire. Bien sûr, vous êtes dure avec nous, mais juste. Vous supportez même les silences interminables de Dunne, et les blagues stupides de Landon.

Il laissa passer un silence.

— Ce que j'essaye de vous dire, Zara, c'est que nous apprécions ce que vous avez fait pour nous, et continuez à faire. Si nous pouvons vous aider, nous le ferons. Nous sommes vos amis.

Des amis... Il était certain qu'elle en avait bien besoin. Même un seul suffirait. Quelqu'un qui pourrait faire certaines choses à sa place...

Mais elle ne pouvait pas accepter que Jake aille chercher des fleurs, ou passe un coup de fil pour elle. C'était trop... débilitant.

Et elle n'était pas quelqu'un de faible.

— Je ne sais pas quoi dire...

Elle ferma la porte du box de Sam et s'écarta de l'homme qui se tenait un peu trop près d'elle.

Il l'observa, de ses yeux bleus qui étaient à eux seuls une distraction. Si on ajoutait à cela le chapeau de cow-boy, la mâchoire carrée et la barbe de trois jours...

Il sourit, et c'était gentil, mais il y avait autre chose que de la gentillesse qui embrasait ses yeux. Elle n'avait pas envie de savoir de quoi il s'agissait.

— Dites juste merci. Ça suffira.

Elle se dandina d'un pied sur l'autre, particulièrement déstabilisée par l'effet qu'il produisait sur elle.

— Très bien. Merci, alors.

Il rit et lui donna une tape sur l'épaule, comme s'ils étaient de vieux copains.

Oui, elle était assez habituée à ce genre de traitement de la part des hommes.

Mais la main de Jake ne se retira pas et exerça une petite pression sur son épaule. Elle supposa que c'était sa façon de lui dire qu'il était désolé pour la mort de sa sœur.

Sa main s'attarda encore, et Zara fut bien en peine de savoir ce qu'elle devait faire. Quand elle entendit des bruits de pas approcher, elle s'empressa de s'écarter.

Et elle s'en félicita quand elle vit Thomas apparaître à l'entrée de l'écurie.

— Désolé de vous interrompre, dit-il, en observant Jake avec suspicion.

Zara fut surprise de réaliser qu'elle se moquait bien de ce que pouvait penser son cousin.

— Nous devons retourner sur les lieux. Vous autres pouvez continuer à travailler. Je servirai d'intermédiaire si nous avons besoin d'autre chose. Je voulais aussi vous informer que des officiers du comté vont aller et venir dans les parages.

— Merci, dirent Zara et Jake d'une même voix.

Parce qu'il était le propriétaire du ranch, maintenant. Et, à cet instant, ça ne semblait pas seulement injuste. C'était anormal. Amber avait été sortie de terre – la terre des Hart – mais elle ne leur appartenait même plus.

— Je dois aller en ville, annonça Zara. Vois avec les Thompson si tu as besoin de quelque chose.

Elle faisait un effort démesuré pour que sa voix ne soit pas larmoyante.

Elle avait assez pleuré. Maintenant, il était temps d'accomplir quelque chose.

Elle sortit de l'écurie à la hâte, laissant Jake sous le regard scrutateur de son cousin. Thomas Hart n'était pas en uniforme ce matin. Il était vêtu d'un jean et d'un sweat-shirt, et portait une casquette de base-ball.

Jake essaya de mettre de côté son aversion pour les flics, parce qu'il s'agissait du cousin de Zara, et que celui-ci n'était pas en déplacement officiel, mais que sa présence était destinée à faciliter les choses.

Il ne pouvait pas lui en vouloir. D'autant plus que Zara avait semblé sur le point de s'évanouir quand il lui avait proposé son aide. À croire que personne ne lui avait jamais tendu la main ni fait quoi que ce soit pour elle.

Il se balança d'avant en arrière sur les talons de ses bottes, en voyant que Thomas ne disparaissait pas.

— Pas encore de rapport d'autopsie ?

— Non.

— Mais vous avez bien une idée du moment de sa mort.

— Pourquoi ? Vous craignez d'avoir à disparaître ?

— Je n'ai absolument rien à cacher, répliqua Jake, avec un large sourire, peut-être un peu sarcastique.

D'autant plus que c'était un mensonge. Il avait au contraire beaucoup de choses à cacher. Mais aucune n'avait quoi que ce soit à voir avec le cadavre découvert sur sa propriété.

— Aucune des filles n'avait de problèmes avant que vos frères et vous ne débarquiez.

Jake garda un ton modéré, même s'il bouillait intérieurement.

— Zara m'a dit qu'elle n'avait pas revu sa sœur depuis que celle-ci s'était enfuie à l'âge de seize ans. Je pense qu'on peut qualifier ça de problème.

Thomas n'eut pas de repartie à rétorquer à ça.

— Écoutez, vous pouvez toujours essayer de me lier à ça, mais je ne les connaissais pas avant que mes frères et moi n'achetions ce ranch à leur père. Toutes les transactions ont été gérées par un courtier.

— Et ce n'est pas un peu bizarre ?

— Pas là d'où je viens.

— Eh bien, ça l'est ici. Et ça soulève une question intéressante. D'où êtes-vous, exactement ? Parce que vos frères et vous semblez sortis de nulle part.

— Vous pensez vraiment que j'ai tué cette fille que je ne connais pas, que je l'ai enterrée sur ma propriété, puis que je l'ai exhumée devant ses sœurs ?

Qu'il ne soit pas dit que Jake était incapable d'éviter une question à laquelle il n'avait pas envie de répondre.

Thomas soupira, et ses épaules s'affaissèrent légèrement.

— Non, je ne le crois pas vraiment. Mais, bon sang, ça me faciliterait drôlement la vie.

Pour la première fois, Jake ressentit un élan de sympathie pour l'homme. Au moins, il était capable d'admettre quand il avait tort, comme le faisait aussi Zara.

— Je commence à voir la ressemblance familiale. Zara ne peut pas mentir non plus. Et elle exprime la vérité de la même façon un peu frustrée.

Thomas se tourna lentement, et fixa Jake d'un regard spéculatif.

— Quel genre de relation avez-vous au juste avec ma cousine ?

Jake eut un demi-sourire, peut-être un peu narquois.

— Laquelle ?

Thomas soupira et leva les yeux au ciel, trahissant la frustration et l'épuisement.

Jake avait souvent vu cette attitude dans les familles d'accueil où il était placé, l'air de dire « Celui-ci va nous en faire voir de toutes les couleurs ».

Mais, en la circonstance, il ne s'agissait pas de lui.

— Prenez ça comme un conseil amical, dit Thomas. Zara n'est pas aussi forte qu'elle le prétend. Et Hazel n'est pas aussi fragile qu'elle en a l'air. Elles ne sont ni l'une ni l'autre seules et sans défense. Alors, faites attention où vous mettez les pieds.

— Elles n'ont pas besoin d'un défenseur. Zara a été très aimable avec nous, alors qu'elle n'avait pas de raison de le faire. Je veux simplement l'en remercier.

— Dans ce cas, restez en dehors de l'enquête.

La sonnerie du téléphone de Thomas empêcha Jake de riposter.

Le policier grimaça en regardant l'écran, et porta immédiatement l'appareil à son oreille.

— Quoi ? demanda-t-il.

Il se détourna rapidement de Jake, mais ce dernier eut le temps de le voir blêmir.

— Vous ne pouvez pas...

Il sortit à grandes enjambées de l'écurie, mais Jake le suivit. En silence. Prudemment. De façon que Thomas ne se rende pas compte qu'il était encore à portée de voix.

— Laurel, dit Thomas. Hazel n'a tué personne. Je me fiche de ce que les indices portent à croire.

Bon sang, ils allaient arrêter Hazel.

Zara ne s'en remettrait pas.

Il regarda dans quelle direction elle était partie. Son pick-up était toujours garé devant le chalet, donc elle n'avait pas encore filé.

Il devait l'intercepter.

Mais il voulait entendre ce que Thomas avait à dire de plus.

— Je sais qu'il y aura conflit d'intérêts si c'est moi qui l'arrête, mais je dois être là. Elle n'a rien fait. Nous pouvons sûrement...

Thomas ne dit plus rien, écouta l'inspectrice et mit fin à la communication.

Jake décida qu'il était inutile de faire mine d'ignorer ce qui se tramait.

— Vous voulez que j'intercepte Zara avant qu'elle s'en aille ?

Thomas se retourna brusquement, surpris de découvrir la présence de Jake. Tout d'abord, il eut l'air tellement contrarié que Jake se demanda s'il n'allait pas lui lire ses droits et l'arrêter sur-le-champ. Puis il soupira et ses épaules s'affaissèrent.

— Il vaut mieux que ça vienne de la famille.

— Non. Elle serait capable de tuer le messager.

Mauvais choix de mots, se reprocha-t-il aussitôt.

— Si c'est à moi qu'elle donne un coup de poing, elle ne risquera pas de se sentir coupable après. Il vaut mieux que vous soyez auprès d'Hazel.

Thomas jura entre ses dents. Puis il se ressaisit.

— Bien. Je vais rejoindre l'équipe qui doit aller arrêter Hazel à son travail. Faites tout ce que vous pouvez pour retenir Zara ici, et l'empêcher de se précipiter au commissariat. Elle ne fera qu'empirer les choses. Je vais voir, parmi les avocats que je connais, qui je peux leur recommander.

— Vous pouvez compter sur moi.

— J'espère vraiment que vous êtes son ami, Thompson. Parce qu'il va lui en falloir un.

6

Zara était assise à la table de la cuisine et faisait une liste. Elle était presque à cours de lait. Elle supposait qu'elle devait s'entretenir avec le pasteur. En fait, elle ne savait pas comment organiser des funérailles. Et, de toute façon, elle ne pouvait sans doute rien faire tant que le corps ne leur aurait pas été restitué.

Le corps. C'est-à-dire Amber.

Elle ferma les yeux. Juste une seconde. Pour se recentrer sur elle-même. Retrouver cette force qu'elle s'était construite depuis qu'elle était petite. Parce que, quand il n'y avait personne d'autre pour être fort, il fallait que ce soit elle.

« Je peux passer des coups de fil, aller chercher des fleurs, ou autre chose. Pour alléger la charge. »

Jake l'avait dit spontanément, et avec sincérité. Comme si tout le monde faisait ça. Et peut-être que chez lui c'était le cas.

Zara n'était pas sûre que ce mode de fonctionnement lui convienne. Si elle ne gérait pas tout, sa force ne risquait-elle pas de se dissoudre ? Ne serait-elle pas obligée en permanence de s'appuyer sur des gens qui, inévitablement, mourraient, déménageraient ou la laisseraient tomber ?

Elle regarda le petit bout de papier où elle avait écrit « lait » et « temple ».

Lait et temple.

Soudain, ces mots lui semblaient dénués de sens. Un coup

frappé à sa porte n'en avait guère plus, mais ça lui donna quelque chose à faire.

Elle prit ses clés et son téléphone. Qui que ce soit, elle dirait qu'elle devait sortir.

Ce qui était vrai. Elle avait des choses à faire.

Elle ouvrit la porte et se rembrunit en découvrant qu'il s'agissait de Jake.

— Vous me suivez ? demanda-t-elle, se sentant… fatiguée.

Et même complètement exténuée par cette constante parade de personnes.

— En fait, Thomas m'a demandé de vous apporter des nouvelles.

Zara avait envie de lui claquer la porte au visage. Elle ne voulait pas de nouvelles. Elle ne voulait pas que ce soit Jake qui les lui apporte.

— Pourquoi n'est-il pas venu me les dire lui-même ?

— Il devait partir en urgence. Hazel va être arrêtée. Il voulait être là.

Il avait une façon d'aller droit au but qu'elle n'était pas sûre d'apprécier. Arracher le pansement d'un coup sec. Frapper fort.

Arrêtée ? Sa sœur ?

Elle rit nerveusement. Ça n'avait aucun sens.

Jake fronça les sourcils.

— Je ne plaisante pas, Zara.

Elle secoua la tête.

— Je sais.

Son rire se transforma en quelque chose qui ressemblait à de la panique et à de l'hystérie, et elle eut l'impression qu'elle ne parvenait plus à respirer.

Mais si Hazel allait être arrêtée…

— Je dois y aller. Je dois être avec elle.

Jake entra dans le chalet – *son chalet* – et lui barra le passage.

— Thomas m'a demandé de veiller à ce que vous restiez ici, dit-il très sérieusement.

Son imposante silhouette bloquait la porte.

Elle le regarda. Ce n'était pas le choc qui roulait en elle. Ça aurait été trop simple. C'était un mélange d'un peu tout. Le deuil. La fureur. La surprise. L'horreur.

Tout se mélangeait et montait avec la force d'un ouragan, se transformant en une rage aveugle qui n'avait pas de but.

Alors, elle décida que Jake serait sa cible.

Elle lança le bras en avant, et Jake saisit son poing, juste avant qu'il n'entre en contact avec son visage.

— Bien essayé, dit-il, comme s'il était vraiment impressionné.

— Il faut que je rejoigne Hazel, expliqua-t-elle entre ses dents serrées.

Dans le même temps, elle essayait de retrouver son centre de calme. Cet endroit en elle qui résolvait toujours les problèmes, qui reprenait le contrôle.

Puis elle réalisa que Jake lui tenait toujours le poing.

Elle libéra sa main. Son souffle était encore irrégulier. Sans doute devait-elle être reconnaissante à Jake de l'avoir arrêtée avant qu'elle ne lui casse le nez.

Ce n'était pas la faute de Jake. Il n'y était pour rien.

Elle recula de deux pas, le trouvant trop proche d'elle, comme s'il était prêt à l'empêcher physiquement de sortir, ou à la prendre dans ses bras si elle s'effondrait.

Non, elle n'allait pas faire ça. Elle ne pouvait pas se le permettre.

— Je ne dois pas la laisser seule.

— Thomas sera là. Il a dit qu'il allait lui fournir une liste d'avocats. Votre cousin veillera sur elle.

— Mais elle...

Zara déglutit avec peine.

— Vous ne comprenez pas. Hazel...

Elle n'arrivait pas à le dire. Elle ne pouvait se résoudre à lui expliquer que sa sœur était incapable de supporter le stress d'une telle situation.

— J'ai quelque chose à vous montrer.

— Jake...

— Venez avec moi. Et ensuite, je vous conduirai là où ils détiennent Hazel. Interférer ne servira à rien. Ne croyez-vous pas que Thomas sait de quoi il parle ?

Zara essaya de mettre de l'ordre dans ses pensées, qui partaient en tous sens. Qu'est-ce qui était le mieux pour Hazel ? Voilà ce qu'elle devait se demander.

Ne pas se faire arrêter.

Avait-elle le temps d'arriver avant la police ? Pouvait-elle appeler Hazel et la prévenir ?

Elle savait que Thomas ferait au mieux... dans le cadre de la loi.

Mais elle ne se souciait pas des règles quand il s'agissait de sa sœur, tellement fragile et sensible. Sa nature perpétuellement angoissée ne s'était pas arrangée quand son dernier petit ami en date l'avait quittée.

Elle tourna le menton vers la porte, semblant indiquer qu'elle allait le suivre, même si elle n'en avait aucunement intention. Il sortit et elle l'imita, en prenant le temps de verrouiller la porte du chalet – chose qu'elle ne faisait jamais d'ordinaire. Mais avec tous ces flics qui rôdaient dans les parages, ça semblait plutôt nécessaire.

Tandis que Jake commençait à se diriger vers la maison principale, Zara regarda du côté de sa voiture, pour évaluer la distance.

Avait-elle le temps de se ruer vers le pick-up et de se mettre au volant, avant que Jake ne s'en rende compte ?

— À votre place, je ne ferais pas ça, dit-il d'un ton posé, sans même jeter un coup d'œil par-dessus son épaule.

Zara s'arrêta net, sa clé de voiture à la main.

— Sinon quoi ?

Il se tourna et lui sourit, avec une assurance teintée de défi. On se serait cru dans un vieux film sur le Far West, où les adversaires, positionnés à dix pas d'écart, se tenaient prêts à sortir leur arme.

— J'ai promis à Thomas que vous ne bougeriez pas d'ici. Et j'ai bien l'intention qu'il en soit ainsi. C'est pour moi une question d'honneur de vous empêcher de monter dans votre voiture.

Elle plissa les yeux et l'observa, en se demandant comment elle pourrait métaphoriquement dégainer plus vite que lui. Il était plus grand et plus fort qu'elle, et, pour l'avoir vu travailler, elle savait qu'il était capable de se déplacer très vite quand c'était nécessaire.

Il fallait être réaliste, ses chances étaient minimes. Et puis, il y avait quelque chose dans la façon dont il avait dit « C'est pour moi une question d'honneur » qui la faisait hésiter à le mettre à l'épreuve. Alors qu'elle adorait généralement tester tout le monde.

— Appelez-la si ça peut vous aider à vous sentir mieux, mais je ne peux vous laisser aller nulle part pour le moment. En revanche, je peux vous montrer quelque chose qui pourrait vous aider.

— M'aider ? Et de quelle façon ?

Il haussa un sourcil, indiquant clairement qu'elle devait faire ce qu'il demandait, si elle voulait savoir de quoi il s'agissait.

Zara inspira et expira lentement, profondément. C'était la seule façon de se calmer et de prendre une décision quand le monde s'effondrait autour de vous.

Respirer. Se recentrer. Se concentrer.

Avant toute chose, elle allait appeler Hazel. Elle devait au moins prévenir sa sœur de ce qui l'attendait.

Mais quand Hazel répondit, sa voix était tendue.

— Je ne peux pas te parler maintenant, dit-elle.

— Thomas a dit qu'ils allaient t'arrêter. Tu dois...

— Ne t'inquiète pas pour moi. Je peux gérer ça.

Zara eut envie de demander « Depuis quand ? » mais elle n'eut pas l'occasion de le faire car Hazel avait déjà raccroché.

Les doigts crispés autour de son téléphone, Zara mit quelques secondes avant de l'écarter de son visage et d'accepter la réalité.

Hazel ne voulait pas de son aide.

Oh ! bien sûr, quand Douglas l'avait harcelée, elle avait eu besoin d'aide. Mais maintenant qu'elle était arrêtée par la police, tout allait bien, elle pouvait s'en sortir toute seule.

— Venez, Zara, dit Jake.

Et son intonation était si gentille qu'elle faillit se radoucir elle-même. Au lieu de quoi, elle fit exactement le contraire. Elle redressa fièrement la tête et le gratifia d'un regard glacial.

— Très bien. Montrez-moi le chemin.

Elle irait voir ce qu'il tenait tellement à lui montrer, et ça lui laisserait le temps d'élaborer un plan.

Jake fut un peu surpris quand Zara le suivit, empruntant à pied le long chemin entre le chalet et la maison. Malgré ses jambes plus courtes, elle suivait le rythme de ses longues enjambées pressées. C'était souvent le cas.

Il s'attendait à moitié à ce qu'elle se rue vers le pick-up et se batte avec lui. Mais elle l'avait jaugé et avait compris qu'elle n'y arriverait pas.

Pour autant, il ne se faisait pas d'illusion. Elle essayerait de lui fausser compagnie à un moment ou à un autre. En fait, il ne serait pas surpris qu'elle fasse preuve de bonne volonté pour donner le change et endormir ses soupçons.

Elle serait déçue. Mais il admirait son sens de la stratégie.

Lui aussi allait devoir être un peu stratégique. Ce ne serait pas simple, car Zara n'était pas facile à duper. Elle douterait de tout. Y compris des motivations de Jake.

Elle arriva en haut du perron avant lui, et tendit la main pour ouvrir la porte. Soudain, elle suspendit son geste, et une expression de tristesse et de nostalgie traversa son visage.

Puis elle recula.

Pendant un mois et demi, cette femme lui avait appris, ainsi qu'à ses « frères », comment exploiter un ranch, avec des regards tranchants comme l'acier, des ordres énoncés sèchement, mais toujours avec une certaine forme d'impartialité. Et un humour froid.

Il y avait du sérieux, de la gravité dans sa façon de leur enseigner le métier de rancher. Mais il n'avait jamais vu l'émotion la frapper de plein fouet, alors qu'elle réalisait que ce n'était plus sa maison.

Pour la première fois, Jake regretta profondément tout ce qui les avait contraints à atterrir ici.

Elle désigna la porte.

— Il vaut peut-être mieux que je ne débarque pas comme ça. Qui sait ce que six hommes seuls font dans l'intimité de leur maison.

— On ne fantasmerait pas un peu, par hasard ?

Elle laissa échapper un petit rire, comme il l'espérait, mais ça n'atténua pas la gravité sur son visage.

Il ouvrit la porte et la laissa entrer. Elle regarda autour d'elle comme si elle venait de pénétrer dans une maison de poupée. Comme si ce n'était pas tout à fait réel.

— C'est à l'étage, dit-il, en s'efforçant de ne pas guetter chacune de ses expressions ou de ses émotions.

Il l'avait fait venir ici pour détourner ses pensées d'Hazel, et ça semblait fonctionner.

Elle le suivit dans l'escalier, et il ne regarda pas derrière lui tandis qu'elle lui emboîtait le pas dans le couloir étroit de l'étage. Il réalisa alors qu'elle avait dû passer des heures et des heures à monter et descendre ces marches quand elle était enfant.

Zara était difficile à imaginer en petite fille. Il ne la voyait pas autrement que semblable à aujourd'hui, mais plus petite.

— Pas de décorations de Noël ?

— Ce n'est pas vraiment le genre de choses qui passionne six hommes seuls.

Il entra dans sa chambre, et elle le suivit.

— Fermez les yeux un instant.

— C'est là que vous avouez que c'était vous depuis le début, et que vous me tuez en riant comme un dément ?

Il haussa les épaules.

— Si ça vous plaît de le croire.

Il aurait pu la laisser en bas, mais il était plus que probable qu'un de ses frères entrerait et demanderait des explications qu'il n'était pas prêt à donner maintenant.

Après un interminable silence, elle finit par soupirer.

— Très bien. Peu importe.

Elle se tourna vers l'entrée de la chambre.

Il ne savait pas si elle avait les yeux fermés mais, tant qu'elle lui tournait le dos, elle ne pourrait pas voir le système complexe de serrures et de codes qui gardait secrètes ses informations les plus confidentielles.

Il ouvrit enfin la porte de ce qui était autrefois une pièce de rangement, avec une commode contenant un tiroir secret où il avait dissimulé d'autres choses.

Sur le grand tableau de données, qu'il avait fabriqué lui-même et fixé au mur, il retourna quelques photos qu'il ne voulait pas qu'elle voie.

— C'est bon, annonça-t-il finalement. Vous pouvez regarder, maintenant.

Zara se tourna et s'avança dans la pièce. Son expression était sceptique et vaguement agacée, mais absolument pas effrayée.

Soit elle faisait confiance à Jake, soit elle était trop confiante en général. Cette dernière hypothèse éveilla en lui un irrésistible instinct de protection. Ce qui était plutôt amusant, car elle était le genre de femme à s'offusquer d'une telle attitude.

Elle eut une mimique perplexe en découvrant le tableau rassemblant tous les éléments connus à propos du décès d'Amber.

— Qu'est-ce que... ? Vous enquêtez ? Comment avez-vous fait pour rassembler tous ces éléments ?

— Disons que... j'ai certaines compétences.

— Ou bien vous avez regardé trop d'épisodes des *Experts*, marmonna-t-elle.

Elle prit cependant le temps de lire toutes les données affichées, d'observer les photos.

— J'ai posé la mauvaise question. Pourquoi avez-vous rassemblé tout ça ?

— Rien dans cette malheureuse histoire n'a de sens. J'ai pensé que, en collectant toutes les données, je pourrais voir quelque chose qui aurait échappé aux flics.

Détachant ses yeux du tableau, elle le gratifia d'un regard accusateur.

— Pourquoi vous donnez-vous cette peine ? Ne me dites pas que c'est par gentillesse. Et ne me mentez pas !

Jake soupira, lassé de ses soupçons permanents.

— Je n'ai pas tué votre sœur.

— Je le sais bien. Mais vous ne me dites pas tout. Pourquoi tout le monde me cache-t-il des choses ?

Jake se rendit compte soudain qu'il avait envie de tout lui raconter. Toutes les vérités qu'il avait juré de ne jamais révéler à personne.

Il ne savait pas pourquoi. Ça tenait peut-être à sa façon d'avancer dans la vie, en étant sûre de la place qu'elle y occupait, même si elle avait été déracinée de son foyer. Sa façon aussi, impatiente et spontanée, de croire qu'il n'avait pas tué Amber, même si elle ne savait rien de lui.

Mais il y avait une différence entre vouloir quelque chose et le faire.

— Disons que j'ai tout intérêt à ce qu'on ne vienne pas trop fouiller dans la vie des frères Thompson. Pas parce que nous avons fait quelque chose de mal – et je sais que vous vous posez la question – ou que nous préparons un mauvais coup.

— Pour quelle raison, alors ?

— Je ne peux pas vous le dire. Mais je pense que nous pouvons travailler ensemble car nous avons le même but. Vous voulez innocenter Hazel, et j'aimerais qu'on cesse de s'intéresser à nous à cause de cette affaire. Hazel a été arrêtée, et nous savons tous les deux qu'elle n'est pas la meurtrière. Or, les flics sont focalisés sur elle, et ne vont pas chercher plus loin que le bout de leur nez. Ça veut dire que quelqu'un doit trouver le coupable.

Zara observa à nouveau le tableau, en faisant une petite moue.

Jake voyait bien qu'elle réfléchissait, pesait le pour et le contre, et il insista.

— Je sais que vous pouvez remplir les blancs. Ainsi que certaines personnes en ville. Des recherches plus approfondies nous apporteront aussi d'autres éléments. Donc, si nous associons vos connaissances et mes techniques d'enquête, je pense que nous pouvons aisément sortir Hazel de ce pétrin.

— Ça dépend.

— De quoi ?

— De qui a tué Amber. Parce qu'elle n'est pas morte là où elle s'est enfuie. Elle est morte ici, et récemment. Ce qui veut dire que la probabilité qu'il s'agisse d'une personne étrangère à la ville est faible. Tandis que la possibilité qu'Hazel cache quelque chose, comme l'a suggéré l'inspectrice, est élevée.

Elle soupira.

— Vous croyez vraiment que vous pouvez trouver qui a fait ça ?

— J'en suis certain.

7

Zara connaissait une chose ou deux sur les faux espoirs. Sur le fait de croire aux paroles et aux promesses. Dad faisait ça tout le temps. Au bout d'un moment, elle avait cessé de lui faire confiance, et il avait arrêté de promettre.

Mais elle avait tellement besoin de croire à ce que venait de lui dire Jake.

Il s'agissait de travail, après tout. D'une compilation d'informations, d'indices, de photos... Certaines étaient retournées, face contre le tableau. Elle tendit la main pour enlever l'un des aimants, et voir de quoi il s'agissait.

— Qu'est-ce que c'est ?

Jake tendit le bras pour intercepter son geste, et elle fut surprise par le contraste entre la vivacité de sa réaction, et la douceur avec laquelle ses doigts s'étaient refermés autour de son poignet.

Il s'éclaircit la gorge, l'air embarrassé.

— J'ai pris quelques clichés de la scène de crime. Je vous conseille de ne pas les regarder.

Effectivement. Elle supposait que c'était préférable.

— Comment avez-vous fait ?

— Il vaut mieux que vous ne posiez pas trop de questions sur mes méthodes.

Sincèrement, elle ne savait pas trop ce qu'elle devait en

penser. Jake avait rassemblé tous les éléments qu'il possédait sur l'affaire. Comme l'aurait fait un policier.

Qui était-il vraiment ?

Elle pensa à son cousin Thomas, qui était un très gentil garçon, vraiment. Mais il avait le respect de la loi chevillé au corps. Jamais il ne ferait quoi que ce soit qui sortirait du cadre.

Jake, au contraire, se moquait éperdument des règles et des conventions. Elle ne croyait pas à ses protestations d'innocence. Mais elle ne parvenait pas non plus à imaginer qu'il avait fait quelque chose d'horrible.

Elle supposait que certaines femmes se faisaient berner par des hommes séduisants et charmeurs qui prétendaient être inoffensifs.

Mais il ne s'agissait pas de ça.

Elle ne croyait pas que Jake était inoffensif. Pas avec le ton implacable qu'il avait employé pour lui dire de ne pas essayer de courir vers son pick-up. Pas avec ces regards d'acier trempé qu'il lui lançait parfois.

Et même, elle ne pensait pas qu'il était particulièrement honnête.

Mais elle trouvait qu'il y avait quelque chose de… décent chez lui. De toute évidence, il ne tolérait pas l'injustice et ne permettrait pas qu'une innocente se retrouve en prison.

Zara soupira.

Elle n'était pas le genre de femme à se laisser embobiner par des phrases du genre : « J'ai un secret que je ne peux pas te confier, mais je te jure que c'est pour ton bien. »

Mais, honnêtement, elle était trop fatiguée pour s'en soucier. Quelqu'un lui proposait ce dont elle avait besoin : une tentative pour trouver des réponses qui ne soient pas ineptes, comme l'affirmation qu'Hazel était la meurtrière. Même si sa sœur cachait quelque chose.

— Donc, on fait quoi, maintenant ? demanda-t-elle.

— Vous comblez certains blancs pour moi. Puis je vous emmène parler à Hazel, et vous verrez si vous pouvez lui faire dire ce qu'elle cache.

— Et ensuite ?

— Ce sont les étapes d'aujourd'hui. Demain, nous passerons à autre chose.

Ça paraissait tellement raisonnable. Comme s'il avait bâti un plan étape par étape. Alors elle désigna la chronologie qu'il avait établie, et commença à lui fournir les éléments manquants.

— On était au mois d'août quand Amber a disparu. C'était l'été de nos seize ans. Juste avant la rentrée scolaire.

— Personne ne semble avoir envie d'en parler. Pourquoi ?

— Elle a quitté la région le même jour qu'un homme qui avait le double de son âge. Un homme très apprécié et très respecté, et qui était aussi marié. Ce fut un choc pour tout le monde. Non seulement il avait une aventure illégale avec une mineure – une amie de sa fille, qui plus est – mais il était parti comme ça, du jour au lendemain.

Jake fronça les sourcils.

— Ce n'est pas le genre de choses sur lesquelles les gens adorent colporter des ragots ?

— Quand c'est encore tout frais, évidemment. Mais ça devient déplacé quand la fille qu'ils ont tant blâmée est morte. Les petites villes ne sont pas parfaites, mais Wilde aime les siens. En tout cas, quand ils ont été assassinés.

Jake ne fit pas de commentaire, et se contenta d'inscrire les informations sur le tableau.

— Et cet homme n'est pas suspecté ?

— Je suppose que si. Mais comment le savoir ? Personne n'a jamais réussi à mettre la main sur lui. Ma famille a fait ce qu'elle a pu pour retrouver Amber, mais nous avions des ressources limitées. La famille Phillips est une des plus riches de la ville. La fille de M. Phillips a passé des années à le chercher, à essayer de découvrir ce qui s'était passé. Mais il n'a jamais été revu depuis, pas plus qu'il n'a donné de nouvelles. Ça remonte à dix ans.

— Même chose pour Amber ?

— Oui.

— Hazel aurait-elle pu être au courant de quelque chose ?

— Non.

Mais une étrange sensation fit courir un frisson le long de la colonne vertébrale de Zara. Parce que les paroles de l'inspectrice continuaient à résonner dans sa tête.

— En tout cas, pas à ma connaissance, ajouta-t-elle.

— Mais vous vous demandez si ce serait possible.

— Je ne sais vraiment pas. Avant, je n'aurais jamais pensé ça d'elle. Mais, depuis hier, ça ne cesse de me tarauder l'esprit. Et ça me semble horrible. Comme une trahison.

— Eh bien, elle vous dira peut-être de quoi il s'agit, maintenant qu'elle a des ennuis.

Leur conversation fut brutalement interrompue.

La porte de la chambre de Jake venait de s'ouvrir brutalement, et Landon entra, vêtu en tout et pour tout d'une serviette de bain autour de la taille.

— Jake, bon sang, où se trouve... Oh !

Il s'éclaircit la gorge, regarda tour à tour Zara et Jake avec un certain amusement, puis sourit à Zara.

— Bonjour. Ça va ?

Zara haussa les sourcils, mais ce fut sa seule réaction devant un homme à demi nu. Jake supposa qu'il avait eu de la chance que Landon s'embarrasse d'une serviette.

— Où est le gel douche que tu étais censé acheter ce matin ? demanda Landon, qui ne semblait pas du tout gêné par la situation.

— Je ne suis pas encore allé en ville. Je m'apprêtais à sortir.

Voyant que Landon ne bougeait pas, il ajouta :

— Tu peux nous laisser, maintenant.

Landon fit enfin demi-tour et sortit de la pièce. Mais Jake ne le vit pas. Il regardait la façon dont Zara le suivait des yeux.

— Désolé, dit-il, sans savoir ce qui l'irritait ainsi.

— Vous êtes désolé pour l'interruption, ou pour la séance de strip-tease ? demanda-t-elle, moqueuse.

— Les deux.

— La séance de strip-tease ne m'a pas dérangée.

Il fut tellement surpris qu'il ne put s'empêcher de rester bouche bée.

Elle haussa les épaules.

— Vos frères et vous n'êtes pas des ogres, Jake. Et quoi que les gens pensent de moi, je suis une femme. Je ne déteste pas les abdominaux bien dessinés et les cuisses puissantes.

— C'est bon, marmonna-t-il, ayant hâte de mettre un terme à cette conversation.

Il commença à refermer le tableau, puis il verrouilla l'ancienne pièce de rangement.

— Les épaules larges et les biceps saillants ne sont pas mal non plus.

— J'ai dit que c'était bon, grommela-t-il en lui lançant un regard sévère.

Elle rit, et Jake eut du mal à rester fâché. D'abord parce qu'elle vivait quelque chose de terrible, et c'était bien de pouvoir lui apporter un peu de soulagement. Mais aussi parce qu'elle s'était montrée plutôt sérieuse depuis qu'ils avaient fait sa connaissance.

Il savait qu'elle avait de l'humour. Ses remarques étaient d'ailleurs assez cassantes et acerbes. Mais là, elle semblait prendre un plaisir malicieux à se moquer de lui.

— Je vais vous conduire en ville, et voir comment ça se passe au commissariat, dit-il. S'ils vous laissent parler à Hazel, j'irai faire mes courses, et je vous récupérerai au retour. Ça vous paraît bien ?

Elle hocha la tête.

— Je suppose que c'est une perte de temps de remarquer que je pourrais prendre ma voiture et y aller toute seule.

— Donc, c'est également une perte de temps de répondre que je vais en ville de toute façon, et que vous pourriez accepter l'aide qu'on vous propose.

Elle l'observa un peu trop longtemps, et il trouva cela gênant.

— D'accord, murmura-t-elle.

Et elle le regardait toujours de ses profonds yeux bruns qui...

Il se retourna brutalement.

— Allons-y.

Tandis qu'elle le suivait dans le couloir, elle demanda :

— Comment avez-vous choisi vos chambres ?

Il tourna la tête, surpris.

— Nous avons fait le tour des pièces, et nous avons choisi celle qui nous paraissait la mieux adaptée à nos besoins. Dunne est au rez-de-chaussée à cause de sa jambe. Henry est dans la dépendance aménagée en studio car c'est un râleur insupportable. Et les quatre autres d'entre nous sont à l'étage.

— En quoi cette chambre vous convient-elle ?

Il haussa les épaules.

— Je ne sais pas.

Ces questions le mettaient mal à l'aise. Mais, connaissant Zara, il savait qu'il valait mieux ne rien laisser paraître.

— Il y a une belle vue.

Ils descendirent l'escalier, et Zara resta étrangement silencieuse derrière lui. Lorsqu'ils arrivèrent au rez-de-chaussée, il se tourna pour la regarder.

— Qu'y a-t-il ?

Elle chercha son souffle, l'observant toujours de cette façon qui lui donnait envie de se dandiner d'un pied sur l'autre, comme un enfant intimidé.

Et pourtant, il avait été fixé, inspecté, et rappelé à l'ordre par tellement d'officiers supérieurs, que rien aujourd'hui ne lui faisait détourner le regard.

— C'était la mienne, dit-elle. Ainsi que la commode dans le dressing. Je parie que vous avez caché dans le tiroir secret quelque chose que vous vouliez que personne ne voie.

Ce fut un choc pour Jake.

Cela faisait un moment que quelqu'un ne l'avait pas mis K-O. Et, la dernière fois, c'était une organisation terroriste. Pas une jolie fermière d'une petite ville du Wyoming.

Car, oui, il avait caché certaines choses dans ce tiroir secret.

Zara passa devant lui. Après tout, ça avait été sa maison, et elle connaissait le chemin.

— Nous pourrons en parler pendant le trajet jusqu'au commissariat, dit-elle.

8

Zara savoura l'air choqué de Jake tout le long du trajet jusqu'au commissariat. Il était d'ordinaire si impassible. Apparemment, ce n'était qu'une façade, et elle avait découvert une de ses failles.

Assise sur le siège passager, elle lui jetait de temps en temps de discrets coups d'œil, observant son profil.

Il s'était naturellement ressaisi très vite. Ses mains sur le volant étaient détendues, son dos était confortablement calé contre le siège. Mais il y avait quelque chose dans la façon dont il fixait intensément la route, qui incitait Zara à croire qu'il se donnait beaucoup de mal pour cacher ce qu'il ressentait.

— J'espère que vous ne dissimulez pas des armes dans le tiroir secret ? dit-elle de but en blanc.

Il tourna son regard bleu vers elle. Ce fut bref, mais elle eut le temps de voir une lueur de surprise caractéristique, dans ce mouvement à peine esquissé.

— Non.

— Mais il y a bien quelque chose dedans.

Il avait reporté son attention sur la route, mais sa mâchoire était crispée.

— Bien sûr. Nous avons tous nos secrets, n'est-ce pas ?

Zara réfléchit à sa propre vie.

Avait-elle des secrets ? Pas du genre qu'on cache dans un tiroir secret, en tout cas.

Il était loin, le temps où elle tenait un journal intime plein de pensées ridicules et embarrassantes, qu'elle avait eu le bon sens de brûler après qu'Amber l'eut trouvé et lu à haute voix à ses amis, quand elles avaient treize ans.

Mais l'homme à côté d'elle, aussi dévoué soit-il, avait sûrement des secrets plus importants. Du genre qu'il valait mieux que la police ignore.

Sa raison lui disait qu'elle ne devait pas lui faire confiance. Mais elle ressentait – au fond de ses tripes, comme aurait dit son arrière-grand-père – que Jake n'était pas dangereux.

En tout cas, pas pour elle.

Jake se gara devant le commissariat de police, et Zara s'arma de courage.

Elle ne voulait pas gérer ça. Ni se retrouver devant sa sœur en état d'arrestation, ni savoir ce qu'Hazel lui cachait.

Et surtout, elle n'avait pas envie d'entrer et de se faire refouler. La laisserait-on seulement voir Hazel ?

Elle sentit à travers la manche de son manteau la délicate pression de la main de Jake sur son bras.

— Vous voulez que je vienne avec vous ?

Elle secoua la tête.

— Merci, mais on pourrait se demander pourquoi vous m'avez accompagnée. Pourquoi vous vous impliquez. Et c'est justement le genre de questions que vous cherchez à éviter.

Jake l'observait avec ce sérieux dont elle ne savait pas quoi penser.

— Je peux supporter quelques questions, dit-il.

Le ton était ferme. Assuré. Une aide offerte de façon désintéressée, quoi qu'il puisse lui en coûter.

— Ça va aller, affirma-t-elle.

Entrer avec lui, comme s'il était en quelque sorte son

soutien, lui paraissait plus effrayant et dangereux qu'affronter ça toute seule.

— Merci, conclut-elle. Je vous envoie un sms s'ils ne me laissent pas la voir.

Elle sortit de la voiture et marcha d'un pas décidé vers la porte du commissariat.

Hésitant au moment d'actionner la poignée, elle tourna la tête.

Il était toujours assis là, attendant qu'elle entre. Comme s'il ne voulait pas partir avant de s'être assuré qu'elle était à l'intérieur. Avant d'être certain qu'elle serait capable de faire ce pour quoi elle était venue.

Elle s'éclaircit la gorge et redressa les épaules. Puis elle se présenta à l'accueil et alla s'asseoir en attendant d'être appelée.

Cela faisait des années qu'elle n'était pas venue ici. Mais à seize ans, au moment de la disparition d'Amber, elle avait passé beaucoup de temps au commissariat du comté de Bent.

Dévalant un escalier, l'inspectrice Delaney-Carson ne tarda pas à venir à sa rencontre.

— Je suppose que vous êtes ici pour voir Hazel.

— Si c'est possible.

L'inspectrice hocha la tête.

— Nous pouvons vous laisser vous entretenir avec elle, mais un officier devra se trouver dans la pièce avec vous.

— Est-ce que ça peut être Thomas ?

L'inspectrice eut un sourire d'excuse, et son regard était empreint de gentillesse. Pas comme toute la ribambelle d'officiers à qui ils avaient eu affaire au moment de la disparition d'Amber.

— Malheureusement, non. D'abord parce qu'il y a conflit d'intérêts, et ensuite parce qu'il est en intervention en ce moment. Il a dit qu'il allait vous donner les noms de quelques avocats. Je vous encourage à trouver rapidement celui qui sera le mieux adapté à votre affaire.

L'inspectrice guida Zara au fond d'un couloir, bifurqua et descendit un escalier. Puis elle s'arrêta devant une porte métallique.

— Thomas est persuadé que votre sœur n'est pas coupable dit-elle, en baissant la voix. Et je suis tentée de le croire. Même si vous êtes de sa famille, c'est un bon policier, et il ne laisse jamais ses émotions brouiller son instinct. Mais il y a une preuve contre Hazel, que nous ne pouvons ignorer. Avec un tel élément, nous n'avions pas d'autre choix que de l'arrêter.

— Quel genre de preuve ?

L'inspectrice soupira.

— Je suis désolée. Je ne peux pas vous donner cette information. Mais si Hazel sait ce que nous avons emporté, elle peut vous le dire.

— Merci, inspectrice.

La jeune femme eut un petit sourire.

— Vous pouvez m'appeler Laurel. Et vous n'êtes pas obligée d'être polie avec la personne qui rend la vie difficile à votre sœur. Je peux encaisser un peu de ressentiment. Ça fait partie du job. De plus, sachez que l'arrestation d'Hazel ne va pas empêcher d'explorer d'autres pistes, qui pourraient mener à une théorie plus satisfaisante.

Zara fut surprise par la gentillesse de l'inspectrice. Avait-elle été convaincue par Thomas ? Elle songea au tableau de Jake. Pouvait-il s'y trouver des informations qui aideraient Laurel à prouver l'innocence d'Hazel ?

Zara fixa la porte.

Hazel se trouvait de l'autre côté. Elle devait assurément être en train de passer des moments difficiles. Mais ce n'était pas la faute de Laurel.

— Je crois que je vais mettre mes mauvaises manières de côté pour le coupable, répondit-elle.

Laurel ouvrit la porte, et fit un signe à l'officier debout dans l'angle.

— Voici Zara Hart, la sœur de Mlle Hart.

Comme si ce n'était pas évident, compte tenu de leur ressemblance. Mais peut-être était-ce la procédure.

— Quand ce sera terminé, faites-la escorter jusqu'à l'accueil.

L'officier hocha la tête.

— Zara, si vous voulez me parler de quoi que ce soit après, n'hésitez pas à demander à un officier de vous conduire à mon bureau. Ou bien, vous pouvez m'appeler. Vous avez toujours ma carte ?

Zara hocha la tête, et Laurel lui tapota l'épaule en un geste rassurant.

— Je vous laisse.

Zara se tourna vers sa sœur. Elle était assise, des menottes autour de ses fragiles poignets, et serrait fermement ses mains posées devant elle sur la table.

Hazel esquissa un sourire.

— Tout va bien, dit-elle d'une fois étonnamment assurée.

— Je ne crois pas, non, répondit Zara, en prenant place en face de sa sœur.

— Eh bien, ce n'est pas idéal, mais ça peut aller. Pour le moment, je n'ai qu'à rester assise là, et l'inspectrice vient me voir de temps en temps pour me poser des questions. Je ne sais pas ce qui va se passer après, mais je ne m'inquiète pas. Thomas pourra venir me parler aussi, quand il aura terminé son intervention. Tu vois, tout se passe bien.

— Je ne vois pas en quoi ça se passe bien. L'inspectrice a dit qu'ils avaient une preuve contre toi.

— Ils ont trouvé des choses dans ma chambre, mais elles ne sont pas à moi. Enfin, pas toutes. C'est assez compliqué.

— De quoi s'agit-il ? Qu'est-ce qui est compliqué, Hazel ? Je suis dans le brouillard, là. Qu'est-ce que tu me caches ?

— Ils ont trouvé un pull avec du sang dessus. Je leur ai dit que je ne l'avais jamais vu, bien sûr. Mais ils pensent que je mens, parce que...

Hazel reprit son souffle, et il passa dans son regard un mélange de chagrin, de deuil, et quelque chose qui ressemblait assez à de la culpabilité.

— Parce que quoi ?

— Il était dans un sac-poubelle, sous mon matelas.

Zara eut l'impression que la pièce se mettait à tourner autour d'elle. Quelque chose résonnait dans sa tête, et une pression commençait à croître dans sa poitrine.

— Quoi ? s'écria-t-elle, d'une voix suraiguë.

Il ne s'agissait pas seulement d'une preuve, mais d'un vêtement ensanglanté caché sous un matelas.

Hazel lui lança un sévère regard d'avertissement, et ce fut tout à fait troublant pour Zara de voir sa sœur faire preuve de calme et d'autorité, tandis que c'était elle qui paniquait.

Une sonnerie stridente envahit la pièce, et Zara faillit bondir sur ses pieds.

Elle tourna la tête vers le garde, et vit que celui-ci avait répondu à son téléphone et parlait à voix basse.

Profitant du fait qu'il était distrait, Zara se pencha.

— Pourquoi tu ne me dis rien ? demanda-t-elle, dans un murmure.

Hazel répondit en chuchotant et en parlant très vite.

— Laisse tomber, d'accord ? Tout va bien. Je t'assure. Je suis plus en sécurité ici.

— Plus en sécurité ?

Comme s'il était question de ça.

— Hazel...

— Laisse tomber, répéta Hazel d'un ton ferme.

Zara était médusée. Jamais, de toute leur vie, elle ne lui avait parlé de cette façon.

— Ne va pas fouiner, essayer de trouver des choses. Laisse l'inspectrice gérer son enquête. Elle a l'air gentille.

— Gentille ? Elle t'a arrêtée pour meurtre.

Hazel se laissa aller contre le dossier de son siège, avec une étrange froideur dans le regard, que Zara n'avait jamais vue.

— Pour mon bien. Pour le tien. Ne fais rien, Zaraleigh.

Tout en faisant ses courses, Jake posa, l'air de rien, quelques questions à propos d'Amber. Il avait envie de connaître les théories sur sa mort, sur sa disparition dix ans plus tôt, sur son retour sans que ses sœurs soient au courant.

Ça l'aiderait à former un canevas, où toutes les opinions seraient brodées, formant un patchwork. Il suffirait ensuite de tirer sur un fil pour que la vérité se déroule d'elle-même.

Il n'avait pas encore trouvé le fil, mais il y travaillait.

Quand Zara lui envoya un sms pour lui dire qu'elle en avait fini au commissariat, il était déjà sur le parking. Elle sortit, cillant à cause du soleil aveuglant de l'après-midi, et vint vers lui.

Elle semblait profondément choquée. Vivante et toujours intacte à l'extérieur, mais changée pour toujours à l'intérieur.

Elle prit place sur le siège, les doigts crispés sur son sac, fixant le pare-brise sans paraître rien voir.

— Mettez votre ceinture, et on y va, dit-il.

Elle ne répondit rien. Ne parut même pas se rendre compte qu'il avait parlé.

— Ça s'est mal passé ?

Comme elle ne réagissait toujours pas, il se pencha au-dessus du levier de vitesse et de Zara, et alla tirer lui-même sur la ceinture de sécurité, pour la faire passer devant elle et l'enclencher.

Elle bougea enfin, tournant la tête vers lui. Et parce qu'il était penché au-dessus d'elle, leurs visages étaient proches l'un de l'autre.

Assez proches pour qu'il puisse compter ses cils, remarquer de légères taches de rousseur sur son nez, et une cicatrice presque effacée sur son front. Suffisamment pour qu'il plonge dans la profondeur de ses yeux bruns.

Le choc suffit à lui faire reprendre sa place, avide d'un peu de distance. De toute façon, il y avait des sujets importants en cours.

— Alors, vous l'avez vue ?

Zara hocha lentement la tête.

— Oui.

— Elle vous a dit quelque chose d'utile ?

— Non. Pas exactement. Je...

Zara chercha son souffle et parut reprendre le contrôle d'elle-même.

— Elle m'a dit de laisser tomber. De ne pas fouiner partout pour essayer de trouver des choses. Qu'elle était plus en sécurité ici.

Zara tourna la tête vers le commissariat.

— En sécurité ? Quel étrange constat.

— C'est ce que je me suis dit aussi. Laurel, l'inspectrice, m'a dit qu'elle allait continuer à chercher dans d'autres directions, mais la preuve contre Hazel était suffisamment incriminante pour qu'elle soit obligée de l'arrêter.

Jake manœuvra hors du parking.

— Eh bien, c'est une bonne chose qu'elle continue à enquêter. Mais quel genre de preuve peut être aussi accablante ?

— Un pull ensanglanté caché dans sa chambre. Hazel a dit qu'il n'était pas à elle, mais... comment se serait-il retrouvé sous son matelas ?

— Quelqu'un essaye peut-être de la piéger.

Zara fronça les sourcils.

— Mais qui ? Et comment ?

Elle secoua la tête.

— Ça fait beaucoup trop de questions sans réponse. Et elle m'a dit de laisser tomber. De ne pas fouiner. Mais que feriez-vous si l'un de vos proches vous demandait de ne rien faire ?

— Je n'ai pas de pro...

Il réalisa son erreur trop tard.

Zara haussa les sourcils, et une expression triomphale traversa son visage, comme si elle tenait enfin la preuve que la famille Thompson mentait, ainsi qu'elle le pensait depuis le début.

— J'ai été adopté, dit-il, avant qu'elle puisse l'accuser de quoi que ce soit.

C'était toujours son excuse quand quelque chose clochait. Et puis, ce n'était pas si éloigné de la vérité.

— J'étais déjà assez âgé quand je suis entré dans la famille. Je les considère comme mes frères, bien sûr, mais ce n'est pas la même chose que d'être des triplées identiques, je suppose.

— Sans doute, marmonna-t-elle, visiblement peu convaincue. Mais dans ma famille, quand quelqu'un vous dit de ne pas faire quelque chose, c'est comme agiter un drapeau rouge. Dès lors, ils n'ont qu'une seule envie, c'est de le faire.

— Donc, vous pensez qu'elle veut que vous enquêtiez de votre côté ?

— Je n'en suis pas sûre. Je suis tentée de croire qu'elle était sincère, mais elle n'était pas elle-même. Elle se comportait comme...

— Comme ?

— Moi. Forte et contrôlant la situation. En leader, quoi. Et ça, c'est mon rôle.

— Ça me fait penser à quelque chose que Thomas m'a dit.

— Oui ?

— Hazel n'est pas aussi fragile qu'elle en a l'air.

Zara secoua la tête.

— Sans vouloir vous offenser, je crois que je connais ma sœur mieux que personne. Elle a besoin d'aide, et je suis la seule à pouvoir la lui apporter.

— Et votre père ?

Elle se crispa et ne répondit pas.

Gardant lui aussi le silence, Jake se concentra sur sa conduite.

Il n'aimait pas l'idée que Zara se mette en danger. Mais il savait aussi qu'il était inutile d'essayer d'enfoncer d'un coup d'épaule le mur érigé par une personne qui pensait devoir tout prendre en charge.

Si Zara voulait absolument protéger Hazel, pourquoi pas. Mais il fallait bien que quelqu'un la protège, elle. Ça voulait dire qu'il n'allait pas la quitter d'une semelle.

— Réfléchissons, dit-il. Les flics ont déjà perquisitionné votre chalet, mais Hazel ne veut pas que vous fouiniez partout. Ça veut dire qu'il y a autre chose à découvrir. Où cacherait-elle quelque chose qu'elle ne voudrait pas que vous trouviez ?

— À son travail.

— Allons-y.

— Maintenant ? Jake, j'apprécie vraiment votre aide, mais j'ai ma propre voiture. Et aussi mes deux pieds.

— Bien sûr. Mais pourquoi n'utiliser que deux pieds, quand quatre feront le travail plus vite ?

— C'est vrai que c'est sur le trajet de la maison, reconnut-elle, avec un petit froncement de nez. Mais je n'ai vraiment pas besoin...

— Je n'ai pas demandé ce dont vous aviez besoin, Zara. J'ai dit que nous y allions.

9

C'était une étrange sensation dans la vie de Zara d'être téléguidée par une personne déterminée à l'aider. Elle n'aimait pas ça, parce qu'elle n'appréciait pas que quiconque lui dise ce qu'elle devait faire.

Mais c'était difficile de trouver un bon argument quand Jake ne faisait pas preuve d'autoritarisme ni d'ingérence. En fait, il se contentait de jouer les chauffeurs, et il n'y avait pas de mal à ça.

C'était comme si quelque chose devait s'accomplir, mais elle ne savait pas quoi.

Observant le paysage qui défilait par la vitre, elle indiqua à Jake où tourner avant d'arriver à la route qui les conduirait au ranch.

Il roula sur une petite voie secondaire, suivant les panonceaux marron indiquant Fort Dry.

Lorsqu'il s'arrêta sur le parking, Jake observa la vue avec perplexité.

Trois petits bâtiments semblaient blottis l'un contre l'autre, entourés par une clôture blanche repeinte chaque année. Le paysage autour du fort se résumait à une vaste étendue de terre plate couverte de neige, avec les montagnes au loin.

— Ce truc-là était un fort ? demanda Jake, incrédule.

— En effet. Hazel travaille pour le type qui l'administre, et qui sera sans nul doute ravi de vous faire un cours d'histoire.

Elle a un petit bureau ici, même si le plus gros de son travail se déroule à la bibliothèque.

Elle eut une petite moue dubitative.

— Mais si elle avait quelque chose à cacher, je crois que ça serait plus en sécurité ici.

Toutefois, Zara ne savait pas ce qu'elle devait chercher.

— Je ne comprends pas pourquoi elle me cacherait quelque chose. Ça n'a pas de sens.

Jake lui pressa gentiment l'épaule.

— Essayons d'en trouver un.

Zara ne savait pas comment elle devait prendre tous ces petits contacts physiques.

Ça semblait une seconde nature chez Jake. Et pourtant, il s'était tenu prudemment à distance pendant un mois et demi.

— Vous n'êtes pas obligé...

Elle soupira.

Elle lui répétait sans cesse la même chose, et pourtant il était toujours là.

— Quand allez-vous comprendre que je vous aide parce que j'en ai envie ?

Elle brûlait de lui demander pourquoi, mais elle connaissait la réponse. Il voulait éviter que les flics s'intéressent de trop près à lui, et à ce qu'il cachait dans le tiroir secret de la commode.

Mais ça rendait toutes ces « palpations » parfaitement inutiles.

Elle ouvrit la marche, en ignorant le curieux pincement dans sa poitrine quand la main de Jake glissa de son épaule.

Elle dépassa le bâtiment principal, en espérant éviter M. Field et toute autre personne, pour ne pas avoir à répondre à des questions ou à recevoir des condoléances.

Mais tandis qu'elle se dirigeait vers le bâtiment le plus éloigné, où se trouvait le bureau d'Hazel, Zara s'arrêta net.

Même si la femme qui venait dans sa direction portait une tenue historique, elle la reconnut aussitôt.

La femme s'arrêta aussi, et elles restèrent là, sur le chemin couvert de glace, à se regarder à bonne distance.

Finalement, la femme fut la première à réduire la distance et à rompre le silence.

— Zara. Tu... Hum... Bonjour.

— Bonjour, Kate, répondit froidement Zara, à qui il avait fallu quelques secondes pour retrouver sa voix.

Hazel ne lui avait jamais dit que Kate travaillait là. Tout comme Amber, Kate Phillips était devenue un sujet dont on ne parlait pas dans la famille.

— Je suis désolée pour Amber, dit Kate avec sincérité et gentillesse.

Des années auparavant, Zara aurait su comment réagir. Mais aujourd'hui, entre accusations insensées et douleur profonde, elle n'avait plus les mots.

— La police est venue me poser quelques questions, continua Kate. J'ai dit tout ce que je savais.

Une série de mots, dont aucun n'était particulièrement aimable, traversèrent l'esprit de Zara. Puis elle se rendit compte que le regard de Kate s'était posé sur Jake, derrière elle.

Elle avait presque oublié sa présence. Et aussi pourquoi elle restait plantée là.

Parce que les vieilles blessures et le chagrin avaient resurgi en un battement de cils.

— J'ai simplement besoin de jeter un coup d'œil au bureau d'Hazel.

— C'est-à-dire que je viens juste de le fermer. M. Field ne veut pas que quiconque mette du désordre dans les dossiers d'Hazel pendant qu'elle est...

— En prison, dit Zara à la place de Kate. Accusée du meurtre de notre sœur.

Le visage de Kate se durcit.

— Je suis sûre que tu crois que c'est mon père le coupable.

— Ça alors ! On se demande bien pourquoi.

— Écoute, je sais que ma mère a été cruelle avec toi, et que tu ne me portes pas dans ton cœur. Mais j'ai dit tout ce que j'avais découvert à propos de papa, au cours des années. Ce n'est pas grand-chose, mais ça peut servir.

Zara savait qu'elle dirigeait sa colère contre la mauvaise personne. Elle l'avait toujours su.

C'était pardonnable à seize ans. Ça l'était beaucoup moins dix ans plus tard.

Kate pivota sur ses talons.

— Suis-moi. Je vais t'ouvrir son bureau.

Tandis que Kate les guidait dans un dédale de couloirs, Zara jetait de temps en temps un coup d'œil à Jake, qui, tellement grand qu'il devait se baisser pour franchir les portes, la suivait de près.

Kate finit par pousser un battant ne portant aucune inscription, entra et actionna un interrupteur.

Elle déposa les clés sur le bureau.

— Vous les déposerez au bâtiment principal quand vous aurez terminé, dit-elle.

Puis elle quitta le bureau.

Zara observa la table de travail parfaitement ordonnée, en se demandant par quoi commencer.

— Vous avez oublié de mentionner que le vieux type avec qui votre sœur est partie était le père de votre meilleure amie, dit Jake.

— Comment savez-vous que Kate était ma meilleure amie ? marmonna Zara, tout en commençant à feuilleter un carnet.

— Pour être blessée à ce point, il ne pouvait pas s'agir d'une amitié d'enfance superficielle.

Elle reposa le carnet.

— Non. Je suppose que non. Mais ça n'a pas d'importance.

Elle ouvrit les tiroirs du bureau d'Hazel, en fouillant méthodiquement et avec soin.

Elle lut des notes, feuilleta des dossiers. Mais ça ne concernait que cette ridicule fausse attaque de banque. Rien qui puisse l'aider à comprendre pourquoi sa sœur était persuadée d'être plus en sécurité en prison.

Elle passa de l'autre côté, et ouvrit le plus grand des tiroirs. Elle en sortit une boîte en carton qui contenait des coupures de presse et de vieilles photos de la banque.

Et, en dessous de tout ça, un coffret en bois.

Elle reconnut aussitôt cette boîte.

Elles avaient chacune la leur, fabriquée par leur arrière-grand-père, et transmise après son décès.

Celle de Zara était dans sa chambre. C'était le seul objet décoratif de la pièce. De temps en temps, elle s'attardait à tracer du bout des doigts le ZH gravé sur l'avant du coffret, et se rappelait qui elle était et d'où elle venait.

C'était peut-être le coffret d'Hazel, se dit-elle, même si elle pensait que sa sœur conservait le sien sur sa table de chevet au chalet.

Sa vision devint un peu floue quand elle sortit la boîte du tiroir.

Il y avait un morceau d'adhésif cachant les initiales. Elle l'ôta et, comme elle le soupçonnait, découvrit les lettres AH gravées dans le bois.

Jake eut l'impression que Zara allait s'évanouir. Elle tanguait, mais se rattrapa au rebord du bureau, et il mit une main dans son dos pour la soutenir.

— C'est le coffret d'Amber, remarqua-t-il.

Zara hocha la tête.

— C'est une des rares choses qu'elle a emportées en partant.

— Emportée, répéta Jake. Vous en êtes sûre ?

Si c'était le cas, ils tenaient quelque chose.

— Je ne suis plus sûre de rien. Mais ça faisait partie des objets manquants. Quelques vêtements Tout l'argent qu'elle avait. Un journal intime. Et ce coffret.

— Pourquoi la police ne viendrait pas perquisitionner ici ?

— Ils le feront peut-être. Mais Amber a été trouvée sur notre propriété, et il y a suffisamment de quoi chercher là-bas.

Les doigts tremblants, Zara souleva le couvercle.

Jake regarda par-dessus son épaule.

Il y avait des lettres à l'intérieur. Celle du dessus était adressée à Hazel.

— C'est l'écriture d'Amber.

— Vous êtes sûre ?

— Le timbre est de cette année.

Elle commença à secouer la tête, vaguement au début, puis de façon plus insistante.

— Mais ce n'est pas possible. Hazel me l'aurait dit, si Amber lui avait écrit. Et si Amber était revenue avec son coffret, Hazel me l'aurait dit aussi.

— Vous voulez que nous allions voir l'inspectrice ? Que nous lui montrions ça ? demanda gentiment Jake.

— Pas tout de suite. Je dois d'abord savoir si...

Si ça impliquait Hazel. Zara ne voulait rien croire de négatif à propos de sa sœur, et Jake devinait que, s'il le fallait, elle cacherait cette découverte.

Elle protégerait Hazel quoi que celle-ci ait fait.

Jake ne savait pas vraiment quoi en penser.

Mais, d'une certaine façon, n'était-ce pas ce que lui et ses « frères » faisaient ? Ils mentaient et ils se cachaient pour le bien de chacun d'entre eux.

Zara n'ouvrit pas la lettre.

— Je la lirai plus tard, dit-elle, en glissant le coffret dans son sac. Ça paraîtra assez bizarre comme ça que nous soyons venus ici. Et nous sommes déjà restés trop longtemps.

— Vous avez raison. Allons rendre ces clés et retournons au ranch. Nous la lirons tranquillement ensemble. Deux paires d'yeux valent mieux qu'une.

Tandis qu'ils se dirigeaient vers le bâtiment principal, qui était dans un meilleur état de conservation que les deux autres, Jake s'étonna à nouveau de l'isolement et de la petite taille de l'établissement.

Qui avait bien pu avoir l'idée de construire un fort ici, et pourquoi ?

Qu'y avait-il à protéger au milieu de nulle part, avec les montagnes qui se dressaient au loin ?

Il entra dans le bâtiment à la suite de Zara, et soudain son intérêt modéré pour l'histoire s'évanouit.

Instantanément.

Il y avait des mannequins partout, vêtus de tenues d'époque, et disposés de façon à représenter des scènes de la vie au fort dans les années 1800.

Mais les mannequins n'avaient pas d'yeux.

Il resta figé sur place par l'horreur de la chose.

Zara lui jeta un coup d'œil par-dessus son épaule.

— Qu'est-ce qui ne va pas ?

— Zara, j'ai affronté des divisions entières avec des tanks, des grenades et des snipers, mais c'est la chose la plus terrifiante que j'aie jamais vue.

Elle se retourna lentement pour lui faire face.

— Vous étiez dans l'armée, dit-elle.

Et ce n'était pas une question.

Eh bien, on pouvait dire qu'il venait de faire une belle gaffe. Et il n'y avait pas moyen de se rattraper, cette fois.

— Vous étiez tous les six des militaires, continua-t-elle d'un ton péremptoire. Ça tombe tellement sous le sens.

— Vraiment ?

— Je ne comprends pas pourquoi ça doit rester secret.

— C'est un sujet difficile, ça.

Elle hocha la tête, comme si elle avait tout compris.

La guerre laissait des séquelles physiques, mais aussi psychologiques. Elle devait penser à un problème de stress post-traumatique.

Il jeta un coup d'œil circonspect aux mannequins.

— On peut sortir de cette pièce ?

— J'avoue que j'adore vous voir vous recroqueviller de terreur, mais nous avons des choses à faire.

— Ce n'est pas de la terreur, marmonna-t-il en la suivant.

Mais c'était exactement ça, et il devait se retenir pour ne pas frissonner.

Après avoir traversé la partie musée, Zara se dirigea vers une petite pièce, où un vieil homme était assis derrière un immense bureau.

— Bonjour, monsieur Field, dit-elle.

— Zaraleigh, oh ! Seigneur, je vous en prie, dites-moi que c'est un malentendu.

Zaraleigh.

Jake ignorait son véritable prénom, et trouvait qu'il ne lui allait pas du tout.

Il ne put se retenir de toussoter, et elle lui lança un regard sévère par-dessus son épaule.

— Pas un mot, murmura-t-elle.

Puis elle sourit au vieil homme, qui s'agitait derrière son bureau, envahi de gigantesques piles de journaux et d'ouvrages de toutes sortes.

— Hazel n'a rien fait, dit-elle d'un ton assuré. Nous

travaillons avec l'inspectrice pour que ma sœur puisse rentrer très vite à la maison. Je voulais simplement récupérer quelques-unes de ses affaires.

Elle sortit un trousseau de sa poche.

— Kate m'a donné les clés, et m'a demandé de vous les rapporter.

Elle les tendit au vieil homme.

— Oh ! eh bien, merci ma chère enfant.

Il déposa le trousseau dans un tiroir, et sourit faiblement.

— Je suis tellement inquiet pour cette pauvre petite. Mais je suppose que vous vous occupez de tout.

— Bien sûr ! dit Zara d'un ton assuré que Jake l'avait souvent entendue employer.

Il réalisa à cet instant que cet air d'être sûre d'elle n'était qu'une façade. Parce que tout le monde semblait penser qu'elle devait tout contrôler. Même quand la situation était incontrôlable.

— Prenez soin de vous, monsieur Field, dit-elle, en lui faisant un petit signe de la main.

Ils firent demi-tour et traversèrent à nouveau le musée.

— Zaraleigh, murmura Jake, pour éviter de penser aux mannequins et à leurs visages sans yeux.

— Je vous jure, Jake, si vous m'appelez encore une fois comme ça, vous n'aurez plus de langue pour appeler qui que ce soit.

— La menace est fort sympathique, vraiment, mais je vois mal comment vous pourriez me couper la langue.

— Il suffirait de mettre un sédatif dans votre bouteille isotherme de café et d'être patiente. Et bien sûr, d'avoir un couteau bien tranchant.

Il hocha la tête.

— Impressionnant.

Dès qu'ils furent de retour dans la voiture, Zara se souvint cette fois de boucler sa ceinture de sécurité, puis elle sortit le coffret de son sac et le posa sur ses genoux.

Tandis qu'ils roulaient vers le ranch, elle suggéra soudain, d'une voix posée :

— Je devrais peut-être lire les lettres toute seule. Comme ça, s'il arrive quelque chose, et que quelqu'un vous pose des questions, vous ne saurez rien.

Jake tourna brièvement la tête vers elle.

Observant le coffret, elle traçait pensivement du bout des doigts les lettres A et H gravées dans le bois.

— Il vaut mieux travailler ensemble pour voir ce que nous pouvons en tirer, suggéra-t-il. Et si la police m'interroge, je ne suis pas obligé de leur dire la vérité si celle-ci implique injustement Hazel.

Zara tourna la tête vers lui.

Il pouvait sentir son regard sur lui. Mais il continua à se concentrer sur la route.

Pour une question de sécurité. Pas parce qu'il craignait d'être troublé.

— Vous mentiriez à la police ?

Il y songea et retint les mots qui lui étaient venus spontanément : « Si vous me le demandez. »

— Je suis prêt à mentir à propos de beaucoup de choses, du moment que ça ne met personne en danger.

Et c'était vrai.

Après tout, c'était bien ce qu'il faisait déjà : mentir pour protéger les personnes qui comptaient le plus pour lui.

Alors, une de plus sur la liste ne changerait pas grand-chose.

Surtout s'il s'agissait de Zara.

10

Zara sursauta, somnolant à moitié. Jake venait de garer la voiture devant la maison principale.

— Je pense que nous devrions ouvrir le coffret dans ma chambre, dit-il. Comme ça, nous pourrons le cacher rapidement en cas de besoin.

La chambre de Jake. Qui avait été sa chambre à elle.

L'esprit embrumé par la fatigue et le stress, elle desserra ses doigts crispés autour du coffret et les agita, réalisant qu'ils étaient engourdis. Puis elle fit rouler son cou sur ses épaules, essayant de soulager la crampe qu'elle ressentait.

Elle savait que, si elle entrait dans la maison avec Jake, avec ce coffret et son contenu, elle allait l'entraîner dans quelque chose de compliqué. Potentiellement dangereux, même.

— Vous n'avez pas besoin de vous impliquer davantage, dit-elle. Je peux gérer ça toute seule.

Elle voulait croire qu'elle en était capable. De toute façon, il ne fallait pas sans cesse compter sur l'aide des autres, même si c'était agréable d'en recevoir de temps en temps.

— Je suis déjà impliqué, répliqua-t-il d'un ton ferme.

Et il descendit de voiture avant qu'elle ait eu le temps d'ajouter quoi que ce soit.

Zara soupira, et ça ressemblait un peu trop à du soulagement. Elle ne devait pas s'appuyer sur lui. Elle ne voulait dépendre de personne...

Mais elle se retrouva en train de sortir à son tour de la voiture et de suivre Jake dans sa maison d'enfance.

Les frères devaient encore être occupés aux travaux du ranch, s'ils suivaient correctement la liste qu'elle leur avait établie. Mais, dès le coucher du soleil, ils rentreraient à la maison. Or, Landon l'avait vue ce matin dans la chambre de Jake, ce qui serait déjà un peu difficile à expliquer. Mais deux fois dans la même journée ?

— Nous devrions peut-être aller ailleurs, suggéra-t-elle en baissant la voix, au cas où quelqu'un serait à la maison. Je ne voudrais pas que vos frères pensent...

Il posa une main au creux de son dos, comme pour la guider à travers la maison, alors qu'elle connaissait les lieux comme sa poche et aurait pu s'y déplacer les yeux fermés.

Mais ce simple contact dans son dos lui procurait une curieuse sensation. Un genre de picotement brûlant qu'elle ne savait de quelle façon qualifier, car elle ne l'avait jamais expérimenté.

— Je me charge de mes frères, dit-il.

Quand ils atteignirent l'escalier, Jake laissa retomber sa main, et elle put penser à nouveau.

— Vous vous occuperez de tout ? demanda-t-elle en attaquant les marches, regardant par-dessus son épaule, tandis qu'il la suivait.

— Personne ne peut s'occuper de tout, Zara.

Ça ressemblait à une critique, ou bien elle n'y connaissait rien. Tournant la tête, elle termina de monter l'escalier, en frappant les marches du pied, peut-être un peu plus fort qu'il n'était nécessaire. Puis elle se dirigea vers sa... vers la chambre de Jake.

Une fois qu'ils furent tous deux entrés dans la chambre, ses doigts se crispèrent à nouveau autour du coffret, tandis qu'elle se tenait au milieu de la pièce, ne sachant pas quoi faire.

Il était hors de question qu'elle s'assoie sur son lit. Là où il dormait. Il l'avait fait, avec une précision qui lui rappela ce qu'il lui avait confié quand ils étaient au musée.

Un militaire.

Ça expliquait beaucoup de choses à propos des six hommes. Leurs silences. Leur impassibilité. Cette impression qu'ils étaient toujours sur le qui-vive...

Elle se dirigea vers la fenêtre. Il y avait un vieux fauteuil – pas très large et plus ou moins instable pour un homme de sa stature – tourné dans cette direction, comme si Jake s'asseyait là pour regarder le soleil se coucher chaque soir.

Comme elle l'avait fait pendant des années, jusqu'au mois dernier.

Elle regarda dehors, observant cette terre qu'elle avait toujours été sûre d'exploiter un jour. Son cœur. Son héritage. Des générations de Hart avaient bâti tout ça, et ce n'était plus à elle aujourd'hui.

Sans même en avoir conscience, elle s'assit dans le fauteuil, le coffret sur les genoux, et regarda le soleil s'enfoncer lentement derrière les montagnes, baignant ses cimes enneigées d'une lumière flamboyante.

Quand elle tourna la tête vers Jake, elle vit qu'il avait pris appui contre la porte, dans une attitude nonchalante, les mains dans les poches.

Il était tellement patient.

Hazel aussi était patiente, mais il y avait chez elle une certaine déconnexion. Comme si elle vivait dans son propre monde, et ne s'inquiétait pas du temps qui s'écoulait dans celui-ci.

Jake, au contraire, vivait pleinement dans le réel, et il attendait simplement que Zara soit prête à passer à la prochaine étape.

Il fallait donc qu'elle le fasse.

Elle baissa les yeux vers le coffret, se força à l'ouvrir, même si ses mains tremblaient.

Elle sortit la pile de lettres et consulta les noms et les dates.

— Elles sont toutes écrites par Amber et adressées à Hazel, dit-elle d'une voix plus vacillante qu'elle ne l'aurait souhaité. Elles remontent jusqu'à l'année dernière.

Comme elle ne bougeait pas, restant assise là à tenir les lettres, le regard vide, il suggéra :

— Et si vous commenciez par le début ?

Zara avait peur de ce que ces lettres contenaient. Peur de ce qu'elle allait devoir faire, prouver, décider.

Ce qui était inacceptable. La peur ne changeait pas la situation que vous aviez à affronter. Elle était bien placée pour le savoir.

Elle tendit à Jake la moitié supérieure de la pile, et se concentra sur la sienne.

Ça lui épargnerait de loucher du côté de Jake, et de voir de quoi il avait l'air installé sur le lit.

Où elle avait dormi autrefois.

Elle sortit de son enveloppe la lettre la plus ancienne. L'adresse de destination n'était pas celle de la maison ou du chalet, mais celle du fort. Hazel y travaillait depuis la fin de ses études, et Amber savait donc qu'elle pouvait la joindre là.

Essayant d'oublier que sa défunte sœur avait écrit cette lettre, l'avait pliée et glissée dans une enveloppe, pour l'envoyer à son autre sœur, qui était maintenant en prison, sans qu'elle n'en sache rien, Zara commença à lire.

Chère Hazie.

Joyeux presque Noël !

Surprise d'avoir de mes nouvelles ?

Crois-moi, je suis surprise d'écrire. J'aurais pu t'envoyer un mail ou un sms, je suppose. Mais je sais que tu as un faible pour les lettres manuscrites. Et puis, c'est plus discret. Personne ne saura que je t'écris.

Ne dis rien à Dad et à la reine Zara. C'est juste entre toi et moi.

Je sais que je peux te faire confiance. Et tu sais qu'on ne peut pas se fier à eux.

Quand peux-tu t'échapper ? J'ai envie de te voir.

Bisous.

Amber

La reine Zara.

Elle avait toujours détesté ce surnom. Oui, à cette époque-là, elle était sûrement plus autoritaire qu'elle ne l'aurait dû.

D'accord, elle l'était probablement encore maintenant. Mais être responsable, ça voulait dire être autoritaire. Surtout quand il y avait un ranch à administrer, un père à empêcher de sombrer dans l'alcoolisme et, à l'époque, des études à mener et des notes à maintenir.

Elle plia la lettre et la remit dans l'enveloppe. Elle n'était pas là pour se justifier, mais pour essayer de résoudre une enquête.

Chère Hazie.

Je ne peux pas te rencontrer tant que tu n'auras pas promis par écrit de ne rien dire à Zara.

Amber

La lettre était beaucoup plus courte, cette fois. Et elle ne mentionnait pas Dad. Uniquement Zara. Qu'avait répondu Hazel ? Et à quelle adresse avait-elle envoyé sa lettre ?

Elle consulta l'enveloppe, et communiqua l'information à Jake.

— L'adresse de réexpédition sur celle-ci est une boîte postale à Harvey. Ce n'est qu'à deux heures d'ici.

Amber s'était-elle trouvée si près pendant tout ce temps ? Ça paraissait impossible. Sa sœur avait assez clamé qu'elle n'en pouvait plus du Wyoming, et qu'elle irait en Californie ou à New York, dès qu'elle en aurait la possibilité.

Elle consulta les autres enveloppes, et si le numéro de boîte postale changeait parfois, elles étaient toutes à Harvey.

— Pareil pour moi, confirma Jake, après avoir contrôlé sa propre pile.

Elle releva la tête et vit qu'il l'observait.

— Zara...

Il brandit la lettre qu'il était en train de lire.

— Cette dernière lettre.

L'estomac de Zara se serra.

Par pitié, non.

— Elle semble indiquer qu'Hazel et Amber se voyaient régulièrement, et que leurs rencontres se sont arrêtées il y a un mois.

Zara avait les yeux fermés, paupières crispées, luttant contre ce qui était de toute évidence une vague de douleur. Jake aurait voulu pouvoir la réconforter, mais ce qu'il venait de découvrir n'était pas bon signe.

Vraiment pas bon signe.

La lettre indiquait clairement le lieu et la date de leurs prochaines retrouvailles. Et le fait que le courrier ait cessé un mois avant qu'on ne découvre le cadavre d'Amber était une coïncidence pour le moins étrange.

— Ce n'est pas elle, Jake. Elle n'a rien fait.

— Je vous crois.

— Je ne peux pas donner ça à la police. Ce serait la condamner à coup sûr.

— Lisons d'abord tranquillement les autres lettres, suggéra Jake d'une voix détachée, sereine.

Zara paraissait calme aussi, mais il savait qu'elle risquait de craquer s'ils ne continuaient pas à avancer.

— Ça nous donnera peut-être quelques indices. Quelque chose qui prouvera qu'Hazel n'est pas impliquée, même si elle rencontrait régulièrement Amber.

Zara hocha la tête et sortit immédiatement une autre lettre de son enveloppe.

Elle les lut en diagonale, et il fit de même. Il y reviendrait plus tard, ajouterait les détails pertinents au tableau... Mais, pour le moment, ils cherchaient juste un élément qui innocenterait Hazel.

À première vue, il ne trouva rien qui sortait du lot. Juste des endroits et des heures de rendez-vous. Et la mise en garde répétée de ne rien dire à personne.

— Quelque chose ? demanda-t-il à Zara.

Comme elle ne répondait pas, il releva la tête.

Zara avait rangé toutes les lettres en une pile bien nette. Il lui tendit la sienne, et elle replaça le tout dans le coffret.

Comme elle ne répondait rien, gardant les yeux rivés sur le coffret, il insista.

— Zara ?

Elle prit une profonde inspiration.

— Rien à part les rendez-vous. Elles se sont rencontrées pendant presque un an.

Elle n'ajouta pas « sans moi », mais les mots flottaient dans l'air de façon presque palpable.

— Je ne peux pas en parler à la police. Pas encore. Mais...

Il ne dit rien pendant qu'elle pesait le pour et le contre.

— Je ne sais pas quoi faire, reconnut-elle finalement.

Et il était évident que cet aveu lui avait demandé un énorme effort.

Jake non plus, mais il avait appris à s'adapter et à se débrouiller en fonction des circonstances. Il prit donc la direction des opérations.

— Bon, faisons le point sur ce que nous savons. Amber avait une boîte postale à Harvey. Elle a retrouvé Hazel au Fish Inn, quel que soit cet endroit, environ une fois par mois pendant un an.

Il n'ajouta pas que les rendez-vous avaient cessé à l'époque où Amber avait été vraisemblablement assassinée. Sans qu'Hazel n'en parle à personne. À part quand elle avait eu sa prétendue intuition, et les avait suppliés de ne pas creuser à cet endroit.

Ça faisait un peu trop de coïncidences pour ne pas se demander si Hazel était la meurtrière.

Mais, d'un autre côté, elle n'avait pas vraiment essayé de les empêcher d'agir. Elle était en détresse, oui, mais elle n'était intervenue à aucun moment.

— Oui, nous savons tout cela, dit Zara, et ce ne sont pas de bonnes nouvelles.

— Pas forcément. Je crois qu'il nous faut davantage d'informations. Nous devrions aller à Harvey.

— À Harvey ? Vous voulez dire au Fish Inn ?

— Oui. Nous y allons. Nous posons des questions. Quelqu'un les aura peut-être vues, ou aura entendu quelque chose.

— Nous ?

— Ça va vous surprendre encore longtemps que je travaille avec vous sur cette affaire ? Nous avons les mêmes intérêts, vous vous souvenez ?

Elle l'observa un long moment, les doigts toujours crispés autour du coffret. Et Jake se sentit une fois de plus déstabilisé par le regard de cette femme, alors qu'il en avait vu bien d'autres entre ses familles d'accueil, ses supérieurs, et les ennemis contre lesquels il s'était battu.

— Je suis désolée, dit-elle. J'ai du mal à m'y faire. Pas à cause de vous, mais parce que je me suis toujours occupée de tout ici depuis la mort de ma mère. Les problèmes du ranch, les disputes entre les filles…

Elle baissa la tête.

— Je pensais avoir fait du bon travail, mais Amber est morte, et Hazel est en prison.

— Et vous vous battez pour que justice leur soit rendue à toutes les deux. Je peux vous dire avec certitude que tout le monde ne fait pas ça. Beaucoup de gens vous laissent tomber quand les choses tournent mal.

— Je suis désolée si vous n'avez pas eu la chance de pouvoir compter sur des soutiens.

Il haussa les épaules, mal à l'aise que certains aspects de sa vie soient ainsi dévoilés.

— J'ai fini par les trouver.

Elle se leva, en tenant précieusement la boîte contre elle.

— Je dois appeler l'avocat que Thomas m'a recommandé.

— Vous le ferez en route.

— Vous voulez y aller maintenant ?

— Pourquoi pas ?

— Et vos frères ?

— Ils sont cinq. Ils peuvent gérer le ranch et se passer de moi un jour ou deux. Et sachez qu'ils ne tiennent pas à ce que vous reveniez travailler tant que les funérailles n'auront pas eu lieu. Quoi qu'il se soit passé, vous avez perdu votre sœur, et vous avez besoin de temps pour y faire face.

— Vous êtes tous tellement gentils avec moi. Tandis que moi, je ne me suis pas montrée très sympathique.

— Nous sommes des soldats. Nous avons l'habitude des officiers supérieurs exigeants et du rude labeur. Grâce à vous, nous ne nous sommes pas sentis dépaysés.

Elle esquissa un sourire.

— Je fais ça pour mes frères et notre vie ici. Mais je le fais aussi parce que vous n'êtes pas si mal comme amie. D'ailleurs, je suggère qu'on se tutoie.

Elle ne sourit pas. Au contraire, elle semblait presque peinée.

Il essaya de la faire réagir d'une autre façon.

— Zaraleigh ? dit-il d'un ton narquois.

Il espérait qu'elle allait lui faire une grimace, ou le menacer d'un nouveau châtiment de son invention.

Elle s'avança et le prit dans ses bras.

C'était un peu maladroit, mais c'était quand même une accolade amicale.

Jake eut l'impression qu'on venait de lui tirer une balle en plein cœur.

11

Zara ne savait pas ce qui lui avait pris. Si ce n'est qu'elle n'avait pas les mots pour remercier Jake. Donc, elle s'était dit qu'une simple accolade ferait l'affaire.

C'était toujours mieux que de fixer ces yeux d'un bleu incroyablement intense, et de s'y perdre un peu trop.

Enfin, ça, c'était ce qu'elle croyait. Finalement, serrer contre elle un grand type musclé était loin d'être désagréable.

Et peut-être même un peu trop plaisant.

Elle s'écarta, en s'efforçant de dissimuler son embarras.

— Il est tard. Nous pourrions y aller demain matin.

— Nous ne voulons pas attendre. Il nous faut des réponses. Je vais préparer un sac de voyage et prendre quelques trucs à grignoter. Puis nous irons au chalet pour que tu puisses faire la même chose.

— Je laisse les lettres ici ?

— Il vaut mieux les emporter.

— Je peux aller chercher mes affaires toute seule. Tu n'es pas obligé...

Elle se demanda si elle serait capable un jour d'arrêter de lui dire tout ce qu'il n'était pas obligé de faire.

Il se tourna vers elle et posa la main sur son épaule. Ça semblait sa meilleure façon de donner du réconfort.

Son immense main sur son épaule.

— Écoute, Hazel dit qu'elle se sent en sécurité en prison.

Tu lui ressembles trait pour trait, ainsi qu'à Amber. Je ne suis pas sûr que ce soit raisonnable pour toi d'aller et venir seule.

— D'accord.

Que pouvait-elle dire d'autre ? S'ils se rendaient à Harvey et y trouvaient des réponses, ça pourrait se terminer assez vite.

Jake se dirigea vers sa penderie, y prit un vieux sac de voyage qui avait l'air d'avoir pas mal bourlingué, y jeta quelques affaires, puis il disparut dans le couloir pour aller chercher sa trousse de toilette dans la salle de bains.

En gros, il lui avait fallu cinq minutes pour se préparer.

Quand ils entrèrent dans le salon, un brouhaha de voix s'échappait de la cuisine. Ça parlait, riait, et jurait avec irritation.

— Je vais juste leur dire ce qui se passe, dit Jake.

Et déjà, il se dirigeait vers la cuisine.

Zara avait désespérément envie de filer en douce par la porte d'entrée, mais ça lui semblait incorrect. Elle le regretta quand même quand cinq paires d'yeux se tournèrent vers elle, avec une empathie qu'elle ne comprit pas.

C'était difficile de ne pas se sentir coupable après les avoir considérés pendant un mois et demi comme des envahisseurs et des ennemis.

— On file, dit Jake. Nous serons partis un jour ou deux.

— Un jour ou deux, répéta Cal, incrédule, tout en fixant le sac que Jake tenait à la main.

— Mouais. Vous allez pouvoir vous débrouiller sans moi, les gars, non ?

— Évidemment. Mais où allez-vous tous les deux ? demanda Cal.

Zara comprit que Cal était le leader du groupe, et que Jake compromettait leur scénario. Il était donc normal que Cal ait des questions, et qu'il ne soit pas ravi de la situation.

— Vérifier une piste, répondit Jake, sans s'inquiéter de la mine contrariée de Cal.

— Vous ne devriez pas laisser ça à la police ? suggéra Brody, d'un ton détaché, mais en adressant un regard insistant à Jake.

Jake s'en rendit compte mais l'ignora.

— Nous le ferons si nous nous retrouvons dans une situation où ils peuvent nous aider. À plus tard, les gars.

Il n'attendit pas que d'autres questions soient posées, et ne chercha pas à rassurer ses frères, sur le visage desquels se lisaient des inquiétudes non formulées.

— Ils n'ont pas l'air content, dit Zara à voix basse, quand ils furent dehors.

— Ils ne sont jamais contents, répliqua Jake. Ne t'inquiète pas pour ça. Allons au chalet.

Après avoir fouillé un moment dans son sac, Zara trouva enfin sa clé. Elle l'inséra dans la serrure, mais Jake retint sa main avant qu'elle ait eu le temps de la tourner.

— Attends, dit-il. Quelque chose ne va pas.

Il supposait que c'était un peu comme les intuitions d'Hazel, dont Zara lui avait parlé. Il ne pouvait pas expliquer comment ça fonctionnait, ni d'où lui venait ce don, mais il était capable de flairer le danger.

Or, il venait d'avoir la sensation soudaine que quelque chose ne tournait pas rond.

Il y avait une drôle d'odeur qui n'avait pas sa place ici. Une étrange immobilité dans l'air, qui aurait dû bruisser du chant des oiseaux de nuit.

Le sable et le désert. La terreur chevillée au corps alors que rien ne se passait comme prévu. Le son étouffé d'un coup de feu. L'air aride qui lui irritait les yeux. Et pourtant, il ne pouvait ciller. S'il battait des paupières...

— Jake !

La voix de Zara le fit sursauter, et le ramena à la réalité. Elle avait la main posée sur son torse, et son expression indiquait une inquiétude réelle.

Ça faisait un moment qu'il n'avait pas vécu un épisode comme ça. On les avait suffisamment débriefés pour qu'il ait conscience que certaines réactions physiques résiduelles étaient normales. Cauchemars, tremblements, flash-backs. Tant que ça n'interférait pas avec son quotidien, il n'y avait pas de raison de s'inquiéter. C'était simplement un effet secondaire de sa carrière militaire.

Les absences comme celle-ci étaient peu fréquentes, et Jake était rationnel, donc ça ne l'affolait pas. Mais il n'était pas ravi que ça se soit produit devant Zara.

— Désolé, dit-il.

Elle laissa retomber sa main, et il eut envie de la lui prendre, de s'y accrocher. Il ne le fit pas.

Scrutant le chalet avec attention, il ne vit rien d'insolite. Mais il ne le connaissait pas aussi bien que Zara.

— Est-ce que quelque chose semble ne pas être à sa place ? N'importe quoi. Pas forcément un gros truc très visible. Ça peut être une petite chose insignifiante.

Elle observa sa maison de haut en bas, en pivotant lentement, et fronça les sourcils en arrêtant son regard devant un pot de fleurs sur le perron.

— Il a été déplacé.

— Tu es sûre ?

Elle désigna le tassement de neige indiquant que le pot avait été bougé d'un ou deux centimètres sur la gauche.

— Pas de beaucoup, mais il a bel et bien été déplacé, et...

— Et ?

— Je cache une clé de secours sous le pot. On ne s'en sert pas souvent, car il est rare que nous fermions la porte à clé.

Mais on la laisse là en cas de besoin. Et, justement, j'avais fermé la porte cette fois.

— Quelqu'un d'autre le sait, en dehors d'Hazel ?

— J'en doute. Dad, peut-être. Mais il ne vient quasiment jamais ici.

— Reste là, dit-il.

Il posa son sac sur le rocking-chair qui se trouvait sous le porche, et fouilla dedans avant de sortir son étui à revolver. Il l'ouvrit, prit son arme et la chargea.

— Je vais entrer, dit-il, et vérifier que personne ne se trouve à l'intérieur. Surtout, ne bouge pas.

Il espérait qu'elle l'écouterait. Quelques jours plus tôt, elle ne l'aurait pas fait. Elle était sûre de sa place dans son petit monde, et persuadée que c'était son rôle de tout contrôler.

Puis ils avaient découvert le cadavre d'Amber, et tout avait basculé.

Il tourna la clé dans la serrure, actionna lentement la poignée et poussa la porte.

Tenant son arme à deux mains, il pivota en demi-cercle, cherchant la présence d'une personne, ou des traces de quelque chose de dangereux.

Il ne vit rien tandis qu'il passait de pièce en pièce, ouvrant chaque placard qui aurait pu servir de cachette.

Revenant sur ses pas, il vérifia une seconde fois, et sortit faire signe à Zara qu'elle pouvait venir.

— Rien à signaler, mais je veux que tu fasses le tour du chalet, et que tu me dises si tu remarques quelque chose qui cloche.

Il la suivit tandis qu'elle traversait la maison, la voyant hésiter parfois.

— Non, rien n'a été déplacé, dit-elle, en s'arrêtant devant la chambre d'Hazel. Mais il reste encore...

Elle se força à entrer, et Jake la suivit, notant que la chambre d'Hazel était parfaitement rangée, ce qui ne l'empêchait pas d'être chaleureuse et féminine, tandis que dans celle de Zara, qu'on pouvait *a minima* qualifier de fonctionnelle, régnait un certain désordre.

Zara se dirigea vers la table de chevet. Dessus se trouvait le même coffret que celui qu'ils avaient trouvé dans le bureau d'Hazel au fort.

— Il n'est pas dans le bon sens, dit-elle. Les initiales devraient être dirigées vers le lit, et elles font face au mur. Ça ne veut peut-être rien dire. La police a fouillé la pièce, après tout. Et ils ont dû emporter son contenu.

Elle prit la boîte, l'ouvrit, et constata qu'elle était vide. Elle manipula alors un mécanisme secret et libéra un double fond.

Elle regarda à l'intérieur et eut un sursaut d'effroi. La boîte tomba sur le lit, et elle lança à Jake un regard qui ressemblait à un appel à l'aide.

— Qu'est-ce qu'il y a ? demanda-t-il, en s'approchant pour regarder à son tour.

Pour des personnes supposément innocentes, il y avait assurément beaucoup de cachettes à l'accès élaboré.

Dans le double fond du coffret se trouvait un pendentif, avec ce qui ressemblait à du sang incrusté dans la chaîne.

— C'est celui d'Amber, murmura Zara. Elle...

Elle s'éclaircit la gorge.

— Un jour, elle est arrivée à la maison avec ce collier. Elle n'a jamais dit à personne si elle l'avait acheté, ou si quelqu'un le lui avait donné. Mais après sa disparition avec M. Phillips, nous avons toujours pensé...

— Nous pourrions appeler la police, suggéra prudemment Jake. Ils voudront peut-être bien croire que quelqu'un l'a mis là pour piéger Hazel. Ce M. Phillips...

— Je ne peux pas me contenter de « peut-être ». Pas avec Hazel en prison, et ce truc caché dans le double fond d'une boîte que la police n'aurait jamais découvert.

Jake hocha la tête.

— Dans ce cas, nous allons l'emporter.

— Je me dis que le pendentif a été placé là aujourd'hui. Mais c'est peut-être moi qui ai bougé le pot sans m'en rendre compte. Si ça se trouve, le coffret est retourné depuis des jours. Il est possible que je devienne paranoïaque.

— Non. Je suis d'accord avec toi. J'ai eu un curieux pressentiment en arrivant. Je pense que nous avons raté l'intrus de peu.

— Celui qui a fait ça s'attend à ce que la police revienne fouiller la chambre.

Jake approuva d'un hochement de tête.

— Dans ce cas, ne nous attardons pas ici, et allons enquêter de notre côté.

12

Zara prit quelques affaires dont personne ne remarquerait la disparition. Un jean, un T-shirt à manches longues et une chemise de flanelle – qui n'auraient pas l'air de manquer parmi les autres vêtements tellement ils se ressemblaient tous –, une brosse à dents de voyage, et des sous-vêtements.

Elle dérangea un peu le lit, pour faire croire qu'elle avait dormi là, ce qu'elle n'avait pas l'intention de faire bien sûr, car la police risquait de débarquer de bonne heure demain matin.

En plaçant dans son sac de voyage le coffret d'Hazel, qui contenait le pendentif ensanglanté, elle se demanda si elle ne faisait pas une erreur.

Elle devait peut-être l'apporter à la police et leur faire confiance.

Laurel avait beaucoup d'empathie, pour une inspectrice. Et Zara savait que Thomas, qui était lui-même un bon flic, considérait cette femme comme son mentor, ce qui voulait dire qu'elle excellait dans son travail.

Quand elle entra dans le salon, Jake était là, grand et fort. Il avait gardé son revolver à la main, mais son bras était détendu le long du corps, tandis qu'il observait par la fenêtre le monde extérieur plongé dans l'obscurité.

Elle lui faisait confiance.

Plus qu'à son cousin. Plus qu'à l'inspectrice.

Plus qu'à quiconque.

Elle ne savait pas pourquoi. Elle ne pourrait pas l'expliquer. Ça tenait peut-être à sa façon de la soutenir quand elle pleurait. Ou de lui offrir en permanence son aide.

Elle savait qu'il avait eu une sorte de flash-back dehors. Son regard était devenu vitreux, sa respiration avait changé, et elle avait compris qu'il n'était plus avec elle. Il revivait quelque chose.

Son cœur s'était serré pour lui, et quand elle avait prononcé son nom, il était revenu. Elle avait réussi à l'atteindre, là où il était.

Ça ne signifiait peut-être rien. Elle ne savait pas comment les militaires atteints de stress post-traumatique géraient ces situations.

En tout cas il s'était immédiatement mis au travail, prenant sa sécurité en charge.

— Prête ? demanda-t-il sans se retourner.

Il avait perçu sa présence, ou il l'avait entendue arriver, et il savait qu'elle l'observait.

— Oui, on peut y aller.

Jake avait entré l'adresse du Fish Inn dans le GPS, et roulait tranquillement sur l'autoroute, en respectant la limitation de vitesse. La radio était réglée sur une station de musique country, et fonctionnait en sourdine.

Zara avait perdu la notion du temps et observait les étoiles qui scintillaient dans le ciel. Quand elle était petite, et essayait de les compter pour s'endormir.

— Nous sommes suivis, dit tranquillement Jake.

Elle voulut tourner la tête, mais il l'en empêcha d'un catégorique « Ne fais pas ça ! ». Alors, ce fut lui qu'elle regarda à la place.

— Il ne faut pas qu'ils sachent que nous les avons remarqués. Tu connais quelqu'un qui conduit un pick-up Ford gris ?

— J'en connais au moins une dizaine. C'est un véhicule très courant par ici.

— D'accord. Ça pourrait être la voiture d'un flic ?

Elle songea à Thomas et aux policiers du commissariat.

— Pas à ma connaissance.

Elle jeta un coup d'œil dans le rétroviseur extérieur, mais ne vit rien d'autre que des phares. Jake devait avoir une meilleure vue que la sienne pour avoir identifié le modèle et la couleur de la voiture.

— Que fait-on ? demanda-t-elle.

Il ne répondit pas tout de suite, et elle comprit qu'il pesait le pour et le contre.

— Il vaut mieux ne pas aller au Fish Inn si nous sommes réellement suivis, suggéra-t-elle.

— Exact, mais il nous faut une destination convaincante. Un endroit où deux personnes pourraient avoir envie d'aller un mercredi soir de décembre.

— Nous n'allons pas tarder à arriver à la sortie vers Bent. Il y a un saloon.

— Un saloon ? Vous ne rigolez pas avec les traditions du Far West, on dirait.

Ça aurait pu être un peu plus drôle s'ils n'avaient pas été suivis. Mais elle sourit quand même.

— Tu n'as pas idée.

À la sortie de l'autoroute, Jake suivit les instructions de Zara pour atteindre la petite ville de Bent. Comme à Wilde, il n'y avait pas grand-chose. Une rue principale, avec les magasins essentiels et, au bout de cette rue... un saloon, effectivement.

Ça ressemblait à tous les saloons qu'il avait vus dans les films ou les séries western à la télévision. Il y avait même un trottoir en bois devant l'établissement.

Jake se gara sur la zone gravillonnée à côté de la bâtisse. Pour un jour de semaine, il y avait pas mal de monde.

Ils descendirent de voiture, et Jake observa la route, à la recherche du pick-up gris.

— On va entrer et commander un verre. Tu resteras à l'intérieur, et je ressortirai pour inspecter les parages.

— Ce n'est pas dangereux ?

Jake ne lui dit pas qu'il avait son arme dans la poche de sa veste.

— Je ferai attention.

Zara emprunta le trottoir en bois, en faisant claquer les talons de ses bottes sur les planches, et entra dans le bar. Il y avait même des portes battantes à claire-voie.

Jake suivit Zara en prenant son temps, observant le pick-up qui ralentissait dans la rue principale. Impossible toutefois de voir le visage du conducteur. Il faisait trop sombre.

À l'intérieur du saloon, de larges planches non rabotées formaient les murs de la salle principale. Des photos de l'endroit au fil des années y étaient exposées, accompagnées de portraits de chanteurs country, pour la plupart dédicacés. À cet endroit, les tables étaient si serrées qu'on pouvait à peine circuler entre elles.

Au fond, s'étirait un immense bar recouvert de zinc. La plupart des tabourets étaient occupés par des hommes en lourdes vestes de travail. Deux hommes, barbus et tatoués, tenaient le bar et discutaient avec les clients, en échangeant des éclats de rire bruyants.

Jake mit sa main dans le creux du dos de Zara, la poussant en avant. Soudain, elle ralentit le pas.

— Euh, Jake, j'ai oublié un truc en suggérant le saloon.

— Quoi donc ? demanda-t-il, en faisant à peine attention car il gardait un œil vers la porte.

— Tu sais, l'inspectrice ? Laurel Delaney-Carson ?

— Oui.

— L'un des barmen est son mari. Il est le propriétaire du saloon.

Jake observa les deux hommes.

— C'est vrai que l'information aurait pu être utile avant que nous entrions.

Ils continuèrent cependant à avancer. Mieux valait ne pas attirer l'attention.

— Il sait qui tu es ?

— Je ne sais pas. C'est possible. Thomas est un ami de leur famille. Mais je n'ai jamais été présentée officiellement.

Mais si l'inspectrice rapportait du travail à la maison, il était possible que son mari soit au courant pour les triplées, qui étaient les cousines de son ami. Une morte. Une en prison. Et une juste ici, sous ses yeux.

— Place-toi derrière moi, dit calmement Jake. Je vais commander pour nous deux. Reste hors de portée de vue des barmen autant que possible.

Jake alla au bar commander deux bières et ils cherchèrent un coin tranquille. Une table dans un coin était libre, mais elle n'avait pas été débarrassée depuis le départ des précédents clients. Ils s'y assirent quand même, et Jake veilla à ce que Zara tourne le dos au bar.

— Je vais faire mine de répondre à un appel et sortir. Tout ce que tu as à faire, c'est de rester ici, et de te faire remarquer le moins possible. Je vais aller vérifier si le pick-up ne s'est pas arrêté quelque part pour nous suivre après.

— Et si c'est le cas ?

— Je reviens ici, et nous décidons quoi faire ensuite. D'accord ?

Le front de Zara était barré d'un pli soucieux, et elle crispait les doigts autour de la bouteille de bière devant elle, mais elle hocha quand même la tête.

Jake attendit une minute, sortit son téléphone de sa

poche, répondit, dit à Zara qu'il revenait dans un instant, et se dirigea vers la porte, le téléphone toujours à l'oreille.

Dehors, il continua à faire mine de discuter, et déambula sur le parking, en inspectant toutes les voitures. Plusieurs d'entre elles ressemblaient au pick-up qui les avait suivis, mais il n'y avait personne à l'intérieur. Et quand il toucha les capots, ceux-ci étaient froids.

Il se dirigea vers sa propre voiture, et fit semblant de prendre quelque chose dans la boîte à gants, puis il retourna vers le saloon.

Mais, au lieu de se diriger vers l'entrée principale, il décida d'aller faire un tour derrière, pour voir s'il n'y avait pas un autre parking ou une ruelle que quelqu'un aurait pu emprunter.

La zone était à peine éclairée. Il resta dans l'ombre, essaya d'entendre quelque chose, mais les voix et la musique du bar se diffusaient à l'extérieur, et il était difficile de dire si le moteur qu'il entendait provenait de l'arrière du bâtiment, ou de la rue principale.

Il sortit son arme de sa poche, mais garda son bras le long du corps. Au bout de la ruelle, une voiture avançait doucement.

Un pick-up gris clair.

Plaqué contre le mur, Jake essaya d'apercevoir le conducteur. Sans succès.

Il releva la plaque d'immatriculation.

Voilà qui perturbait quelque peu son plan.

Il allait devoir en trouver rapidement un autre.

13

Zara avait l'impression que chaque muscle de son corps était tendu contre sa volonté. Elle gardait le regard levé droit devant elle.

Sur le mur, il y avait un tableau d'une femme à cheval qui se penchait pour embrasser un cow-boy, lequel tenait un bouquet de fleurs derrière son dos.

C'était étonnamment romantique, comparé au reste de la décoration plus rustique. Et si elle se concentrait dessus, elle pouvait presque oublier que Jake était dehors à risquer sa vie pour elle.

L'harmonie de roses et de mauves des fleurs était des plus réussies. Le personnage cachait le bouquet derrière sa jambe. Pourquoi ? Allait-il l'offrir à la femme ? Quelle serait sa réaction ?

Zara sursauta en entendant quelqu'un dans son dos prononcer son nom.

Son nom complet.

— Zaraleigh Hart.

La voix féminine ne lui était pas familière, et elle était sur le point de se retourner quand un objet acéré fut enfoncé contre son dos à travers son manteau.

Elle s'immobilisa immédiatement.

La femme se pencha à l'oreille et lui murmura :

— Tu vas te lever lentement, et te diriger vers les toilettes.

Zara était terrifiée. Mais, même si elle tremblait de peur, elle avait toujours autant de mal à accepter les ordres.

— Et si je ne le fais pas ?

— Ton ami dehors aura des ennuis.

Zara sentit tout son corps se glacer.

— Qu'est-ce que vous voulez dire ?

— Lève-toi, et va aux toilettes.

Zara considéra ses options.

Elle savait se battre, mais la femme avait un couteau. Elle pouvait aussi se lever et crier, et quelqu'un l'aiderait probablement.

Mais Jake ?

Il était dehors, seul. Il ne verrait peut-être pas le coup arriver. Elle ne pouvait pas lui faire prendre de risques.

Elle se leva.

— Ne me regarde pas. Contente-toi de te tourner et d'aller aux toilettes.

Elle obéit et zigzagua entre les tables.

La femme lui collait aux basques, le couteau dissimulé dans sa manche.

Zara regarda vers les deux hommes derrière le bar. Ils étaient occupés à servir des clients, mais l'un d'eux, celui qu'elle pensait être le mari de l'inspectrice Delaney-Carson, releva la tête.

Elle soutint son regard, essayant de lui faire comprendre qu'il y avait un problème.

Il se rembrunit vaguement, mais quelqu'un dut l'appeler car il reporta son attention vers l'un des clients, en souriant.

Elle réfléchit tandis qu'elle s'engageait dans un petit couloir.

Il y avait les toilettes des hommes et des femmes, et une porte battante qui devait mener aux cuisines ou à une pièce de stockage.

Zara voyait aussi un escalier étroit qui devait desservir un appartement.

Il n'y avait personne pour le moment, mais quelqu'un allait bien sortir des toilettes...

— Tu vois la porte au bout du couloir ? Tu vas t'y diriger. Une voiture t'attend dehors.

— Qu'est-ce que vous me voulez ?

La femme ricana.

— C'est dommage que tu ne puisses pas demander à ta sœur.

Zara se dit qu'elle faisait référence à Amber, mais qu'en savait-elle, après tout ? Hazel était peut-être mêlée à ça...

— Alors, tu te décides ? insista la femme, en lui brandissant soudain un téléphone sous le nez. Un coup de fil, et ton ami est mort.

Zara hésita.

La femme pouvait mentir, et Jake était un ancien militaire. Il était probablement capable de s'en sortir tout seul...

— Qu'est-ce qui se passe ici ? s'exclama une voix masculine. Je dois appeler les flics ?

La femme bouscula violemment Zara et se rua vers la porte, laissant tomber son téléphone dans sa fuite.

Zara se tourna vers son sauveteur providentiel. C'était le barman dont elle avait essayé de capter l'attention.

Il la regarda avec inquiétude.

— Ça va ? Vous voulez que j'essaye de la rattraper ?

— Je dois y aller, dit Zara, en commençant à reculer vers la porte par laquelle la femme s'était enfuie.

Celle-ci avait toujours son couteau, et elle pouvait tout aussi bien s'en prendre à Jake.

— Vous êtes l'une des cousines de Thomas, n'est-ce pas ?

Le barman leva les mains en un geste de paix, tandis qu'il avançait vers elle à chaque pas qu'elle faisait en arrière.

— Laurel Delaney-Carson est ma femme. Elle travaille sur une affaire pour vous, pas vrai ? Vous devriez aller à l'étage pour attendre la police. J'ai appelé Thomas. Il vit juste en bas de la rue. Il sera là d'une minute à l'autre.

— Je ne peux pas.

Elle n'était plus très loin de la porte maintenant. Elle devait retrouver Jake. Il fallait qu'ils s'en aillent loin de là.

— Ce téléphone par terre est celui de la femme qui m'a agressée. Donnez-le à la police. Et demandez à Thomas de ne pas nous suivre. Dites-lui que je suis obligée de faire ça.

— Si vous avez peur, nous pouvons vous protéger ici. Vous êtes avec des amis, dans ce saloon. Thomas est le parrain de ma fille. Je vous promets...

Elle le croyait, mais ça ne changeait rien à sa situation.

— Je dois y aller.

Elle avait enfin atteint la porte. Elle la poussa et se rua dehors.

Jake entendit des bruits de pas, trop proches de l'endroit où il se tenait accroupi dans l'ombre.

Il avait une seconde pour pivoter et réagir.

Il bloqua un bras qui se tendait vers lui. Il frappa de l'autre main, mais le type était grand et musclé, et le coup ne sembla pas l'affecter.

Jake se redressa, lui faisant face. La lame d'un couteau scintilla dans le faible halo d'un réverbère installé un peu plus bas dans la ruelle.

Jake ajusta son arme dans sa main, la leva et visa.

Puis il s'offrit le luxe de narguer son adversaire.

— Un couteau contre un revolver, tu ne fais pas le poids, mon vieux.

L'homme ricana.

— Peut-être, mais c'est plus silencieux. Si tu tires, les flics vont te poser beaucoup de questions.

Jake le savait, mais il devait faire comme s'il s'en moquait.

Il haussa les épaules.

— Je crois que je m'en sortirai très bien.

— Tu serais surpris.

L'homme ricana de plus belle, et se rapprocha.

— Tu ne sais pas à qui tu as affaire.

Quelqu'un jaillit précipitamment de la sortie de secours du bar.

— Laisse-le ! cria une femme en se ruant vers le pick-up. Les flics sont en route. On reviendra s'occuper d'elle plus tard.

L'homme fut momentanément distrait, et Jake aurait pu tirer. Pas pour le tuer, juste pour le blesser. Mais ça donnerait lieu à trop de questions, et attirerait le genre d'attention que Zara et lui ne pouvaient pas se permettre.

Alors il chargea. Il pouvait utiliser le revolver différemment, asséner un bon coup à son adversaire, le mettre K-O.

Mais l'homme était rapide, et la lame entama le bras de Jake, provoquant une violente douleur, qui en aurait fait hurler plus d'un.

Jake serra les dents et ne se défila pas.

Esquivant le second coup, il parvint à frapper l'homme au menton avec la crosse de son arme.

La femme s'affolait, criait au type de laisser tomber. Ce dernier battit en retraite, courant vers le pick-up.

Sonné, Jake ne parvenait pas à trouver l'énergie pour bouger, pour les prendre en chasse.

Le pick-up démarra dans un crissement de pneus, tandis qu'on entendait des sirènes au loin.

Une autre silhouette indistincte émergea de la sortie de secours, mais cette fois il sut que c'était Zara.

— Nous devons partir, dit-elle. La police ne va pas tarder à arriver.

Elle passa un bras autour de sa taille pour le soutenir, et commença à l'entraîner dans la direction opposée à celle prise par leurs agresseurs.

Chaque pas était un calvaire, mais Jake l'accepta simplement, comme on lui avait appris à le faire.

S'arrêtant sous un réverbère, Zara jeta un coup d'œil à son bras blessé. La lame avait entaillé sa veste, sa chemise, et sa chair.

— Oh ! Jake ! Non !

L'horreur dans sa voix était... Il ne la comprenait pas. C'était loin d'être sa pire blessure.

Le sable irritant dans ses yeux. L'écho éloigné des coups de feu. Les explosions.

Il cilla. Pas ici. Pas maintenant.

— Je vais bien, dit-il entre ses dents serrées.

Ça faisait un mal de chien. Mais il y survivrait.

Cette fois, ce fut lui qui l'entraîna vers la voiture.

— Il faut y aller. Il n'y a plus une minute à perdre.

— Mais tu es blessé, protesta Zara. Tu dois aller à l'hôpital.

Elle s'arrêta à la hauteur de la voiture, et regarda de chaque côté de la rue.

— On devrait peut-être tout arrêter maintenant et dire la vérité.

— C'est vraiment ce que tu veux, Zara ? demanda-t-il avec rudesse.

Elle le regarda avec une douleur dans le regard qui lui serra le cœur.

— J'aimerais bien.

— Viens.

Il ouvrit la portière du côté passager, mais elle lui prit la clé quand il la sortit de sa poche.

— C'est moi qui conduis, décida-t-elle.

Et elle s'installa au volant.

14

Zara roula phares éteints, lentement, et dans la direction opposée d'où venaient les sirènes.

Une trentaine de minutes s'écoulèrent, et il n'y avait toujours aucun gyrophare derrière eux.

Zara en conclut que la police avait pris leurs agresseurs en chasse.

Mais Jake et elle n'en étaient pas pour autant tirés d'affaire. Tôt ou tard, la police retrouverait leur trace, et la situation risquerait de devenir très embarrassante pour eux.

Quand elle se mit à trembler, elle se dit que c'était l'adrénaline qui redescendait. Elle s'agrippa au volant et glissa un regard vers Jake.

D'un geste rapide et efficace, il avait serré autour de son bras un bandana trouvé dans la boîte à gants. À présent, il se tenait parfaitement immobile et ne disait rien.

Ils roulaient vers le Fish Inn. C'était leur destination. Ça ne pouvait pas changer.

Jake ne semblait pas affecté, et pourtant elle savait qu'il l'était. Il manquait de vivacité. Tout ce qu'il faisait était précautionneux et étudié, mais pas facile.

Et il n'avait pas proposé de plan. Il n'avait rien dit du tout, ce qui ne lui ressemblait pas.

Elle aurait pu prendre peur si elle avait eu moins de force

de caractère. Mais elle était une femme habituée à tout prendre en charge.

— On va s'en tenir au plan, mais nous allons prendre une chambre, décida-t-elle.

Jusqu'à présent, Jake avait mené la barque, mais il était blessé. Et puis, c'était elle que ça concernait, après tout. Le pendentif ensanglanté d'Amber. Hazel en prison...

C'était sa responsabilité de veiller à la sécurité de ses sœurs.

— Il va falloir nettoyer ta blessure et te trouver de quoi faire un bandage, dit-elle.

Si toutefois ça suffisait. La blessure de Jake semblait assez profonde pour avoir besoin de points de suture.

— Il y a peut-être un médecin en ville qui pourrait...

— Un bandage suffira, dit-il entre ses dents serrées.

Quand le panneau annonçant le Fish Inn fut en vue, Zara ressentit un soulagement qu'elle sut disproportionné.

Ils étaient loin d'être sortis d'affaire, mais elle ne pensait pas être capable de se concentrer sur l'enquête tant que Jake n'irait pas mieux.

Elle fit le tour du parking, cherchant l'emplacement le plus isolé et le plus sombre, en songeant qu'on n'était jamais trop prudent.

Ils prirent leurs sacs dans le coffre du 4x4 et mirent leur chapeau, en l'abaissant le plus possible vers leur front.

Observant Jake, Zara se fit la réflexion qu'il avait l'air d'un cow-boy aguerri, ce qui aurait pu l'amuser puisque c'était elle qui lui avait appris à monter à cheval.

Mais il n'y avait pas de quoi rire.

— La clé, demanda Jake.

Il y avait une étrange intonation dans sa voix. Une distance qu'elle ne comprit pas. Elle se rembrunit, mais c'était sa voiture après tout, alors elle lui tendit sa clé. Puis elle ajusta son sac sur son épaule.

— Je devrais peut-être porter le tien, suggéra-t-elle.

— C'est une estafilade sur un bras, dit-il. La chair est à peine entaillée. J'y survivrai.

Et il commença à se diriger vers l'entrée de l'hôtel.

Zara dut presser le pas pour le rattraper.

Quand ils franchirent les portes automatiques, Jake passa son bras blessé autour des épaules de Zara. En approchant de la réception, il sourit à la jeune femme derrière le comptoir.

— Est-ce que vous auriez une chambre, par hasard ? demanda-t-il d'une voix pâteuse d'homme qui avait trop bu. Ma femme et moi avons pris du retard sur notre itinéraire, et c'est le premier endroit où passer la nuit que j'ai vu depuis des kilomètres.

Ma femme.

Zara savait qu'il jouait la comédie, mais ça voulait dire qu'ils allaient partager la même chambre, et ce n'était pas du tout ce qu'elle avait en tête.

— Vous avez de la chance, il nous reste une chambre, dit la réceptionniste, après avoir consulté son ordinateur. Une seule nuit ?

— Ça devrait suffire.

— Je vais avoir besoin d'une pièce d'identité et d'une carte de crédit.

Jake s'écarta en tanguant un peu, et sortit maladroitement son portefeuille de sa poche. Ses doigts tremblaient légèrement quand il en retira son permis de conduire et sa carte de paiement.

Zara nota le léger clin d'œil qu'il lui adressa sous le rebord de son chapeau, et tourna son attention sur la réceptionniste.

— Vous n'auriez pas une trousse de premiers secours à me prêter ? Mon mari s'est légèrement blessé, et il aurait besoin d'un pansement.

La jeune femme jeta un regard soupçonneux, et il sourit, les yeux légèrement vitreux.

— C'est fou ce que je suis maladroit.

Sans faire de commentaire, la réceptionniste photocopia le permis de conduire et prit l'empreinte de la carte de paiement. Elle rendit le tout à Jake, en ajoutant une clé magnétique glissée dans une petite enveloppe avec le numéro de la chambre.

Elle se pencha ensuite sous le comptoir et y prit une boîte métallique blanche qu'elle poussa vers Zara.

— Merci. Ça ne vous ennuie pas si je ne la rapporte que demain matin ?

— Pas du tout. Votre note sera glissée sous la porte demain matin aussi. Il faut avoir quitté la chambre à 11 heures.

— Merci.

Ils se tournèrent et se dirigèrent vers l'ascenseur. Jake tanguait un peu. Il s'affala contre le mur, en attendant que les portes s'ouvrent, et ils entrèrent dans la cabine.

Une fois les portes refermées sur eux, il se redressa, redevenu lui-même.

Fini la comédie de l'ivrogne. Ce n'était pas exactement discret, et la réceptionniste risquait de se souvenir d'eux si quelqu'un venait se renseigner – que ce soit la police ou leurs assaillants – mais ça rendait l'emprunt d'une trousse de secours un peu moins saugrenu.

Ils se dirigèrent en silence vers leur chambre, et Jake lui ouvrit la porte. Zara entra dans une pièce quelconque et un peu vieillotte, mais qui semblait propre.

Avec un seul lit.

Elle le fixa peut-être un peu trop longtemps, et finit par se dire qu'il n'y avait pas de quoi s'inquiéter pour ça, alors qu'il y avait des sujets plus pressants.

Elle se tourna vers Jake, les mains sur les hanches.

— Enlève ta chemise.

Jake savait très bien ce que Zara voulait dire. Mais son esprit avait d'abord dérivé dans une tout autre direction.

— Toi d'abord, dit-il pour plaisanter.

Il avait haussé narquoisement un sourcil, espérant l'agacer un petit peu. Mais elle leva le menton, l'air sévère et déterminé.

— Ton bras a besoin d'un bandage, et je dois m'assurer que tu n'as pas été blessé ailleurs. Il faut tout désinfecter. Et si tu crois que je n'appellerai pas un médecin en cas de besoin, parce que tu m'as dit que ce n'était qu'une estafilade, c'est que tu ne me connais pas encore assez bien.

Ce n'était peut-être pas une bonne chose qu'il se réjouisse de l'emploi du mot « encore » car ça voulait dire qu'elle avait l'intention qu'ils fassent davantage connaissance à un moment ou à un autre.

Haussant les épaules, il jeta son chapeau dans un fauteuil dans l'angle de la pièce, et dénoua le bandana qu'il avait enroulé autour de sa blessure.

Le tissu était trempé de sang, et il le glissa dans sa poche, pour éviter de tacher la chambre d'hôtel.

Puis, ignorant la douleur dans son bras, il ôta son manteau, sa chemise en flanelle, et son T-shirt à manches longues, jetant tour à tour chaque vêtement dans le fauteuil.

— Contente ? demanda-t-il, moqueur.

Elle ne dit rien, restant là sans bouger, l'air apparemment détaché.

Mais elle le dévorait des yeux.

Il sourit.

Ce qui sembla lui rappeler qu'elle avait une tâche à accomplir.

— Assieds-toi, dit-elle en désignant le lit.

L'unique lit.

Il s'assit, et elle posa la trousse de secours à côté de lui. Puis elle ôta son chapeau et disparut dans la salle de bains.

Elle revint avec un gant humide et une serviette.

— Je crois que nous devrions éviter de laisser du sang sur le linge fourni par l'hôtel, protesta Jake.

— Je payerai le supplément, répliqua-t-elle.

Elle ouvrit la trousse, étala son contenu sur le lit, et sélectionna certains articles. Puis elle étudia la blessure d'un œil critique. Elle déchira ensuite un sachet contenant une lingette imbibée d'antiseptique, et s'en servit pour essuyer le sang séché.

Elle soupira, et Jake sentit le souffle de Zara lui frôler le bras comme une caresse.

— Jake, ce n'est pas beau à voir. Je sais que tu as connu pire, mais on ne peut pas laisser ça sans soins appropriés.

— Ça attendra bien un jour ou deux que nous soyons au ranch. Dunne pourra me recoudre.

— Parce que Dunne est médecin ?

Il haussa les épaules.

— Quelque chose d'approchant.

Zara grimaça, mais elle continua à nettoyer sa blessure, puis elle y appliqua plusieurs sutures adhésives.

Ses gestes rapides et précis indiquaient qu'elle avait déjà fait ça plus d'une fois.

— Tu prends vraiment soin de tous les gens qui croisent ton chemin, n'est-ce pas ?

Elle leva brièvement les yeux vers lui, avant de prendre une pochette carrée sous vide, contenant de la gaze.

— Tu as été blessé en voulant m'aider. Je peux bien faire l'effort de te soigner.

Elle apposa le carré de gaze par-dessus les sutures, et le fixa avec de l'adhésif médical, la tête baissée, de sorte qu'il ne voyait que sa couronne de cheveux.

Elle termina par un bandage relativement serré, ce qui était une bonne idée car l'entaille était vraiment profonde, et la pression favoriserait la cicatrisation.

Quand elle eut terminé, elle caressa du bout des doigts la cicatrice ancienne, située un peu au-dessus de l'endroit où son agresseur lui avait entaillé le bras.

Il en avait partout sur le corps, et il savait que Zara ne manquerait pas de les remarquer et de poser des questions.

— Toutes ces cicatrices te viennent du temps où tu étais militaire ?

Il se crispa, même s'il savait à quoi s'attendre. Il avait même eu un mensonge tout prêt avant d'ôter sa chemise.

Mais il se rendit compte qu'il ne pouvait pas lui mentir.

— Certaines, mais pas toutes. Tu sais, j'ai d'abord été placé dans un foyer de l'aide sociale à l'enfance, puis j'ai grandi dans des familles d'accueil.

Elle releva la tête, et le dévisagea avec perplexité.

— Quel est le rapport ?

— J'ai eu mon lot de blessures à l'armée, entre les entraînements et les missions. Mais mon enfance n'a pas été facile. Les coups, les bagarres... À dix-sept ans, j'ai été confié à une famille qui prenait des gamins de mon âge pour essayer de les orienter vers un métier, les guider pour entrer dans la vie active. C'était vraiment des gens bien.

Il leur devait beaucoup, même avec ce qui s'était passé.

Il baissa la tête et contempla ses mains. Puis il regarda Zara, qui l'observait. Elle avait l'air de l'écouter. Il n'était pas habitué à ce que quelqu'un s'intéresse à lui.

— La mère avait un ex-mari violent. Il est arrivé un soir, ivre. Il avait un couteau de chasse, et il a voulu la poignarder. Alors, je me suis interposé.

— Oh ! Jake, dit-elle dans un souffle.

Il ne comprit pas pourquoi elle était aussi émue. Certes, ça avait été une mauvaise nuit. Mais il en avait connu d'autres.

Et il avait entendu d'autres récits bien plus effrayants. Il était lié à cinq hommes qui avaient tous eu une enfance difficile et avait trouvé une famille dans l'armée, avant de se porter volontaire pour intégrer une unité spéciale, la Team Breaker.

— Tu as fait preuve d'un tel courage, s'exclama Zara.

— Pas plus que toi, qui as servi de mère à tes sœurs, alors qu'elles avaient le même âge que toi.

— Ça n'a rien à voir.

Elle remit tout ce qui n'avait pas été utilisé dans la trousse de secours et alla jeter les déchets dans la poubelle de la salle de bains.

— Tu devrais te changer, suggéra-t-elle quand elle revint.

Elle souleva le vieux sac de voyage de Jake et le posa à côté de lui.

— Probablement, marmonna-t-il.

Il sortit quelques vêtements du sac, et tourna la tête au moment où Zara ôtait son manteau. Il vit alors de petits points rouges dans le dos de sa chemise bleue.

Il jura et laissa tomber ses vêtements.

— Tu saignes !

Il se rua vers elle et souleva le bas de sa chemise, et du T-shirt qu'elle portait en dessous. Il y avait de petites égratignures, des coupures plus profondes. On lui avait donné des coups de couteau, légers, mais répétés, et elle n'avait rien dit.

Les bras tendus en arrière, elle essaya de lui taper sur les mains, puis de se retourner pour l'empêcher de la toucher.

— Arrête ça !

— Déshabille-toi.

— Je ne vais certainement pas me déshabiller devant toi.

Il cessa de la retenir, la laissant se retourner, mais il n'avait pas l'intention d'en rester là.

— Pourquoi ? Tu as un soutien-gorge, je suppose.

Elle rougit.

— Évidemment !

— Ne le prends pas mal, mais je ne t'imagine pas porter un modèle en dentelle transparente.

Il mentait. Il pourrait au contraire tout à fait l'imaginer dans une tenue sexy. Le problème, c'est que la réalité devait être très différente de son fantasme.

— Ce n'est pas différent d'un haut de bikini.

— Jamais je ne porterais un bikini.

Il leva les yeux au ciel.

— Assieds-toi et enlève-moi tout ça. Chacun son tour, ma vieille.

Elle resta là, rebelle, comme si elle envisageait de se battre avec lui.

— Tu m'as soigné, et je te retourne la faveur. Tu peux soulever tes fichus vêtements, et ça prendra deux fois plus de temps. Ou bien, tu peux arrêter de faire le bébé, t'asseoir et te déshabiller.

Elle lui lança un regard furieux, se laissa tomber sur le lit, enleva sa chemise et son T-shirt, et croisa les bras sur sa poitrine.

— C'est un soutien-gorge de sport, bon sang ! s'exclama-t-il.

— Et alors ?

— Et alors, je peux aller dans une salle de sport, voir des femmes plus dévêtues que ça, et contenir mes instincts bestiaux.

Elle toussa, comme si elle allait s'étrangler, et rougit de plus belle.

— Ce n'est pas ce que je sous-entendais.

— Alors, quoi ?

— Je ne sais pas. Ça paraît... comment dire... bizarre.

— D'accord. Je m'excuserai plus tard, quand je serai moins furieux que tu ne m'aies pas dit que tu avais été blessée aussi.

— J'avais oublié, dit-elle en bougeant sur le lit de façon à lui tourner le dos.

Il grommela.

— Que s'est-il passé ? demanda-t-il tout en passant du désinfectant sur ses écorchures et ses petites plaies.

Ce n'était pas aussi grave que la blessure au bras de Jake, mais ce n'était pas non plus quelque chose qu'on pouvait « oublier ».

— Je pensais être le seul à m'être retrouvé face à un cinglé avec un couteau.

— C'était une femme. Elle est arrivée derrière moi. Elle m'a enfoncé le couteau contre le dos, et m'a ordonné d'avancer jusqu'à la sortie de secours. Je l'ai fait au début, parce que...

Il se servit d'un carré de gaze pour sécher ses quelques petites blessures, en les tamponnant délicatement, puis il s'assit à côté d'elle.

— Parce que quoi ?

— Elle a dit que tu serais tué si je ne le faisais pas.

Il s'immobilisa, soulagé qu'elle lui tourne le dos. Parce qu'il savait, lui qui était si habile à dissimuler ses sentiments, que ses traits s'étaient déformés sous le choc.

— Et puis, je me suis dit qu'un ancien militaire devait être capable de se débrouiller tout seul. De toute façon, elle ne m'a pas vraiment fait mal. Enfin, bref... Finalement, le barman est intervenu et a dit qu'il allait appeler les flics. Et alors, elle s'est enfuie.

Elle parlait d'une façon un peu saccadée, les idées se bousculaient, mais Jake savait que c'était normal.

Pour le moment, elle était assaillie par une succession de flashs. Plus tard, d'autres détails lui reviendraient.

Il prit une unidose de pommade cicatrisante, l'ouvrit, et en déposa un peu sur le bout de ses doigts. Puis il la passa délicatement sur les blessures de Zara.

Elle sursauta au premier contact.

— Je croyais que ça ne te faisait pas mal, et que tu n'y pensais même plus.

— C'est le froid. Pas la douleur.

Elle se tenait toute raide, les bras croisés sur sa poitrine, comme si elle protégeait un trésor.

Jake avait du mal à comprendre cet excès de pudeur. Il était dans l'armée depuis trop longtemps, partageant des baraquements et des douches, pour éprouver la moindre gêne face à la nudité. Et même dans les foyers de l'aide à l'enfance, ou dans les familles d'accueil, il n'avait jamais eu droit à beaucoup de vie privée.

Quand il eut terminé ses soins, il alla chercher le sac de Zara pour qu'elle puisse enfiler un nouveau vêtement. Elle fouilla rapidement dedans, et passa un T-shirt au-dessus de sa tête, d'un geste pressé.

Il aurait pu tourner la tête, lui laisser un peu d'intimité, mais c'était pour lui un concept tellement incompréhensible...

— Toi aussi, tu as une cicatrice sur l'épaule, remarqua-t-il.

Il réalisa après coup qu'il n'aurait peut-être pas dû le mentionner. Ça voulait dire qu'il l'avait regardée en détail.

Elle croisa enfin son regard.

— C'est un cheval qui m'a fait ça. Pas un être humain.

Ils se regardèrent un long moment, sans rien dire, et Jake n'aurait pu dire pourquoi il se sentait incapable de briser le silence.

Finalement, ce fut Zara qui s'en chargea.

— J'ai l'impression, dit-elle, que nous ne sommes doués ni l'un ni l'autre pour laisser quelqu'un d'autre prendre soin de nous, ou travailler avec nous.

Il esquissa un sourire.

— Je pense la même chose. Mais je crois que nous allons devoir faire des efforts tous les deux, en ce qui concerne le fait de travailler ensemble.

15

Il y avait quelque chose dans la façon dont Jake soutenait son regard, qui donnait à Zara l'envie de prendre la fuite.

De retourner à Bent.

Ou d'aller voir la police.

Ou de se réfugier chez Thomas.

Bref, elle voulait échapper à cette sensation d'oppression dans la poitrine. Cette panique inconnue, qui la terrorisait plus que toutes les peurs qu'elle avait dû affronter avant. Et il y en avait eu.

Mais elle devait mettre sa peur de côté, et s'occuper de la situation présente.

— Ces deux personnes au saloon nous suivaient, dit-elle. La femme a mentionné ma sœur.

— Amber, ou Hazel ?

— Je ne sais pas. Je pencherais plutôt pour Amber. De toute façon, je ne suis sûre de rien.

— À part le fait qu'ils nous suivaient, toi en particulier, et qu'ils nous voulaient du mal.

— Avec des couteaux ? Pourquoi ne pas nous tirer dessus, plutôt ?

— L'homme avec qui je me suis battu a dit que c'était plus silencieux. En tout cas, je ne sais pas ce qu'ils cherchaient à faire. T'enlever, peut-être ?

Elle. En particulier. Pas eux.

Zara ne put retenir un frisson.

— Leur but n'est pas de tuer, continua Jake. Ils veulent quelque chose de toi. Quelque chose qui est en rapport avec Amber.

— Puisqu'ils savent tout, ils doivent bien être au courant que je n'étais plus en relation avec Amber depuis dix ans.

— Mais ce n'était pas le cas d'Hazel. Et elle a dit qu'elle était plus en sécurité en prison. Peut-être qu'ils en avaient après elle. Et maintenant, ils pensent qu'Hazel s'est confiée à toi. Donc, c'est à toi qu'ils essayent de s'en prendre maintenant.

Il jura et la saisit soudainement par les épaules.

— Tu dois retourner à Wilde. Te réfugier chez Thomas, ou quelqu'un d'autre. Je vais m'occuper de ça, mais il faut que tu sois protégée.

Elle essaya d'échapper à sa poigne, mais il la tenait fermement, le regard sérieux et intense.

Et dire qu'elle s'était promis de faire un effort pour suivre ses ordres, quels qu'ils soient.

— Je ne peux pas faire ça, protesta-t-elle. Tout ce que je sais incrimine Hazel, alors que j'ai la conviction qu'elle n'y est pour rien.

— Il te suffit de ne pas dire ce que tu sais. Je vais garder le pendentif et continuer l'enquête tout seul.

— Nous sommes ensemble dans cette affaire, Jake. Tu l'as dit toi-même. Je ne vais pas me cacher. Si tu ne le fais pas, pourquoi le ferais-je ?

— Parce que j'ai l'expérience de ces situations.

— Tu veux dire, traquer des meurtriers ?

Il ne flancha pas.

— Bien plus que tu ne peux l'imaginer, Zara. Certainement beaucoup plus que toi.

— Je suis capable...

— Tu es capable de tout.

Jake la secoua doucement par les épaules, et tout dans

son attitude exprimait une frustration comme elle n'en avait jamais vu chez lui.

— Je le sais, reprit-il. Mais nous parlons de personnes qui te veulent du mal. Tu as envie de finir comme Amber ?

Elle eut un flash de sa sœur, morte et enterrée dans un pré. Tuée et abandonnée. Puis d'Hazel en prison. Pâle et inquiète, mais vivante et en sécurité.

Elle regarda Jake.

Si elle retournait à Wilde et allait voir la police, elle aussi serait en sécurité. Mais pas Jake.

L'idée qu'il soit ici, en danger, tandis qu'elle se cachait, était insupportable.

— Tu as dit que nous devions travailler ensemble.

Il lui toucha la joue.

Jamais personne ne l'avait fait de cette façon avant.

Cette douceur, ce respect, firent s'évanouir de l'esprit de Zara tous les arguments qu'elle aurait pu lui opposer.

— Je ne peux pas supporter l'idée que tu sois blessée, dit-il. Nous travaillerons toujours ensemble si tu vas voir la police. Nous nous échangerons les informations, et tu seras mieux protégée.

Elle avait envie de poser la main sur la sienne, de mémoriser la forme de ses doigts, leur poids sur sa joue, les sensations que ça lui inspirait...

Elle ne savait pas ce qu'elle était censée faire avec toutes ces envies, mais elles s'accumulaient dans son esprit comme une liste de choses à cocher méthodiquement après les avoir faites.

Finalement, elle serra les poings le long du corps, car le toucher ne semblait pas être une réponse raisonnable, alors qu'il essayait de l'éloigner, et que la responsabilité de tout ceci lui revenait.

— Le seul moyen pour que j'aille voir la police, c'est que tu rentres à la maison.

Il laissa retomber les mains et s'écarta, en secouant la tête.

— Bon sang, Zara ! s'exclama-t-il.

Puis il lui tourna le dos et se passa les mains dans les cheveux.

— C'est comme ça. Ou bien on arrête tous les deux, ou bien on va jusqu'au bout ensemble. Tu sais, ça marche dans les deux sens, cette histoire...

Sa gorge était si serrée qu'elle dut déglutir pour retrouver sa voix. Sa peur était trop envahissante pour qu'elle se retienne de livrer sa pensée.

— Tu sais, c'est ce truc que tu as dit : « Je ne peux pas supporter l'idée que tu sois blessée. »

Jake se retourna lentement pour lui faire face, médusé.

— Donc, on s'en tient à notre plan, décréta Zara d'un ton ferme. Demain matin, nous irons poser des questions, essayer de savoir si quelqu'un aurait vu Amber et Hazel ensemble. Qui elles ont rencontré. Bref, nous tenterons de trouver les informations que nous sommes venus chercher.

Il eut un bref hochement de tête.

— D'accord. Et que fait-on en attendant demain matin ?

Zara essaya de ne pas penser au lit derrière eux.

Le lit unique.

Et à la façon dont il lui avait caressé la joue.

Et... à ce regard intense qu'il posait sur elle maintenant.

— Comment ça, qu'est-ce qu'on fait ? On dort, non ?

— C'est une question ?

Zara sentit qu'elle rougissait, tandis que Jake, à en juger par son sourire narquois, avait l'air de trouver la situation très amusante.

— Bien sûr que non ! répliqua-t-elle. Nous devons dormir. Si tu veux, on peut partager le lit à tour de rôle.

— Ça ira. Je crois que je peux contrôler mes instincts bestiaux. Oh ! mais attends... ce n'est pas ça qui t'inquiète.

Alors, qu'est-ce qui te dérange dans l'idée que nous dormions dans le même lit ?

— Je ne sais pas. Ça paraît... comment dire... bizarre.

En faisant cette réponse, Zara eut l'impression d'avoir déjà eu cette conversation.

Jake haussa les épaules.

— Je suis désolé, je n'ai pas la même façon de voir les choses que toi. Mon enfance dans des foyers, toute ma vie d'adulte à l'armée... Les choses ne sont pas vraiment à toi. Les emplacements ne t'appartiennent pas. Tu apprends à te débrouiller avec ce que tu as.

— Je suis désolée, dit-elle.

Sa réponse parut laisser Jake perplexe.

— Pour quelle raison ?

— Ça semble si... triste.

Ils se préparèrent à aller se coucher en silence. Zara se glissa précautionneusement dans le lit, en veillant à prendre le moins de place possible.

La voyant mal à l'aise, même s'il ne comprenait vraiment pas pourquoi, Jake proposa :

— Je peux dormir dans le fauteuil.

— Oh ! non ! Tu ne vas pas me faire culpabiliser en jouant le galant homme.

— Je n'ai aucune intention de te faire culpabiliser.

— Mets-toi au lit, pour l'amour du ciel, et dormons.

Zara se tourna sur le côté, glissa son coude sous l'oreiller, et ferma résolument les paupières.

Au bout d'un moment, elle soupira et se tourna vers Jake.

— Je suis épuisée, mais je ne vais jamais réussir à dormir. Pas tant que je n'aurai pas compris ce qui se passe. Ça t'ennuie si on discute un peu ?

— Pas du tout, répondit Jake. Je n'arrive pas à dormir non plus, de toute façon.

— Deux personnes veulent m'enlever. Ça, on le sait.

— Oui.

— Hazel pense qu'elle est plus en sécurité en prison. Donc, on peut présumer qu'elle est en danger. À cause de ces gens ? Qu'est-ce qu'ils me veulent ? Ils pensent que je sais quelque chose, peut-être. Ou alors, ils ont besoin d'une information. Mais pour quoi faire ?

— Ils croient peut-être qu'Amber s'est confiée à Hazel qui, à son tour, t'a tout raconté, suggéra Jake.

— Mais, s'ils veulent me faire taire, ils auraient pu me tuer en même temps qu'Amber. Et Hazel aussi, par la même occasion.

— Ça n'a peut-être aucun rapport. Ça pourrait être deux affaires différentes.

Jake garda le silence un moment, plongé dans ses réflexions.

— Et s'ils avaient besoin de toi ?

— Mais pour quelle raison ?

Zara écarquilla les yeux, alors qu'elle arrivait à la même conclusion que Jake avait discernée avant elle.

— Je ressemble à Amber.

— Je pense qu'ils ont besoin que tu joues le rôle d'Amber.

— Hazel doit le savoir ! C'est pour ça qu'elle pense être plus en sécurité en prison. Ils ont dû lui demander de se faire passer pour Amber.

— Mais Hazel ne t'a rien dit ?

— Non. Elle doit considérer qu'elle me protège en faisant ça.

— Et si tu lui racontais ce qui s'est passé aujourd'hui ?

Pour toute réponse, Zara laissa échapper un long soupir.

— Tu ne lui en parleras pas non plus.

— Elle s'inquiéterait beaucoup trop.

Jake bondit hors du lit, trop irrité par l'attitude de Zara.

— Et tu trouves normal de risquer ta vie pour ne pas inquiéter Hazel ?

— Ne te fâche pas comme ça.

— Si tu crois que je suis fâché, tu ne sais pas ce que ça veut dire ! Je suis fou de rage. J'ai passé dix ans sous les ordres de Cal, qui ne s'épanouit qu'en jouant les martyrs, comme toi. Mais tu n'es pas la seule qui doit souffrir. Tu n'es pas la seule qui doit s'occuper de tout.

Elle voulut parler, mais il l'interrompit en levant la main.

— Je réalise que personne ne te l'a jamais dit, mais tu dois en prendre conscience. Tout ce que ça réussit à faire, c'est à te rendre malheureuse, ainsi que tous les gens qui veulent t'aider.

— Je ne suis pas malheureuse.

— Tu crois ?

Elle parut tellement choquée qu'il insista, jouant de son avantage.

— Nous allons rentrer à Wilde. Tu vas dire à Hazel ce qui s'est passé ici, et l'obliger à t'expliquer pourquoi ils ont besoin d'une doublure.

Il resta là, les bras croisés, sachant que cette dispute était aussi une façon d'évacuer sa frustration vis-à-vis de Cal, et que Zara n'en était pas entièrement responsable. Même si son fichu caractère l'agaçait considérablement.

— Tu as raison.

Parce qu'il était habitué aux refus obstinés de Cal, Jake fut totalement pris au dépourvu.

— Ah bon ?

Zara eut un petit sourire triste, et sortit du lit.

— Je ne sais pas pour le retour à Wilde, mais il est vrai que je prends tout sur mes épaules, parce que j'y ai toujours été obligée. Ou, du moins, je croyais que je le devais. Mais on dirait qu'Hazel fait la même chose.

Elle haussa les épaules.

— J'étais toujours vexée parce que je pensais qu'Amber et elle me cachaient des choses exprès. Parce que j'étais celle qui ne pensait qu'au travail et ne savait pas s'amuser, qui voulait toujours suivre les règles.

Elle alluma la lampe de chevet. Avec ses cernes profonds sous les yeux, ses traits tirés, elle semblait épuisée.

— Mais ton petit… coup d'éclat m'a fait réaliser que ce n'est peut-être pas une mise à l'écart. Il est possible qu'Hazel essaye de me protéger.

Elle chercha son regard, voulant le convaincre.

— Et c'est comme ça que ça marche, Jake. Quand tu aimes une personne, tu veux la protéger. C'est ma sœur. J'ai joué un rôle de mère pour elle depuis nos huit ans. Nous ne voulons pas que l'une ou l'autre s'inquiète, parce que… ça fait partie de l'amour.

Ce qu'elle ne dit pas, mais qui resta comme suspendu dans l'air entre eux, c'était qu'il ne comprenait pas vraiment de quoi elle parlait car il n'avait jamais eu de famille.

Mais elle se trompait.

Peut-être n'avait-il pas eu une famille conventionnelle, mais les hommes de Team Breaker étaient devenus sa famille, et il tenait à eux comme à des frères.

D'accord, il avait quelques problèmes relationnels avec Cal.

Comme dans toutes les familles.

Et, s'il le provoquait et lui tenait tête, c'était pour lui faire comprendre qu'il n'avait plus à veiller sur eux, à tout prendre en charge, à se sacrifier… Il ne voulait plus de ce stress pour lui.

Et il ne voulait pas ça pour Zara non plus.

— Alors, que veux-tu faire, Zara ? demanda-t-il en se sentant épuisé et démuni.

Parce qu'il ne savait vraiment pas comment arranger les choses pour elle.

Avant qu'elle ait pu répondre à sa question, on frappa à leur porte.

16

Zara regarda Jake, qui la dévisagea en retour.

Qui pouvait frapper à leur porte au beau milieu de la nuit ?

— Ne bouge pas, murmura Jake.

Elle ne savait pas où il l'avait cachée mais, soudain, son arme fut de retour dans sa main.

Il se dirigea vers la porte en silence, se comportant comme… quelqu'un d'autre.

On aurait dit qu'il avait enfilé un masque et un costume, et qu'il était une tout autre personne.

Elle aurait peut-être dû s'en inquiéter, mais elle se sentait surtout en sécurité.

Il regarda à travers l'œilleton.

— C'est ton cousin, murmura-t-il. Il n'est pas en uniforme.

La voix de Thomas leur parvint à travers la porte, légèrement étouffée.

— Bon sang, Zara. Je sais que tu es là. Je suis venu seul. Je ne suis pas en service. Laisse-moi entrer.

Jake la regarda, lui faisant comprendre que c'était son choix, et qu'il la suivrait, d'une façon comme d'une autre.

Seulement, elle ne savait pas quelle décision prendre.

— Tu crois vraiment qu'il est seul ? demanda-t-elle.

Jake hocha la tête.

— Alors, laissons-le entrer.

Jake dissimula d'abord son arme, puis il ouvrit la porte.

Thomas entra, et lui lança un regard soupçonneux, avant de s'adresser à Zara.

— Qu'est-ce que tu fiches, bon sang ?

Zara croisa les bras, dans une attitude défensive.

Même si elle avait besoin de l'aide de Thomas, elle savait où il plaçait sa loyauté. Son insigne, qu'il le porte ou non, passait avant tout.

— Il est peut-être préférable que je ne réponde pas, dit-elle.

Thomas se passa la main dans les cheveux.

— Je ne suis pas ici en tant que flic, mais parce que je suis ton cousin.

— Il y a une différence ? Je n'ai pas oublié que tu as arrêté Hazel.

— Tu sais très bien que c'est faux. Et je te rappelle qu'il y a des preuves contre elle.

Zara lui tourna le dos.

Elle ne supportait pas qu'il défende encore la thèse que la place d'Hazel était en prison.

— Tu devrais t'en aller.

— Je dois te parler. Seule.

Elle n'eut pas besoin de regarder pour savoir qu'il était en train de dévisager Jake avec insistance.

— Jake reste, dit-elle d'un ton inflexible.

Elle se retourna et ajouta :

— Il m'a aidée. On ne peut pas en dire autant de toi.

— C'est bon, dit Jake. Je vais faire le tour de l'hôtel, histoire de vérifier si quelqu'un nous a suivis. Je reviens dans quinze minutes.

Zara lui accorda un bref hochement de tête, et il sortit, la laissant seule avec son cousin.

Elle ne pouvait même pas le regarder. Ça lui faisait trop mal. Il était une des rares personnes en qui elle avait confiance, et c'était à lui qu'elle aurait demandé de l'aide si elle y avait un jour été forcée.

Et il cautionnait l'arrestation d'Hazel.

— C'est Hazel qui m'a dit que tu pourrais être ici, dit Thomas, après un long moment de silence.

Elle se tourna brusquement vers lui.

— Quoi ?

— Je lui ai dit que tu avais disparu, et je lui ai demandé si elle était au courant. Elle a paru très inquiète, Zara. Il est évident qu'elle est en danger. Et maintenant, tu l'es aussi.

En danger ? Oui, ça ne faisait pas l'ombre d'un doute. Et Hazel savait où elle était allée. Ce qui voulait dire qu'elle avait aussi appris que Zara avait trouvé les lettres.

Ce n'était pas surprenant. Elles étaient des triplées et vivaient ensemble. Elles se comprenaient l'une l'autre, même quand elles n'agissaient pas de la même façon.

Mais, si Hazel était assez impliquée pour comprendre que Zara était en danger, assez pour s'inquiéter à son sujet, ça voulait dire que sa sœur en savait bien plus long qu'elle ne l'avait avoué.

Pas seulement à la police, mais à Zara aussi.

— Que t'a-t-elle dit d'autre ?

— Pas grand-chose. Je suis là à cause de toi, Zara. Tu ne devrais pas être ici, surtout seule avec ce type. Jake Thompson n'est pas celui qu'il prétend être.

Zara le savait déjà. Jake avait évoqué son passé militaire.

— Peut-être pas, mais il n'a rien à voir avec le meurtre d'Amber. Pourquoi t'acharnes-tu sur lui, alors que tu devrais rechercher la personne qui a vraiment tué Amber ? Ce n'est ni Hazel ni Jake.

— Tu es vraiment sûre que Jake n'a aucun lien avec l'affaire ?

— Oui. J'en suis certaine. J'ai confiance en Jake. Je remettrais ma vie entre ses mains.

— Écoute, si c'est personnel…

La tête que faisait Thomas aurait pu être comique si Amber n'était pas morte et Hazel en prison.

— Il ne s'agit pas de Jake, mais de faire libérer Hazel. Il faut trouver qui a tué Amber. Jake m'aide parce que... parce que c'est un ami.

— Aider et enquêter, ce n'est pas la même chose. Enquêter, c'est le travail de la police.

— Oui, eh bien, vous le faites mal.

— Détrompe-toi. Laurel me fait confiance. Elle sait qu'Hazel n'a rien fait. Nous cherchons le vrai meurtrier.

— Ah bon ? Et qu'est-ce que vous avez pour le moment ?

— Nous sommes sur la piste des deux personnes qui vous ont agressés au saloon, Jake et toi.

Zara se dit que ce n'était pas si mal, après tout.

Si la police traquait leurs agresseurs, ce serait plus compliqué pour les aspirants ravisseurs de l'enlever.

En tout cas, elle l'espérait.

— Je n'ai pas prévenu Laurel que je venais ici, reprit Thomas, comme pour prouver sa bonne foi. Ni que c'était Hazel qui m'avait renseigné.

Elle se sentait un peu désolée pour lui, même si elle avait envie d'endurcir son cœur pour contenir cette empathie. Thomas était dans une situation impossible.

Elle savait combien il avait travaillé dur pour entrer dans la police, ce que ça représentait pour lui. À présent, il était déchiré entre son devoir et sa famille.

— Tu ferais mieux de me laisser, et d'aller faire régner l'ordre et la loi, dit-elle en essayant de parler d'un ton ferme, et de contrôler l'émotion qui ne demandait qu'à faire trembler sa voix. Certains font passer leur famille avant tout. Puisque ce n'est pas ton cas, tu n'as plus rien à faire ici.

Thomas la regarda comme si elle venait de lui tirer une balle en plein cœur, mais Zara n'eut pas le temps de se sentir coupable.

La porte s'ouvrit, et Jake se glissa dans la chambre en silence. Puis il se dirigea immédiatement vers elle, et Zara put voir qu'il était un peu secoué, même s'il essayait de donner le change.

— Tu dois sortir d'ici, dit-il en lui prenant le bras pour l'entraîner vers la porte.

Zara résista par réflexe.

— Quoi ? Pourquoi ?

— Nos agresseurs du saloon sont sur le parking. Et ils ne sont pas seuls.

Jake attrapa le sac de Zara de sa main libre et le lança à Thomas.

— Faites-la sortir d'ici, je vais créer une diversion.

— Non, protesta Zara en se tortillant pour se libérer.

Jake tint bon.

— Il faut que tu te mettes à l'abri. Nous savons que c'est toi qu'ils veulent. Je n'ai pas l'intention de les laisser t'enlever.

— Expliquez-moi ça, ordonna Thomas.

— La théorie sur laquelle nous travaillons, dit Jake, c'est qu'ils ont besoin de Zara pour jouer le rôle d'Amber.

— Pour quelle raison ?

— Ça, nous ne le savons pas. Mais ils ont voulu l'enlever, pas la tuer.

— Je vais appeler des collègues en renfort, proposa Thomas. Zara est capable d'identifier la femme qui l'a attaquée, et Grady, le barman, le peut aussi. On arrête l'agresseuse, et on essaye de lui tirer les vers du nez.

— Je refuse de traiter avec la police, dit Zara en croisant les bras sur sa poitrine.

— Je sais que tu es contrariée qu'Hazel soit en prison, mais nous pouvons vraiment t'aider, plaida Thomas.

Jake intervint.

— Appelez vos collègues si vous y tenez, mais Zara doit sortir d'ici. Soit je l'emmène, soit c'est vous qui le faites.

— J'ai mon mot à dire ? demanda Zara d'un ton agacé.

— Non, dirent d'une même voix Jake et Thomas.

— Donc, en gros, vous avez l'intention de m'écarter comme une enfant, pour que je puisse laisser les grands hommes forts gérer la situation.

— Zaraleigh...

Elle lança à Thomas un regard courroucé.

— Ils sont après toi, dit Jake. Ce n'est pas une question d'égalité des sexes, ou de lutte féministe. Ils veulent t'enlever, et nous essayons de les en empêcher. Un point c'est tout.

Zara finit par tirer assez fort pour libérer son bras, et elle se dirigea vers la fenêtre. Elle regarda dehors un moment, pesant le pour et le contre.

Puis elle se tourna vers Jake et Thomas.

— S'ils me veulent, pourquoi ne pas les laisser me prendre ? Il me suffirait de faire ce qu'ils me demandent, et ça répondrait à nos questions.

Jake rit. Thomas s'étrangla.

Puis ils dirent la même chose en même temps.

— Non.

— Et, continua Zara, comme si elle n'avait rien entendu, Thomas et ses collègues pourraient les arrêter pour enlèvement et les faire envoyer en prison.

— Je peux déjà les arrêter pour agression, dit Thomas. Je n'ai pas besoin de ton plan rocambolesque.

— Et les autres ? Jake a dit qu'il y avait toute une équipe. Ils savent peut-être ce qui est arrivé à Amber. Tu ne veux pas les arrêter aussi ?

— Pas si ça te met en danger, dit Jake avant que Thomas ait eu le temps de répondre.

Zara se tut, en colère et frustrée. Elle savait que ce n'était pas la peine de continuer à argumenter. Elle n'était pas du style à se taper la tête contre un mur de briques.

Elle était le genre de femme à trouver un moyen de l'escalader ou de le contourner.

— Bien, dit-elle, appelle tes collègues. Et arrête la femme, rien que la femme.

Elle haussa les épaules.

— Je vais aux toilettes.

Et sur ces mots, elle disparut dans la salle de bains, et tourna le verrou.

— Je n'ai aucune confiance en elle, dit Thomas. Il y a une fenêtre, ou un moyen de sortir de là ?

— Non.

— Bien. Gardez un œil sur la porte.

Thomas prit son téléphone dans sa poche et sortit dans le couloir de l'hôtel, sa main libre sur la crosse de l'arme qu'il portait sous son manteau.

Jake observa la porte de la salle de bains. Lui non plus ne faisait pas confiance à Zara. Il avait même une idée assez précise de ce qu'elle mijotait.

Et il savait qu'il accepterait, simplement parce qu'elle le lui demanderait.

Elle entrebâilla la porte de la salle de bains, et observa la chambre.

— Il est parti ?

— Il est juste sorti dans le couloir.

— Parfait. Voici ce que nous allons faire.

17

— Je n'ai pas l'intention de l'empêcher d'arrêter cette femme, si c'est pour ça que tu fais la tête, dit Zara en se dirigeant vers son sac de voyage.

— Oh ! bien. Donc, il y a au moins un aspect raisonnable dans ton plan.

Son ton était sarcastique, et elle lui lança un regard agacé.

— Mais ça laisse en liberté combien de personnes qui sont présumées vouloir mettre la main sur moi ? Ou plutôt, mon visage.

— Quatre. Et il n'est pas question que ça se passe comme ça. Désolé.

— Ça sera plus facile. Plus rapide. Au lieu de les laisser m'enlever, nous les suivrons.

—N'importe quoi.

— Ils nous ont bien suivis, eux. Pourquoi on ne pourrait pas le faire aussi ?

— Peut-être parce que ce sont des meurtriers potentiels ?

— Justement. C'est pour ça qu'il faut les arrêter. Mais les flics préfèrent se concentrer sur une toute petite chose à la fois. Le fait qu'ils se contentent d'arrêter la femme qui m'a agressée ne nous aidera pas.

Jake ne dit rien, et elle sut que c'était parce qu'il était d'accord avec elle.

— Tu vas dire à Thomas que tu me reconduis à Wilde,

pour me mettre à l'abri de ces gens. Continue à jouer le macho, du genre : j'en sais plus que cette gamine. Et il mordra à l'hameçon.

Jake protesta.

— Il ne s'agissait pas de ça tout à l'heure. Je sais très bien que tu peux te débrouiller toute seule. Dans un ranch. Dans la vie.

Il soupira.

— Mais on parle de meurtriers, là. De la possibilité bien réelle que tu sois blessée. Encore une fois.

— Si je suis blessée, au moins ça voudra dire que j'ai essayé de faire quelque chose pour aider.

— Et si tu es tuée ?

— Tu voudrais que je reste assise sans rien faire, alors que quelqu'un a tué ma sœur ? Alors qu'on veut faire porter le chapeau à Hazel ? La police n'a pas autant avancé que nous.

— Parce qu'ils n'ont pas toutes les informations.

— Et tu suggères qu'on les leur donne ?

— Non, mais Thomas semble vouloir nous apporter son aide.

— En suivant le règlement. Moi, je dis : au diable le règlement !

Jake esquissa un sourire.

— Tu aurais fait une bonne recrue pour Team Breaker.

— C'est quoi, Team Breaker ?

— Quelque chose que je n'aurais vraiment pas dû mentionner. Il y a des choses que tu ne sais pas à mon sujet.

Il l'avait dit si sérieusement. En plongeant ses yeux dans les siens. Comme s'il y avait quelque chose de mal à ça. Quelque chose qui méritait des excuses.

Mais ce qu'elle avait dit à Thomas était vrai. Elle remettrait sa vie entre les mains de Jake.

— Oh ! comme c'est surprenant, répondit-elle à sa remarque. Je ne sais pas si j'y survivrai.

Volontairement, elle avait adopté un ton léger, pour essayer de faire retomber la tension qui se percevait encore dans la pièce.

Jake eut la bonne grâce d'esquisser un sourire.

— Donc, je dis que je te raccompagne à Wilde. Nous suivons ceux qui prennent la fuite quand la police arrive. Et après ?

— On voit où ils vont et si ça nous apporte des réponses.

— Et si ce n'est pas le cas ?

Elle haussa les épaules, détestant se sentir démunie.

— Je n'en sais rien.

Jake hocha la tête, comme si ce n'était pas un problème. Mais, avant qu'il ait pu dire quoi que ce soit, Thomas revint dans la chambre.

— J'ai deux shérifs adjoints du comté prêts à me rejoindre, annonça-t-il. Et Laurel se chargera d'interroger la femme.

Il s'adressa à Zara.

— Il va falloir que nous t'emmenions au commissariat pour prendre ta déposition.

— Je la reconduis à Wilde, dit Jake. Vous pouvez compter sur moi.

Il mentait pour elle et, tandis que ses paroles étaient destinées à Thomas, il ne quittait pas Zara du regard.

— Directement au poste, dit Thomas. Pas de détour. Si vous n'y êtes pas dans vingt minutes, je déclenche un avis de recherche.

— Est-ce que je peux faire un saut au ranch vite fait, pour vérifier que tout va bien ? demanda Zara. Ça ne fera que vingt à trente minutes de plus.

— Hors de question ! répliqua Thomas. Tu n'as qu'à demander à l'un des frères Thompson. Vingt minutes et pas une de plus. Fais bien attention à toi.

Zara se sentit coupable, mais peut-être Thomas comprendrait-il quand tout serait terminé.

Elle l'espérait, en tout cas.

Parvenant à esquisser un sourire, elle quitta la chambre. Jake ferma la porte derrière elle.

Le silence régna dans l'ascenseur.

Ils se retrouvèrent bientôt dans le hall.

Zara ne vit personne. Mais, tandis qu'ils se dirigeaient vers la sortie de secours, elle se sentit soudain poussée, guidée et finalement coincée derrière une grande plante en pot.

C'était vraiment étrange car Jake la plaquait contre le mur, pesant sur elle de tout son corps.

Son visage se penchait au-dessus du sien. Près. Vraiment très, très près.

— Ne dis rien, murmura-t-il, et son souffle lui caressa la bouche.

— L'inspectrice vient d'entrer, murmura-t-il.

— Tu veux dire, Laurel ? Comment a-t-elle fait pour être ici aussi vite ?

Zara voulut tourner la tête, mais Jake l'en empêcha.

— Écoute, je suis désolé. Mais c'est la seule chose qui me vient à l'esprit.

Avant qu'elle ait eu le temps de lui demander ce que ça voulait dire, la bouche de Jake fut sur la sienne.

Jake continuait à penser qu'il devait y avoir un autre moyen d'échapper à l'attention de l'inspectrice, mais c'était le seul qui lui était venu à l'esprit.

Il entendait ses talons claquer sur le sol, tandis qu'elle traversait le hall à grands pas. À supposer qu'elle jette un vague coup d'œil à un couple qui s'embrassait, elle avait probablement des choses plus importantes en tête.

Il n'empêche qu'il embrassait Zara. Et, même s'il s'agissait d'une ruse, c'était quand même bien réel.

Il n’aurait pas dû poser la main sur sa joue pour guider son visage.

Savourer le contact de ses lèvres, la pression de son corps contre le sien.

Découvrir le goût de sa bouche, et se torturer avec cette nouvelle connaissance charnelle.

Perdre la notion du temps, au point que de longues secondes s’étaient écoulées, alors que l’inspectrice avait disparu depuis longtemps, et qu’il n’y avait plus qu’eux.

Et il ne devrait certainement pas penser aux possibilités. À ce qu’il voulait.

S’il avait été quelqu’un d’autre, ses désirs auraient pu compter…

Mais ce n’était pas le cas.

Il mit fin à leur baiser.

Il n’avait pas été envoyé à Wilde pour construire une vie, même si c’était ce qu’il souhaitait.

Il était dans cet endroit sauvage et isolé pour se cacher. Et il ne pourrait jamais dire à Zara pourquoi. Il risquait déjà beaucoup rien qu’en étant ici.

Zara cilla en levant les yeux vers lui, les lèvres entrouvertes, ses grands yeux sombres écarquillés. Mais elle n’était ni fâchée ni offensée.

Une étrange panique s’empara de lui. Il ressentait une sensation bizarre, sur laquelle il ne parvenait pas à mettre un nom.

— C’était juste une façon de…

Il avait un mal fou à trouver les mots, tant son esprit était embrouillé.

Il s’éclaircit la gorge.

— Je me suis dit qu’elle n’accorderait pas trop d’attention à un couple en train de s’embrasser.

Zara ne bougea pas, ne dit pas un mot. Et ils ne pouvaient

pas rester là, avec les flics sur le point d'arriver, et le groupe dehors qui risquait de partir à tout moment.

— Nous devons y aller.

Il lui prit le bras et l'entraîna vers l'issue de secours. Il s'arrêta à la porte, étudiant à travers la partie vitrée le parking plongé dans l'obscurité.

Il ne vit personne sous cet angle, mais ils devaient quand même rester prudents.

Il ne lâcha pas la main de Zara, la gardant près de lui, tandis que son cœur battait irrégulièrement, sous le coup de l'émotion que ce baiser avait éveillée en lui.

Il ferait mieux de se concentrer sur sa mission, qui était de garder Zara en vie. Et ça, c'était tout ce qui comptait.

Ils marchèrent vers sa voiture, le plus silencieusement possible.

Le groupe que Jake avait remarqué un peu plus tôt était toujours au même endroit. Mais, à présent, le moteur d'une des voitures tournait.

Quand ils atteignirent son 4x4, Jake se servit de la clé pour l'ouvrir, plutôt que de la télécommande. Le groupe était assez loin, mais quelqu'un pouvait voir s'allumer ses warnings.

Il colla sa bouche à l'oreille de Zara.

— On va rester ici, et on ne montera dans la voiture que lorsqu'ils partiront. Nous verrons de quel côté vont leurs phares, et nous les suivrons à bonne distance pour qu'ils ne nous repèrent pas.

Des sirènes retentirent au loin, et Zara sursauta. Jake lui serra la main pour la rassurer, et lui rappeler de rester calme.

Trois des hommes du groupe montèrent dans le pick-up dont le moteur tournait et s'en allèrent. Les deux autres personnes essayèrent de sauter dans le plateau, mais le pick-up prit de la vitesse et fila sans eux.

Jake les entendit jurer, tandis qu'ils se mettaient à courir, peut-être vers une autre voiture.

Ils furent interceptés par Thomas et Laurel. Lorsqu'une voiture de patrouille arriva, gyrophare et sirène en marche, Laurel avait menotté la femme.

Quand le champ fut libre, Jake fit monter Zara dans son 4x4 et prit le volant. Avec un peu de chance, ils rattraperaient le pick-up, dont les occupants avaient délibérément abandonné les aspirants ravisseurs.

Jake ne démarra pas sur les chapeaux de roues. Il roula lentement et prudemment dans la ruelle à l'arrière de l'hôtel.

— Ils ont pris à droite en sortant du parking ? demanda Jake.

— Oui, répondit Zara.

Elle avait sorti son téléphone de sa poche et ouvrait l'application cartes pour donner des instructions à Jake.

Ils se retrouvèrent bientôt sur une route à deux voies. C'était la nuit, ils étaient au milieu de nulle part, et Jake devait redoubler de prudence.

C'était le genre de routes auxquelles il avait encore besoin de s'habituer après un mois de vie dans le Wyoming.

Au loin, il pouvait apercevoir les feux arrière d'un pick-up ressemblant à celui qui avait quitté le parking de l'hôtel.

Il ne pouvait pas être certain que ce soit le même, mais tout était tellement désert par ici qu'il était peu probable qu'il s'agisse de quelqu'un d'autre.

Il pouvait se charger de trois hommes. Il l'avait déjà fait. Mais il s'inquiétait qu'il y ait plus de monde là où ils se dirigeaient.

Il se saisit de ton téléphone, et prépara un bref sms destiné aux cinq hommes restés au ranch. En cas de besoin, il n'y aurait plus qu'à l'envoyer.

SOS. Besoin de renforts. Tracez-moi.

— J'ai une question, dit soudain Zara, qui n'avait pas parlé depuis un moment.

— Oui.

— J'ai bien compris le concept du faux baiser pour détourner l'attention. Mais tu n'étais peut-être pas obligé de mettre ta langue dans ma bouche.

Il faillit s'étrangler de surprise.

— Désolé, dit-il entre deux quintes de toux.

— Je n'attends pas des excuses.

— Qu'est-ce que tu veux, alors ?

— Une explication ?

— Sur la raison pour laquelle je t'ai embrassée ?

Elle soupira, comme s'il était décidément trop bête pour comprendre.

— Tu es sexy, Jake.

— Et alors ?

— Les types sexy ne m'embrassent pas, généralement. Ils préfèrent les filles plus belles.

— Attends, tu veux dire que tu ne te trouves pas belle ?

— Je peux être mignonne quand je fais un effort pour bien me coiffer et m'habiller autrement qu'avec des tenues de ranch, mais ça s'arrête là.

Jake n'osait pas quitter des yeux les feux arrière du pick-up, si éloignés, et si faciles à perdre. Mais il secoua la tête, et tenta de mettre ce qu'il ressentait dans sa voix, à défaut de son expression.

— Zara, tu es très belle. Que tu sois bien coiffée ou non.

Elle resta silencieuse un moment, avant de reconnaître :

— Je ne sais pas quoi dire.

— Rien ne t'oblige à dire quelque chose.

— En fait, Amber a toujours été la séduisante, et Hazel la jolie.

— Mais vous êtes toutes les trois identiques.

— Oui, mais Amber faisait des efforts : maquillage, jolies tenues, cheveux coiffés…

Elle soupira.

— Les gens que je connais m'ont tous regardée de la même façon pendant toute ma vie. Je suppose que je me vois comme eux le font. Et toi, tu me vois autrement. Donc, je ne te comprends pas. Tu n'attends rien de moi.

— Je le devrais ?

— C'est ça que je ne comprends pas. Je n'ai pas de gens comme ça dans ma vie. Tu es là, tu fais tout ça, et tu m'embrasses vraiment bien…

— Du moment que j'embrasse bien, je ne vois pas de quoi tu te plains.

Elle soupira.

— Je suis contente que tu trouves ça drôle.

— Je n'ai pas envie de plaisanter à ce sujet.

Il songea à cet attachement qu'il était censé éviter, mais qu'il éprouvait quand même, parce que c'était elle.

Il s'était passé quelque chose quand il était arrivé dans ce ranch, et qu'elle les avait regardés méchamment, tellement furieuse qu'ils aient acheté son exploitation familiale.

Mais elle leur avait appris le métier quand même. Elle avait pris soin de tout quand même. Parce qu'elle était comme ça.

Il s'était tenu en retrait parce que c'était ce qu'on attendait de lui. Parce que l'armée l'exigeait. Mais il en avait assez.

— Je t'apprécie, Zara. Je me soucie de toi. Je suis attiré par toi. Je veux t'aider parce que c'est juste. Mais surtout parce que je n'aime pas te voir malheureuse.

Il ne pouvait pas la regarder, même s'il en mourait d'envie. Ces feux arrière étaient la seule chose sur laquelle il devait se concentrer.

Mais il ne put pas s'en empêcher.

Dans l'obscurité, il ne voyait pas toutes les nuances de son expression. Il pouvait seulement dire qu'elle se tenait parfaitement immobile. Elle faisait ça chaque fois qu'elle ne savait pas quelle décision prendre.

Mais ce qu'il y avait d'admirable chez Zara, c'était qu'elle n'hésitait pas longtemps. Elle faisait un choix, et elle l'assumait jusqu'au bout.

Pas de tergiversations, d'hésitations de dernière minute. Elle allait de l'avant.

Et ça, il le comprenait et l'appréciait.

— Jake ! dit-elle soudain, l'air affolé.

— Oui ?

— Je ne vois plus les feux arrière.

Il s'empressa de tourner la tête vers le pare-brise.

Elle disait vrai.

Les lumières rouges avaient disparu.

Quelques centaines de mètres plus loin, le pick-up avait quitté la route.

18

Zara ne comprenait pas pourquoi elle avait les yeux humides et la gorge serrée. Pourquoi elle ne parvenait pas à penser à autre chose qu'aux paroles prononcées par Jake.

« Je t'apprécie, Zara. Je me soucie de toi. Je suis attiré par toi. Je veux t'aider parce que c'est juste. Mais surtout parce que je n'aime pas te voir malheureuse. »

Cette liste...

Bien sûr, il était tout à fait normal qu'un homme ressente toutes ces choses pour elle, alors qu'elle essayait de résoudre le meurtre d'une de ses sœurs, et que l'autre était en prison.

Belle.

Personne ne lui avait jamais dit qu'elle était belle de toute sa vie, même si elle avait le même visage qu'Amber et Hazel, qui étaient considérées comme féminines et désirables.

Quelle drôle de pensée quand le danger les attendait au tournant.

— Regarde les bifurcations de ton côté, dit Jake. Je ferai pareil du mien. Ils n'ont pas tant d'avance que ça sur nous. On devrait les retrouver.

Il était à nouveau différent. Sérieux. Concentré. Comme s'il avait plié soigneusement tout ce qu'ils avaient dit, et l'avait rangé dans une boîte.

Tandis qu'elle guettait les bifurcations, Zara essaya de repérer où ils se trouvaient. Ils n'avaient pas encore quitté le comté de Bent, mais il n'y avait plus de villes à proprement parler dans cette zone. Seuls quelques vieux ranchs, pour la plupart inexploités, apparaissaient ici et là, offrant un contraste singulier avec les luxueuses résidences secondaires récemment construites.

— Là ! dit-elle soudain en pointant un chemin gravillonné.

Jake ralentit et bifurqua, puis il éteignit ses phares et s'arrêta. Pour finir, il sortit une lampe torche du vide-poche de sa portière. Même si elle ne la vit pas, Zara était sûre qu'il avait son arme sur lui.

— Ne bouge pas. J'en ai pour une minute.

Elle le regarda balayer le faisceau lumineux sur le sol enneigé, en se demandant ce qu'il cherchait, alors qu'il se penchait pour mieux y voir.

Au bout d'une minute, et pas plus longtemps, il remonta dans la voiture.

— Ils ont bien emprunté ce chemin. Il y a des traces fraîches de pneus dans la neige. Profondes, pas encore gelées, ni balayées par le vent.

— On y va ?

— Si on emprunte ce chemin isolé, même avec les phares éteints, c'est risqué. Montre-moi ta carte.

Zara sortit son téléphone de sa poche, et fit à nouveau apparaître la carte de la région.

— Il n'y a pas d'autre route qui mène par là, remarqua Jake. Tu as une idée de ce qu'il y a de l'autre côté ?

— J'ai l'impression que je suis déjà venue ici, mais je ne sais pas pourquoi. Si ça ne rejoint pas une autre route, c'est qu'il s'agit sûrement d'un chemin privé vers un ranch ou une maison.

— On pourrait marcher, suggéra Jake. Ce serait toujours dangereux, mais ça se remarquerait moins. Le problème, c'est que ça semble aller assez loin.

Zara continua à regarder par la vitre, en se demandant pourquoi cet endroit lui paraissait familier.

Soudain, elle eut une illumination.

— Quand tu es sorti, est-ce que tu as vu une boîte aux lettres ?

— Oui. Elle était bizarre. En forme de cercle.

— Comme une énorme balle de golf ?

Jake hocha la tête.

— C'est ça. Une balle de golf.

Les pièces du puzzle commençaient à s'assembler. Ça n'avait toujours aucun sens pour le moment, mais Zara savait où ils étaient.

Elle attrapa le bras de Jake.

— Je suis déjà venue ici. Il y a une maison au bout du chemin.

— À qui appartient-elle ?

— Un type avec qui Hazel est sortie. L'année dernière, je crois. C'est une résidence secondaire. Il n'y vit pas à l'année. Il donnait une réception autour de la piscine. Hazel m'a demandé de l'accompagner car elle n'aime pas conduire loin.

— Quand Hazel a-t-elle cessé de le voir ?

— Un peu avant Noël dernier. Il ne l'a pas très bien pris. Il l'appelait constamment. Il est venu plusieurs fois à la maison. J'ai demandé à Thomas de lui parler. Le harcèlement a cessé quelques jours après ça, et j'ai oublié cette mésaventure.

Elle haussa les épaules.

— Hazel n'a jamais eu un goût très sûr pour les hommes.

Elle pensa soudain à quelque chose.

— Mais, au fait, dans sa première lettre, Amber parlait de Noël. Donc, il a arrêté de harceler Hazel à peu près quand les lettres d'Amber ont commencé à arriver.

— Est-ce que ce type pourrait avoir un lien avec la disparition d'Amber quand elle avait seize ans ?

Zara plissa le front, fouillant dans sa mémoire.

— Je ne vois pas comment ce serait possible. Sa famille n'est pas de Wilde. Il est médecin, et Hazel l'a rencontré quand elle a conduit M. Field aux urgences pour un problème cardiaque. Le médecin a invité Hazel à déjeuner, puis ils sont sortis ensemble pendant six mois. Elle l'aimait bien, mais sans plus.

— Comment s'appelle-t-il ?

— Douglas Nichols. Il travaille à l'hôpital du comté de Bent.

Jake fit une recherche sur son téléphone, mais le signal était trop faible pour que les informations arrivent assez vite.

Il jura entre ses dents.

— Il faut que quelqu'un interroge Hazel à son sujet.

— Nous avons dit à Thomas que nous allions au poste. Ça fait largement plus de vingt minutes. Il a sûrement envoyé quelqu'un nous chercher. Nous n'avons plus qu'à attendre.

Jake aperçut soudain un éclat lumineux. Ça pouvait être n'importe quoi, une étoile filante, le reflet de quelque chose...

Ou le viseur d'un fusil à lunette.

Il se tourna vers Zara, et appuya sur sa tête.

— Baisse-toi.

— Qu'est-ce qui se passe ?

On entendit un drôle de bruit, et le 4x4 tangua légèrement. Quelqu'un venait de tirer sur un pneu.

Jake ne comprit pas. Il était sorti et n'avait rien vu ni entendu. Et maintenant, on tirait sur ses pneus ?

— Écoute-moi, Zara. J'ai déjà réglé leur compte à cinq types qui voulaient me tuer. Tout seul et sans arme. Je te dis ça pour que tu comprennes. Donc, tu ne protestes pas, et tu fais ce que je dis. D'accord ?

— Je sens que ça ne va pas me plaire.

— C'est certain. Je vais sortir et me battre avec ces types. Pendant ce temps tu vas courir de toutes tes forces.

— Jake...

— Tu sais à peu près où nous sommes. Tu vas trouver

un endroit sûr et appeler Thomas. Tu lui diras tout. Ce médecin. Le pendentif ensanglanté. Tout. Nous n'avons pas le temps de discuter. Je veux juste que tu files quand je vais commencer à tirer.

— Ils sont armés.

— Au moins un, oui. Mais il fait sombre, et je sais me battre dans le noir. Je peux y arriver, Zara.

Il sortit son téléphone de sa poche, et le lui donna.

— S'il y a un problème, envoie ce sms préenregistré.

— Je ne peux pas prendre ton téléphone. Comment fera-t-on pour se contacter ?

Un deuxième coup de feu atteignit un autre pneu, privant Zara de sa réponse.

— Tu sais te servir d'une arme ?

— Bien sûr.

— Il y en a une dans la boîte à gants. Prends-la par précaution. Et cours. Fais-moi confiance. Tu me fais confiance, n'est-ce pas ?

Elle hocha la tête sous sa main, qui l'aidait toujours à rester courbée.

— Quand j'aurai fermé la portière, compte jusqu'à trente et cours.

Jake guettait les bruits de pas sur la neige. Pour le moment, il n'y avait qu'une personne.

Quand le type arriva derrière son 4x4, Jake n'eut qu'à plonger et l'assommer d'un coup de poing. Le fusil de l'homme lui échappa des mains et tomba mollement dans la neige.

Malheureusement, Jake ne pouvait pas entendre les déplacements de Zara. Il espérait simplement qu'elle avait suivi ses instructions.

Récupérant le fusil de l'homme, il s'avança sur le chemin

gravillonné, surpris de ne voir personne d'autre approcher. Il n'y avait pas de lumière, pas de signe de vie.

D'où était venu ce type ?

Peut-être aurait-il mieux fait de ne pas l'assommer et de lui poser quelques questions.

Il fit encore quelques pas sur le chemin. L'obscurité était totale. Il ne s'orientait que grâce à ses déplacements dans la neige.

Il ferait peut-être bien de faire demi-tour et de partir à la recherche de Zara. Elle était sa priorité. Bien plus importante que toutes ces questions. Plus importante que tout.

Il réalisa trop tard que quelqu'un était là dans le noir, près de lui.

— Pose ton arme, ordonna une voix rocailleuse.

Jake leva lentement les mains, mais ne posa pas son revolver. Pas tout de suite. Quelqu'un qui pouvait se déplacer aussi furtivement avait dû combattre dans l'armée.

— Ancien militaire aussi ? demanda-t-il, en essayant de paraître détendu.

— À ta place, je ne me poserais pas la question. Lâche ton arme et balance ton histoire.

Son histoire ?

— Je me suis perdu. Je regardais la carte dans ma voiture, le réseau était mauvais, et ton collègue a tiré sur mes pneus.

— Ce n'est pas mon collègue.

Il enfonça le canon de son fusil dans le dos de Jake.

— Jette ton arme. Je ne le répéterai pas.

À contrecœur, Jake se baissa, et posa délicatement l'arme sur la neige.

— Qu'est-ce que tu fichais par ici ?

— Je roulais, mec. C'est tout.

— T'es peut-être un flic.

Jake ricana.

— Je ne crois pas, non. Je ne les aime pas, et ils me le rendent bien.

— Pourquoi tu t'es arrêté devant cette maison ?

— Quelle maison ? Je ne savais même pas qu'il y en avait une. Je me suis juste arrêté. Pour regarder la carte.

— Tu veux dire que la dame qui était avec toi a regardé sa carte.

Jake se crispa à l'évocation de Zara.

— Tu nous suis depuis le motel. On n'aime pas être suivis.

— Je ne vois pas de quoi tu parles.

— Tu diras à ton ami le docteur que ses sales tentatives de nous faire porter le chapeau ne vont pas se passer comme il le croit.

Quel médecin ? Le Dr Douglas Nichols ? Ce type pensait que Jake était en cheville avec lui ?

Jake se demanda s'il était préférable d'entrer dans son jeu, ou de le détromper.

— J'suis pas là pour le docteur, dit Jake en essayant de parler de la même façon que l'homme, pour lui prouver qu'ils étaient semblables. Je suis là pour la morte.

— J'sais pas si tu joues les idiots, ou si tu crois que je le suis, mais le docteur a tout à voir avec la morte. Ne le laisse pas te convaincre du contraire, vieux. Parce que je ne vais pas porter le chapeau pour ce qu'il a fait à Amber.

Jake avait du mal à assimiler l'information.

Ce type ne voulait quand même pas dire que le médecin avait assassiné Amber ?

Des phares apparurent soudain. Un 4x4 se gara derrière celui de Jake. Deux hommes en sortirent. Ils avaient coupé le moteur mais laissé les phares allumés.

Rien de bon ne pouvait arriver dans le noir. Mais Jake avait un mauvais pressentiment, avec ces trois types contre lui. En pleine lumière, ce serait encore pire.

19

Zara avait écouté les instructions de Jake.

Tout au moins au début.

Elle était sortie de la voiture, avait couru dans la direction opposée à celle de la maison du médecin, tandis que Jake se battait avec un type.

Elle s'était dit qu'il avait les compétences pour s'en sortir haut la main, même si ça lui serrait la gorge et lui mettait les nerfs en pelote.

Mais quand elle avait pris son téléphone pour appeler Thomas, elle s'était rendu compte qu'il n'y avait pas de réseau. Pour en trouver, elle devait revenir sur ses pas.

Alors, elle avait fait demi-tour, et elle s'était lentement approchée de la voiture, où elle savait qu'elle aurait au moins une barre de signal pour appeler Thomas ou lui envoyer un sms.

De toute façon, son cousin était déjà en train de les chercher. Elle s'accrochait à cette idée. Mais elle savait qu'elle devait établir un contact pour qu'il puisse les localiser.

Elle avait entraîné Jake dans quelque chose qu'il n'aurait pas dû accepter de faire, et tout reposait sur ses épaules à elle, maintenant.

Soudain, elle vit des phares et plongea dans un fossé. Couchée sur le sol glacé, elle jeta un coup d'œil et vit deux hommes descendre d'un 4x4, et se diriger vers…

Maintenant qu'il y avait de la lumière, elle pouvait voir les pneus crevés du 4x4 de Jake, la ridicule boîte aux lettres en forme de balle de golf, le chemin gravillonné...

Et Jake, avec une arme pointée dans le dos. Et deux autres hommes qui approchaient.

Il lui avait dit qu'il avait déjà combattu cinq hommes à main nue. Il n'était pas du genre à se vanter. Il n'en avait pas besoin.

Elle devait peut-être lui faire confiance et le laisser gérer la situation...

Mais elle ne pouvait pas le supporter.

Elle raffermit les doigts, non pas autour de son téléphone, mais du revolver qu'elle avait pris dans la boîte à gants.

Maintenant qu'elle avait de la lumière et pouvait voir ce qui se passait, elle avait une chance de pouvoir aider.

Elle n'avait qu'une seconde, elle le savait. Une fois qu'un coup aurait été tiré, ce serait le chaos.

Mais si elle pouvait tirer deux coups rapides, et ainsi désarmer deux des hommes, Jake n'aurait plus qu'à s'occuper du troisième.

Et alors, peut-être Jake et elle auraient-ils une chance de s'en sortir.

Tout se passa comme prévu. Trois hommes affalés par terre, et Jake penché sur eux, les observant comme s'il leur parlait.

Quand Zara s'approcha, Jake la regarda avec sévérité.

— Tu étais censée partir en courant.

Elle haussa les épaules.

— J'ai couru, et je suis revenue.

Il secoua la tête, puis reporta son attention sur les trois hommes. Il avait récupéré toutes leurs armes. L'un d'eux s'était évanoui, un autre gémissait en se tenant la jambe, et le dernier regardait Jake d'un air furieux.

— Ce type prétend que le médecin essaye de lui faire porter le chapeau pour le meurtre d'Amber.

— Pourquoi Douglas aurait-il tué Amber ? Ils ne se connaissaient même pas.

— Il ne veut rien dire.

— Je n'ai rien à vous raconter, ni à l'un, ni à l'autre. Tuez-moi si vous voulez. Je suis fichu, de toute façon.

Zara ne sut pas ce qui lui prit. Un déferlement de rage tellement puissant qu'il prit le pas sur tout le reste.

Plus question de raison, de compassion, de bien et de mal.

Amber était morte. On ne lui avait pas laissé le choix.

Pourquoi ce type y aurait-il droit ?

— Je n'ai pas l'intention de vous tuer, dit-elle.

Elle raffermit sa prise autour de la crosse, et visa entre les jambes de l'homme.

— Juste de faire des dégâts.

Elle remarqua la façon dont Jake haussa les sourcils. Surprise ou embarras ? En tout cas, il resta derrière elle, lui apportant son soutien.

Pour prouver qu'elle savait viser, elle tira dans l'herbe, entre les jambes de l'homme, sans rien toucher, mais assez près pour lui faire peur.

Il rampa en arrière en poussant un cri haut perché.

— D'accord, d'accord. Je vais tout vous dire. Amber savait que le docteur sortait avec l'une de vous, et elle s'est fait passer pour elle, ce qui lui donnait accès à des choses dont nous avions besoin.

— Des médicaments, dit Jake. Ou des prescriptions, pour que vous puissiez les revendre, je suppose.

— Et alors ? Comment je pourrais gagner ma vie par ici ?

— Amber travaillait avec vous ? s'exclama Zara, car elle

n'avait pas encore pleinement pris conscience des révélations de l'homme. Pour obtenir ou vendre des médicaments ?

— Vous allez me donner aux flics, ou quoi ?

Zara regarda Jake. Honnêtement, elle ne savait pas comment faire le tri dans tout ça.

— Qu'est-ce qui prouve que vous n'avez pas tué Amber ? demanda-t-elle finalement.

— Vous rigolez ? Vous savez combien de fric je me faisais grâce à elle ?

Jake passa un bras autour des épaules de Zara.

— Nous devrions y aller, maintenant.

— Hé, vous n'allez pas me laisser avec ces types !

Jake haussa les épaules et commença à faire demi-tour avec Zara. Il lui prit aussi le revolver des mains, et le glissa dans la ceinture de son jean.

— Qui t'a appris à tirer comme ça ?

— Personne. Je me suis juste entraînée.

Il secoua la tête, médusé, puis il lui prit la main et ils se mirent à courir.

Soudain, il s'arrêta.

— Il y a des gens qui viennent. Des deux côtés.

Il respira un grand coup.

— OK, reste collée à moi et ne dis pas un mot.

Il se remit à courir, en lui tenant fermement la main.

Escaladant une colline enneigée, ils virent quelque chose au loin, vers l'est. Une clôture, ou quelque chose de ce genre.

— On va aller par là, lança Jake.

Quand ils atteignirent leur destination, ils découvrirent deux larges piliers en briques, vestiges de l'ancienne entrée de la propriété.

À lui seul, un pilier suffisait à les cacher tous les deux. Ils s'accroupirent derrière, et Jake tendit la main.

— Je peux récupérer mon téléphone ?

Zara le sortit de sa poche et le lui tendit.

Il jura entre ses dents.

— Il n'y a pas de réseau ici.

Zara songea au sms qu'il lui avait demandé d'envoyer si ça tournait mal.

— J'ai quelque chose à te dire.

— Quoi ?

— J'ai envoyé le SOS à tes frères avant même que tu sortes de la voiture.

Il était parfaitement immobile, comme s'il ne respirait même pas.

Puis il soupira.

— Bien.

— Je suis désolée.

— Non, non. C'est bien.

— Tu n'es pas en colère ?

— Non. Je pense que nous allons avoir besoin de renforts.

— Tes frères… qui sont-ils vraiment ?

— Nous sommes une unité militaire, mais je ne dois en parler à personne.

— Pourquoi ?

— Parce que nous sommes les cibles de terroristes.

Les cibles de terroristes.

Zara cilla.

— Ça a l'air… épouvantable.

— Oui, plutôt.

Il soupira.

— Notre histoire personnelle, notre vie d'avant, notre identité… tout a été détruit pour qu'on ne puisse pas nous retrouver. On nous a donné de nouveaux noms, un ranch au milieu de nulle part où nous pourrions nous faire oublier, puisque l'erreur de départ vient de l'armée.

— Donc, tout est un mensonge. Jake Thompson n'existe pas ?

— Tout ce que je t'ai dit à propos de ma vie est vrai, Zara.

Les foyers, les familles d'accueil… Aujourd'hui, les gars et moi formons une famille. Ce sont mes frères. Et nous voulons tous nous construire une vie normale. Tu ne peux pas m'en vouloir pour ça.

— Je ne t'en veux pas.

Elle essayait encore d'assimiler ce qu'il lui avait dit.

— Pourquoi m'as-tu confié tout ça ?

— Je ne sais pas. Je n'aurais pas dû. Cal sera furieux s'il l'apprend. Nous pourrions être exfiltrés si ça vient aux oreilles du type chargé de nous relocaliser.

— Exfiltrés ? Tu veux dire que tu devras partir ?

— Je ne partirai pas. Maintenant que j'ai trouvé un vrai foyer, personne ne me l'arrachera.

20

Jake aurait dû se sentir inquiet après avoir dit à Zara qui il était, mais il avait au contraire l'impression qu'un poids lui avait été ôté des épaules.

Mais il n'avait pas le temps de s'appesantir sur cette confession. Il y avait d'abord une enquête à boucler.

— Que penses-tu de ce qu'a dit ce type ? demanda-t-il. Ce serait le médecin qui aurait tué Amber ?

— Ça aurait du sens, en tout cas. Je ne comprends pas qu'Amber ait accepté d'être mêlée à un trafic de médicaments. Elle s'était enfuie de la maison, d'accord. Mais elle aurait pu revenir. Nous nous serions occupées d'elle.

Mais il y avait un second aspect à cette affaire. Quelqu'un essayait de faire porter le chapeau à Hazel.

— Zara, est-ce que ce médecin sait que vous gardez une clé de secours sous un pot de fleurs ?

— Ça m'étonnerait. Nous n'avons parlé à personne de la clé. Il a peut-être vu Hazel s'en servir. Mais dans ce cas, il aurait pu l'utiliser quand il la harcelait.

La main de Zara tremblait dans celle de Jake. Sous l'effet du froid ? De la chute d'adrénaline ? Ou simplement de la fatigue ?

Il l'attira contre lui pour la réchauffer et la réconforter.

— J'ai pensé à quelque chose, dit-il. Si Amber se faisait

passer pour Hazel… ils voulaient peut-être que tu fasses la même chose.

— Je n'aurais jamais accepté.

— C'est sûrement pour ça qu'ils voulaient t'enlever.

Zara laissa échapper un long soupir tremblant.

— Douglas aurait tué Amber parce qu'il pensait qu'elle était Hazel ? Parce qu'il avait découvert ce qu'elle faisait ? Je ne comprends pas comment quelqu'un peut…

— J'ai tué des gens, Zara.

Elle se crispa, puis elle secoua la tête.

— C'est différent. Tu étais dans l'armée.

— Peut-être. Mais ce n'est jamais facile. Tu te dis que tu le fais pour le bien d'autres personnes, mais ça pèse sur toi. Pas sur tout le monde, évidemment. Il y en a à qui ça ne fait rien de tuer un être humain. Ils se sentent importants, ou puissants.

Elle posa la tête dans le creux de son cou, et soupira quand il enroula le bras autour de ses épaules.

— Ce n'est pas ce que je m'attendais à découvrir !

Jake eut la présence d'esprit de poser la main sur la bouche de Zara, étouffant son cri de surprise.

— Ce n'est que Cal, murmura-t-il à son oreille.

Elle hocha la tête contre sa main, et il la libéra, bondit sur ses pieds et l'aida à se relever.

— Vous avez fait vite, dit-il en ignorant le commentaire de Cal.

— Pas de mensonge entre nous, dit Landon, on s'est mis en route dès que tu nous as dit que tu risquais de nous envoyer un SOS.

Jake réalisa qu'ils devaient tous être là, cachés à divers endroits. Car s'il y avait quelque chose que la Team Breaker savait faire, c'était se fondre dans le décor jusqu'à disparaître.

— Dunne s'occupe des types que tu as neutralisés sur la route, dit Brody. On les a chargés dans le van, et il les balancera près d'un hôpital. Ensuite, il reviendra nous chercher.

— État de la situation ? demanda Cal.

Jake ne releva pas le ton de commandement, et l'air désapprobateur de Cal. Il n'avait pas le temps pour une dispute. Il avait besoin de son aide et de ses compétences.

— Nous avons deux problèmes. Si l'information est correcte, le type qui vit ici est le meurtrier de la sœur de Zara. Et il pourrait aussi être celui qui essaye de piéger Hazel pour lui faire porter le chapeau. Mais nous avons un autre groupe, pour lequel travaillait Amber. D'après ce que nous avons compris, ils veulent Zara pour lui faire jouer le rôle d'Amber. Point positif : ils en ont aussi après le médecin.

— Ça semble compliqué, dit Landon.

— Et encore, tempéra Jake, ce sont juste les éléments dont nous disposons.

— Tout ça m'a l'air d'un travail pour la police, décréta Cal de son ton de commandant. On va vous sortir de là, faire remorquer la voiture de Jake, et s'en tenir à ça.

Ce n'était pas ce qu'attendait Jake.

Zara retenait son souffle. C'était certainement une option. Ça aurait au moins le mérite de les tenir tous à l'écart du danger et des ennuis. De plus, elle se sentait mal à l'aise d'entraîner tous ces hommes dans une histoire qui ne les concernait pas. Des types qui étaient apparemment la cible de terroristes.

Mais est-ce que ça ne voulait pas dire qu'ils pouvaient gérer ça ?

— Imaginons que nous appelons la police, dit-elle, et qu'ils ne trouvent rien pour innocenter Hazel ? Ils ne croiront pas forcément à la parole d'un dealer.

— Tu n'as pas besoin d'être là, Cal.

Le ton de Jake était si glacial que Zara faillit frissonner.

— Nous ne sommes plus une unité. Sens-toi libre de retourner à la maison.

Il y eut un long silence, chargé de tension.

— Quel est le plan ? demanda un homme.

Zara ne les reconnaissait pas tous dans l'obscurité. Elle pouvait identifier la voix autoritaire de Cal, et le ton rieur de Landon. Mais la différence entre Brody et Henry était indiscernable.

— Nous avons deux objectifs. D'abord, éloigner Zara du groupe qui a voulu l'enlever. Il y avait deux autres hommes qui sont arrivés ici avant nous. Je ne sais pas où ils sont, ni ce qu'ils font. Mais ils sont là quelque part.

— Donc, nous emmenons Zara, dit Cal.

— Non, protesta l'intéressée. Je n'irai nulle part.

Si elle n'avait rien eu à proposer, elle aurait peut-être pu comprendre. Mais tout ce qu'avait dit Jake lui avait donné une idée.

— J'ai le même visage. Vous pourriez m'utiliser. Je pourrais convaincre Douglas que je suis Hazel. Il est possible qu'il avoue, et je l'enregistrerais sur mon téléphone. Enfin, je ne sais pas. Il y a peut-être un meilleur plan. Mais je dois rester dans les parages, au cas où vous auriez besoin de moi. Je suis prête à prendre le risque.

— Certainement pas ! dit Jake. C'est nous qui prendrons les risques.

— Je comprends. Vous savez comment faire ça. Vous avez de l'expérience grâce à vos missions, ou je ne sais quoi. Mais tous ces gens ont fait du mal à mes sœurs. Je dois faire tout mon possible pour qu'ils payent pour ça.

— Elle est au courant pour les missions, marmonna Cal d'un air dégoûté.

Jake fit celui qui n'avait pas entendu.

— Nous pourrions nous servir d'elle, effectivement, dit-il

à contrecœur. Mais pas de confession enregistrée. Pas de jeu de rôles. J'ai une autre idée.

— En tout cas, il ne faut pas traîner, dit Zara, car tu sais que Thomas a envoyé quelqu'un à notre recherche.

— Ce serait vraiment si grave si la police débarquait ? demanda Cal.

— Disons que nous avons un léger problème, dit Jake.

Et il expliqua la découverte du pendentif ensanglanté.

— Nous avons peut-être fait quelques petites erreurs, reconnut-il.

— Peut-être ? répéta Cal, qui semblait avoir du mal à contenir sa colère.

— Mais personne ne se serait intéressé à Douglas sans ça, rétorqua Jake. Parfois, une erreur débouche sur une réussite.

— Bien. Si tu as envie de prendre le commandement sur cette mission, organise tes équipes.

Même dans l'obscurité, Zara vit que Jake était médusé par la proposition de Cal. Mais il se ressaisit très vite.

— Brody et Henry, vous allez inspecter le périmètre. Nous avons besoin de connaître le nombre de gardes, les mesures de sécuri...

Il s'arrêta brutalement de parler et se précipita vers Zara.

Un rai de lumière déchira soudain la nuit.

Il était braqué directement sur Zara, et elle leva un bras devant ses yeux pour les protéger.

Puis elle fut plaquée au sol.

N'y voyant rien, elle resta là, incertaine sur l'attitude à adopter, tandis qu'elle entendait autour d'elle des bruits de lutte.

La torche était tombée au sol, et elle ne voyait qu'un ballet de bottes.

Elle commença à ramper vers la torche. Si elle pouvait s'en emparer, elle serait capable de voir ce qui se passait. Et d'apporter son aide.

Elle n'était plus qu'à quelques centimètres. Encore un petit effort, et elle y serait.

Elle enroulait les doigts autour de la torche, quand elle fut brutalement soulevée et posée sur ses pieds.

Elle s'apprêtait à se battre en y mettant toute son énergie, quand elle réalisa que c'était Jake. Mais il la tenait étrangement. Pas avec brutalité, mais il l'avait placée devant lui, avec un bras passé autour de sa taille, l'utilisant comme un bouclier.

— Désolé, murmura-t-il avant de presser le canon de son arme sur sa tempe.

D'une voix forte et claire, il s'exclama :

— Approche-toi, et ton patron va te faire passer un mauvais quart d'heure.

Zara réalisa qu'il parlait à un homme entièrement vêtu de noir, qui tenait une torche d'une main et un impressionnant revolver de l'autre.

— Gardons notre calme, dit l'homme d'un ton prudent.

— Ramène-moi ton patron ici, répliqua Jake. Il a cinq minutes.

21

Jake s'était trouvé bien souvent dans des situations terribles, mais pointer une arme sur la tête de Zara, et prétendre vouloir la tuer était sans doute la pire de toutes.

Heureusement le garde avait mordu à l'hameçon, et reculait lentement vers la maison.

Ses frères s'étaient dispersés, après s'être occupés des deux autres gardes qui les avaient attaqués par surprise. Jake ne savait toujours pas s'il s'agissait des gardes du corps du médecin, ou des membres de la bande du dealer, mais ça n'avait pas d'importance. Ce problème-là était réglé.

Maintenant, ils attendaient le médecin.

— Il faut que tu détaches mes cheveux, murmura Zara.

— Quoi ?

— Mes cheveux doivent tomber sur mes épaules. Comme ça, je ressemblerai plus à Hazel.

Jake dénoua rapidement la natte de Zara, et passa les doigts dans ses cheveux pour leur donner un air plus flou.

La maison s'illumina, ainsi que le jardin. Ils étaient maintenant baignés de lumière. Ça ne les aiderait pas à faire passer Zara pour Hazel, mais ils devaient s'en tenir au plan.

Le garde de tout à l'heure ressortit de la maison, suivi d'un homme élancé aux cheveux blond cendré.

— Vous devez être Douglas Nichols, dit Jake.

— Dr Nichols, corrigea l'homme. Il n'est peut-être pas

inutile de vous rappeler que je suis un médecin reconnu et apprécié, avec de nombreuses relations et des ressources illimitées. Je ne sais pas ce que vous voulez, mais sachez que la police est en route.

— Vraiment ? dit Jake sans paraître le moins du monde impressionné. Dans ce cas, nous allons faire vite. Vous allez reconnaître le meurtre d'Amber, ou nous tuons votre petite amie sous vos yeux.

— Elle ? Ma petite amie ? Mais vous délirez, mon pauvre vieux. Il faut dire qu'on ne peut guère s'attendre à autre chose de la part d'un drogué.

Jake eut le temps d'un battement de paupières pour réfléchir et changer de stratégie.

— Tu m'avais pourtant dit qu'il tenait à toi, lança-t-il en regardant Zara avec dégoût.

— Je... oui, il... Je pensais qu'il... Mais Zara avait peut-être raison.

Jake fut impressionné par la façon dont Zara avait épousé la personnalité de sa sœur. L'hésitation, le léger bégaiement dû à la timidité... C'était à s'y méprendre.

— Hazel est en prison, dit Douglas. Ne me prenez pas pour un imbécile.

— Zara a pris ma place. Elle pensait que j'étais trop fragile, et que ce serait trop dur pour moi.

Le médecin battit des paupières, surpris.

— Quand on est venu m'arrêter, elle s'est livrée à ma place. Tu sais comme elle est protectrice envers moi.

— Et toi, tu t'es fait passer pour Zara ?

— Oui. J'ai fait toutes les corvées au ranch. Je suis allée voir Zara en prison. Un des hommes qui a acheté notre ranch m'a même aidée à essayer de trouver qui a tué Amber, en pensant que j'étais Zara.

Douglas semblait mordre à l'hameçon, observant la fausse Hazel avec plus d'intérêt.

— Approche un peu.

Zara fit un pas en avant, mais Jake la retint fermement et, même si ça le peinait infiniment, pressa plus fort le canon de son arme contre sa tempe.

— Pas question ! dit-il. Vous me donnez ce que je veux d'abord.

Douglas soupira exagérément. Dramatiquement.

— Ce que vous voulez, ce sont des drogues. La femme actuellement incarcérée endossera le meurtre. Ça n'a aucune importance. Laissons ça de côté.

Il parlait sans marquer de pause, donnant juste des ordres, comme si Jake allait les suivre automatiquement.

— Votre petite copine était plus intéressée par des prescriptions, mais elles sont trop facilement traçables, ce que j'ai essayé de lui faire comprendre. Je n'y peux rien si elle n'a pas voulu m'écouter.

— Vous l'avez tuée pour ça ?

— Je l'ai tuée parce que c'était une petite garce manipulatrice et vicieuse, qui se croyait supérieure à moi et à ma tendre aimée.

Il avait dit ça avec un sourire plaisant, mais il serrait les poings.

— Maintenant, libérez Hazel, et nous allons trouver un arrangement. Je vous rappelle que la police ne va pas tarder. Ne perdons pas de temps.

— Libère-moi, murmura Zara.

— Pas question ! répondit Jake.

Puis, à voix haute, il ajouta :

— On va se cacher, vous vous débarrassez des flics, et ensuite on parle.

— Vous n'avez pas à me donner d'ordre. Où sont les gardes ?

Douglas claqua dans ses doigts, et l'homme à côté de lui utilisa un talkie-walkie. Mais toutes les réponses se résumèrent à un grésillement.

Alors, Cal, Brody et Landon sortirent de l'ombre.

— Désolé, mon vieux, dit Landon avec un sourire. Nous nous sommes occupés de vos hommes.

Immédiatement, le garde du corps de Douglas sortit son arme, mais il n'avait pas l'air de savoir qui il devait viser.

Zara se dit qu'elle aurait dû être soulagée, car Jake et ses frères pouvaient facilement venir à bout d'un médecin et de son garde du corps, même armé. Et Douglas avait avoué devant tout le monde.

Mais sa tension ne faisait que croître. Car si les frères de Jake s'étaient avancés dans la lumière, Jake lui-même n'avait pas bougé. Il n'avait même pas abaissé son arme. Donc, ils continuaient à jouer un rôle. Et tant qu'ils faisaient cela, cela voulait dire que le danger n'était pas écarté.

— Ne soyez pas dans le déni, doc. Vous êtes cerné. Vous avez avoué un meurtre. Dites à votre homme de poser son arme. On va peut-être attendre la police, finalement.

— Ah oui, parce que la police va croire une bande de drogués qui retient en otage Hazel Hart, plutôt qu'un médecin à la réputation sans tache ?

Le dédain et la condescendance dégoulinaient de chacun des mots de Douglas.

— Vous ne pouvez pas me battre. J'ai pensé à tout. Personne ne peut apporter la preuve que j'ai tué Amber.

— C'est bon, Cal ? demanda Jake. Tu as tout ?

Cal brandit un téléphone, et Zara vit qu'il avait enregistré une vidéo de Douglas avouant le meurtre.

Elle tourna la tête vers Douglas, avide de voir sa réaction. Mais, loin de paniquer, il affichait un sourire narquois.

Et il cherchait quelque chose dans sa poche.

— Attention, il a une arme ! cria-t-elle.

Jake la jeta pratiquement au sol, tandis qu'un coup de feu explosait autour d'eux.

La chute l'avait quelque peu assommée, et il lui fallut un moment pour recouvrer ses esprits.

Elle se retourna pour regarder l'endroit où Douglas se trouvait juste avant le tir.

Henry l'avait ceinturé. Le médecin essayait de se débattre, mais c'était inutile. Henry était plus grand et plus fort. Brody avait maîtrisé le garde du corps.

Zara se retourna pour voir si Cal avait été touché. Mais il était toujours debout, son téléphone à la main, comme changé en statue, une expression horrifiée sur le visage.

Parce que Jake était effondré au sol devant lui.

Zara eut l'impression que son cœur s'arrêtait.

— Non ! cria-t-elle.

Et elle fonça vers lui.

Le temps qu'elle arrive, Cal s'était ressaisi, s'était agenouillé à côté de Jake et l'avait retourné, faisant pression sur sa blessure au ventre.

Zara tomba à genoux de l'autre côté de Jake. Elle toucha son visage, l'appela.

— Ça va, murmura-t-il.

Il avait du mal à s'exprimer et ses paupières étaient fermées. Mais il était vivant.

22

Zara était sous le choc et désorientée.

Personne à l'hôpital ne voulait lui dire quoi que ce soit, et Cal n'était pas encore revenu quand Laurel apparut et entraîna Zara à l'écart.

— Il va nous falloir une déposition en bonne et due forme, dit l'inspectrice. Les avocats du Dr Nichols ont déjà envahi le commissariat. Donc, le plus tôt sera le mieux.

— Mais il l'a fait. Il l'a admis sur une vidéo.

— Je sais. Et M. Thompson a donné son téléphone aux officiers de police qui se trouvaient sur les lieux. Mais nous devons absolument verrouiller ce dossier pour qu'aucun vice de forme ne puisse être exploité.

Laurel la prit par le bras.

— Il me faut votre déposition, mais trouvons d'abord un endroit plus tranquille.

— Je t'envoie un sms s'il y a du nouveau, dit Thomas.

En réalité, il n'était pas obligé de rester, mais il le faisait parce qu'il était de la famille.

Zara se sentit honteuse de lui avoir menti, même si elle savait qu'ils n'avaient pas eu le choix. Honteuse de ne pas s'être appuyée sur lui au début, au moment où elle aurait dû lui faire confiance.

C'était trop tard maintenant.

Laurel la guida hors de la salle d'attente, jusque dans le hall principal de l'hôpital. Elle trouva un banc dans une petite alcôve, et elles s'assirent, presque hanche contre hanche.

— Nous allons commencer à partir de l'hôtel. Je veux que vous me racontiez tout ce qui s'est passé jusqu'à ce que Thomas vous conduise à l'hôpital. Aucun détail n'est insignifiant.

Zara reprit son souffle et hocha la tête.

La pression sur ses épaules était énorme. Et, au lieu d'avoir Jake assis à côté d'elle, à lui tenir la main, elle était seule.

Et lui se trouvait dans une unité de soins intensifs.

On s'occupait de lui. Voilà ce qu'elle devait se dire. On faisait tout pour qu'il s'en sorte.

Elle s'exhorta à ne pas flancher, et s'efforça de tout se rappeler. L'arrivée à l'hôtel. Leur plan. Zara raconta tout par le menu. Mais quand elle en vint à l'arrivée de Thomas...

— Je ne veux pas que Thomas ait des ennuis. Il essayait de faire au mieux, vraiment. Nous lui avons menti, et...

— Il est impératif que vous me disiez toute la vérité, Zara. Mais j'ai un aveu à vous faire, qui soulagera peut-être un peu votre conscience.

Laurel pivota légèrement sur le banc, pour croiser le regard de Zara.

— Je vous ai vus, Jake et vous. En train de vous embrasser dans le hall de l'hôtel.

Zara resta bouche bée.

— C'est une astuce connue pour se cacher quand on est en pleine vue. Mais je suis une inspectrice chevronnée. Je fais attention aux détails. Le genre de bottes que porte une personne, la façon dont elle se tient quand elle essaye de cacher quelque chose. Et des dizaines d'autres choses qui vous ont rendus tous les deux instantanément reconnaissables.

— Mais vous n'avez pas...

Zara essaya de comprendre. Laurel les avait reconnus, mais elle ne les avait pas arrêtés.

— Vous nous avez laissés faire.

— Effectivement.

— Pourquoi ?

— Comment vous expliquer… Je crois à la loi et à l'ordre. Je crois aux enquêtes menées dans les règles de l'art, car je dois construire un dossier. Je dois être sûre que la résolution d'un crime conduira à la juste conséquence. Mais je sais aussi ce que c'est d'être empêchée d'agir à cause d'un règlement. De devoir contourner la loi pour assurer la sécurité de personnes à qui vous tenez, ou pour trouver la vérité. Je ne voulais pas vous empêcher d'élucider l'affaire.

Zara ne sut pas quoi dire.

— Donc, n'ayez pas d'inquiétudes, Thomas n'aura pas d'ennuis parce qu'il ne nous a pas dit qu'il vous avait trouvés.

— Inspectrice… Laurel. Douglas a tué Amber. Il l'a fait. Il ne peut pas s'en sortir comme ça.

— Nous ferons tout ce qui est en notre pouvoir pour que ça n'arrive pas.

Laurel tendit le bras et tapota la main de Zara.

— Vous savez, je ne crois pas au crime parfait. Nous aurions fini par trouver. Mais ça aurait pris longtemps. Le Dr Nichols a parfaitement couvert ses traces. Le fait que Jake et vous soyez intervenus comme vous l'avez fait nous a permis d'établir un lien beaucoup plus rapidement. Et la confession en vidéo renforce considérablement l'affaire. Je ne dis pas que vous avez bien fait, car vous auriez pu nous mettre dans la confidence, Thomas et moi. Mais vous n'avez pas mal agi non plus. Et maintenant, racontez-moi la suite.

Zara déroula toute l'histoire, sa voix se mettant à trembler quand elle en vint au moment où Jake avait été blessé par balle, en voulant protéger son frère.

Laurel lui tapota à nouveau la main, et maintint cette fois le contact plus longtemps.

— Je sais que c'est dur de voir quelqu'un que vous aimez

être blessé. Ça m'est arrivé aussi. Vous avez traversé de lourdes épreuves. C'est normal de vous laisser aller à vos émotions. Personne n'attend de vous que vous soyez forte et insensible après avoir perdu votre sœur, et vu votre petit ami recevoir une balle.

Aimer. Petit ami.

Ils s'étaient embrassés. Une fois. Pour de fausses raisons. Et pourtant... L'amour semblait le mot juste pour qualifier ce qu'elle ressentait pour Jake.

Mais il y avait d'autres personnes à qui elle tenait.

— Et Hazel ?

— Elle est sur le point d'être libérée. Une amie va venir la chercher.

L'inspectrice consulta ses notes.

— Kate Phillips.

Zara hocha la tête.

Kate serait parfaite pour s'occuper d'Hazel. Calme. Patiente. Attentionnée.

Tout ce que Zara n'était pas.

Laurel posa encore quelques questions, nota tout, enregistra certaines choses. Le temps que l'entretien se termine, Zara était épuisée, et elle réalisa qu'elle s'était endormie quand elle fut réveillée par le vibreur de son téléphone.

Elle sursauta et regarda autour d'elle. À la place de Laurel, Thomas était assis à côté d'elle sur le banc.

— Laurel a pensé que c'était mieux de te laisser dormir, expliqua-t-il.

Zara hocha la tête. Puis son téléphone vibra à nouveau, et elle plongea la main dans sa poche. C'était un sms de Cal.

Réveillé. Tout va bien. Je vais te faire entrer.

Zara bondit sur ses pieds.

— Cal dit qu'il peut me faire entrer.

Thomas lui prit le bras, tandis qu'elle commençait à se diriger vers la salle d'attente.

Elle lui lança un regard contrarié.

— Je peux marcher, tu sais.

— Je sais. Mais tu peux aussi t'appuyer sur moi.

Elle l'observa longuement.

— Je suis désolée que nous t'ayons menti. Sincèrement. Mais je pensais que c'était la seule façon d'y arriver.

— Je regrette que tu aies pensé ça, Zara.

Gardant le silence, Zara se laissa guider par Thomas, considérant que c'était la meilleure façon de lui montrer la confiance qu'elle avait en lui.

Quand Jake se réveilla, sonné et l'esprit confus, il crut qu'il se trouvait dans un hôpital militaire du Moyen-Orient. Cal était là, après tout, paraissant coupable et furieux tout à la fois.

Mais il n'était pas en uniforme. Il portait des vêtements de cow-boy. Parce qu'ils étaient dans le Wyoming.

— Zara.

Sa voix ressemblait à un croassement, mais Cal parut comprendre.

— Elle arrive.

Jake relâcha son souffle et se détendit dans le lit.

Réussissant à retrouver une voix un peu plus audible, il demanda :

— Je suppose que je vais vivre, alors ?

— On dirait bien. Mais tu vas devoir y aller doucement pendant un moment. La blessure était propre, mais ça va mettre du temps à cicatriser.

La voix de Cal ne laissait rien transparaître, mais Jake savait que son ancien commandant avait du mal à accepter que Jake ait risqué sa vie pour lui.

— Je devais le faire, tu sais.

Cal protesta.

— Rien ne t'y obligeait.

— Si tu te trouvais là, c'était uniquement à cause de moi. Tu ne pouvais pas être blessé, ou pire, parce que j'avais besoin de ton aide.

— J'aurais préféré.

Jake eut un petit rire, mais même avec l'espèce de brouillard de bien-être procuré par les antalgiques, il ressentit la douleur.

— Il faut que tu te fasses examiner la tête, Cal.

— Peut-être bien...

Ils se turent un moment, mais le silence était chargé d'émotion.

— Laisse-moi deviner, dit Jake. Le boss veut que nous nous retirions.

Pour toute réponse, Cal se contenta d'un hochement de tête.

— Je refuse ! s'exclama Jake. Je ne m'en irai pas. Ils ne peuvent pas me forcer. C'est parce qu'ils ont fait une grossière erreur que nous nous sommes retrouvés à Wilde. Je ne veux pas perdre ce que nous avons ici.

Je ne peux pas la perdre, songea-t-il sans le dire.

— C'est ce que je lui ai dit.

Jake était prêt à argumenter avec Cal, mais cette réponse le stoppa net.

— Quoi ?

— J'ai pu observer Zara – Zara Hart, que j'avais vue prendre le coup de sabot d'une vache dans la jambe et ne pas broncher – pleurer toutes les larmes de son corps sur ta malheureuse carcasse. Puis s'en prendre à moi parce qu'elle était bouleversée que tu sois blessé. Elle était inconsolable. Je ne connais rien à l'amour, mais je suppose que, si ça existe vraiment, ça doit ressembler à ça.

Jake se sentit mal à l'aise.

L'amour. C'était presque un gros mot pour lui. En tout

cas, ça lui faisait peur. Mais cette idée prenait une place de plus en plus envahissante dans son esprit.

— Donc, j'ai dit au boss que tu avais fait plus pour notre couverture en aidant une fille du coin, que nous tous en prétendant être six frères cherchant à vivre en ermites. Que c'était toi qui avais suggéré que nous nous impliquions, pour que les gens nous estiment à notre juste valeur et posent moins de questions. Je lui ai dit que ça avait marché, que tu étais considéré comme un héros, et que plus personne ne s'intéresserait à nos antécédents.

— J'ai du mal à croire qu'il l'ait bien pris.

— Pas au début. Mais quand je lui ai dit que tu avais une petite amie ici, l'idée l'a enchanté.

— Quoi ?

— Il a trouvé qu'épouser une fille du coin était une excellente initiative. Ça créera des liens avec la communauté et nous donnera de la crédibilité.

— Moi, me marier ?

Jake faillit s'étouffer en prononçant ces mots.

Cal gloussa.

— Je sais que la perspective est terrifiante. Mais, grâce à ça, nous allons pouvoir rester ici.

Quelque chose attira soudain leur attention, et ils tournèrent la tête vers la porte. Zara se tenait sur le seuil de la chambre.

— Désolée de vous interrompre. Dunne m'a montré le chemin.

Cal secoua la tête.

— Pas de problème. Je vais attendre dans le couloir.

Et il fila, laissant Zara et Jake seuls.

Il vit que sa chevelure était en bataille, que ses vêtements étaient encore humides et sales après leur course éperdue dans la neige. Mais elle était en un seul morceau, et plus belle à ses yeux que jamais.

— Tu vas bien ? demanda-t-elle d'une petite voix craintive qui ne ressemblait pas à la Zara qu'il connaissait.

— On ne peut mieux.

Elle sourit faiblement et se décida finalement à traverser la pièce.

Elle l'observa, passa les doigts sur son front.

— Tu es un idiot, dit-elle, les yeux emplis de larmes.

— Mouais.

Il lui prit la main.

— Il va falloir que tu t'habitues à mon idiotie.

Une drôle de lueur dansa dans les yeux de Zara, et il se demanda ce qu'elle avait surpris de sa conversation avec Cal.

— Je ne sais pas ce que tu as entendu de ce qu'a dit Cal, mais...

— Nous devrions peut-être sortir ensemble quelque temps, avant de décider si nous voulons nous marier.

Son intonation était sérieuse, mais il y avait de la malice dans son regard.

Jake rit, lui fit un clin d'œil et soupira.

— Viens ici, dit-il en tirant légèrement sur son bras.

Elle parut hésiter puis, avec beaucoup de délicatesse, se glissa à côté de lui sur le lit, en lui tenant toujours la main, et en réussissant à éviter tous les fils qui le reliaient aux machines.

Quand elle posa la tête au creux de son épaule, il sentit en lui un immense apaisement. Malgré l'inconfort de la blessure et son épuisement, il ressentait une impression de perfection.

Tout était en ordre. Exactement comme il fallait que ce soit.

Elle. Ici. Eux.

— Comment va Hazel ?

Zara soupira.

— Elle s'est installée chez Kate. Il va falloir que j'aille lui rendre visite, mais je voulais te voir d'abord.

Elle posa prudemment une main à plat sur son torse.

— Tu es sûr que ça va ?

— La cicatrisation va prendre un peu de temps, mais j'ai survécu à pire.

Ça lui rappela qu'il lui avait tout dit.

Absolument tout.

— Écoute, à propos de ce que je t'ai dit concernant ma vie d'avant…

Elle leva la tête de façon à pouvoir le regarder dans les yeux.

— Je ne le répéterai à personne. Jamais.

Elle l'avait prononcé avec la solennité d'une promesse indéfectible.

Elle connaissait son secret, et elle le garderait. Il n'en doutait pas un instant.

— Tu es simplement Jake Thompson, de…

— Pittsburgh.

Elle sembla analyser l'information.

— C'est bien loin du Wyoming.

— Oui, je suis un nomade qui cherchait un point de chute. Un endroit où il se sentirait chez lui.

Les yeux bruns de Zara brillaient étrangement, mais aucune larme n'en tomba.

— Tu es à ta place ici, Jake. J'en suis certaine.

Lui aussi l'était, mais ça ne voulait pas dire que les choses seraient faciles.

— Tes terres, ton ranch… tu les aimes tellement.

— C'est vrai. Et je ne peux pas dire que je suis heureuse de ne plus les posséder. Mais, puisque cette solution permet de te protéger, toi et tes frères, alors ça en vaut la peine.

Pour autant, Jake ne trouvait pas ça juste.

— Ça ne devrait pas toujours être à toi de prendre tout en charge pour tout le monde.

Elle observa son visage, et ce fut comme si elle lisait dans son âme. Elle connaissait ses secrets. Les choses dont il ne parlait pas. Elle le comprenait complètement, alors qu'il avait toujours eu la certitude que personne ne le pourrait jamais, après tout ce qu'il avait vécu.

— Certaines personnes prennent les choses en main.

D'une voix douce, elle ajouta, en désignant l'endroit où il avait été blessé :

— D'autres soignent et sauvent des vies. Ce n'est pas très différent. Et ça n'a rien d'un sacrifice quand tu fais ce qui est juste. Pour des personnes auxquelles tu tiens.

Au début, il ne dit rien.

Il en était incapable.

Quelque chose lui compressait le torse, pressant sur ses poumons, gênant sa respiration.

Il lui faudrait un peu de temps pour analyser la profondeur de l'émotion qu'il ressentait.

Mais il y avait dans tout cela une vérité basique.

— Je n'ai pas besoin de sortir avec toi quelque temps pour savoir que ce que je ressens pour toi est fort et important. Et que je n'ai pas envie de te laisser partir.

Elle l'observa, le regard assombri, et tellement sérieux.

Puis, très doucement, elle posa ses lèvres sur les siennes.

Elle soupira contre sa bouche.

— Je crois que c'est déjà un bon point de départ, murmura-t-elle.

Puis elle posa la tête sur son épaule

Un très bon point de départ, songea Jake.

Épilogue

Quand Zara rentra à la maison, l'après-midi touchait à sa fin, mais elle avait l'impression d'être au beau milieu de la nuit, tant elle était épuisée.

Thomas l'avait déposée et avait proposé de rester avec elle, mais elle l'avait renvoyé car elle voulait être seule.

Elle avait parlé brièvement au téléphone avec Hazel, et sa sœur semblait contente de séjourner chez Kate. Zara savait qu'il faudrait bien qu'elle revoie sa sœur un jour ou l'autre. Elles avaient à parler de tant de choses… Mais Zara avait besoin de temps. De force.

Le courage lui manquait, et elle laissa les jours s'écouler.

Elle parla à Jake au téléphone et lui rendit visite à l'hôpital une fois que les personnes extérieures à la famille y furent autorisées.

Elle envoya des sms à sa sœur, et accomplit les tâches quotidiennes du ranch en compagnie des frères Thompson, toujours aussi stoïques.

La veille de Noël, elle rendit visite à sa tante et à son oncle, et passa brièvement saluer son père.

Quand elle apporta un dîner de réveillon à Jake, qu'ils savourèrent ensemble, il plaisanta en disant que c'était leur premier rendez-vous en amoureux.

Hazel gardait toujours ses distances.

Quand l'aube de Noël se leva, lumineuse et enneigée,

Zara décida que ça suffisait comme ça. Elle sortit du lit et s'habilla, déterminée à se rendre en voiture chez Kate – même s'il était beaucoup trop tôt – et à exiger de voir Hazel.

Mais quand elle entra dans son salon, le sapin scintillait, même si les guirlandes lumineuses avaient été débranchées depuis des jours.

Hazel était assise au pied de l'arbre, observant les lumières... jusqu'à ce qu'elle tourne le visage vers Zara.

Elle parvint à esquisser un sourire.

— Joyeux Noël.

Zara savait qu'elle aurait dû exiger de savoir... un million de choses. Au lieu de quoi, quand sa sœur se leva, Zara traversa simplement la pièce et la prit dans ses bras.

Elles restèrent longtemps accrochées l'une à l'autre. Hazel fut la première à faire un pas en arrière.

— Je suis désolée d'être restée à l'écart.

Sa voix tremblait de larmes contenues.

— Je ne pouvais pas affronter ça. Je n'étais pas capable de revenir ici, en sachant que Douglas s'était introduit dans la maison et y avait déposé des preuves contre moi.

Elle frissonna.

— Il est en prison, maintenant, dit Zara. J'ai parlé à Laurel hier, et elle est ravie de la façon dont tous les indices s'emboîtent et viennent étayer son enquête.

Hazel hocha la tête et essaya de sourire, mais Zara savait que c'était factice. Et, à cause de ça, elle ne put s'empêcher de poser la question qu'elle s'était promis d'éviter.

— Pourquoi ne m'as-tu rien dit à propos du retour d'Amber ?

Hazel soupira et se laissa tomber sur le canapé.

— Je ne pouvais pas t'affronter non plus. Parce que... Oh ! Zara, Je savais qu'Amber était mêlée à quelque chose de pas net. Dès le début, j'avais senti qu'elle me mentait. Mais je me suis dit que, si je ne t'en parlais pas, si j'essayais de l'aider toute seule, je pourrais peut-être réussir à la convaincre.

Toutes les deux, vous n'auriez fait que vous battre, mais je pensais que je pouvais arranger les choses.

Zara restait silencieuse. Elle ne savait pas quoi répondre à ça. Jamais Hazel ne lui avait menti avant, et ça lui faisait mal.

— Elle aimait cette vie, tu sais. Je ne voulais pas y croire, mais ça lui plaisait de faire partie de ce groupe de criminels et de faire de mauvaises choses.

Zara tendit le bras - un geste qu'elle n'aurait peut-être pas fait avant, si Jake ne lui avait pas montré à quel point c'était facile - et referma sa main sur celle d'Hazel.

— Ne te fais pas de reproche.

Une larme roula sur la joue d'Hazel.

— Elle est morte en se faisant passer pour moi.

— Oui, mais tu n'y es pour rien. Tu es la victime dans cette affaire, pas la coupable.

Zara prit le menton de sa sœur pour l'obliger à relever la tête, et à la regarder dans les yeux.

— Ce n'est pas ta faute.

— Peut-être pas, mais j'ai l'impression d'être toujours la victime, et j'en ai assez.

Zara avait envie de dire à Hazel qu'il ne dépendait que d'elle d'être victime ou de prendre sa propre vie en main. Mais ça lui semblait trop cruel, compte tenu de la fragilité d'Hazel. Aussi, elle se contenta de serrer les doigts de sa sœur en silence.

Elles soupirèrent en même temps, et inclinèrent leur tête l'une vers l'autre, se tenant toujours la main. Elles avaient perdu l'autre partie d'elles-mêmes, mais elles étaient encore là l'une pour l'autre.

— Je t'aime, Hazel.

— Je t'aime aussi.

Elles restèrent silencieuses un long moment, assises sur le canapé, à regarder le sapin.

— Comment va Jake ? finit par demander Hazel.

— Bien. Il devrait rentrer à la maison demain.

Aujourd'hui, c'était Noël, mais à l'hôpital Jake ne pourrait pas le célébrer. Zara songea à la maison, dénuée de décorations, et au plaisir qu'avait toujours Hazel à créer des décors féeriques pour les fêtes de fin d'année.

— J'ai une idée.

Elle se leva et sourit à Hazel.

— Et si nous nous transformions en elfes de Noël ?

— Tu détestes les décorations de Noël.

— Non, ce que je déteste c'est tout démonter et ranger. Ce n'est pas la même chose.

Elle saisit avec enthousiasme le bras d'Hazel.

— Allez, viens !

Quelques heures plus tard – après ce qui, d'après Zara, aurait pu être considéré comme une entrée par effraction – la maison où elles avaient grandi resplendissait de la magie de Noël.

Elle recula pour admirer leur travail, puis regarda sa sœur.

Hazel souriait. La couleur était revenue sur ses joues. Oui, elle avait eu une bonne idée. Même si les garçons n'appréciaient pas, ça plaisait à Hazel.

— Nous ferions bien d'y aller, si nous voulons être parties avant leur retour, suggéra Zara.

Le soleil se couchait, et les garçons n'allaient pas tarder à rentrer des champs. L'un d'entre eux serait à l'hôpital, car ils rendaient visite à Jake à tour de rôle.

Jake lui avait dit de ne pas venir aujourd'hui, et de passer Noël avec Hazel, et les autres membres de sa famille qu'elle avait envie de voir.

Elle n'avait pas protesté, mais elle se disait à présent qu'elle aurait dû aller à l'hôpital quand même. Parce que la seule personne qu'elle avait véritablement envie de voir, c'était lui.

La porte s'ouvrit soudain et les deux sœurs entonnèrent à l'unisson :

— Joyeux No...

Seule Hazel termina sa phrase, tandis que Zara restait bouche bée.

Si quatre des frères venaient d'entrer, elle fut sous le choc de voir que Jake se tenait au centre du petit groupe.

— Eh bien, on dirait que quelqu'un s'est donné du mal, remarqua Landon avec un sourire. Vous avez forcé notre porte ?

Mais Zara l'entendit à peine.

Jake était là.

— Ils m'ont laissé sortir un peu plus tôt que prévu, dit-il, comme si lui non plus ne prêtait attention à personne d'autre qu'elle.

Il se tenait debout, sans l'aide de personne, et elle réalisa à ce moment-là combien elle s'était inquiétée pour sa guérison.

Elle traversa la pièce et jeta ses bras autour de lui. Il referma les siens autour de sa taille. Elle fit attention de ne pas trop le serrer, de ne pas lui faire mal, mais elle avait besoin de se blottir contre lui.

— Tu es rentré à la maison, murmura-t-elle, dans le creux de son épaule.

— Oui. Je suis là.